희망의 나라로 **엑소더스**

KIBO NO KUNI NO EXODUS by MURAKAMI Ryu

Copyright ⓒ 2000 MURAKAMI Ryu

All right reserved.

Original published in Japan by Bungei Shunju Ltd., Tokyo.

Korean translation copyrights ⓒ 2011 by E-sang Books, Seoul.

Korean translation rights arranged with MURAKAMI Ryu, Japan

through THE SAKAI AGENCY and YU RI JANG LITERARY AGENCY.

희망의 나라로 엑소더스

지은이 무라카미 류 ǀ **옮긴이** 양억관 ǀ **해설** 장정일
초판 1쇄 인쇄 2011년 6월 7일 ǀ **초판 1쇄 발행** 2011년 6월 15일
펴낸이 송성호 ǀ **펴낸곳** 이상북스 ǀ **기획위원** 정창영
책임편집 김영미 ǀ **표지디자인** 최윤정 ǀ **마케팅** 김성학 ǀ **인쇄** 미르인쇄
출판등록 제313-2009-7호(2009년 1월 13일) ǀ **주소** 서울특별시 마포구 망원2동 431-15 102호
이메일 esangbooks@gmail.com ǀ **전화** 02-6082-2562 ǀ **팩스** 02-3144-2562
ISBN 978-89-93690-07-1 03830

*책값은 뒤표지에 표기되어 있습니다. *파본은 구입하신 서점에서 교환해 드립니다.

* 이 도서의 국립중앙도서관 출판시도서목록(CIP)은 e-CIP 홈페이지(http://www.nl.go.kr/cip/php)와 국가자료공동목록시스템(http://www.nl.go.kr/kolisnet)에서 이용할 수 있습니다.
  (CIP 제어번호: CIP2011002175)

희망의 나라로
엑소더스

무라카미 류 장편소설

양억관 옮김 · 장정일 해설

이상북스

희망의 나라로

엑소더스

차 례

왜 네즈가 파키스탄에서 사야 하는 거야?

유미코가 물었다.

유미코는 나보다 네 살 아래로, 나와 같은 일을 하는 프리랜서다. 그녀는 경제가 전문이고, 난 별다른 전문 분야가 없다.

그리고 유미코는 말하자면 동거하는 여자다. 애인이라고 말하고 싶지만, 그런 로맨틱한 시간은 눈 깜짝할 사이에 지나가버리고 지금은 같이 살고 있긴 하나 처음 만났을 때와는 비교도 할 수 없을 정도로 섹스 횟수도 소요 시간도 줄어버렸다. 그녀는 딱히 결혼하고 싶은 마음이 없는 모양이다. 나는 그런 마음이 있는지 없는지 잘 모르겠다. 귀찮다는 생각과 정식 절차를 밟는 게 좋지 않을까 하는 생각이 반반이다.

파키스탄에 뭘 하러 가는지 그녀는 묻지 않았다. 아마 알고 있었을 것이다. 지난 주 파키스탄에서 일어난 사건으로 일본 전역이 떠들썩했기 때문이다. 직업이니까 하고 대답했지만 별로 내키지 않는 일임에는 분명하다.

파키스탄에는 가본 적이 없다. 나는 《지구를 걷는 법》이라는 세계여행 가이드북을 한 손에 들고 배낭을 멘 채 싸구려 숙소를 전전하는 그런 타입은 아니다. 여행 자체를 그리 즐기는 스타일이 아닌 것이다.

10년 가까운 프리랜서 기자 생활 동안 해외 취재 요청을 받아보기는 이번이 처음이다. 개인적인 해외여행 경험도 별로 없다. 신혼여행으로 오스트레일리아에 가보았고, 골프를 막 시작했을 무렵 한국, 하와이, 사이판에 가본 게 고작이다. 그 정도다. 결혼은 3년 만에 파경을 맞았고 골프는 금방 싫증이 나버렸다. 내가 주로 하는 일은 정치나 사건 분야의 취재보다는 유명인이 잘 가는 술집이나 조조할인 제도가 있는 저렴한 헬스클럽에 대해 쓰거나 또는 이른바 문화인이라 불리는 사람들과의 인터뷰, 대담 상대 선정이나 세팅 같은 것들이다. 그런 내가 왜 파키스탄 취재 기자로 선정되었는가 하면, 간단히 말해 달리 사람이 없었기 때문이다. 게다가 데스크도 편집장도 그리 비중 없는 그렇고 그런 취재 건이라 생각했기 때문이다.

위험하진 않겠지 하고 유미코가 말했다. 1퍼센트라도 생명에 지장이 있으면 그냥 내팽개치고 도망칠 거야, 어차피 중요한 취재 건도 아니니까 하고 대답했다. 그러나 결과적으로 그 판단은 잘못된 것이었다.

2001년 6월 초순, 일본인 소년이 파키스탄 북서부 아프가니스탄 국경 지역에서 터진 지뢰에 부상을 입었다. 아프가니스탄의 내전을 취재하러 우연히 그 근처에 대기하고 있던 CNN의 카메라가 현지에서 그 장면을 찍어 보도했다. NHK와 각 민방은 CNN이 제공한 그 짧은 영상을 지칠 줄 모르고 뉴스로 흘려보냈다.

나는 그 영상을 뚜렷이 기억한다. 일본인 같아 보이는 한 소년과 현지 풍경이 너무도 대조적인 데다 넌더리가 날 정도로 자주 방영되었기 때문이다.

가슴에서 얼굴, 어깨에 걸쳐 붕대를 감고 현지 진료소에서 치료를 받고 있는 소년. 소년은 지뢰를 제 발로 밟은 게 아니라 곁에서 터진 지뢰 폭풍에 당한 거였다. 누가 봐도 그 소년의 얼굴은 일본인이었다. 그런데 얼굴에 부상을 입은 탓인지 침대에 누운 채 아무 말도 하지 않았다. 벽돌로 지은 자그마한 간이 진료소. 금방이라도 무너져 내릴 것 같은 그 건물의 배후에는 살벌한 풍경이 펼쳐졌다.

"그들은 2년 전에 이곳에 왔지."

진료소 바깥에서 현지 부족의 대표로 보이는 노인이 CNN 기자의 인터뷰에 응했다. 일본어 자막이 영어 자막 위에 겹쳐

나왔다. 처음에는 '그들'이란 말을 이해할 수 없었다. 그러나 또 다른 노인 곁에 소년 한 명이 서 있는 것이 보였다. 이 소년도, 하고 노인은 CNN 기자에게 소개했다.

"일본인이야."

쑥 들어간 볼, 햇볕에 그을린 얼굴. 테가 굵고 둥근 선글라스를 썼다. 그러고 보니 일본인 같은 얼굴이긴 하다. 화면에 비친 소년의 태도는 당당했다. 무슬림 특유의 짧은 원통형 모자를 쓰고 허리까지 풍성하게 감싸는 현지인의 의상을 걸쳤다.

"자네도 일본인?"

CNN 기자는 현지인 통역의 도움을 받아 소년에게 물었다. 기자와 소년 주위로 총을 든 남자들이 우르르 몰려들었다.

"예전에 일본인이었어."

소년은 현지 말이 아니라 영어로 대답했다. 억양이 매끄럽지는 않았지만 발음이 또렷한 알기 쉬운 영어였다. 소년도 어깨에 총을 멨다.

"그러나 지금은 파슈툰의 일원이야."

소년이 이렇게 대답하자 노인은 고개를 끄덕이고 주위에 선 남자들은 환성을 질렀다. 파슈툰이란 이 일대에서 아프가니스탄에 걸쳐 거주하는 매우 용맹하고 전투적인 부족을 말한다고 CNN 기자는 설명을 덧붙였다.

"선글라스 좀 벗어주지 않을래?"

CNN 기자의 요청에 소년은 미간을 찌푸렸다.

"싫어."

소년은 이렇게 말하며 선글라스 너머로 CNN 기자를 노려보았다. 기자는 미간을 찌푸리는 소년과 총을 번갈아 바라보다가 화제를 바꾸었다.

"몇 살이지?"

"열여섯."

"이 땅에서 무얼 하고 있지?"

"미국인에게 내가 왜 그런 말을 해야 해?"

주위를 둘러싼 사내들이 함성을 질렀다. 소년은 인터뷰 자체를 불쾌하게 생각하는 것 같았다. 이따금 노인이 소년의 귀에 입을 대고 뭐라고 속삭였다. 화를 내지 말고 똑바로 대답하라는 말인 듯, 그때마다 소년은 고개를 끄덕였다. 기묘한 영상이었다. 현실감이 없었다. 선글라스를 쓰고 햇볕에 그을린 소년의 얼굴 골격은 누가 봐도 일본인 같았다. 강렬한 햇살 아래 드러난, 아직도 어딘가 어린 티가 남은 얼굴에다 파키스탄에서 아프가니스탄에 걸쳐 거주하는 북방 부족의 의상을 입고, 마치 샐러리맨이 목에 휴대폰을 건 듯 자연스럽게 AK47 자동소총을 어깨에 걸쳤다. 배후에는 험준한 산세가 펼쳐졌고, 나무 한 그루 없이 시뻘겋게 피부를 드러낸 대지가 보였다. 화면 전체가 전혀 현실감이 없었다. 코미디언이 시청자를 웃기려고 위장을 하고 있는 것 같다는 생각이 들 정도였다. 실제로 함께 텔레비전을 보면서 그렇게 말하는 동료 기자도 있었다.

"언제 이곳에 왔지?"

"2년 전."

"부상당한 친구는 괜찮아?"

"별일 없을 거야."

"왜 여기 있는 건데?"

"이 앞의 계곡에는 수만 발의 지뢰가 묻혀 있어. 누군가가 반 드시 제거해야 해. 우리 부족이 그 일을 하고 있을 뿐이야."

"일본이 그립지 않나?"

"일본에 대해선 벌써 잊었어."

"잊어? 왜?"

"그 나라에는 아무것도 없어. 벌써 죽은 나라니까. 일본에 대 해서는 생각할 필요도 없어."

"이 땅에는 뭐가 있는데?"

"모든 것이 있어. 살아가는 즐거움, 가족과 우정과 존경심과 자긍심, 그런 것들이 있지. 우리에게 적은 있지만 이지메를 가 하는 사람도 없고 이지메를 당하는 사람도 없어."

괜찮다면 마지막으로 일본어로 몇 마디 해주지 않을래? 하고 기자가 말하자 소년은 빙긋 웃으며 나마무기生麥, 나마고메生米, 나마다마고生鷄卵라고 말했다. 무슨 말? 하고 기자가 물었지만 소년은 미소만 지을 뿐 대답하지 않았다. CNN 기자를 향해 너 같은 놈이 뭘 알겠어, 하고 말하는 듯한 모욕적인 웃음이었다.

이윽고 소년은 카메라 앞을 벗어나 자신을 빙 둘러싸고 있던 사내들의 환성 속으로 섞여 들어가버렸다. CNN 기자는 부상당한 소년도 이제 곧 자신의 부족에게 돌아갈 것이라 전하고, 마지막으로 일본인은 정말 이해할 수 없는 민족이라는 코멘트를 덧붙였다.

"일본인 소년이 왜 이런 데서 지뢰 처리를 하고 있는지 아직도 수수께끼로 남아 있다. 혹시 이 소년들은 '가미가제'의 후손이 아닐까?"

2~3분도 안 되는 아주 짧은 영상이었다. 16세라는 일본인 소년이 저 먼 서남아시아의 국경 지대에서 지뢰 제거 작업을 하다가 부상을 입었다는 충격적인 뉴스치고는 너무도 짧은 영상이었다. 게다가 자세한 정보는 아무것도 없었다. 각 텔레비전 방송국의 뉴스들은 그 CNN 영상을 반복해서 흘러보내고, 캐스터들은 현지의 상황을 정확히 알 수 없다는 코멘트만 반복했다. 뉴스 프로그램에 등장하는 이른바 '전문가'니 '지식인'이라는 사람들도 왜 일본인 소년이 그런 장소에 있는지 이해할 수 없다면서 고개만 갸웃했다.

전문가나 신문의 해설에 따르면, 그 부근을 북서 변경주라 하는데, 파키스탄 정부의 손길이 닿지 않는 땅이다. 몇 개의 부족들이 독자적으로 지배하고 있고, 그 생활권은 국경을 넘어 아프가니스탄까지 뻗쳐 있었다. 더 정확히 말하자면, 광활한 지역에 퍼져 살고 있는 부족의 중심 영역에 예전의 통치국이었던 영국이 제멋대로 국경선을 그은 것이다.

NHK와 각 민방의 취재팀이 이미 현지로 향했지만, 북서 변경주로 들어가는 입구인 페샤와르라는 마을에서 발이 묶이고 말았다. 페샤와르 마을 끝에 설치된 검문소 너머로는 접근이 불가능했다. 거기서부터는 북서 변경주를 관할하고 있는 부족의 허락이 필요한데, 그들은 일본 미디어의 접근을 절대로 허락하지 않았다. 기자들은 페샤와르의 주민이나 이슬라마바드의 외무성과 UN의 일본인 직원을 붙잡고 여러 가지를 물어보았으나 그들 역시 소년에 대해서는 아무것도 모르고 있었다.

 이윽고 그 소년이 내 자식 같다고 주장하는 사람들이 텔레비전에 등장하기 시작했다. 처음에 그 수는 대여섯 명에 지나지 않았지만 금방 100명을 넘어섰다. 사진을 들고 뉴스 프로그램이나 와이드 쇼의 스튜디오에 나타나 집을 나간 아들을 찾아달라고 침통한 표정으로 호소하고 있었다.

 그렇게 하여 파키스탄의 16세 소년은 날마다 뉴스의 초점이 되었다. 그러나 영상이 별로 좋지 않았을 뿐만 아니라 두 소년 모두 선글라스와 붕대로 얼굴을 가리고 있었기 때문에, 어느 것 하나 명확히 드러나지 않았다. 지금 일본 사회에 얼마나 많은 소년들이 행방불명 상태에 있는지 명확히 해주었을 뿐이다.

 사건 초기에 외무성은 그 두 소년이 일본인이라는 확증도 없으므로 조사의 필요성을 느끼지 못한다는 태도를 취했다. 그러나 대응이 늦고 국제성이 결여되어 있다는 각 미디어의 심한 비난에 직면하자, 도쿄의 파키스탄 대사관에 1999년 전후로 비자를 발급받은 사람의 리스트 열람을 의뢰했다. 그러나 그 속에 당시 14~15세의 단신 여행자는 없었다. 재일본 파키스탄 대사관은 딱히 도쿄가 아니라 해도 방콕, 마닐라, 뭄바이, 두바이 등지에서도 비자를 얻을 수 있다고 설명했다.

"인터폴이나 일본 경찰의 지명수배를 받고 있는 범죄자를 제외하고는 설령 중학생이라고 해도 필요한 서류만 갖춘다면 우리 대사관은 비자를 발부합니다. 주로 아프가니스탄, 스리랑카, 인도 등지에서 연간 삼사백만의 난민이 파키스탄으로 불법 입국하고 있습니다. 불법 체류자의 이름이나 국적 등을 조사하는 것은 사실상 불가능한 일입니다. 도쿄에서 발급한 비자 리스트는 일본 외무성과 비자를 취득한 사람의 가족을 제외한 다른 사람과 일본 미디어에는 공개할 수 없습니다."

파키스탄 대사관은 연일 귀찮게 구는 일본 미디어에 대해 곤혹스러워하고 있었다.

이미 CNN은 일본인으로 보이는 두 소년에 대해 아무 관심도 기울이지 않은 상태였고, 내전이 격화되자 아프가니스탄 취재팀마저 철수시켜버렸다. 인도, 카슈미르 지방, 타지키스탄, 아프가니스탄과 같은 중앙아시아 지역의 내전과 분쟁은 끊일 날이 없었다. 수년 동안 유럽의 취재팀과 UN 직원이 죽임을 당하거나 테러에 휘말려드는 사건이 발생하면서 그곳은 보도의 공백 지대로 변해가고 있었다. 일본 미디어는 어디서도 두 소년에 관한 영상을 입수할 수 없었다.

사건이 발생한 지 며칠이 지나자 일본의 미디어는 초조해하기 시작했다. 뭔가 이상했다. 소년에 대해 사소한 것이라도 밝혀보려고 각 미디어가 그렇게 노력했건만, 소년들의 정체는 여전히 오리무중이었다. 소년의 영상은 일본의 현실과는 너무도 동떨어져 있었다. CNN 기자에 대한 소년의 도발적인 태도는 일본과 미국의 관계를 생각해볼 때 신선한 느낌마저 주었다.

2001년은 외국 금융기관이 맹렬한 기세로 일본 기업이나 토지를 매수한 해로 기억될 것이다. 정권은 그 사이 민주당을 중심으로 한 야당 연합과 재통합한 신자민당 사이를 오갔고, 그 사이 엔화는 한때 150엔 선을 넘어 천천히 하락해갔다. 짧은 시간에 대형 시중은행이 소리도 없이 사라져버렸고, 실업률은 7퍼센트를 넘어섰다. 공황이 올 거라는 이야기가 날마다 들려왔지만, 한편으로는 어떻게든 되겠지 하는 분위기도 여전히 남아 있었다. 일본의 몇몇 우량 기업은 도망치듯 해외로 거점을 옮겨버렸다.

일본은 '엔 경제권' 결성에 최후의 희망을 걸었다. ASEAN (Association of Southeast Asian Nations, 동남아시아국가연합)은 거기에 흥미를 나타내기도 하고 찬성하기도 했으나 중국, 대만, 홍콩은 정치적인 이유로 태도를 유보했다. 엔 경제권이라는 명칭이 역사적으로 혐오감을 자아내는 대동아공영권이란 이미지를 떠올리게 했기 때문이다. 한국은 반미친일이라는 새로운 민족주의를 표방하며 일본에 동조하는 태도를 보였다. 요컨대 아시아 각국에서 유럽 금융자본에 침식당하고 있다는 위기감이 동시에 일어났다. 그리고 국제화된 엔화를 축으로 한 '엔 경제권' 구상은 IMF, 미국, EU의 반대에 부딪혀 실현되지 못한 상태였다.

몰락의 징후는 너무도 천천히 드러나서 엔화와 주가가 바닥을 쳐도 내가 일하고 있는 주간지를 포함한 일본의 미디어는 기본적으로 위기감을 느끼지 않았다. 다만 어쩌다 단발적으로 정부나 대장성에 대해 남의 일처럼 욕을 퍼붓거나 신경질적으로 유럽과 미국의 금융자본에 반발하는 태도를 보일 따름이었다.

일본 경제는 마치 천천히 죽어가는 환자처럼 힘을 잃어갔지만 근본적인 원인 규명은 이루어지지 않았고, 귀찮고 어려운 문제는 늘 무시되었다. 미디어는 그것을 비판했으나 미디어 자신이 비진을 가지지 못했기 때문에 일시적인 스트레스 해소 차원에 머물렀을 뿐, 결과적으로는 그런 비판이 치명적인 환부를 끌어안은 일본의 경제 체제를 떠받쳐주는 꼴이 되고 말았다. 다시 말해 그 누구도 진정한 위기감을 느끼지 않았다.

지금은 나처럼 지극히 평범한 저널리스트를 포함한 대부분의 일본인이 그런 실상을 피부로 느낀다. 그리고 너무 늦게 깨달았다는 것도 잘 안다. 지금으로부터 10년 전 거품경제가 파탄났을 때도 극소수를 제외하고 거기에 대처한 사람은 거의 없었다. 지금까지 해온 방식으로 어떻게든 되겠지 하는 막연한 생각이 사회를 지배했다. 미디어마저 정부와 사회의 그런 모호한 태도에 동조했다. 미디어는 본질을 직시하지 않고 적당히 넘어가는 분위기에 편승하면서 일시적인 볼거리가 되어줄 유명인의 가십이나 사회적인 사건을 다만 흥미 위주로 보도할 따름이었다. 텔레비전의 버라이어티 쇼나 와이드 쇼는 요 몇 년 새 점점 더 시청률을 높였다.

과거의 일본을 역사적으로 미화하는 움직임도 두드러졌다. 모두가 눈앞의 현실을 잊고 싶어했다. 청소년 범죄 발생률과 중년과 노인의 자살률은 실업률의 상승에 비례해 점점 더 높아져 갔다. 출구 없는 밀실에 갇힌 듯한 느낌이 전 일본을 뒤덮었다. 바로 그때 저 먼 서남아시아의 파키스탄이라는 나라에서 한 소년이 혜성처럼 등장했다. 그러나 우리는 그것이 얼마나 중대한 의미를 가지는지 몰랐다. 거의 모든 어른들은 그것을 아주 사소한 사건이라 생각했다.

"그 나라에는 아무것도 없어. 벌써 죽은 나라니까."

모두들 그렇게 생각하면서도 아무도 말할 수 없었던 것을 그 파슈툰 의상을 입은 소년이 말해주었다. 게다가 미디어는 그 소년에게 접근조차 할 수 없었다. 인터뷰는 물론이고 그 두 소년이 정말로 일본인인지 확인조차 할 수 없었다.

소년은 일본 미디어의 외부에 있었다.

비자를 받는 데 약간 시간이 걸려서 결국 소년이 텔레비전 화면에 등장하고 열흘이 지난 금요일이 되어서야 비로소 완벽한 출발 준비가 갖추어졌다. 편집장과 데스크는 현지에서 하릴

없이 시간만 죽이면서 이렇다 할 만한 기사도 못 쓰고 있는 다른 미디어가 깜짝 놀랄 기사를 써보라고 했다.

"세키구치, 비자가 나왔으니 당장 떠나."

아침에 갑자기 그런 통보를 받고 제대로 짐도 꾸리지 못한 채 회사에 들러 티켓과 패스포트를 받아들었다. 패스포트에 적혀 있는 'TETSUJI SEKIGUCHI'라는 내 이름이 몹시 나약하게 느껴졌다. 파슈툰이나 타지크, 하자라, 페샤와르와 같은 고유명사에 비해 존재감도 없고 허약하게 느껴졌다. 최근 10년 동안 세키구치 같은 고유명사가 CNN의 정치 뉴스에 등장한 일은 거의 없다. 고작 보스니아 전쟁 때 '아카시' 정도가 눈에 띄었을 뿐이다. 일본인은 꽤 오랫동안 국제 정치 무대의 표면에서 멀어져 있었다. 그것이 일본 사회의 평화를 의미하는 일이었으니 이쩔 수 없지 않느냐고 하면 할 말은 없다.

방콕을 거쳐 카라치로 들어가 파키스탄 공항의 국내선으로 갈아타고 이슬라마바드로 향하는 여정이었다. 이슬라마바드에서 일본 미디어의 인간들이 우글거리는 페샤와르까지는 제 손으로 적당히 차를 빌려 가라는 것이었다. 방콕까지의 일본항공 티켓이 비즈니스 클래스라는 사실을 알고 깜짝 놀랐다. 착각하지 마, 하고 편집장이 말했다.

"방콕까지 사람들이 붐벼서 이코노미 클래스는 자리가 없었을 뿐이야. 이슬라마바드에 도착하면 열두 시간 안에 원고를 보내도록 해."

편집장은 서른다섯인 나보다 스무 살이나 연상이다. 물론 나처럼 프리랜서가 아닌 정사원인데, 출세가 꽤 늦은 편이었다. 문학청년 출신으로 문예잡지에 근무하고 싶어했지만, 우여곡절을 거쳐 여성 잡지와 주간지를 오락가락하다가 작년에 편집장으로 승진했다. 지금도 술에 취하면 버릇처럼 주네, 카뮈를 입에 담는다. 밉지는 않지만 어딘지 모르게 시대에 뒤떨어져 보인다. 과거의 유산을 질질 끌고 있는 것 같다. 나는 결코 열성적인 독자는 아니었지만 주네와 카뮈는 분명 훌륭한 작가다. 그러나 기본적으로 일본 문학이 아닌 프랑스 문학이다. 편집장은 마치 자기 소유물이라도 되는 듯이 주네와 카뮈에 대해 열변을 토했다.

편집부에는 이번 달 기사 교정도 끝나고 해서 사람이 거의 없었다. 담요를 덮어쓰고 긴 의자에서 그냥 잠들어버린 젊은 편집자도 있었다. 나는 편집부의 컴퓨터로 인터넷 여행 안내를 살펴보았다. 7월의 파키스탄은 지옥처럼 덥다고 했다. 생수는 절대로 마셔선 안 된다. 호텔 바를 제외하고 절대로 술을 마셔선 안 된다. 대도시를 벗어난 장소에서 여자는 절대로 소매 없는 셔츠 따위를 입어선 안 된다. 북쪽 산악지대에 갈 때는 반드시 숄로 얼굴을 가릴 것. 남자도 짧은 바지는 입지 않는 것이 좋다. 항생제를 반드시 지참할 것. 햇살이 강렬하므로 눈이 약한 사람은 반드시 선글라스를 쓸 것.

그러고 보니 소년이 등장했던 그 영상에서도 햇살은 정말 강

렬했다. 총을 멘 사내들의 그림자도 짙었다. 공항에서 선글라스
와 항생제를 사리라 생각했다.

편집부 구석에 놓인 텔레비전에서는 아침 와이드 쇼가 시작
되고 있었다. 그 소년이 양귀비 재배에 관련되지 않았을까라는
견해가 나오고 있습니다, 하고 심각한 표정으로 지껄이는 캐스
터 곁에는 이른바 '전문가' 라는 사람이 앉아 있었다. 여러 차례
에 걸쳐 아프가니스탄과 파키스탄 변경을 여행한 불교 미술가
라고 했다. 이란에서 아프가니스탄 부근은 말이죠, 황금 초승달
지대라 불리는 유명한 양귀비 재배지입니다. 동남아시아의 황
금 삼각지대도 유명하지만 지금은 전 세계의 양귀비 재배와 아
편, 헤로인 생산의 중심이 이 황금 초승달 지대로 옮겨오고 있
다고 합니다. 소년이 발견된 파키스탄의 북서 변경주에서도 중
요한 현금 수입원으로 양귀비가 대량 재배되고 있지요. 소년은
스스로 파슈툰이라 했는데, 파슈툰은 현지 말이고 서구인에게
는 파탄이라는 말이 더 익숙하지요. 파슈툰은 더 세밀하게 작은
부족으로 나뉘어 있는데, 그 영상만으로는 그 소년이 어느 부족
에 속해 있는지 알 수 없습니다. 어쨌든 그 소년은 양귀비 재배
나 아편 정제에 관련되어 있을 가능성이 많다고 봅니다.

"불교 미술가라는 사람이 어떻게 저렇게 마약에 대해 잘 알
아?" 하고 편집장이 말했다. 젊은 편집자가 새벽 맥주를 마시면
서 "이렇게 하여 우리의 소년은 점점 더 영웅이 되어가는군" 하
고 중얼거렸다.

"지금 젊은애들이 마약을 그냥 재미있고 멋진 걸로 생각한다는 걸 모르는 모양이지. 이런 식으로 악당 취급하면 오히려 역효과라는 것도 모르고 말이야."

편집부를 나설 때 그 젊은 편집자가 농담조로 한 마디 던졌다.

"세키구치 씨, 총 맞지 마세요."

택시 운전사는 그 소년처럼 테가 굵고 둥그런 선글라스를 쓰고 있었다. 20대 초반의 젊은 운전사였다. 그런 선글라스가 인기냐고 물어보았더니 유명한 브랜드 이름을 대면서 멋지잖아요, 하고 소년을 칭찬하는 것이었다. 그 사건 이후 회사에서 싫어하는 윗사람에게서 잔소리를 듣게 되면 나마무기, 나마고메, 나마다마고라고 중얼거리는 것이 유행이라고 한다.

미디어는 기본적으로 두 소년을 싫어했다. 미디어뿐만 아니라 이 나라에서는 한 집단의 내부에 속해 있지 않으면 무조건 싫어한다.

그건 지뢰에 의한 부상이 아니라고 말하는 군사 평론가와 전문가도 있었는데, 미디어는 그런 전문가의 의견을 귀신 목이라도 딴 듯 의기양양하게 방송했다. 그 전문가의 견해에 따르면, 원래 그 부근에는 지뢰도 별로 없을 뿐만 아니라 설령 지뢰를 밟았다 하더라도 발목만 날아간다고 한다.

그 소년들이 밀수에 관계하고 있을 것이라고 단언하는 전문가도 있었고, 나아가 그 부족이 대규모 밀수에 관련되었을 것이라고 주장하는 전문가도 있었다. 아프가니스탄을 제압하고 있는 이슬람 원리주의자 그룹 탈레반도 파슈툰이 주체다. 따라서 당연히 파슈툰은 아프가니스탄과 파키스탄 국경 지대를 장악하고 있다. 역사적으로 아프가니스탄 동부와 파키스탄 북서부에서 생활권을 형성해왔으므로 애당초 그들에게 국경이란 아무 의미가 없다. 파키스탄 정부는 국경을 통제하지 못한다. 그것을 이용해 그들은 대규모 밀수를 한다. 예를 들어, 탈레반은 일본에서 전기제품이나 자전거를 제삼국을 경유해 아프가니스탄으로 밀수입한다. 그 제품에는 관세가 부과되지 않는다. 그 제품을 암시장 업자에게 흘려보내 파키스탄에서 판매한다. 물론 암시장 업자도 파슈툰에 속한 종족이나. 그 소년의 영어 실력은 그가 밀수에 관련되었음을 증명하는 것이 아닐까, 전문가는 그렇게 주장했다. 미디어는 소년을 악당으로 만드는 데 혈안이 되었다.

그런 다음 미디어는 소년을 애써 무시하려 했다. 소년이 나타난 지 4~5일이 지나서부터 그 의외의 영향력에 놀란 정부는 미디어에 "필요 이상의 보도를 자제하라"는 압력을 가했다고 한다. 그런 탓도 있고 해서 소년에 관련된 뉴스는 한때 텔레비전에서 사라지고 말았다. 소년은 미디어의 금기가 되고 말았다. 그러나 그런 부자연스런 상태는 이틀도 가지 못했다. 요코하마 시내의 사립 중학교에서 소년에 대한 토론회를 열려는 움직임이 있었다. 학교 측이 그것을 금지하자 거기에 반발한 일부 학생들이 수업을 거부하고 나섰다. 미디어는 그 사건을 보도하지 않을 수 없었고, 그와 비슷한 사건이 전국의 중·고등학교에서 일어나기 시작했다.

어른들은 아무도 그 사건의 중대성을 느끼지 못했다. 파슈툰의 의상을 걸친 소년은 우리 어른들이 모르는 곳에서 우상이 되어가고 있었다. 왜 그런 소년을 멋지다고 생각할까 하고 운전사에게 물어보았다. 운전사는 자신의 경우를 예로 들어 설명했다.

"내 경우는, 텔레비전에 비친 그 풍경 탓도 있는 것 같아요. 어딘지 모르게 그리운 옛날을 보는 듯한 느낌이 들었어요. 바위산이 있고, 나무와 풀은 별로 보이지 않고, 낙타가 천천히 걸어가는 거, 아시아적인 풍경이라는 느낌이 들지 않던가요? 마치 옛날 그림책을 보는 듯한 느낌 말입니다."

아카사카에 있는 호텔에서 공항행 리무진을 탔다. 우라야스를 지날 즈음 휴대폰이 울렸다. 데스크였다. 나리타공항에서 이상한 사태가 벌어지고 있다는 것이었다. 일본항공의 방콕행 예약객 가운데 몇 명의 중학생이 들어 있다는 사실이 일부 학부모의 통보로 밝혀진 것이다.

"그 애들이 카라치로 가는 티켓을 가지고 있는 모양이야. NHK 임시 뉴스에서 그러더군. 어떻게 한번 접근해봐. 중학생들과 얘기를 해보란 말이야. 알겠지!"

"나도 비행기를 타야 할 입장인데 어떻게 취재를 해요. 그러다가 비행기라도 놓치면 어떡하라구요."

"괜찮아."

데스크는 자신만만한 목소리로 말했다.

"틀림없어. 비행기는 늦어져. 파키스탄으로 가겠다는 중학생을 그냥 태우고 갈 수는 없지 않겠나. 문제는 어떻게 그 애들을 말리느냐는 거지. 열두 살 이상이면 법적으로 부모와 동행하지 않아도 비행기를 탈 수 있으니까. 알았지? 학부모들과 인터뷰를 해. 뭐라도 좋으니 무조건 취재를 해봐."

"티켓을 소지하지 않으신 분은 티케팅 카운터 안으로 들어오시면 안 됩니다. 다른 손님에게 피해를 줄 염려가 있으므로 티켓을 소지하지 않으신 분은 티케팅 카운터 안으로 들어오지 말아주시기 바랍니다."

터미널 빌딩 한쪽에서 소동이 벌어졌다. 일본항공 직원이 핸드 스피커로 방송하고 있었다. 일본항공 방콕행 그룹 투어의 티케팅 카운터 주위로 어른들이 몰려들었다. 언뜻 보기에 중학생인 것 같은 소년이 20명 이상이나 있었다. 방콕행 손님은 현지의 토속문화를 즐기려는 두세 명으로 구성된 여자들이거나 골프백을 든 중년 남자 그룹 아니면 비즈니스맨이 대부분이라 배낭을 멘 10대 중학생은 금방 눈에 띄었다. 테가 굵고 둥그런 선글라스를 쓴 학생도 있었다. 이슬람 모자를 쓴 소년도 있었다. 하필이면 왜 오늘 이렇게 중학생들이 모여들었을까. 아마도 신청한 비자가 오늘 아침에 나왔을 것이다. 그것은 다시 말해, 이 중학생들이 사건 보도 직후 비자를 신청했음을 뜻한다. 그 뉴스를 보고 곧바로 파키스탄으로 갈 생각을 한 것이다.

그들 대부분은 체크인 카운터 안에 있었지만 로비나 통로에서 텔레비전 카메라의 조명을 받으며 부모에게 설득당하고 있는 소년도 있었다. 그 소년은 부모와 텔레비전 리포터가 던지는 어떤 질문에 대해서도 대답하려 들지 않았다. 자식의 이름을 부르면서 체크인 카운터 안으로 들어가려다 경비원의 제재를 받는 부모들도 보였다. 그들 주위를 다시 텔레비전 카메라와 조명이 포위하듯 둘러쌌다. 조명의 열기와 북적대는 사람들 탓에 금방 땀이 솟구쳤다. 마침 금요일이라 공항 내부는 평소보다 더 많은 사람들로 붐볐다. 사람들이 한꺼번에 몰려 비즈니스 클래스 체크인 카운터로 접근할 수조차 없었다. 나 말고도 길을 뚫지 못해 안달이 난 손님이 많았다. 그중 한 사람이 비켜, 왜 길을 막아, 하고 험악하게 고함을 질러댔다. 한편에서는 경비원과 경찰이 속속 들어오는 취재진을 물리치려고 몸싸움을 벌였다. 사람들은 통로와 로비뿐만 아니라 창가에 놓인 벤치 부근까지 퍼져나갔다.

"저 애 좀 잡아주세요! 내 아들이란 말예요. 파키스탄으로 간다니, 말도 안 돼요. 빨리 좀 잡아달란 말예요!"

중년 여성이 일본항공 직원에게 큰 소리로 울부짖는다. 고함 소리와 핸드 스피커 소리가 너무 시끄러워 얼굴을 가까이 대고 크게 고함이라도 치지 않으면 대화도 할 수 없었다. 여자는 화장도 하지 않은 평상복 차림이었다. 소식을 듣고, 또는 아들이 쓴 편지를 읽고 그냥 집을 뛰쳐나왔을 것이다.

"우리로서는 말릴 수가 없어요. 티켓을 가진 손님이라서, 잘 아시지 않습니까."

턱 끝에 땀방울을 매단 직원이 변명했다. 그 곁에서 중년 남자가 사람들 틈을 비집고 얼굴을 내밀었다. 그리고 격한 어조로 고함을 질러대기 시작했다. 그 남자의 얼굴은 열기와 흥분으로 붉게 변해 있었고, 셔츠는 땀으로 흠뻑 젖어 있었다.

"저놈이 내 카드로 티켓을 샀단 말이야. 절대로 탑승권을 주지 마! 어린 아이가 파키스탄으로 간다는데 어떻게 그냥 보낼 수 있어!"

"선생님 아들인지는 잘 모르겠지만 저 손님들이 소지한 티켓은 모두 방콕행입니다. 이 비행기는 파키스탄으로 가지 않습니다. 어떻게 선생님 아들을 잡아두란 말입니까."

"난 허락하지 않았어. 저놈은 내 아들이고 아직 열네 살이야. 비행기를 멈춰. 비행기만 뜨지 않으면 되잖아."

"그렇게는 할 수 없습니다. 다른 손님들도 계시니까요."

동남아시아로 떠나는 여행객들이 이런 광경을 신기한 눈길로 지켜보고 있었다. 휠체어에 앉아 꼼짝도 하지 못하는 외국인도 보였다. 체크인 카운터 안에서는 정장을 한 일본항공 책임자로 보이는 초로의 남자와 경찰관과 경비원이 이야기를 나누는 모습이 보였다. 체크인 카운터의 반대편, 출국 게이트 쪽에도 사람들이 잔뜩 모여 있었다. 나는 한 걸음도 앞으로 나아가지 못했다. 한 손에 가방 손잡이를 잡은 채 멍하니 서서, 발이 밟히면 밟히는 대로 그냥 서 있어야 했다. 어깨에 멘 가방 끈이 금방이라도 끊어질 것 같았다.

한 중년 부인이 텔레비전 리포터의 인터뷰를 받는다. 땀을 뻘뻘 흘리며 앞으로 나아가면서, 나는 가방 안에서 녹음기를 꺼내 녹음 버튼을 누르고 그 여자 앞으로 쑥 내밀었다.

"지금부터 파키스탄으로 갈 테니 나를 찾지 말아달라는 편지가 있지 뭡니까. 깜짝 놀라 그 길로 달려 나왔지요. 저 애는 몸이 약해요. 어릴 때부터 소아결핵과 신장염을 앓아 오랫동안 입원한 적도 있어요. 조금이라도 피곤하면 금방 열이 나고 말아요. 파키스탄이라니 말도 안 돼요. 내년이면 입학 시험을 쳐야하는데 외국 여행이라니, 그럴 여유가 어디 있어요."

바로 곁에서도 어떤 여자가 다른 텔레비전 카메라를 향해 이야기한다. 그 여자는 자기 아이가 쇠고기 외의 고기를 먹으면 두드러기가 난다고 했다.

"파키스탄에서는 쇠고기를 먹지 않으니까, 두드러기 때문에 고생할 게 뻔해요."

쇠고기를 먹지 않는 나라는 인도가 아니었던가 하고 생각하면서 나는 셔츠 자락으로 얼굴에 난 땀을 닦아냈다. 그룹 투어의 체크인 카운터에 늘어서 있는 소년들은 아직도 탑승권을 받지 못한 것 같았다. 그래도 그들은 당혹스러워하는 직원에게 항의하거나 하지 않았다. 바닥에 가방을 놓고 그 위에 말없이 앉아 있었다.

이윽고 공항 책임자와 경찰이 해결책을 제시했다. 공항에 모인 부모들은 그들의 조언에 따라 임시로 설치된 경찰 부스 안에서 급히 가출신고서를 작성했다. 이례적인 긴급조치로 신고서는 그 자리에서 수리되었고 소년들은 가출 청소년으로 보호되었다.

부모가 찾아오지 않은 11명의 소년은 탑승권을 받았다. 그러나 방콕 공항에서 대부분의 소년들은 가출 청소년으로 보호되어 강제 송환될 것이다. 텔레비전을 보고 그 사실을 알게 된 부모들이 탑승자 명단을 보고 가출신고서를 내면 그냥 해결될 것이다. 일본항공은 티켓 요금을 반환하지 않을 것이라고 방송으로 알렸다.

소년들은 한 명씩 차례로 체크인 카운터 밖으로 연행되어 부모 손에 넘겨졌다. 반항하는 소년은 아무도 없었다. 모두 얌전하게 부모가 기다리는 로비로 나왔다. 그 직전까지 경찰과 직원들을 향해 욕을 퍼부어대던 부모들은 주변 사람들을 향해 정중하게 고개를 숙이며 감사의 말을 건넸다. 텔레비전 카메라가 부모의 손을 잡고 있는 한 소년을 둘러쌌다. 왜 파키스탄으로 가려 했는지 리포터가 집요하게 질문했다. 소년은 입을 꾹 다문 채였다. 왜 대답하지 않느냐고 부모가 소년을 나무랐다. 마치 죄인을 다루는 듯한 태도였다.

"이지메가 없으니까."

소년은 작은 목소리로 이렇게 말했다.

비행기는 2시간 20분 늦게 나리타공항을 출발했다. 비즈니스 클래스에도 몇 석의 빈 자리가 있었다. 창가 자리가 아니라서 그런지 내 옆자리도 비어 있어서 셔츠가 땀에 젖어 있는 것만 제외한다면 쾌적한 분위기였다. 어머니 나이 정도로 보이는 늙은 스튜어디스가 다가와, 출발이 늦어 죄송합니다 하고 머리를 숙였다. 나는 짙은 화장으로 주름을 가린 그 얼굴을 똑바로 보지 않은 채, 블러디 메리를 시켜 질금질금 마시면서 편집부에서 받은 파키스탄 북서 변경주의 자료를 살펴보았다. 스위스의 의료 NGO 단체가 작성한 자료를 일본어로 번역한 것이었다.

"파키스탄 북서 변경주에서는 신생아의 절반 정도가 영양실조로 사망한다."

그런 기사를 읽고 있는데 왠지 유미코의 얼굴이 떠올랐다. 탑승 전에 전화했을 때 유미코는 공항에서 벌어지는 소동을 텔레비전을 통해 보았다고 하면서, 그게 문제가 아니라고 냉랭한 목소리로 말했다. 대장성의 세제위원회가 국채 이율과 증권 매매에 관한 원천징수 철폐에 대해 결론을 내려야 할지 말아야 할지 고비를 맞이했다고 한다. 그것은 일본과 아시아의 10년을 좌우할 중대한 문제라고 유미코는 말했다. 마치 공항에 모여든 중학생들의 소동은 일본과 아시아의 향후 10년을 좌우할 중대한 문제가 아니라는 식의 말투였다. 나는 국채, 증권, 세제와 같은 단어가 들어가는 이야기가 싫다. 물론 경제평론가의 인터뷰를 세팅하는 경우도 있지만, 실제로 나누는 이야기는 어느 은행이 곧 무너질 것 같다든지, 헤지펀드가 정말로 아시아 정복을 기도하는 유대 금융자본의 앞잡이인지 하는 알맹이 없는 내용뿐이다. 물론 그런 수상쩍은 지식도 거의 유미코의 가르침을 받아야 했다. 유미코는 대학에서 경제학을 전공하지 않았다. 처음 출판 업계에 들어왔을 때 그녀는 스타일리스트였다. 그러다 어느 순간 신의 계시라도 받은 사람처럼 경제 문제에 빠져들었다.

유미코는 그런 변화의 직접적인 계기에 대해서 아무 말도 하지 않았다. 그러나 그 신의 계시는 힙의 아래 이루어진 그녀의 낙태수술 3주 후에 일어났다. 나와 의논 한 마디 없이 반년 동안 휴가를 내서 대학 도서관을 오가며 마르크스, 엥겔스를 읽기 시작하더니, 이윽고 각 싱크탱크가 주최하는 유료 연구회 등에 얼굴을 내밀었다.

나는 유미코가 경제 문제에 이끌리는 모습을 그리 싫지 않은 눈으로 바라보았다. 자신의 몸에 뿌리를 내린 생명을 제거하는 대가로 그 체계적인 학문에 흥미를 가지게 된 것이 전혀 이해할 수 없는 일도 아니었고, 낙태라는 현실에 직면하여 패션이나 광고 같은 세계에 의문을 가지는 것 또한 이해할 수 있을 것 같았다. 그것이 올바른 길인지 아닌지는 아무래도 좋다. 그녀에게 그것이 필요하다면 그것으로 족하다. 게다가 경제학도가 되었다고 해서 유미코의 인간성이 바뀌는 것도 아니다.

나는 끈적끈적한 인간관계를 싫어한다. 주간지 프리랜서 기자라는 막일로 밥벌이를 하다 보니 그렇게 되었다고 할 수도 있겠으나 성격 자체가 원래 그랬다. 그래서 그런지 '자기, 절대로 다치지 말고 건강하게 돌아와야 해'라는 말보다는 유미코처럼 단호한 어투로 '지금 바쁘니까 나중에 봐'라고 쿨하게 말하는 편이 내 성격에 맞다.

유미코뿐만 아니라 편집장에게서도 자주 듣는 말이지만, 나는 섬세하지도 사교적이지도 않다. 끈적끈적한 인간관계에 잘 대응하지 못하는 성격이다.

"잠깐 실례합니다."

그 목소리에 나도 모르게 아, 예 하고 대답하고 말았다. 비즈니스 클래스에 앉았으니 모든 일에 대범해야 한다고 나의 두뇌가 알아서 판단을 내린 것 같았다. 그 목소리의 주인공은 실례합니다 하면서 내 옆자리에 앉았다. 놀랍게도 그는 부모의 손에 잡히지 않은 11명의 중학생 중 한 명이었다.

"이야기 좀 해도 괜찮겠습니까?"

아주 정중하고 예의바른 소년이었다. 그건 괜찮지만 자네도 비즈니스 클래스 티켓을 샀어? 하고 물으려다 그런 촌스런 질문을 던져서는 안 된다는 생각이 들어 그만두었다.

"파키스탄에 가세요?"

소년은 내가 읽고 있는 소책자에 눈길을 주면서 물었다. 그렇다고 하자 소년은 자기소개를 했다. 이름은 나카무라 히데키. 중2, 탁구부라고 했다. 요코하마 시내의 우수한 중학교였다. 방금 세탁한 듯 깨끗한 폴로 셔츠와 청바지에 감색 마 재킷을 걸쳤다. 반듯한 얼굴에 눈썹이 길고 영특해 보이는 눈이었다. 좋은 환경에서 걱정 없이 자란 아이 같았다.

나도 명함을 내밀었다. 내가 매스컴 관계자라는 것을 알고는 꼭 묻고 싶은 것이 있다고 했다. 나는 녹음기를 틀까 하다가 그만두었다. 공항의 소동도 일단 수습되었고, 부모와 소년 몇 명의 코멘트를 녹음한 테이프는 이미 편집부로 부쳤다. 지금 내가 할 일은 현지에서 하릴없이 시간만 죽이고 있는 일본의 미디어를 깜짝 놀라게 힐 기사를 보내는 것이다. 그러니 그런 시정과는 다른 차원에서, 나카무라 히데키 군에게서는 무작정 녹음기를 들이미는 노골적인 기자 근성을 자제하게 하는 우아한 아우라가 뿜어져 나왔기 때문이다.

"세키구치 씨는 뭔가 전하고 싶은 것이 있다는 것을 먼저 전해야 한다는 것을 알고 계세요?"

모르겠는데 하고 나는 대답했다. 골치 아픈 말이 나올지도 모르겠다고 순간적으로 생각했지만, 나카무라 군의 눈빛은 어디까지나 진지했다.

"커뮤니케이션이란 남에게 뭔가를 전하는 거죠?"

"일반적으로 그렇다고 해야겠지."

"저…… 제가 이런 말을 해서 귀찮게 하는 건 아닌지요?"

괜찮아 하고 나는 잘라 말했다. 이 나이의 아이들은 왜 이다지도 예의가 바를까. 공항에서 부모의 손에 끌려가던 대부분의 소년들도, 시끄럽게 해서 죄송합니다 하고 직원들에게 정중하게 인사를 하지 않았던가.

"그럼 계속하겠습니다. 뭔가를 남에게 전하고 싶을 때, 전하고 싶은 말이 있다는 것을 먼저 전하지 않으면 안 된다고 생각합니다. 예를 들면, 포로수용소에서 엄중한 감시를 받고 있는 상황에서 서로 대화가 금지된 포로들이 뭔가 전해야 할 말이 있다고 가정해 보지요. 그때 포로는 자신이 뭔가를 전해야 한다는 것을 다른 포로에게 먼저 전해야만 합니다. 그렇지 않나요?"

"영화에서 자주 보는 장면인데."

"그렇습니다. 영화에서는 철창을 두드린다든지 돌을 던진다든지 휘파람을 불어서 상대의 주위를 끌려 하지요. 그처럼 커뮤니케이션을 하려면 우선 자신이 전하고 싶은 말이 있다는 것을 상대에게 전할 필요가 있다는 것을 이해하시겠지요."

그건 그래 하고 나는 고개를 끄덕였다. 나카무라 군의 이야기 자체도 흥미로웠지만 그와는 별개로 이야기 자체가 묘한 설득력을 발휘했다. 정확한 말을 애써 가리는 듯한, 그러면서 자신이 선택한 말을 소중히 여기는 듯한 여유롭고 낮은 목소리였다. 이 소년은 여자애들에게 인기가 있을 거야 하는 불온한 생각이 떠올랐다.

"한 학생이 있다고 해요. 이름은 나카무라, 나카무라는 매일 학교 정문을 지날 때 친구 세키구치를 만납니다. 안녕 하고 나카무라가 인사를 하지만 세키구치는 대답을 하지 않습니다. 마치 나카무라가 거기에 없다는 듯이 무시해버리는 거지요. 이상하다고 생각하면서 나카무라는 교실로 들어갑니다. 그런데 아무도 자신을 보려 하지 않는 겁니다. 나카무라는 옆자리의 야마다에게 숙제 해왔니? 하고 물어봅니다. 그러나 야마다는 마치 나카무라가 거기 없다는 듯 나카무라 쪽을 보지 않습니다. 나카무라는 자신의 목소리를 듣지 못한 모양이라 생각하고 야마다의 어깨를 두드립니다. 야마다는 고개를 돌리긴 했지만 나카무라의 얼굴을 확인한 순간 금방 얼굴을 돌리고는 거기에 나카무라라는 존재가 없다는 듯이 빈 곳을 바라봅니다. 무시해버리는 거지요."

나는 나카무라 군이 무슨 말을 하고 싶은지 알 것 같았다. 이상한 긴장감이 일었다. 이런 심각한 이야기를 듣기도 정말 오랜만이란 생각이 들었다.

"우리는 누구나 이야기를 하기 전에 상대방의 주위를 끌려 할 것입니다. 어깨를 두드리거나 웃음을 보내거나 잠깐 나 좀 봐 하고 말을 겁니다. 그것은 내가 당신에게 할 말이 있다는 신호를 보내는 것과 같습니다. 그 신호를 보낸 다음 얼굴과 얼굴을 마주하고 시선이 마주치는 순간 비로소 커뮤니케이션이 시작되는 거지요. 무시라는 것은 그 최초의 신호를 무시해버리는 일입니다. 나카무라는 상대에게 이야기조차 할 수 없게 되어버립니다. 뭔가를 전하고 싶다는 신호를 무시당하는 거지요. 무시하는 쪽은 그것이 인간적으로 매우 모욕적인 처사임을 알기 때문에 그렇게 하는 겁니다. 이지메 가운데서도 가장 악질적인 것이 바로 무시입니다."

나는 왜 파키스탄에 가려 하느냐는 리포터의 질문을 받고 이지메가 없기 때문이라고 작은 목소리로 대답하던 소년을 떠올렸다.

"나카무라는 이지메를 당하는 쪽이었나?"

나는 기어이 그렇게 묻고 말았다.

"아닙니다. 이지메를 하는 쪽이었어요."

나카무라는 고개를 가로저으며 말했다. 그러고는 고개를 숙였다. 나는 무슨 말을 하고 싶었지만 알맞은 말을 찾을 수 없었다.

"무시당하고 자살하는 아이도 있어요. 이해하시겠어요?"

물론 이해한다고 대답할 수 없었다. 도무지 이해하지 못하겠다는 생각이 들었기 때문이다.

"나마무기는 '여기는 이지메가 없다'고 분명히 말했습니다. 알고 계시지요?"

나는 멍한 표정으로 고개를 끄덕였다. 중학생 사이에서 예의 소년이 나마무기로 불린다는 사실을 비로소 알게 되었다.

"이야기를 들어주셔서 고맙습니다. 이것뿐입니다."

나카무라는 이렇게 말하고 정중하게 고개를 숙인 다음 자기 자리로 돌아갔다. 고맙다는 인사를 받고 나는, 천만에 하고 어물쩍 대답을 했을 뿐 달리 무슨 말을 해야 좋을지 몰랐다. 나카무라는 묘한 분위기를 풍기는 데다 이야기도 무척 흥미로워서 달리 듣고 싶은 말이 많았다. 비행기 티켓은 무슨 돈으로 샀는지, 아버지는 어떤 일을 하고 있는지, 학교에서는 정말로 그 파키스탄 소년을 영웅으로 여기고 있는지, 그런 일들을 묻고 싶었다. 그러나 나는 아무것도 묻지 못했다. 누구든 말하고 싶지 않은 일들이 있다. 나 같은 경우는 왜 유미코와 결혼하지 않느냐, 왜 첫 결혼에 실패했느냐와 같은 질문이다. 그런 것은 내가 아니면 이해할 수 없는 일들이 대부분인데, 나 또한 잘 모르는 일도 있는 심각하면서도 리얼한 문제다. 나카무라의 이야기는 바로 그런 종류의 문제였다. 그걸 꼬치꼬치 캐묻는 건 실례라는 생각이 들었다. 그리고 유미코가 잘못 생각하고 있다는 생각도 들었다. 국채나 증권이나 세제보다 이 중학생들의 소동이 훨씬 더 일본과 아시아의 10년을 좌우할 문제가 아닐까 하는 생각이 들었다.

　스위스 의료 NGO가 편찬한 북서 변경주의 자료는 정말 재미없었다. 나는 금방 그 자료를 손에서 놓고 말았다. 현지의 부족이 얼마나 비위생적이며 전근대적인 생활을 하고, 그들이 얼마나 그것을 개선하기 위해 노력해왔는지, 그런 것들만 잔뜩 적혀 있었다. 파슈툰이 실제로 어떤 생활을 하고 있는지는 도무지 알 수 없는 내용뿐이었다. 인간이라면 반드시 유럽 사람처럼 살아야 한다고 주장하는 듯한 불유쾌한 문장도 보였다.

패전 직후의 일본인은 미국에 대해 강력한 콤플렉스를 품었다. 그런데 21세기에 들어서 다시 그런 콤플렉스를 유럽의 '시장'에 대해 품기 시작했다. 누가 보아도 시장은 일본 정부보다 위대하다. 엔화는 달러와 유로의 틈바구니에서 점점 그 힘을 잃어가고 있다. 유미코 같은 경제 관계자는 시장이 나쁜 게 아니라 고리타분한 시스템에 얽매여 꼼짝도 못하는 일본 정부가 나쁘다고 말한다. 물론 옳은 말이다. 그것이 인류에게 진정 필요한 것인가 아닌가는 제쳐두고라도, 시장은 분명 중립적인 존재임에 분명하다. 그러나 그것과 일본이 새로이 품기 시작한 '시장'에 대한 콤플렉스는 다른 문제다.

10년 전이었다면 이런 스위스 의료 NGO의 자료를 읽고 감동했을지도 모른다고 생각하면서 나는 이제 잠이나 자자고 마음먹었다. 깨어 있어 봐야 어머니뻘 되는 스튜어디스의 얼굴밖에 볼 게 없다. 방콕에서 10시간 가까이 대기해야 한다. 체력을 비축해둘 필요가 있다.

잠들기 전에 비즈니스 클래스를 둘러보았지만 나카무라 군은 보이지 않았다. 나카무라 군은 이코노미 클래스에서 일부러 나를 찾아왔던 것이다.

저녁 나절에야 방콕에 도착했다. 에이프런에서 로비로 이어지는 복도에는 일본항공 직원과 타이항공 경찰이 대기하고 있었다. 그들은 탑승객 전원의 패스포트를 체크하면서 손에 든 리스트와 대조하고 있었다.

나는 중학생들이 모두 '보호'되는 모습을 잠시 지켜보았다. 그들은 트랜싯 대합실에서 일본행 비행기를 기다리는 신세가 되었다. 나카무라 군의 모습을 찾았지만 아직 나오지 않은 것 같았다. 마지막 승객과 함께 나카무라 군이 모습을 드러냈다. 그러나 나카무라 군은 그냥 통과되었다.

"피로하시죠" 하고 나카무라 군은 나를 향해 가볍게 고개를 숙였다.

나는 나카무라 군과 함께 공항 바깥으로 나왔다. 열 시간에 달하는 대기 시간을 공항에서 그냥 기다릴 수 없어 우리는 택시를 타고 방콕 시내로 가 식사를 하기로 했다. 저녁 시간이었지만 공항 건물을 한 걸음 나서자 마치 사우나에 들어선 듯이 후텁지근한 공기가 온몸을 짓눌렀다.

식사나 같이 할까요 하고 먼저 말을 건넨 것은 나카무라 군이었다. 나카무라 군은 배낭을 멨고 나는 트렁크를 끌었다. 짐을 맡길 만한 곳이 없을까 하고 두리번거렸더니, "가지고 있는 게 좋을 텐데요" 하고 나카무라 군이 말했다. "여긴 코인로커도 없을걸요"라는 나카무라 군의 말에 얼굴을 붉히지 않을 수 없었다. 그러고 보니 하와이에도 한국에도 사이판에도 심지어 오스트레일리아에도 코인로커는 없었다.

"개발도상국 공항에서는 짐을 맡기지 않는 게 좋을 겁니다. 특히 타이 같은 나라는 오랜 불황이라 위험할 거예요."

'어떻게 된 놈이 나보다 더 아는 게 많아' 하고 나는 속으로 중얼거렸다.

큰 강 위로 붉은 노을이 깔리고 방콕 특유의 스모그가 오렌지색으로 뿌옇게 하늘을 물들였다. 우리는 유명한 호텔 뒤편에서 택시를 내려 향신료 냄새가 물씬 풍기는 지하 식당가의 한 레스토랑으로 들어섰다. 고급스럽지도 않고 싸구려도 아닌 중간 정도의 레스토랑이었다. 아직 시간이 이른 탓인지 손님은 별로 많지 않았다. 잠시 후 젊은 여자들이 들어왔다. 화장이 짙은 것으로 보아 출근길의 호스티스인 것 같다. 시끄럽게 떠들어대며 큰 접시에 담긴 국수를 게걸스럽게 먹는다. 식당 안으로 들어서면서 그 여자들은 흥미로운 눈길로 우리를 살펴보았다. 아버지와 아들이라고 보기에는 나이 차이가 너무 적고, 친구라기에는 너무 나이 차이가 많다. 여자들은 참 이상한 일행이라는 눈치였다.

우리는 매운 수프와 새우 카레, 그리고 당근 샐러드를 먹었다. 특별히 맛있는 것도 아니고 맛없는 것도 아닌 그렇고 그런 맛이었다. 나는 맥주를 나카무라 군은 콜라를 마셨다. 식사 중에는 거의 대화를 나누지 않았다. 정말 맛있네요, 별로 안 매워요 하고 고개를 끄덕이는 정도였다. 식당 안의 에어컨은 거창한 소리를 냈지만 조금도 시원하지 않았다. 후텁지근한 공기가 식당 공간 안에 뭉쳐 있는 것 같았다. 매운 수프와 새우 카레를 먹는 동안 이마에 맺힌 땀방울이 테이블 위로 뚝뚝 떨어져 내렸다.

나카무라 군과 나의 영어 실력은 거의 비슷한 수준으로, 수프, 카레, 샐러드라는 메뉴판의 글자는 읽을 수 있었지만, 디저트에 이르러서는 뭐가 뭔지 도무지 알 수 없어 적당히 아무거나 시켰더니 달콤한 떡 한 덩어리가 나왔다. 내가 미간을 찌푸리며 이런 떡은 생전 처음이라고 말하자 나카무라 군은 소리 내어 웃었다. 처음으로 나카무라 군의 웃음소리를 들었다. 웃음소리를 듣고서야 내 눈앞에 앉아 있는 사람이 아직 14세밖에 안 된 소년이라는 사실을 실감했다. 소년의 웃음소리를 듣고 기분이 좋아졌다.

"세키구치 씨는 파키스탄에 가실 거죠?"

나카무라 군은 스푼으로 떡 조각을 입에 떠 넣으며 물었다. 기사를 써야 하니까 하고 대답하면서 나카무라 군의 말투가 마음에 걸렸다. 마치 카라치로 가지 않겠다는 듯한 말투였기 때문이다. 나카무라 군은 식당 바깥을 바라보며 생각에 잠겨 있었다. 그 시선 끝에는 카바레와 노래방 네온사인이 번쩍이는 방콕의 지하 식당가가 있었다.

"난 그만둘 생각이에요."

홀연히 나카무라 군은 이렇게 말했다. 이 소년에 대해 아무도 가출신고서를 제출하지 않았다는 사실이 마음에 걸렸다. 그러나 나는 아직 사정을 물어보지 않았다. 미묘한 문제라 함부로 묻다가는 오히려 경계심을 조장할지도 모른다고 생각했기 때문이다. 난 정말 무능한 저널리스트다. 그러나 오랜 세월 동안 여러 종류의 사람과 인터뷰를 하면서 나름대로 노하우를 축적해왔다. 서서히 분위기를 조성하여 상대가 스스로 입을 열기를 기다리는 것이다. 그것이 인터뷰에 대한 나의 노하우다.

"아직도 망설이고 있지만, 파키스탄에는 가지 않는 게 좋을 것 같은 생각이 들어요."

아, 그렇게 생각하니 하고 나는 모호하게 고개를 끄덕였다.

"그런데 세키구치 씨는 '보통'이라는 것을 어떻게 생각하세요?"

나카무라 군이 입을 연 바로 그 순간 식사를 끝낸 호스티스 일행이 계산을 마치고 자리에서 일어섰다. 싸구려 향수 냄새가 식당 안을 떠돌았다. 그 중 한 사람이 저팬 하고 우리 쪽을 바라보았다. 예스 하고 내가 대답하자 저패니스 보이, 유 아 컨트리하고 서툰 영어로 말하더니, 손가락으로 총 모양을 만들어 '팡팡' 쏘는 시늉을 했다. 무슨 말을 하고 싶은 건지 영문을 알 수 없었다. 왜 그래요? 하고 나카무라 군이 그 여자를 향해 물었지만, 말이 잘 통하지 않았다. 여자는 동료들 쪽을 돌아보며 크게 웃더니 나가버렸다.

"무슨 말이에요?"

아직도 강렬한 향수 냄새가 떠도는 입구 쪽을 바라보면서 나카무라 군이 물었다.

"이 부근은 치안이 좋지 않으니 조심하라는 뜻이겠지 뭐."

"그래요? 좀 이상한 기분이 들어요."

나카무라 군은 이상해 하고 몇 번이나 고개를 갸웃거리더니 자신의 이야기로 돌아왔다. 그가 하고 싶은 말은 '보통'이라는 말에 대해서였다.

"나는 어릴 때부터 죽 '보통으로 살아라'라는 말을 들으며 지냈어요. 세기구치 씨는 내가 보통 중학생이라고 생각하세요?"

나카무라 군의 말을 듣고 최근에 비슷한 이야기를 어디선가 들은 듯한 느낌이 들었지만 기억나지 않았다.

"이렇게 이야기를 나눌 때는 보통이라는 생각이 들어. 그렇지만 혼자서 파키스탄에 가는 중학생을 보통이라고 할 수는 없을 거야."

"나마무기는 보통일까요?"

"파키스탄과 아프가니스탄의 국경 지대에서 지뢰 제거 작업을 하는 열여섯 살 일본인 소년은 아마 보통이라고 할 수 없을 거야."

"그렇지만 나마무기는 그 부근 사람들에게는 보통이 아닐까요?"

"난들 어떻게 알겠니. 그 부근에 대해서 잘 모르니까 말이
야."

"텔레비전을 보니까 나마무기는 그쪽 사람들과 잘 지내는 것
같던데요."

나는 그제야 나카무라 군이 무슨 말을 하고 싶은지 알았다.
비슷한 이야기를 하던 인물이 떠올랐다. 그 인물은 올 초에 인
터뷰한 일본인 발레리나였다. 런던의 유명한 발레단에서 활약
하는 무용수였는데 외국 생활이 힘들지 않으세요? 하는 나의 첫
질문이 그녀의 기분을 상하게 하고 말았다. 딱히 힘들지 않아요
하고 그녀는 말했다. 말을 배우고, 음식에 익숙해지고, 다른 발
레리나나 안무가와 친해질 때까지는 어렵지만 그 다음은 보통
으로 해요. 보통으로 생활할 수 있을 때까지가 힘들어요. 일본
사람들은 잘 이해하지 못할지도 몰라요. 런던에는 많은 일본인
들이 살지만, 대부분의 사람들은 일본이란 짐을 그냥 끌고 있어
요. 일본이란 짐을 벗어버리고 그곳 생활에 익숙해지면 보통 사
람처럼 살아갈 수 있어요.

"세키구치 씨가 생각하는 보통 중학생이란 어떤 중학생인가
요?"

듣고 보니 정말 대답하기 곤란한 질문이었다. 대답하기 어렵
죠? 라는 나카무라 군의 말에 나는 고개를 끄덕이지 않을 수 없
었다.

"정말 지겹게 들었어요. 부모님과 나눈 대화 가운데 기억에 남는 거라곤 그것뿐이거든요. 난 도무지 보통이란 말뜻을 이해할 수 없었어요. 그건 지금도 마찬가지예요. 부모님 말로는 다른 사람들과 똑같이 하면 된다던데, 그렇지만 사람이란 모두 다르지 않은가요?"

"아마 부모님이 말씀하시는 보통이란, 뭐라고 할까…… 공통의 룰을 지키라는 뜻도 있지 않을까. 한 사람 한 사람이 모두 다르다는 건 성격이 다르다는 뜻이니까 말이야."

"그럼 공통의 룰이란 법률을 두고 하는 말인가요?"

"그런 면도 있지만 아마도 모럴을 두고 하는 말일 거야."

나카무라 군은 잠시 생각하더니, 보통의 길이란 어떤 길이냐고 물었다.

"길?" 하고 나는 되물었다.

"길, 아니면 가정이라도 좋습니다. 보통 가정. 보통 가정이란 도대체 어떤 가정일까요?"

"그건 크지도 않고 작지도 않고, 가난하지도 않고 부자도 아니고 그런 걸 말하는 게 아닐까?"

"그럼 보통 얼굴은요? 그렇게 아름답지도 않고 보기 흉하지도 않은 그런 얼굴인가요?"

"그렇다고 할 수 있겠지."

"일본인의 보통 얼굴과 미국인의 보통 얼굴은 서로 다른가요?"

"다를 거야."

"도쿄 미나토 구의 보통 집과 아오모리 시골의 보통 집은 같을까요?"

조금 다를지도 몰라 하고 나는 대답했다.

나카무라 군과 대화에 열중하느라 의식하지 못했지만, 식당에는 그 사이 꽤 많은 손님이 들어와 있었다. 작업복 차림의 공사장 인부 같은 사람들, 호스티스로 보이는 여자 두 명, 퇴근한 젊은 직장인 키플, 그런 손님들이었다. 같은 동양인이지만 그들과 우리는 명백히 다른 얼굴이었다. 손님 수가 늘어나자 실내 온도는 더 높아진 것 같았다. 겨드랑이와 이마에서 땀이 줄줄 흘러내렸다.

"보통이란 말에는 일정한 기준이 없는 것 같은 생각이 들어요. 그래서 보통으로 살라는 말을 이해하지 못했던 것 같아요."

돈은 내가 냈다. 자기 건 자기가 내겠다고 고집을 부리다가 취재비가 많이 나와 괜찮다는 말을 하자 그제야 나카무라 군은 고집을 꺾었다.

지하 식당가를 나서자마자 휴대폰이 진동하기 시작했다. 데스크였다.

"어디 갔었어? 전원 꺼놓고 있었어? 얼마나 불렀는데."

"밥 먹고 있었어요."

"당장 돌아와! 그 파키스탄 소년이 일본 카메라맨에게 총을 쐈어. 그래서 자네는 파키스탄에 입국할 수 없게 됐어."

일본의 한 방송국에서 위촉받은 프리랜서 디렉터와 카메라맨이 페샤와르 교외의 검문소를 우회하여 북서 변경주로 들어가서, 돈으로 고용한 안내인의 도움으로 나마무기가 있는 부족을 찾아가 억지로 취재를 시도했다고 한다. 나마무기는 허락도 없이 북서 변경주로 들어오는 것은 위법이라고 몇 번이나 주의를 주었으나 그 디렉터는 말을 듣지 않았다. 사진 촬영을 하지 말라는 나마무기의 경고도 무시하고 카메라맨은 비디오 카메라를 돌렸다. 나마무기는 그 디렉터와 카메라맨을 향해 총을 쏘았다. 카메라맨은 발등에 총상을 입었고, 디렉터는 개머리판으로 얼굴을 맞았다. 나마무기는 비디오 카메라를 부수고, 필름은 일본 미디어의 범죄 행위를 증명하는 자료로 파키스탄 국영 텔레비전 방송국으로 보냈다. 파키스탄 정부는 일본 정부에 대해 부당한 취재 행위를 금하도록 엄중히 경고함과 동시에 당분간 보도 비자 발급을 중지하기로 결정했다. 파키스탄 정부의 권고와 지시에 따르지 않는 미디어에 대해서는 국외 추방을 명령했고 보도 비자를 가진 일본인의 귀국도 엄중히 제한한다는 발표를 했다. 파키스탄 입국을 저지당한 일본인 저널리스트들은 카라치에서 발을 동동 구를 수밖에 없었다.

그 소식을 전하자 나카무라 군은, "정말 대단해!" 하고 두 눈을 반짝거렸다. 우리는 일단 공항으로 돌아가기로 했다.

방콕 공항의 로비에 설치된 텔레비전에서 나마무기의 발포 영상을 보았다. 파키스탄 국영 방송국이 제공한 영상으로, 타이의 방송국이 저녁 뉴스로 흘려보내고 있었다.

거친 바위산을 배경으로 선글라스를 쓴 나마무기가 서 있었다. 어깨에 카라시니코프를 메고 있었다. "일본인인가?"라고 묻는 일본인 중년 남자의 목소리. 아마도 문제의 그 디렉터일 것이다. 나마무기는 부족 남자들과 나란히 서 있다. 사건 발단을 소개하는 CNN 영상과 같은 구도였다. 나마무기 바로 곁에는 긴 흰 수염의 노인 하나가 현지 말로 뭐라고 말했다. 화면 아래에 영어 자막이 나왔다.

"아까 도망친 그 아프가니스탄 안내인은 총살형을 당할 거야."

디렉터는 나마무기를 향해 계속 질문을 던진다. "일본인인가? 일본인인가? 일본인인가? 일본인인가?" 여러 인종들이 마구 섞여 있는 방콕 공항에서 그 말을 듣고 있자니 묘한 느낌이 들었다. 먼 별나라의 언어로 하는 주문 같았다. 나마무기는 일본어가 아니라 정중하게 영어로 대응했다. 허가증이 없으면 아무도 여기 들어올 수 없다. 빨리 물러가라.

내 곁에서 까치발을 하고 텔레비전을 보던 나카무라 군이 중얼거렸다.

"왜 일본 매스컴은 나마무기를 죄인 다루듯 하는지 모르겠어요. 나마무기가 무슨 죄라도 지었나요?"

나마무기가 일본을 떠났으니까 그렇겠지 하고 대답했지만, 물론 말도 안 되는 대답이다. 정보가 충분하지 않아 확실한 것은 모르겠지만, 나카무라 군의 말대로 나마무기는 일본의 법률을 위반하지 않았다. 나마무기는 부족 사람들에게서 인정받고 현지에서 살아간다. 그 파키스탄 법을 위반한 사람은 바로 텔레비전 방송국의 위탁을 받은 디렉터와 카메라맨 쪽이다. 그러나 당연히 그 디렉터와 카메라맨에게는 그런 자각이 없다. 일본의 미디어는 일본을 버린 자나 일본적 공동체의 가치관에 따르지 않는 자는 무조건 범죄자로 취급하는 경향이 있다. 물론 미디어에만 책임이 있는 건 아니다. 아마도 미디어는 국민 대다수의 뜻을 따를 뿐이라고 변명할 것이다.

　화면 속의 나마무기는 둥근 테 선글라스를 쓰고 발목까지 덮는 민족 의상을 바람에 나부끼며 냉정하게 대응했다. 나는 그 영상과 목소리에서 불온한 느낌을 받았다. 공항 로비의 텔레비전 화면은 좋지 않았다. 입자가 굵고 색상도 붉어서 그랬는지도 모른다. 영상과 음성 전체의 느낌이 왠지 찌그러져 있는 것 같았다. 의미도 없는 주문처럼 들리는, 일본인인가? 하는 일본어는 그 풍경에 도무지 어울리지 않았다. 나마무기를 둘러싸고 일본인 디렉터와 카메라맨을 뚫어져라 응시하고 있는 파슈툰 남자들의 눈길과 그 일본인인가? 하는 일본어는 전혀 어울리지 않았다. 나는 나마무기가 발포했다는 사실을 데스크의 연락을 통해 알았다. 나마무기는 과연 언제 발포할 것인가, 나는 긴장된 눈길로 화면을 응시했다. 그러나 어딘지 모르게 비뚤어져 보이는 그 영상에 대한 느낌은 그것만으로는 설명이 불가능했다. 나는 데모나 테러 그리고 내란에 관련된 영상을 볼 때마다 그런 비틀린 듯한 느낌을 받는다. 가스 마스크를 한 무장 경관이 데모대 속으로 돌진하려는 순간, 또는 온몸에 피를 흘리며 신음하는 어둠 속의 테러 피해자가 조명을 받을 때, 그리고 갑작스런 포성과 함께 영상이 흔들리고 빌딩이 화염에 휩싸일 때, 나는 뭔가 불온하고 뒤틀린 느낌에 사로잡힌다. 정확히 말하자면 폭력이 가해지고 피가 튀기기 직전의 영상에 대해서이다. 가스 마스크를 하고 경찰봉을 휘두르는 무장 경관이나 피투성이가 되어 나뒹구는 사람들, 화염에 휩싸인 빌딩 그 자체가 불온하면서도 뒤틀린 느낌을 주는 것은 아니다. 어떤 결정적인 폭력이 발생하기 직전의 풍경이 불온하고 뒤틀린 것처럼 보인다. 균형이 깨졌는데도 아직 균형을 유지하고 있는 시소를 보는 듯한 느낌. 한쪽 끝에만 몇 사람이 올라가 있는데도 아직까지 균형을 유지하는 시소. 돌이킬 수 없는 일이 이미 벌어지고 있는데도 시소는 아직 평형을 이루고 있다. 벌써 포화 상태에 달한 에너지가 폭발을 일으키려 하는데도 풍경은 조금도 바뀌지 않는다. 그런 화면을 볼 때면, 빨리 무슨 일이든 일어나기를 바라게 된다. 시소가 한쪽으로 기울어져 그 위에 타고 있던 사람들이 바닥에 내팽개쳐지기를 기대하게 된다. 결정적으로 사태가 바뀌어야 하는데도 아직 변하지 않는다. 나마무기의 어깨에 비스듬히 걸려 있는 카라시니코프도, 나마무기를 둘러싼 사람들의 눈길도, 바람이 불 때마다 허공으로 솟구치는 누런 모래도, 아지랑이 사이로 어렴풋이 비치는 먼 바위산도 한결같이 폭력과 유혈 사태로 기울어져 있는데도 시소는 아직 평형을 이룬다.

"너 말이야, 너무 폼 재지 마."

갑자기 디렉터의 말투가 바뀌었다.

"괜히 영어로 말하고 그러지 마. 짜식 너! 일본인이란 거 알아. 일본에 계신 어머니 아버지가 얼마나 걱정하는지 알기나 해! 일본인이라면 일본인이라고 말해야 할 것 아냐. 똥폼 재지 말고 똑바로 말해봐!"

디렉터는 의도적으로 나마무기의 화를 돋우려 했다. 화를 내게 만들이 그 정체를 밝힐 수 있는 단서를 잡으려 했다. 내 곁에 서 있는 나카무라 군이, 쏴 하고 속삭였다.

"나마무기, 쏴!"

그러나 나마무기는 디렉터의 도발에 넘어가지 않았다. 여기는 거주 부족 외에는 출입이 금지된 구역입니다. 다시 한 번 경고하겠습니다. 촬영을 멈추고 즉시 물러가세요. 아주 정중한 영어였다. 싸움이건 데모건 조용한 말투로 경고하는 자가 가장 무섭다. 나라면 벌써 도망쳤을 것이다. 화면이 한 번 크게 흔들렸다. 카메라맨이 본능적으로 불안감을 드러냈다. 그러나 디렉터는 물러서려 하지 않았다. 디렉터가 다시 무슨 말을 하려는 순간, 카라시니코프가 어깨 아래로 미끄러지면서 나마무기는 카메라의 초점 옆으로 빠져나갔다. 화면에서 사라진 나마무기를 따라잡으려고 카메라맨이 카메라를 돌리는 순간 날달걀을 바닥에 내리꽂는 듯한 '픽' 하는 소리가 들렸다. 디렉터가 적갈색 땅바닥에 쓰러져 있고, '탕' 하는 깡마른 총소리와 함께 화면이 크게 한쪽으로 기울어지고 새파란 하늘이 언뜻 비치면서 영상은 끝났다.

"멋져!"

나카무라는 중얼거렸다.

우리는 공항 로비에서 몇 시간 동안 일본으로 돌아갈 비행기를 기다렸다. 나카무라 군은 나마무기의 영상을 본 후 한참이나 망설였다. 나카무라 군은 관광 비자이므로 입국할 수 있다. 카라치행이건 일본행이건 많은 시간이 남았다. 어느 쪽을 선택할 것인가. 나카무라 군에게는 고민할 수 있는 충분한 시간이 있었다. 결국 나카무라 군은 일본행을 택했다. 부모님이 걱정하실 텐데 집에 전화라도 해 하고 나는 휴대폰을 건네주었다. 통화를 끝낸 나카무라 군의 눈이 빨갛게 물들었다.

우리는 샌드위치를 먹고 체조도 하고 소년 소매치기단 세 명이 체포되는 모습을 보기도 하면서 이런저런 이야기로 시간을 때웠다.

의외로 나카무라 군은 아주 평범한 가정의 아이였다. 아버지는 자동차 회사에 다니는 엔지니어고, 어머니는 도서관에서 아르바이트를 하는 책 좋아하는 아줌마고, 약간 조숙한 초등학교 5학년짜리 여동생이 있고, 항공권은 10년 동안 모아둔 설날 용돈으로 충당했고, 부모가 가출신고서를 내지 않은 것은 우리 아들이 파키스탄 같은 데 갈 이유가 없다고 생각했기 때문이었다. 어릴 적부터 여행은 정말 싫었어요 하고 나카무라 군은 웃으면서 말했다.

"어릴 적에 디즈니랜드에서 오랫동안 줄을 서 있다가 일사병으로 쓰러진 적이 있었어요. 그 이후로 여행을 싫어했어요. 우리 집은 미나토미라이와 야마시다 공원에서 가까웠지만 그런 데도 가지 않았어요. 아무 데도 가지 않는 아이였으니, 행방불명된 내가 파키스탄에 가리라고는 꿈에도 생각지 못하셨을 거네요."

여행이나 외출을 싫어하는 만큼 어머니의 영향으로 집 안에서 책을 많이 읽었다고 나카무라는 말했다. 그밖에는 퍼즐 게임이나 비디오 게임을 좋아했다고 한다.

"그런데 왜 파키스탄행을 결심했지?"

이런 대화를 기사로 만들면 특종이 될 거라는 생각을 하면서 물었다.

"텔레비전 화면에서 나마무기를 처음 보았을 때 뭔가를 느꼈어요. 그렇지만 그런 느낌은 오래 가지 않아요. 뭔가를 느끼면서도 금방 잊어버리고 말아요. 하지만 실제로 나마무기가 있는 곳에 가면 달라지지 않을까 생각했어요."

그 다음에 나카무라 군은 초등학교 친구가 이지메를 당해 자살 미수 소동을 벌인 후 전학을 간 이야기를 했다.

"2학년 때부터 친하게 지냈는데 자주 무시하고 그랬어요. 그래서 심한 죄책감을 가지게 되었는데, 학교에 가면 다들 그 애를 잊어버린 것 같아서 정말 묘한 느낌이 들었어요. 그래서 나도 그 애에 대해 별로 이야기하지 않았어요. 그 애가 전학을 간 후 얼마 동안은 밤만 되면 그 애가 날 찾아오는 건 아닌가 하고 늘 두려움에 떨었어요. 그렇지만 조금 지나니 그런 두려움도 없어졌어요. 조금만 시간이 지나면 엷어지는 기억도 있으니까요. 옛날에 맛이 엷어서 마시기에도 편하고 두 배로 마실 수 있다고 콜라에 물을 타는 게 유행한 적이 있었잖아요. 꼭 그런 느낌으로 기억이 엷어지데요. 잊어서는 안 된다고 생각하면서도 시간이 지나면 점점 기억이 희미해지고, 어, 왜 이렇게 희미해지지 하고 생각하다가, 그러고 보면 이 세상에 희미해지지 않는 게 없지 않은가 하는 생각도 들어요. 그러다 사람이란 그런 느낌으로 죽어가는구나 하는 생각이 들어 무서워지기도 해요. 그렇지만 나마무기는 너무 멀리 있어요. 너무 멀리 있다는 걸 알게 되었어요."

나카무라 군은 거기서 일단 말을 끊었다가 미지근한 콜라를 한 모금 머금었다.

"그런 곳에서 나마무기처럼 보통으로 살아가는 건 정말 힘들 것 같아요. 보통으로 생활할 수 있을 때까지 다른 사람들에게 많은 신세를 져야 할 거예요."

그런 다음 나카무라 군은 이지메에 관계없이 등교를 거부하는 학생이 점점 늘어난다는 말을 했다. 문부성은 작년에 등교거부 아동과 학생 수가 초·중·고 합해서 약 200만, 전체의 3퍼센트에 달한다고 발표했는데, 그건 거짓말인 것 같았다. 2주일에 한 번 정도 불쑥 아침에 얼굴을 내밀었다가 수업도 받지 않고 그냥 돌아가는 학생은 그 통계에 포함되지 않았다고 한다.

"나마무기가 나타난 이후로 난 학교에 가지 않았어요."

로비에는 온갖 사람들이 넘쳐났다. 오렌지색 옷을 입은 승려도 있고, 검은 베일로 얼굴을 가린 이슬람 여인, 터번을 두른 인도인, 배낭을 베고 잠을 자는 젊은 백인 커플, 세계 각국의 언어가 들려오고, 담배 연기가 뿌옇게 피어오르고, 향신료와 몸 냄새, 향유와 난초 향기가 마구 뒤섞였다. 콜라와 샌드위치를 사러 갈 때도 만원 전철 안을 헤집듯이 사람 사이를 뚫고 나아가야 했다. 조금만 딴 데 신경을 쓰면 앉을 의자도 없었다. 의자를 빼앗기지 않으려고 화장실도 교대로 가기로 했다. 그래도 빈 의자를 차지하려는 사람을 막기 위해 강한 어조로 주인이 있는 의자임을 알려야 했다.

그런 복잡한 장소에서 14세의 일본인과 이야기를 나눈다는 사실이 참으로 신선했다. 이런 곳이 아니었더라면, 아마도 이 아이는 솔직하게 속을 털어놓지 않았을지도 모른다. 나카무라 군이 말한 대로 무슨 영문인지는 모르겠지만 일본인은 대화를 잘 하지 않는다. 개인적인 이야기를 하는 경우가 거의 없다. 가령 일본의 찻집에 앉아 나카무라 군에게서 이런 이야기를 들었더라면 중학생의 그렇고 그런 이야기로 흘려버렸을지도 모른다. 실제로 나카무라 군의 고백은 일본에서는 귀가 따갑도록 들을 수 있는 지극히 평범한 이야기에 지나지 않는다. '초등학교 때 친구에게 이지메를 가했는데 그 애가 자살 미수 사건을 일으키고 다른 학교로 전학 가버렸다.' 이상한 일이지만, 일본에서 그런 이야기는 보통 화자 개인의 이야기가 아니라 중학생 집단의 한 에피소드가 되고 만다. 시대가 하수상하고 중학생도 많으니까 그런 일도 가끔씩은 벌어지는 거라 생각하는 정도다.

우리는 짐을 끌어안은 채 두세 시간 졸기도 하고, 몇 잔의 멀건 커피를 마시기도 했다.

이윽고 체크인을 하고 비행기에 오르면서 물었다.

"이제 학교에 돌아갈 거니?"

"모르겠어요."

나카무라 군은 그렇게 대답했다.

나마무기가 일본에서 여전히 미디어의 총아로 주목받고 있으리라는 나의 생각은 오산이었다. 총을 쏜 이후로 나마무기는 오히려 망각의 저편으로 사라져갔다. 일본 정부는 과잉 취재를 자숙해달라는 파키스탄 정부의 요청을 받아들였다. 우정성 차관이 정부의 그런 방침을 발표했다. 그 방침이 발표되자 각 텔레비전 방송국이나 신문, 잡지사는 취재팀을 모두 철수시키기 시작했다. 나마무기는 완전히 일본을 버린 자로서 무시되고 말았다. 부상당한 디렉터와 카메라맨은 곧장 귀국했고 범죄자도 영웅도 되지 못했다. 멍청한 저널리스트의 표본으로 몇몇 사진 주간지에 보도되긴 했지만 두 사람 또한 나마무기와 마찬가지로 무시되었다.

편집부에 얼굴을 내밀었지만 아무도 취재에 대해 묻지 않았다. 모두들 애써 나마무기를 잊어버리려 했다. 유순한 모습으로 주어진 질서에 따르지 않는 삶을 나마무기는 너무도 간단히 보여주었기 때문이다.

타이 실크 스카프를 사 들고서 파키스탄까지 가지 않고 무사히 돌아온 나를 유미코는 반갑게 맞아주었다. 방콕에서 돌아온 일요일, 우리는 오랜만에 외식을 했다.

유미코가 고른 곳은 니시신주쿠 빌딩 안에 있는 타이 음식점이었다. 짙은 향신료 냄새가 나카무라 군과 함께했던 지하 식당가의 음식을 연상시켰다. 가게 안에는 젊은이들로 가득했다. 10대, 20대 커플과 그룹들이 부도심지의 야경을 감상하면서 방콕에 비해 서너 배 비싼 음식을 먹으며 큰 소리로 웃고 떠들어댔다. 노골적으로 성적인 대화를 나누는 그룹도 있었고 큰 소리로 여자를 꼬시는 남자도 있었다. 이 사람들의 뇌리 속에서 나마무기라는 존재는 이미 사라져버렸을 것이다. 문득 이놈들 정말 쓰레기 같은 족속이 아닌가 하는 생각이 들었다. 나카무라 군이 의식 속에 남아 있었다. 이 인간들은 죽었다 깨어나도 10년 동안 모은 돈으로 뭔가를 확인하기 위해 파키스탄까지 갈 생각은 하지 못할 것이다.

나는 타이 맥주를 마시고 약간 일본풍으로 바꿔 요리한 닭고기와 새우 코코넛 카레를 먹으면서 정말 공황이 오는 걸까 하고 유미코에게 물었다. 3년 전부터 언제 공황이 와도 이상하지 않다는 말이 나왔다. 엔화 가치는 떨어지고 경상수지는 마이너스 곡선을 그리고, 적지 않은 은행이 파산하여 외국 자본에 흡수되었지만, 결코 싸지 않은 전통 음식점에 모여들어 즐겁게 떠들어대고 있는 젊은이들을 보면 공황이라는 말에 현실감을 느낄 수 없었다. 소문이 퍼지고 있을 동안은 절대로 공황은 오지 않는다고 유미코는 말했다.

"솔직히 말해 나도 모르겠어. 현재로선 일본을 박살내서 미국에게 좋을 게 없으니까. 달러, 유로, 엔화라는 시스템이 깨어지고 서서히 달러, 유로, 중국 위안화의 시스템으로 전환될 것 같은 생각이 들어. 물론 그런 변화는 유대 금융자본의 음모는 아냐. 그냥 자연스러운 흐름일 뿐이야. 로마건 사라센이건 몽골이건 절정기를 맞이한 후에는 반드시 내리막길을 걸었으니까. 그것도 갑자기 사라지는 것이 아니라 천천히 세계사의 무대에서 모습을 감추었잖아. 그러니 일본인들 역시 자연스럽게 사라지지 말란 법이 없지 않겠어. 물론 사라진다고 해서 일본이 없어지는 건 아니야. 원래 가진 거라곤 돈밖에 없었잖아. 영향력도 없고 발언권도 별로 없는 나라였으니까. 그러면 어때 하는 생각이 안 드는 것도 아니지만 말이야. 경제적으로 이류 삼류로 떨어진다고 해도 별 문제는 없지 않을까?"

"경제대국이라는 자부심 하나로 살아온 작자들은 어떻게 될까. 참고 살 수 있을까?"

"그런 작자들은 빨리 죽어줬으면 좋겠어. 그런데 데츠는 이 레스토랑이 맘에 안 드는 모양이네" 하고 유미코는 주위를 둘러보며 말했다. 나는, 그렇지 않다고, 갑자기 그 애 생각이 나서 그런다고 말하고, 나카무라 군에 대해 간단히 이야기해주었다.

"일본에 돌아와서 학교에 갈지 안 갈지 모른다고 했단 말이시?"

유미코는 이렇게 물었다. 내가 고개를 끄덕이자, 아직 매스컴에는 보도되지 않고 있지만 갑자기 등교하지 않는 학생 수가 급격히 늘어났다고 유미코는 말했다.

"학교만 유일하게 규제 완화에서 벗어나 있는 것 같아. 기본적으로 부국강병이라는 메이지 시대의 가치관으로 운영되는 곳이니 어쩔 수 없는 일인지도 모르지만, 근대화 도상에 든 것도 아닌 근대화 이전 체제로 운영되고 있으니까. 유일한 암흑대륙 같다고나 할까. 기업이나 은행은 자칫 잘못하면 망하니까 구조조정이니 체질개선이니 야단법석을 떨지만, 교육이란 놈은 죽어도 망하는 법이 없으니까 그냥 그대로 살아남을 거야."

"그 애 말로는 교사 정원을 늘린다고 되는 그런 문제가 아니라더군."

교육 문제를 이야기하면서 기분이 우울해졌다. 시스템 개혁 문제는 결국 법률 개정으로 이어질 수밖에 없다는 것이 유미코의 지론이었다. 법률은, 예를 들면 컴퓨터의 운영 체제와 같은 것이라서 시스템을 새로이 하려면 먼저 운영 체제를 교체해야 한다. 그러나 교육을 바꿀 때 어떤 법률을 만들면 되는지를 모른다. 그러다보니 일본의 교육은 사회에 비해 발전이 늦다. 기분만 울적해지는 이야기밖에 없다.

이야기는 다시 경제로 옮겨갔다. 지금 일본인의 저축 가운데 8할이 해외에서 운용되고 있다는 사실을 알고 있느냐는 유미코의 질문에 모르겠다고 대답하면서 타이에서 디저트로 먹은 그런 떡이 없을까 하고 메뉴를 찾아보았다. 그런 디저트는 없었다.

2001년 가을, 9월 중순에 들어 이윽고 미디어는 일제히 중학생 사회의 이변을 느끼기 시작했다. 나마무기에 관한 토론회를 열려다가 학교 측이 저지하고 나선 사건이 각지에서 산발적으로 일어났지만, 미디어가 정작 놀란 부분은 도시를 중심으로 이번 새학기부터 일어나기 시작한 집단 등교거부 운동이었다. 관동 전 지역과 나가노 현, 오사카와 효고 현, 후쿠오카와 구마모토 그리고 삿포로와 같은 도시 중학교에서 3~4할에 이르는 중학생이 등교를 거부했고, 어떤 학교는 2학년 전원이 학교에 오지 않았다.

미디어는 중학생이 운영하는 몇 개의 인터넷 사이트를 통해 그 사실을 알게 되었다. 문부성의 정책으로 전국 초·중등학교에 컴퓨터를 보급하기 시작한 1999년 이래로 각 학교는 물론 학급 단위로 홈페이지를 만드는 것이 일반화되었다. 2000년 여름에 정가 8만 엔 이하의 컴퓨터가 판매되고 같은 시기에 각 은행이 전자화폐를 개발하고 인터넷상으로 음악 소프트웨어를 싸게 판매할 수 있는 저작권법이 제정되자 카세트테이프로 MD를 편집하는 가벼운 기분으로 자신의 사이트를 운영하는 중학생이 늘어났다. 포르노 영상 판매나 전자화폐의 악용, 사생활 침해나 각종 해킹과 같은 범죄도 늘었다. 그러나 이미 중학생은 발신용 하드웨어를 손에 넣은 상태였다.

그러나 미디어의 보도는 신중했다. 문부성도 각지의 교육위원회도 실태를 파악하지 못했고, 무엇보다 집단 등교거부가 다른 지역으로 파급되는 것이 두려웠기 때문이다.

내가 계약을 맺고 있는 편집부에서도 중학생의 집단 등교거부를 어떻게 다룰 것인지에 대한 간단한 편집회의를 열었다. 나는 철저하게 보도해야 한다고 주장했다. 일본 전체가 서서히 죽어가고 있는 이 현실에서 혹시 중학생들이 어떤 메시지를 보내고 있는지도 모르지 않느냐고 말했다. 편집회의에서 그런 말을 하기는 처음이었다.

데스크는 나에게 갑자기 열정적인 사나이가 되었다고 비아냥거렸다. 그래서 그 문제는 내가 담당하게 되었다. 나는 고토라는 젊은 작가와 한 조가 되어 우선적으로 사진기자를 배정받을 수 있는 권리를 얻었다. 고토는 아버지의 직장 때문에 몇 년동안 남미의 페루에서 생활한 적이 있어 영어와 스페인어에 능통한 27세의 청년이었다. 키가 크고 얼굴 윤곽이 뚜렷한 미남형이었지만, 페루에서 귀국한 후 중학생 때 당한 이지메로 마음에 상처를 입어 분위기가 어둡고 술에 취하면 심하게 주정을 한다는 소문이 떠돌았다. 편집부나 다른 작가들에게도 따돌림당하는 사람이었다. 내가 고토를 반드시 필요하다고 지정한 것은 아니다. 이 일만은 반드시 자기가 해야 한다고 본인이 강력하게 주장하고 나섰기 때문이다.

고토의 제안으로 우선 중학생이 만든 사이트들부터 체크하기로 했다. 문부성이나 교육위원회로 취재를 가본들 적당히 얼버무릴 것이 뻔하다. 가능하다면 등교를 거부하는 중학생의 생생한 목소리를 듣고 싶지만, 금방 취재할 수 있는 대상이 아니다.

나마무기라는 키워드를 검색해본 결과 16만 건 이상의 항목이 떠올랐다. 나마무기라는 말이 있는 모든 페이지에 반응하는 검색 엔진이었기에, 예를 들면 차트 페이지나 게시판, 개인의 일기나 에세이에 실린 모든 '나마무기'가 리스트업된 셈이다. 전부 살펴보려면 족히 반년은 걸릴 거라고 고토가 말했다.

다음으로 나마무기, 중학생, 등교거부라는 키워드로 사이트를 찾아보았다. 2000건 가까운 사이트와 페이지가 나왔다. 나마무기에 대해 중학생들이 만든 다양한 페이지가 있었다. 발포 사건 이후로 미디어는 나마무기를 무시하면서 집단 등교거부의 원인을 나마무기에게 두는 것을 금기로 여겨왔으나 실제로 조사해보니 새삼 그 영향력이 심각하다는 사실을 깨달았다.

'나마무기 통신' 동 타이틀 31건.

'나마무기가 남긴 것' 동 타이틀 5건.

'나마무기는 누구인가' 동 타이틀 14건.

'나마무기에 대해 말한나' 동 타이틀 7건.

'나마무기에게 전하는 말' 동 타이틀 4건.

'나마무기 놀이' 동 타이틀 2건.

'나마무기를 따르자' 동 타이틀 3건.

이런 종류의 직접적인 페이지 외에도 학교나 반 단위의 홈페이지에는 나마무기에 대한 토론 기록이나 의견이 수도 없이 많았다. 고토가 프린터로 뽑은 그 모든 자료를 며칠에 걸쳐 읽기로 했다.

무조건 나마무기를 영웅으로 여기지만은 않았다. 시건방지고 과시욕이 강한 얼간이, 일본에서 살아갈 수 없는 약골, 밀수와 마약에 관련된 폭력배, 폭력 외에는 아무 생각도 없는 테러

리스트라는 의견도 있었다. 그러나 분명 나마무기는 중학생 사회에서 하나의 매개체 역할을 하고 있음을 알 수 있었다. 중학생 페이지는 나마무기 외에도 애니메이션이나 만화, 게임, 시험, 아르바이트와 같은 여러 가지 분야에 걸쳐 있었는데, 읽는 사이에 마치 출구 없는 미궁 속에 빠져든 것 같은 음침한 기분이 들었다. 심각한 불황이 어느 정도 영향을 끼치고 있는지는 잘 모르겠지만 거의 모든 중학생들이 출구 없는 구멍에 갇혀 있다는 의식에 지배당하고 있음을 알 수 있었다. 그런 가운데 나마무기는 완전히 다른 세상이 있다는 것을 중학생들에게 알려주었다.

"세키구치 씨, 전화!"

고토가 수화기를 건네주었다. 프린트된 자료를 읽기 시작한 지 나흘째 되는 날이었다.

"여보세요, 세키구치 씨세요?"

귀에 익은 목소리, 나카무라 군이었다.

"회사로 전화해서 미안합니다. 전화할 데가 없어서요."

불길한 예감이 들었다. 나카무라 군의 목소리가 약간 떨렸기 때문이다.

"그건 괜찮아. 그런데 무슨 일로?"

"지금 학교 정문 옆 공중전화 부스인데, 좀 와주실 수 없을까요?"

전화 저편에서 성난 고함소리가 들려왔다. 나는 학교 이름과 주소를 확인하고 고토와 함께 편집부를 나섰다.

데스크에서 택시 한 대를 대절해주었다. 지하 주차장에서 검은색 택시에 올라타면서, 야! 이런 게 대절 택시였어! 하고 고토는 감탄사를 연발했다. 고토는 어학 실력을 평가받아 4년 전에 편집부에 채용되었는데, 해가 갈수록 취재비가 줄어들어 대절 택시를 타볼 기회가 없었던 모양이다.

"데모라도 하는 모양이죠."

택시의 쿠션에 몸을 기대면서 고토가 말했다. 전화 저편에서는 분명히 데모 특유의 고함소리가 들려왔었다. 누군가가 확성기로 외치는 소리, 많은 사람들의 성난 소리가 들려왔었다.

고토에게 나카무라 군에 대해 간단히 설명해주었다. 고토는 때로 고개를 끄덕이며 내 말을 들으면서도 계속해서 무릎에 놓인 노트북의 키보드를 두드렸다. 나카무라 군에게서 들은 중학교 이름을 입력하고 중학생의 홈페이지에 무슨 정보가 없는지 찾고 있는 중이다.

"요코하마 시, 미나토 북구, 메이와 제일."

액정 스크린에 '나마무기 통신'이라는 녹색 문자가 떠올랐다. 지금까지 열람한 중학생의 홈페이지가 사전에 통일된 규격을 가졌을 리야 없겠지만, 시원스런 느낌을 주는 녹색을 많이 사용했다. 중학생이 운영하는 10여 군데의 사이트를 조사한 나와 고토는 그 녹색에 호감을 느꼈다. 아직 이 세상에서 14~15년밖에 살지 않았다는 신선한 느낌이 전해져온다고 고토는 말했다. 중학생들은 모르는 것은 모른다고 적고, 분명히 아는 것만을 정보로서 소개했다. 정보통신성은 2001년 3월 말, 일본의 인터넷 인구가 2000만 명을 넘어섰다고 발표했다. 중학생들은 2000만 명을 향해 정보를 발신할 수 있는 수단을 손에 넣은 셈이다. 지금까지 그런 시대는 없었다.

후텁지근한 날씨에 짙은 구름이 낮게 깔렸다. 수도 고속도로에서 도메이 고속도로로 들어서면서 비가 뿌리기 시작했다. 다마가와 하천 부지와 그 주변 주차장에 수십 대의 사륜구동차가 보였다. 레저 비이클 홈리스leisure vehicle homeless라 불리는 족속들의 자동차다. 그들은 집도 없이 차에서 생활한다. 실업률 7~8퍼센트, 이제 곧 10퍼센트에 도달할 것이다. 레저 비이클 홈리스 가운데는 실업자도 있고 직업을 가진 자도 있다. 직업을 가진 자는 차 안에서 양복으로 갈아입고 출근한다. 자동차를 타고 가는 자도 있다. 실업자는 주로 일용 육체노동이나 서비스업 계통에서 최소한의 생활비를 번다고 한다.

경제나 금융에 어두운 내가 생각해도 이 나라는 이상해도 너무 이상하다. 유미코에 따르면, 어떤 음모의 냄새가 난다. 최근 몇 년 동안 정부는 은행만 구제해왔다. 요컨대 세금으로 각 은행 대차대조표의 구멍을 메워준 것이다. 그렇게 치료해놓은 다음, 빅뱅이라는 이름으로 외국 자본과 다른 업종을 포함한 다양한 제휴와 합작이 거듭되었다. 그러는 동안에도 일반 기업의 막대한 빚은 그대로 남았다. 종합건설 회사만이 여론의 주목을 받았지만 실제로 그들이 차입한 비율은 3퍼센트에도 미치지 못한다고 한다. 일본 경제를 지탱하는 그 밖의 일반 기업이 차입금과 과잉 설비 그리고 과잉 공급으로 신음할 때 정부나 담당 관청이나 금융계는 아무것도 하지 않았다. 경제를 모르는 일반인마저 제조업과 유통 그리고 소매업이 위기에 처해 있다는 사실을 느낄 수 있을 정도다. 당연히 고용이 창출되는 것도 아니어서 실업자는 늘어만 가고 일시적인 등락을 거듭하다가 엔화와 주식은 하강곡선을 그린다. 그래도 정부는 금융계에 대한 원조만은 그만두지 않았다. 유미코는 그런 현재의 일본을 포도당 주사만 맞고 살이 퉁퉁 찐 사람과 같다고 했다. 수사액이 떨어지거나 심장이 멈추면 그 사람은 퉁퉁하게 불은 몸으로 죽고 말 것이다. 그렇다면 그 내장을 이용해먹으려는 인간들이 있는 게 아닐까. 부풀어 오를 대로 부풀어 오른 자본을 일본으로부터 빨아들이려고 획책하는 그룹이 있는 것은 아닐까. 유미코는 늘 그런 말을 했다.

"아, 저기야!"

고토가 소리쳤다.

"메이와 제일에서 나온 메시지가 있는데요. 어? 세키구치 씨, 학교로 돌아가자고 하는데요."

고토가 노트북의 화면을 보여주었다. 나마무기 통신의 '요코하마 게시판'이라는 페이지였다.

메이와 제일의 학우 여러분께

현재 메이와 제일의 2학년 전 학급의 수업이 중단된 상태입니다. 1학년, 3학년 가운데서도 폐쇄되는 학급이 늘어났습니다. 그래서 이렇게 제안하는 것입니다. **학교로 돌아갑시다.** 여러분, 하고 싶은 말이 많다는 것도 잘 압니다. 그러나 학교에 가지 않고 혼자서 시간을 보내봤더니 별 재미도 없었습니다. 그렇지 않습니까? 학교가 없어지고 공부할 필요도 없어지고, 마음껏 게임도 하고 노래방에도 갈 수 있다면 얼마나 좋을까 하고 생각했었지만, 1주일이 지나고 보니 정말 심심해 죽겠습니다. 그렇지 않습니까? 입학시험 공부나 하려는 자기 중심적인 목적 때문에 이런 제안을 하는 게 아님을 우선 명백히 해두고 싶습니다. 여러분도 잘 아시다시피 일류 고등학교 지망생들은 학교가 폐쇄된 것을 오히려 좋아합니다. 모두 학원에서 아침부터 밤까지 오로지 시험 공부에만 전념합니다. 왜 이런 제안을 하느냐 하면, 우리들의 학교를 바꿔보고 싶기 때문입니다. **학교를 바꿔봅시다.** 내일 오전 9시에 교내 운동장에서 모임을 가질까 합니다. 여러분의 의견을 듣고 싶습니다. 그럼 내일, **9월 25일 화요일 오전 9시, 운동장**에서 만납시다.

메이와 제일 중등부 2학년 D반
블루 갱 대표 구스다 '퐁짱' 조이치

블루 갱이 뭘까 하고 고토는 고개를 갸우뚱했다. 고토는 시부야와 신주쿠 일대에 모이는 젊은이들에 대해 잘 안다. 이전에 개인적으로 취재해 그런 애들의 특집을 꾸미려 한 적도 있었다. 그러나 고토의 제안은 편집회의에서 한 방에 날아가버렸다. 공황에 대한 불안이 고조되어 가는데 젊은이의 생태에 흥미를 가질 사람은 없을 거라는 게 데스크와 편집장의 판단이었다. 예를 들어 여고생의 원조교제도 주간지의 흥밋거리로는 벌써 빛을 잃고 말았다. 어른들도 제 앞가림하기가 벅찬 현실이었다.

"치마 다음으로 갱이라는 애들이 나타나긴 했는데 말이죠. 그 변종이 아닐까요? 어! 이걸 보세요. 같은 메시지가 많은데요."

게시판은 각 현별로 나왔고, 학교로 돌아가자는 메시시가 나른 지역에도 있었다. 오미야, 신주쿠, 치바, 다치가와, 우에노, 우쓰노미야, 고후, 마쓰도, 이타바시 등 도쿄 부근뿐만 아니라 규슈나 간사이 그리고 홋카이도에서 나온 메시지도 있었다.

나마무기의 등장을 계기로 중학생의 등교거부가 늘어났다는 사실에 대해 고토는 조금도 놀라지 않았다. 처음 대면했을 때 고토는 이렇게 말했다.

"나마무기는 그냥 하나의 계기였어요. 어떤 계기든 좋았습니다. 그 애들은 언제 폭발해도 이상하지 않은 상태였으니까요. 신주쿠나 시부야에 모여 있는 애들은 그래도 알기 쉬워요. 그런 애들이야 20년 전부터 있었으니까요. 번화가에 모여드는 불량 아들이죠. 더 심한 건 교외의 신흥 주택지예요. 예를 들면 마치 다나 하치오지, 우리가 가고 있는 요코하마 시 미나토 북구 같은 곳이죠. 어떤 잡지에도 실린 적은 없지만 지금 마치다는 청소년의 강간 범죄 발생률이 일본 최고예요. 최근 사오 년 사이에 이른바 일류라던 기업이나 은행이 무너지지 않았습니까. 도쿄 대학 출신의 엘리트 아저씨가 뇌물을 주고받고 실업자가 되어 자살하기도 하잖습니까. 그런데도 애들에게는 좋은 대학에 가라고 아직도 닦달이나 하는 실정입니다. 간단히 말해 애들에게 거짓말을 하고 있는 셈이죠. 역 앞 같은 데서 쭈그리고 앉아 담배를 빨면서 못해먹겠다고 불평하는 중학생들이 있잖습니까. 그 애들이 옳아요. 매일 거짓말을 듣고 있는 셈이니까 말입니다. 정말 견디기 힘들 겁니다."

거품경제가 꺼지면서 반공황 상태에 빠져 개발과 건설이 중단되어버린 요코하마 시 북구. 3차선 도로 양쪽으로 주택 단지가 늘어서 있지만 그 일부는 아직 미완성인 채로 방치되어 있었다. 지하철이 개통된 후에도 입주율은 30퍼센트를 넘지 않았다.

"썰렁하군요."

주위를 둘러보며 고토가 중얼거렸다. 외제차 전문 중고차 판매점, 파친코 가게, 교외형 대형 서점과 비디오 대여점, 헬스클럽, 신사복과 전기제품 가게, 술집 등이 늘어섰지만 그 중 반은 문을 닫았다. 걸어가는 사람도 별로 없었다. 운전사가 차를 멈추었다. 길을 묻기 위해서였다. 지도는 아무 소용이 없었다. 건설이 중지된 도로와 철거된 건물이 많았기 때문이다. 작업복 차림의 인부들에게 메이와 제일의 위치를 묻는다. 인부들은 입구에 쇠사슬을 감아둔 레스토랑 부지 안으로 막 들어가려는 참이었다. 건물 주위에 철조망을 칠 모양이었다. 2층 건물의 레스토랑에는 '이탈리아 요리 베네치아'라는 네온사인이 달린 간판이 비스듬히 걸렸고 유리창은 거의 다 깨졌고, 지붕에는 까마귀가 떼를 지어 앉았다. 그 레스토랑 바로 곁에 커다란 간판 하나가 보였다. 미래를 여는 꿈의 항구 도시 뉴 빌리지, 분홍색과 녹색 글자가 빛을 발해야 할 그 간판은 비바람에 씻겨 여기저기 칠이 벗겨지고 누군가 스프레이 페인트로 야한 낙서를 해놓았다. 5개의 영화관이 들어서 있는 쇼핑몰이나 폐기물 소각열을 이용한 실내 수영장, 축구장을 중심으로 한 종합 스포츠 시설, 경기장이나 거대한 미로가 있는 공원, 도서관, 극장, 슈퍼마켓의 청사진도 있다. 그리고 그 광경을 미소 띤 얼굴로 바라보는 한 가족의 그림. 아버지는 완성 예정의 시설들을 손가락으로 가리킨다. 이 간판이 그려졌을 당시 어린 아이의 눈은 반짝이고 있었을 것이다. 그러나 지금은 칠이 벗겨져 어린 아이의 얼굴에는 보기 흉한 금이 가 있다. 경제가 파탄된다는 것은 바로 이런 것이라고 나는 속으로 중얼거렸다.

학교로 가는 길은 도중에서 차단되었다. 순찰차가 길을 가로

막아 입주자의 차들도 우회했다. 우리는 회사 이름이 적힌 명찰을 제시하고 경찰관에게 신분증을 보여주었지만 통과시켜주지 않았다. 학교 정문에서 멀리 떨어진 곳에 차를 세웠다. 멀리 크림색 교사校舍가 보였다. 메이와 제일은 초·중·고가 붙은 유명한 사립 학교로 요코하마 중구에 있는 명문이다. 10년 전에 중학교만 이 미나토 북구로 옮겨왔다. 개발 중이었던 미나토 북구 뉴 빌리지의 순조로운 건설을 예상하고 옮긴 것이다. 그러나 거품이 꺼지고 오랜 불황을 맞으면서 그 개발은 중단되고 말았다. 학교는 황량한 개발 지역의 한복판에 자리 잡았다. 빗물에 씻겨 나온 시뻘건 흙이 도로를 가로질러 흘러간다.

"다른 학교 학생들도 많이 모여 있네요. 뭘 하려고 저럴까요?"

걸으면서 고토가 말했다. 그 말대로 모여든 학생들 가운데는 다른 중학교 학생들도 많았다. 인터넷 게시판을 보고 다른 학교 학생들이 무슨 재미있는 일이라도 벌어지는가 하고 모여든 것 같았다. 자전거를 타고 온 학생들도 많았다. 군중은 학생들만이 아니었다. 수금하러 가던 술집 주인, 영업사원, 주부, 배달 중인 중국집 아저씨도 구경꾼이다. 도대체 얼마나 많은 사람이 모였는지 정확히 파악하기는 힘들었다. 사람들이 점점 더 불어나는 것도 아니다. 정치 데모나 집회도 아니고, 큰 출동이 일어난 것도 아니다. 그렇다고 해서 콘서트나 이벤트 분위기도 아니다. 이 정도 사람이면 얼마나 될까 하고 물었더니, 2000명은 족히 되겠지요 하고 고토는 주위를 둘러보았다. 나도 2000~3000명 정도일 것으로 추측했다. 히비야 야외음악당을 가득 채울 정도의 인파였다. 모여든 사람들에게는 아무런 공통점이 없다. 근처의 구경꾼 가운데는 화를 내는 사람도 있고 뭐가 그리 즐거운지 연신 웃어대는 사람도 있다. 불 구경하는 인파와 비슷한 분위기였지만 학생이 압도적으로 많다는 것이 다른 점이라면 다른 점이었다.

확성기로 뭐라고 떠들어대는 무리도 있었다. 적은 수로 군중을 밀쳐내려는 경찰들과 여기저기서 작은 충돌이 일어났다. 비에 흠뻑 젖은 중학생 그룹이 여기저기 모여서 기성奇聲을 질러대고, 우산을 방패 삼아 경찰과 대치하는 중학생들도 있었다. 사람들이 너무 많아 우산을 펼칠 수 없었다. 우리도 비를 맞으며 교문 쪽으로 나아갔다. 무슨 일이 벌어지고 있는지 도무지 알 수 없었다. 신분증을 보여주고 고토가 경찰관 하나에게 현재의 상황에 대해 물어보았다. 나도 몰라요 하고 젊은 경찰관이 말했다.

"와보니 이렇게 사람들이 모여 있더라구요."

텔레비전 방송국이나 다른 미디어 사람들은 하나도 보이지 않았다. 이만한 군중이 모여 있는데 아무도 신문사 같은 데 전화조차 하지 않았을까. 나는 가슴이 두근거리는 것을 느꼈다. 이런 상황은 여태 본 적이 없다. 오늘은 토요일도 일요일도 국경일도 아니다. 평일 오전 11시도 되기 전에 2000명에 달하는 아이들이 신흥 주택지에 모였다. 왜 다른 미디어에서는 취재를 나오지 않은 것일까. 이런 일들이 너무 자주 일어나서 그런 것일까.

사람들을 밀치면서 5분 정도 나아가자 교문 같은 것이 보였다. 교문 부근은 사람들로 가득했다. 아이들에게 길을 비켜달라고 하자, 아, 매스컴이다! 하는 소리가 터져 나왔다. 우리는 둘다 레인코트를 입었고 고토는 목에 디지털 카메라를 걸쳤다. 그것만으로도 매스컴 관련자리는 것을 아는 모양이다. 그들 중 한 사람에게 학교에서 도대체 무슨 일이 벌어지고 있느냐고 고토가 물었다. 나도 몰라요 하고 그들은 겸연쩍게 웃으며 고토의 카메라를 향해 V사인을 보냈다. 오늘 학교에 안 갔니? 하고 내가 묻자, 주위에서 웃음이 터졌다. 이 아저씨는 뭘 몰라 하는 웃음이었다. 그들은 털실로 짠 모자나 야구모자 같은 것을 쓰고, 청재킷이나 알로하셔츠를 입고, 한결같이 매끈한 얼굴이었다. 나마무기 선글라스를 쓴 아이도 있었다. 비에 젖었지만 하나도 불결한 느낌이 들지 않았다.

세키구치 씨, 왜 그러세요 하고 고토가 교문 쪽으로 나아가면서 물었다. 내가 묘한 표정을 짓고 있었기 때문일 것이다. 애들은 무엇 때문에 여기 모였을까 하고 내가 물었다.

"무슨 말이죠"

고토는 카메라가 젖지 않게 조심하면서 주위를 찍었다.

"이건 너무너무 평범해. 모두들 헤실헤실 웃고 있잖아. 이건 집회라고 할 수도 없어. 그런데 왜들 이렇게 모인 거야?"

고토도 영문을 모르겠다고 고개를 갸웃거릴 뿐이다.

"세키구치 씨는 마치다나 하치오지 역 앞에 가본 적이 있나요?"

나는 없다고 대답했다.

"이런 느낌으로 중·고등학생들이 역 앞에 모여요. 그리고 그 주위는 반드시 마약 밀매나 협박의 소굴이죠. 대낮에도 지하도를 혼자 지나기가 무서워요. 페루의 슬럼가도 정말 무서웠지만 거긴 돈만 주면 그만이니까 단순하다고 할 수 있지요. 어제부터 아무것도 먹지 못한 애들이 나이프를 들고 있다면 별 문제가 아녜요. 그것만큼 알기 쉬운 게 없지 않겠어요? 그런데 이놈들은 달라요. 이쪽이 더 무서워요. 이놈들은 무슨 짓을 할지 모릅니다. 뭘 하면 좋을지 저희들도 모르고 있으니까 말입니다. 나도 잘 모르겠지만, 이게 보통이 아닐까요. 매스컴이 오히려 이상한 거 아닐까요? 매스컴은 아무것도 보려 하지 않아요. 심각한 사태가 벌어지고 있는데도 마치 남의 집 불 구경하는 듯한 기사만 쓰고 있어요. 현실과 아무런 관계도 없는 기사만 쓰고 있지 않은가 하는 생각이 들어요."

그 말을 받아 내가 말을 하려는 순간 휴대폰이 울렸다.

"여보세요, 세키구치 씨?"

나카무라 군의 긴장한 목소리였다. 휴대폰을 귀에 바짝 대지 않으면 목소리가 들리지 않았다.

"나야. 나카무라 군, 어디 있어?"

"학교 운동장입니다. 세키구치 씨는 지금 어디세요?"

주위가 시끄러워 몇 번이나 다시 묻고 대답해야 했다. 확성기 소리가 너무 시끄러웠다. 경찰관이 확성기로 떠들어대는데다 교문 앞에 멈춰 선 밴 곁에도 확성기로 뭐라고 떠들어대는 남자들이 있었다. '중등교육을 생각하는 퇴직교사 모임' 이라는 깃발 아래 초로의 남자가, 지금이야말로 중학생에게 공중도덕을 가르치는 참된 교육을 실현할 때라고 외치고, 그 동료들은 팸플릿을 나눠주었다. 주위의 중학생들은 아무도 그 팸플릿을 받으려 하지 않았다. 팸플릿 대부분은 반쯤 찢어진 채 버려져 벌건 흙탕물이 흐르는 도로 위에 찰싹 달라붙었다. 텔레비전 방송국에서 온 모양인데요 하고 고토가 말했다. 우리가 걸어가는 도로 건너편에 중계차가 있고, 비디오 카메라를 멘 남자가 이쪽으로 달려온다.

"교육의 폐허를 보십시오. 학교는 아이들에게 아무 소용없는 장소가 되고 말았습니다. 이것은 정치가나 문부성 같은 특정한 개인이나 집단이 잘못해서 그런 것이 아닙니다. 문제는 전후 교육이 아이들에게 개인적인 가치관만을 심어준 결과 공적인 측면을 잃어버리게 했다는 데 있습니다. 경제 번영을 누리면서 일본인은 더 소중한 것을 잃어버리고 말았습니다. 예전의 일본에는 공적인 정신이 숨쉬었습니다. 그것이 사라져버렸기 때문에 모든 황폐가 시작된 것입니다."

저놈들 좀 역겹지 않아요? 하고 고토는 중얼거렸다. 확성기 볼륨을 끝까지 올려 목소리가 찢어졌다. 초로의 사내들은 도대체 누구를 향해 저렇게 외치는 것일까. 그들은 모여든 2000~3000명에 달하는 중학생들에게 학교로 돌아가야 한다고 외치는 것도 아니었다.

"교문 부근까지 왔는데 사람이 너무 많아서 들어갈 수가 없어. 교문까지 나와서 좀 들여보내줘야겠어."

나카무라 군은 예, 예, 뭐라고요? 하고 몇 번이나 되묻는다. 나는 쭈그리고 앉아 손바닥으로 휴대폰을 감쌌다. 야구모자를 쓴 중학생 하나가 내 앞을 가로질러 중등교육을 생각하는 퇴직 교사 모임의 밴을 향해 비닐봉지를 집어던졌다. 비닐봉지에는 중국집 쌈뽕 국물 같은 액체가 늘어 있었다. 봉지는 밴의 차체에 부딪히는 순간 '탁' 소리를 내며 터지더니 사방으로 물방울을 튀겼다. 암모니아 냄새가 났다. 오줌! 냄새 좋은데 하고 고토가 웃었다. 팸플릿을 나눠주던 남자가 비닐봉지를 던진 중학생을 잡으려고 달려가다가 고토와 부딪쳤다. 나라는 무슨 죽을 놈의 나라야, 멍청한 자식 하고 고토는 그 남자의 등을 향해 투덜거렸다. 자기 나라에서만 통용되는 공공심이 세상에 어딨어, 아시아에서 기생 파티나 하는 주제에.

"교문에서 안으로 들어갈 수 있어?"

나는 나카무라에게 몇 번이나 그렇게 물었다.

"제가 갈 테니까요, 교문 앞에 계세요. 들려요?"

"알았어. 기다릴게."

팸플릿을 나눠주는 사람들이 또 있었다. '요코하마 자유학교 연락협의회'라는 띠를 두른 사람들이었다. 팸플릿에는 큰 글자로 '학교가 제 기능을 못한다'라는 제목이 적혀 있었다. 그 사람에게 학교 안에서 무슨 일이 벌어지고 있나요 하고 고토가 물었다. 당신들은 매스컴? 하고 흐트러진 머리카락 끝에 물방울을 매단 채 중년 여자가 오히려 고토에게 물었다. 그런데요 하고 고토가 대답하자, 물을 것 없이 당신 눈으로 보면 되잖아요 하고 여자는 고함치듯이 말했다. 여기서 어슬렁거리지 말고 안에 들어가서 제 눈으로 보란 말예요.

"여보세요, 세키구치 씨, 지금 가는 중입니다."

"알았어. 교문 앞에 있을게."

철제 교문은 굳게 닫혀 있고, 그 건너편에는 교사로 보이는 한 남자와 네 명의 경찰관이 서 있었다. 경찰관은 열중쉬어 자세로 서 있었다. 그 주위에는 다른 학교 중학생들과 구경꾼이 있었다. 신분증을 보이고 회사명과 잡지명을 댄 다음, 안으로 좀 들어갑시다 하고 경찰관을 향해 말했지만 얼굴을 돌린 채 눈 하나 깜짝하지 않았다. 주위가 너무 소란스러워 교문 안의 선생에게도 목소리가 전달되지 않을 정도였다. 설령 들렸다 한들 주간지 기자를 안으로 들여보내 줄 리 없다. 이 문은 아침부터 잠겨 있었을까. 그렇다면 학생들은 어떻게 학교 안으로 들어갔을까. 도대체 나카무라는 어떤 방법으로 우리를 학교 안으로 들일 생각일까.

교문 앞에 도착하자마자 고토의 휴대폰이 진동하기 시작했다. 데스크였다. 바꾸라는데요 하고 고토가 휴대폰을 내게 건네주려 했다. 나카무라 군에게 먼저 이야기를 하고 휴대폰으로 데스크에 소식을 전했다. 중학생 2000~3000명이 모였다고 하자, 그래서 하는 느긋한 대답이 돌아왔다.

"상황은 어때?"

데스크의 목소리에는 맥이 없다. 현실과 유리된 곳에서 기사가 작성된다는 고토의 말이 떠올랐다.

"잘 모르겠습니다. 무슨 사건이 벌어진 것도 아니고 말이죠. 일단 안에 들어가보겠습니다."

"우라와 소식은 늘었어?"

"거긴 또 무슨 일입니까?"

"우라와 중학교에서 학생 하나가 죽었어. 공립 학교야."

"예?"

"죽었다고, 학생 하나가. 그것 때문에 여긴 시끌벅적해."

"왜 죽었지요?"

"결석자가 너무 많아서 학교가 폐쇄됐는데, 교실로 들어가려던 학생 하나가 선생에게 계단에서 떠밀린 것 같아."

"왜요?"

"자세한 건 몰라. 우라와에는 일단 와쿠이를 보냈는데, 자넨 거기서 취재할 거지?"

나는 예 하고 대답했다. 데스크는 우라와 쪽이 기사가 될 만한 사건이라고 생각하는 것 같다. 학생 하나가 죽었기 때문이다. 여기서도 뭔가 사건이 일어날 것 같으냐고 내게 묻고 싶은 눈치지만 차마 학생이 죽을 것 같으냐고 물을 수는 없었을 것이다. 그밖에도 각지의 중학교에서 여러 가지 일들이 일어나고 있는 것 같았다. 무슨 일이 일어나면 곧바로 연락해 하고 데스크는 전화를 끊었다.

세키구치 씨, 저기, 고토가 교문 건너편을 손가락으로 가리켰다. 나카무라 군이 있었다. 몇 명이 함께 와 있었다. 나카무라 군 일행이 나타나자 선생들은 긴장했다. 나카무라 군이 우리 쪽을 가리키며 선생에게 뭐라고 말한다. 무슨 말을 하는지는 알수 없다. 선생 하나가 뭐라고 하자 나카무라 군이 고개를 가로 저었다. 나카무라의 동료 하나가 그 선생에게 화를 내며 고함을 쳤다. 그 목소리는 우리에게 들릴 정도로 컸다.

"죽고 싶어, 이 자식이!"

그리고 문이 열리고, 우리가 들어간 다음에 문은 다시 닫혔다. 우리는 선생 하나에게 무슨 일이냐고 물어보았다. 모르오 하고 그 선생은 대답했다.

"우리는 아무것도 모릅니다. 교장에게 물어보세요."

교문 안으로 들어서자 커다란 시계가 걸린 크림색 건물이 보였다. 건물까지는 양쪽으로 화단을 두고 걸어가게 되어 있다.

건물 오른쪽에 수영장이 있고, 그 건너편 아래로 푹 꺼진 땅에 400미터 트랙이 있었다. 건물은 ㄷ자형이고, 창문으로 선생 몇 이 우리를 내려다본다. 저 선생들은 저기서 뭘 하고 있는 걸까.

나카무라 군은 안녕하세요, 우리 대표하고 만나보세요 하는 말만 하고는 입을 꼭 다물고 선두에 서서 묵묵히 걸어간다. 복 장은 그때처럼 폴로 셔츠와 청바지였다. 나카무라 군의 동료도 기본적으로 비슷한 차림새였다. 청바지가 아니면 면바지 정도 의 차이였다. 그러나 동료와 함께 걸어가는 나카무라 군은 방콕 행 비행기 안에서 보았던 인상과는 조금 달랐다.

"보세요. 쟤들 무장했어요."

고토는 나카무라 군의 동료 하나를 손가락으로 가리켰다. 푸 른 면바지를 입은 소년은 기다란 스프레이 하나를 호주머니에 서 꺼내 살펴보더니 다시 안으로 집어넣었다. 호신용 기절 스프 레이였다. 교문 앞에서 선생에게 죽고 싶으냐고 외치던 그 소년 이었다.

현관에서 건물을 통과하자 오렌지색 지붕이 달린 소운동장 이 나왔다. 지붕으로 덮였고, 그 아래에는 벤치가 늘어섰다. 거 기에 앉은 수백 명의 남자 중학생과 몇 명의 선생이 일제히 우 리를 바라보았다.

〈지옥의 묵시록〉이라는 영화 봤어요? 하고 고토가 물었다. 물론 하고 나는 고개를 끄덕였다. 고토는 〈지옥의 묵시록〉에 나 오는 특수부대원인 주인공이 말론 브란도가 연기하는 가츠 대령이 지배하는 광기의 왕국으로 들어가는 장면을 연상하고 있는 것이다. 가츠 대령이 다스리는 광기의 왕국에는 사람 목이 걸렸지만, 이 소운동장 테라스 벤치에는 안색이 창백한 선생이 앉았다. 광기의 왕국은 완전히 외부와의 접촉을 끊은 폐쇄 공동체지만, 소운동장을 점거한 중학생들은 노트북과 몇십 개의 휴대폰과 초소형 무선 장치를 가졌다. 또한 광기의 왕국 주민들은 M16으로 무장했지만, 선생들을 둘러싸고 있는 학생들은 놀랍게도 보 건(bow gun : 방아쇠를 당기면 화살을 발사하는 석궁)을 가졌다. 통신판매로 산 듯한 싸구려 플라스틱 제품이지만 아주 가까운 거리에서 발사하면 인명을 살상할 수도 있다. 이 자리에서 소지품 검사를 하면 아마도 나이프나 스턴 건, 케미컬 메스가 가방 안에서 나올 것이 분명하다. 굉장하군요 하고 고토가 말했다.

"나카무라 군은 얌전한 애가 아니었던가요?"

여기서 대체 뭘 하고 있는데? 나는 앞서 걸어가는 나카무라 군에게 물었다. 학교를 바꾸려고 담판을 지으려는 거예요 하고 나카무라 군은 뒤를 돌아보며 말했다. 나카무라 군의 얼굴 표정이 변한 듯한 느낌이 들었다. 방콕 공항에서 집으로 전화를 걸면서 눈물을 흘리던 소년과 같은 인물이라고 생각할 수 없을 정도였다.

여섯 정의 보 건이 벤치에 앉아 있는 교사들을 둘러쌌다. 선생들은 모두 소박한 양복 차림에 네 명 모두 안경을 썼다. 그 양복은 무더운 날씨에 어울리지 않았다. 네 명의 셔츠는 땀으로 흠뻑 젖었다. 벤치 양 끝에 앉은 두 사람은 젊고, 중앙의 두 사람은 중년이었다. 그 중 오른쪽에 앉은 초로의 남자는 교장인 것 같았다. 누구보다 초조해했다. 교장으로 보이는 초로의 그 남자는 거칠게 숨을 몰아쉬며 열심히 얼굴의 땀을 닦는다. 세 명이 앉는 벤치에 네 명을 억지로 앉힘으로써 선생의 권위를 무시했다. 나는 화가 치밀었다. 선생에 대해서, 그리고 학생들에 대해서 화가 치밀었다. 가슴 저 안쪽에서 영문 모를 분노가 솟구친다. 참으로 이상한 상황이었다. 주위를 둘러싸고 있는 수백 명의 중학생들은 어디를 보나 아이들이다. 보 건을 겨누고 있는 여섯 명은 더 어려 보인다. 학교 바깥에 있는 학생들처럼 얼굴도 매끈하고 청결해 보였다. 아마 학교에 오기 전에 샤워라도 했을 것이나.

그런 얼굴을 보면 볼에다 주먹을 꽂고 싶어진다. 그러나 이 놈들은 누구보다 무섭다. 몇 년 전에 소년이 나이프를 휘둘렀던 사건이 떠올랐다. 나이프를 꺼내 위협하는 소년에게 어디 찌를 테면 찔러보라고 배를 내밀던 선생이 정말 그 칼에 찔리고 말았다. 지금 이 자리에서 보 건을 겨누고 있는 학생에게 어디 쏠 테면 쏴보라고 도발하면 아마 100퍼센트 발사할 것이다. 구역질이 나올 정도로 불쾌한 상황이었다. 그러나 나는 아무것도 할 수 없었다. 다른 선생들은 왜 경찰에 통보하지 않은 것일까, 나중에 이 사건을 전해들은 사람은 이렇게 말할 것이다. 이 상황을 직접 보지 않았으니 그렇게 말할 만도 하다.

이전에 고토가 이야기해준 페루의 젊은 반정부 게릴라가 생각났다. 센데로 루미노소, 즉 '빛나는 길'이라는 게릴라는 좋은 일도 많이 했습니다. 특히 결성 초기에는 농지를 해방하기도 하여 가난한 농민들의 열렬한 지지를 받았지요. 그렇지만 나쁜 짓도 많이 했어요. 내가 가장 불쾌하게 생각하는 것은 열네댓 살의 젊은 게릴라가 무기를 들고 마을로 돌아와서 폼을 잡는 일입니다. 그들은 인생 경험이 없어서 결과를 생각하지 않아요. 총으로 사람을 위협하면 어떻게 될까. 총을 마구 갈겨대면 어떻게 될까. 총으로 마을 사람을 죽이면 어떻게 될까. 그런 것들을 하나도 고려하지 않습니다. 그런 것은 실제로 어렵게 삶을 살아가면서 수없이 시뮬레이션을 해보지 않으면 절대로 알 수 없는 법이에요. 그런데도 훈련은 잘 받아서 총 다루는 솜씨는 일류니까, 이게 문젭니다. 그들이 마을 사람을 협박하고 개머리판으로 때리는 모습을 보면 정말 불쾌합니다. 공정하지 못하다는 느낌이 들어요. 그렇지만 무엇에 대해 공정하지 못한 건지는 아직도 모르겠어요.

"세키구치 씨, 우리 대표 퐁짱입니다."

나카무라 군이 머리를 황금색으로 물들인 자그만 학생을 소개했다. 퐁짱이라는 학생은 교장으로 보이는 초로의 남자 바로 앞의 나무 바닥에 똑바로 앉아 있었다. 나는 어떻게 인사를 해야 할지 판단이 서지 않았다. 고토가 안녕 하고 말했다. 나도 가볍게 고개를 끄덕였다. 퐁짱이라는 학생은 풍성한 빨간 셔츠를 입고 여자애들이나 입을 법한 홀쭉한 검은색 바지 차림이었다. 왼쪽 귓불에는 커다란 피어스가 걸렸고, 양쪽 엄지손가락에는 광택 나는 돌을 박은 은가락지를 꼈다. 무릎 위에 노트북을 올려놓고, 안녕하세요 하고 고토와 나에게 인사를 하면서 키보드를 두드렸다. 그 외에도 노트북을 두드리는 학생이 많았고, 무선 장치를 귀에 꽂고 있는 학생도 있었다. 퐁짱의 작은 엉덩이 곁에는 노트북을 넣는 털실로 짠 케이스와 엷은 종잇조각이 있었다. 종이 봉지에 그려진 GIORGIO ARMANI라는 로고가 나를 놀라게 했다. 퐁짱의 분위기와 패션에 도무지 어울리지 않았기 때문이다.

"아, 이거?" 하고 퐁짱은 내 시선을 느꼈는지 종이 봉지를 가리키며 밀했다. 새된 목소리였다. 아직 변성기를 거치지 않은 것 같았다. 그러나 맑게 울리는 목소리였다. 퐁짱의 목소리는 소운동장의 구석까지 울려 나갔다. 목소리가 멀리 맑게 울려 퍼지는 것은 카리스마의 한 조건이다.

"아르마니, 싫어하세요?"

딱히 그렇지는 않지만 하고 내가 말하자, 나는 싫어해요 하고 퐁짱은 웃었다.

"이건 하나의 상징이죠. 오늘 아침에 가지고 왔어요. 우리들의 일상을 상징하는 물건으로서 말이죠. 선생들과 대결할 때 곁에 둘 생각으로요. 나의 각오를 알리는 물건입니다. 그런데 녹음기 가져왔어요?"

가지고 왔지 하고 나는 대답했다.

"오늘 우리는 학교 측과 중대한 결판을 낼 겁니다. 그것을 지금부터 전 교장에게 발표하게 할 생각이니, 녹음해서 잡지에 실어주세요."

잠깐만 하고 나는 말을 가로막았다.

"사정은 잘 모르겠지만, 이런 위협적인 상황에서 결정을 내려서는 효력이 없지 않은가, 보통은."

"정론은 그렇겠지요. 그러나 우리가 무슨 말을 해도 들어주질 않는데 어쩌겠습니까. 도저히 힘의 균형이 맞질 않으니까요."

소운동장에 앉아 있는 학생들은 한결같이 입을 꼭 다물었다. 퐁짱의 말에 일일이 옳소 하고 외치는 것도 아니다. 한눈에 우등생 집단임을 알 수 있었다. 차림새가 하나같이 깨끗하다. 매일 길거리에서 싸움질이나 할 것 같은 타입의 아이는 하나도 없다. 그렇다고 해서 잘 통제되고 있다는 느낌도 주지 않았다. 나카무라 군은 도대체 무슨 목적으로 우리를 불렀을까. 나는 가방에서 녹음기를 꺼내 퐁짱과 교장 사이에 놓고 말했다.

"지금부터 대화를 녹음하기로 하지. 먼저 매스컴 가운데서 왜 우리를 불렀는지 좀 말해줄 수 없을까. 그런 순서로 이야기를 시작하는 게 어떨까."

"간단히 하고 싶은데요."

"우리도 되도록 간결하게 하고 싶어."

"그럼 그렇게 하지요. 애당초 우리는 매스컴을 부를 생각은 없었습니다. 그런데 나카무라가 기자님 이야기를 하더군요. 기자님은 나카무라를 만나 많은 이야기를 나누었는데도 기사화하지 않았다더군요. 다들 기삿거리만 되면 상대방 사정은 생각지도 않고 무조건 기사로 만들지 않습니까. 그게 이유예요. 믿음이 간다고 할까요. 아마 그것 때문일 겁니다, 기본적으로는. 우리가 하는 행동을 너무 간단히 기사로 처리해버리는 건 싫습니다. 그냥 그저 그런 일로 처리해버리는 게 싫다는 겁니다. 조금씩이나마 우리는 현실이 얼마나 복잡한 건지 배워가는 중입니다. 그러나 이 사람들은 우리더러 그렇지 않다는 겁니다."

퐁짱은 그렇게 말하고 선생들을 바라보았다.

"나가무라의 말을 듣고 우리는 기자님이 현실이란 무척 복잡하다는 것을 아는 분이라고 판단했습니다. 그래서 취재를 부탁하기로 했습니다."

"그렇게 된 거로군. 그럼 오늘 아침부터 여기서 벌어진 소동에 대해 간단히 말해줄 수 있겠지. 우리는 나마무기 통신을 보고 여기 왔어."

"학교를 그냥 거부만 하면 재미가 없을 것 같아서 학교 자체를 좀 바꿔볼까 해서 이런 일을 계획했다고 하면 될 것 같아요. 말로 해서는 들어주질 않아요. 대등한 입장에서 대화를 나누기 위해서는 폭력이 필요해요. 이 사람들이 지금까지 해온 일도 그랬어요. 이제야 우리도 대등한 입장에 서게 되었습니다. 학교에 남은 선생들이 별로 없어서 간단히 제압할 수 있었습니다. 수업을 받고 있던 일부 1학년, 3학년 학생들에게는 이 집회를 강제하지 않았습니다. 그러나 거의 다 여기에 참가했습니다."

선생님들 견해를 좀 들어도 괜찮겠느냐고 퐁짱에게 물어보았다. 퐁짱은 기꺼이 허락해주었다.

"별 문제는 없지만 시간 낭비에 지나지 않아요. 이 사람들은 자기 이야기를 할 수 없어요. 다시 말해 자기 머리로 사고하고 말할 수 없다는 겁니다."

한 말씀 해달라고 나는 교장으로 보이는 초로의 남자 얼굴 앞에 녹음기를 갖다 댔다. 교장으로 보이는 초로의 남자는, 당신은 누구요? 하고 험악한 표정으로 말했다. 나는 신분증을 보여주고 회사명과 잡지명을 밝힌 다음 내 이름을 알려주었다.

"교장 선생님이신가요?"

내가 초로의 남자에게 묻자 학생들 사이에서 웃음이 터졌다. 왜 웃는지 몰라 어리둥절해 있는데, 그 사람은 오늘부터 잡역부가 되었어요 하고 퐁짱이 말했다.

"이제 힘도 없어요."

교장으로 보이는 초로의 남자는 억지로 분노를 참느라 시뻘개진 얼굴을 숙이고 어금니를 꽉 깨물었다. 벤치 끝에 앉은 젊은 선생이 사태를 간단히 요약해서 설명해주었다. 오전 9시에 약속이나 한 듯이 등교한 학생들이 소운동장에 모여들었다. 선생들은 해산시키려 했다. 그러나 학생들은 집회 허락을 요구했다. 선생들은 어쨌든 교실에 들어가서 이야기하자고 말했으나 학생들은 지시에 따르지 않았다. 한 선생이 참다못해 고함을 쳤다. 학생들이 그 선생을 공격했다. 그 선생은 기절 스프레이를 맞고 의식을 잃고 말았다. 갑작스럽게 일어난 사태였다. 학생들은 선생들의 방식이 틀렸음을 인정하라고 요구했다. 그것을 거부한 선생들은 차례대로 기절 스프레이 세례를 받았다. 저항하려는 기색만 보이면 무조건 기절시켜버린다는 것을 알고 선생들은 저항을 포기했다. 선생들은 학생들이 시키는 대로 할 수밖에 없었다.

"그래서 자네들의 목적은 뭔가? 구체적으로 어떤 학교를 원하지?"

내가 그렇게 물었을 때, 무선 장치를 귀에 대고 있던 학생이 손을 번쩍 들었다. 왜? 하고 퐁짱이 물었다.

"기동대가 오는 모양이야."

손을 든 채 학생은 그렇게 말했다.

의외로 빠르군 하고 퐁짱은 노트북 컴퓨터의 키보드에서 손을 떼더니 자리에서 일어섰다.

"이제 학교는 그만두도록 하자."

소운동장을 가득 메운 학생들을 향해 그렇게 말했다. 큰 소리로 말하지는 않았지만 멀리까지 또렷하게 울려 퍼지는 금속

성 목소리였다.

"여러분은 어떻게 생각해?"

퐁짱이 그렇게 말하자 그럼 앞으로는 어떻게 해? 하는 목소리가 소운동장 끝 부분에서 울려 나왔다. 저 애는 3학년이에요 하고 곁에 있던 나카무라 군이 내게 말했다.

"학교에 오고 싶은 사람은 오면 되고, 싫은 사람은 안 오면 돼. 똑같이 행동할 필요는 없지 않을까."

나는 입학 시험을 쳐야 해.

"그러니까 학교에 오면 되잖습니까."

너희들은 학교를 바꾸겠다고 했잖아.

"이 학교가 간단히 바뀔 수 있겠습니까!"

기동대가 오면 도망치는 거야?

"이건 꼬맹이들의 전쟁놀이가 아닙니다."

그렇게 말하고 퐁짱은 선생을 지키고 있는 한 학생 앞으로 나아갔다. 퐁짱이 보 건을 받아들자 학생들이 웅성대기 시작했다. 소운동장에는 안개처럼 가는 비가 내리고 습기가 발목을 휘감았다. 세키구치 씨, 심상치 않아요 하고 고토가 내 귀에 입을 대고 속삭였다. 저 애들, 뭔가를 저지를 것 같아.

"우리의 적은 강하다. 지는 줄 알면서도 정면으로 맞붙는 것은 어리석은 짓이다. 기동대를 보고 도망치는 것은 결코 부끄러운 행동이 아니다. 싸움은 어리석게 해서는 안 된다. 우리는 확인했다. 확인한 걸로 만족하면 된다. 여러분도 기억하고 있을 것이다."

풍짱의 말은 점점 열기를 띠어갔다. 말이 빨라지거나 단순히 목소리가 커지거나 톤이 높아진 것도 아니다. 목소리는 더욱 매끄러워지고 미묘하게 리듬이 바뀌고 말과 말 사이에 긴장감이 일어났다. 옳소 하는 함성이 터져 나왔다.

"이놈들에게" 하고 풍짱은 교장을 가리켰다.

"아무리 무슨 부탁을 해봐야 소용없다. 이렇게 해주세요, 저렇게 해주세요, 이걸 주세요, 저걸 주세요. 그런 부탁을 해도 아무 소용이 없다는 것을 우리는 확인하지 않았는가. 그러므로 빼앗아야 한다. 싸워서 손에 넣어야 한다. 빼앗아야 한다. 알겠는가, 빼앗아야 한다. 알겠는가, 싸워서 빼앗아야 한다!"

소운동장을 가득 메운 학생들 사이에 뭔가가 전염되어가는 것을 눈으로 확인할 수 있었다. 학생들은 풍짱의 연설에 환성을 지르지도 않았다. 풍짱의 목소리와 연설은 처음부터 끝까지 냉정했다. 정치가의 연설과는 완전히 달랐다. 그러나 듣고 있는 사이에 나도 모르게 내장이 부글부글 끓어오르는 느낌을 받았다.

"그렇지만 그들은 약속을 깨뜨리고 경찰에 알렸다. 지금부터 처형을 행하겠다. 모든 것은, 오늘 날짜로 잡역부가 된 전 교장 이마무라의 책임이다. 처형 후, 우리는 조용히 퇴각할 것이다. 천천히, 정문을 뚫고 밖으로 나간다. 뒷문과 동문은 절대로 안 된다. 정문을 열어둘 테니 평소 하교하듯이 천천히 걸어나간다.

도망은 A학생이 먼저다."

처형이라니, 뭘까? 하고 고토가 중얼거렸다. 학생들이 교장 주위로 몰려들었다. 젊은 선생 하나가 일어섰지만 바로 기절 스프레이 세례를 받았다. 코를 찌르는 냄새가 퍼지면서 눈이 따끔거렸다. 나는 눈을 감고 고개를 돌렸다. 세상에 태어나서 처음 맡아보는 최루가스 냄새였다. 기묘한 감정이 일어났다. 강렬한 냄새였다. 두 손으로 눈을 가리고 있는 내 무릎을 콕 찌르며 세키구치 씨, 저길 보세요 하고 고토가 속삭였다. 교장의 몸이 뒤로 돌려졌고 바지가 내려갔다. 꽤 나이가 든 사람이었지만 교장의 엉덩이는 새하얗고 탄력도 있고 털 하나 나지 않았다. 교장은 뭐라고 외치며 반항하려 했지만, 학생 몇 명이 팔과 다리를 붙들어 꼼짝도 하지 못했다. 퐁짱은 주름이 많군 하고 교장의 하얀 엉덩이에 빨간 매직으로 하트를 그렸다.

"사랑의 큐피드."

이렇게 말하며 교장의 살을 손가락으로 집더니 하트의 한복판에 보 건의 화살을 쏘았다. 엉덩이에 그려진 빨간 하트를 보건의 짧은 화살이 꿰뚫은 형상이었다. 화장실 낙서에서 자주 보는 그림이었다.

"처형 완료!"

퐁짱이 이렇게 말하자 소운동장이 떠나갈 듯한 폭소가 터졌다. 손가락으로 살을 집어 올려 화살을 쏘았기 때문에 깊은 상처는 아닐 것이다. 대단해! 하고 고토는 화살이 박힌 교장의 엉덩이를 디지털 카메라로 찍었다. 학생들은 천천히 움직이기 시작했다. 서둘러 달리는 학생은 하나도 없었다.

"A학생이 뭐지?"

나는 나카무라 군에게 물었다. 덴엔도시 선의 에다라는 역 뒤편에 있는 나카무라 군 일당의 아지트에서였다. 1층은 수입 잡화점이고 2층은 커피숍, 퐁짱과 나카무라 군이 고토와 나를 안내한 곳은 그 건물의 3층에 있는 사무실 겸 창고로 보이는 어수선한 방이었다. 방에는 컴퓨터가 몇 대 있고, 퐁짱과 나카무라 군 외에 세 명의 중학생이 있었다.

"A학생이란 스턴 건이나 최루 스프레이로 무장한 학생을 말합니다. 특A는 보 건을 가진 학생입니다."

이렇게 설명해준 학생은 예쁘장한 얼굴에 키가 큰 곤도라는 남학생이었다. 다른 두 사람의 이름은 핫토리와 요시다였다. 나카무라 군은 당연히 나카무라였다. 곤도, 핫토리, 요시다 모두 매끈한 얼굴에 산뜻한 청소년 복장이었다. 말끔한 청바지와 면바지에 폴로 셔츠와 여름 스웨터와 카디건 또는 재킷과 같은. 나카무라 군은 재킷을 입었다. 방콕에서 입고 있던 재킷과는 디자인과 색깔이 다르다. 모두 배낭이나 가방을 가졌는데, 괜찮은 패션 감각이었다. 브랜드 제품은 아니지만 고토나 내가 사용하는 가방보다는 값나가는 물건으로 보였다.

상상력을 자극하는 그 처형이 있은 다음, 학생들은 평소 하

교 풍경과 별다를 바 없이 노래라도 흥얼거리는 듯한 밝은 표정
으로 활짝 열린 교문을 빠져나와 기동대가 도착하기 전에 학교
를 떠났다. 고토와 나는 퐁짱 그룹과 함께 지하철까지 걸었다.
구경꾼과 다른 학교 학생들, 경찰들이 모여 있는 길을 나카무라
군과 퐁짱 일행은 나와 고토 곁에 착 달라붙듯이 걸으면서 이런
저런 이야기를 했다. 퐁짱은 고토와 컴퓨터에 대해 이야기했다.
이스라엘에서 개발된 최신 암호 시스템이나 국제 위성 모바일,
데이터 익스체인지 서버에 대해서였다. 쾌활하게 대화를 나누
는 사이 좋은 어른과 소년으로 보였을 것이다. 도저히 이해할
수 없는 부분도 있었지만 걸으면서 이야기를 나누어보니 역시
14세 소년임에 틀림없다는 생각이 들었다. 그러나 그건 달콤한
망상에 지나지 않았다. 우리와 이야기를 나누는 행동도 일종의
위장 전술이었다. 지하철역에 도착해 주위에 기동대도 경찰도
없다는 것이 확인되는 순간, 나와 고토 같은 존재는 처음부터
아예 없었다는 듯 갑자기 퐁짱의 입은 굳게 닫히고 입가에 떠돌
던 미소도 사라졌다.

　"여기가 아지트인가?"
　방에 들어서자마자 고토가 물었다. 나카무라 군의 설명에 따
르면, 핫토리 군의 아버지 친구의 가게였다. 그 사람은 이 수입
잡화점과 커피숍 외에도 지역 신문사와 신작 게임 소프트웨어
의 모니터 일을 한다고 한다. 게임 소프트웨어는 중학생들의 취

향에 따라 시장에서 성공 여부가 결정된다. 나카무라 군 일당은 개발 중인 신작 게임의 모니터를 하는 대가로 이 방을 자유롭게 사용하고 있다는 것이다. 나와 고토는 이 방에 들어설 때 그 핫토리 군의 아버지 친구라는 남자와 수입 잡화점 앞에서 만났다. 비쩍 말랐고 안색이 좋지 않은 남자였다. 핫토리 군이 매스컴 관계자라고 소개했지만, 흐응 하고 관심 없다는 듯이 웅얼거렸을 뿐이다. 실례합니다 하고 고토와 내가 인사를 했지만 남자는 가볍게 고개를 끄덕였을 뿐 아무 말도 하지 않았다. 나이는 30대 후반으로 보였다. 핫토리 군의 말로는 해외로 이주할 자금을 마련하는 중이라고 한다.

해외로 이주하는 일본인이 늘어났다. 올해 초, 노사카라는 이름의 진 일본인 펀드매니저가 미국 경세시에 그게 보노뇌어 일본에서 화제가 되었다. 3년 전, 러시아의 경제 위기 때 헤지펀드는 이미 죽었다고 떠들어대던 미디어였지만, 국제적 논 뱅크(Non Bank: 리스 회사 등이 예금을 받지 않으면서 여신 업무를 하는 것)가 사라질 리 없다. 당연하지만 구 헤지펀드는 자금력이나 정보 수집 능력에서 일본의 헤지펀드나 미디어를 능가한다. 단기자본 이동의 규제를 주장하는 국제 여론도 있지만 각국의 금융 사정이 제각기 다른 만큼 의견이 하나로 모일 수는 없는 일이다. 국제 투기자본을 규제한 말레이시아는 결국 2년도 안 되어 국제 신용이 떨어져서 규제를 완화하지 않을 수 없었다. 물론 시장에서 사라진 헤지펀드도 있었지만 그 대부분은 이름을 바꾸어 살아남았다. 국제 단기자본을 필요로 하는 나라도, 헤지펀드에 투자하고 싶어하는 개인이나 은행도 결코 사라지지 않았다. 노사카는 그런 국제 금융 사회의 신참자에 지나지 않았지만, 자가용 제트기를 타고 다니며, NBA의 미네소타 팀버울브스를 매수하기도 하고, 독일의 심포니에 막대한 기부금을 내고, 뉴욕의 독립영화에 스폰서 역할도 한다. 그리고 그는 미국 여자와 결혼하고 일본 국적을 버렸다.

"일본이란 나라에는 경쟁이란 게 없습니다. 기업도 연공서열이나 종신고용이라는 일본적 시스템을 버리지 못합니다. 일본의 미디어는 그런 사실을 무슨 이유에서인지 숨기려 하지만, 나와 같은 이유로 일본을 떠난 젊은 과학자나 기술자, 기업가, 아티스트가 수천을 헤아리는 실정입니다. 다시 말해 일본이란 나라는 이제 아무런 매력도 없습니다."

노사카는 일본 미디어와 인터뷰를 할 때마다 힘주어 그렇게 말했고, 출판사의 요청으로 몇 권의 책을 출간했다. 나마무기처럼 젊은이들 사이에서 영웅이 되지는 않았지만, 역시 상징적인 존재로서 많은 일본인에게 영향을 끼쳤다. 일본을 탈출하여 다른 나라에서 사는 것이 예전처럼 예외적인 일도 아니다. 가벼운 기분으로 말할 수 있는 평범한 삶의 목표가 되어버렸다. 일본을 탈출하고 싶어하는 사람이 점점 늘어나는 추세다.

한 대형 인터넷 사이트가 300만 명의 회원을 대상으로 매주 한 번씩 앙케트 조사를 실시한다. 내각 지지율이나 산업 폐기물 시설에 대한 찬반에서부터 성 의식, 가수의 인기에 이르기까지 그 정기적인 앙케트는 거의 모든 방송국이나 신문사의 의식 조사보다 더 신용도가 높다고 인정받는다. 작년에는 '당신은 일본이 매력적인 나라라고 생각합니까' 라는 질문을 던졌다. 10~40대 남녀의 대답은 부정적이었다. 특히 10대, 20대의 여성 가운데 외국에서 살고 싶다고 대답한 사람이 35퍼센트에 달했다. 더욱 심각한 것은, 노인 인구 증가에 따른 노동력 부족 현상이 점차 현실적인 문제가 되었고, 우수한 인재의 유출과 10퍼센트에 가까운 실업률이 전국민의 고용 불안감을 조장했다. 일본에 머물다가는 뒤떨어지고 말 거라는 풍조가 젊은이들 사이에서 만연했다.

"뭣 좀 마시겠습니까?"

퐁짱이 고토와 나에게 물었다. 사실 나는 목이 말랐다. 콜라 같은 거 있으면 좋겠다고 말하자, 퐁짱은 고토에게 같은 걸로 괜찮겠느냐고 묻더니, 고토가 고개를 끄덕이자 밖으로 음료수를 사러 나갔다. 고토와 나는 이상하다는 표정으로 그 뒷모습을 물끄러미 바라보았다. 우리의 표정을 보고 나카무라가 자판기에서 사는 게 싸거든요 하고 말했다.

"아래쪽 커피숍은 비싸요. 맛도 특별하지 않은데 말이죠."

아니, 그런 게 아니라 하고 고토가 말했다.

"보통 대장은 콜라 심부름 같은 거 안 하잖니."

고토가 이렇게 말하자 아, 그런 말이었어요 하고 산뜻한 차림의 중학생들은 서로 얼굴을 바라보았다.

"선배니 후배니 하는 것, 우린 좋아하지 않아요."

"아마 출입구에서 가장 가까이 있었으니까 갔을 거예요."

"자기가 마시고 싶었겠죠, 뭐."

"우리는 보통 그래요."

산뜻한 차림에 얼굴이 뽀얀 중학생들이 말했다.

"우리가 그런 메시지를 인터넷에 올리기는 했지만, 애당초 학교를 바꿀 수 있을 거라고는 생각지 않았어요. 일단 학교에 복귀해보자는 거였죠. 메시지에 쓴 대로 학교를 쉬어봐도 할 일이 없어서 무작정 학교에 모여본 거였는데, 진척도 없는 대화는 해봐야 소용도 없다는 걸 알았으니까, 집에 있는 물건으로 무장을 하자고 했지요. 무장을 한 건 성공적이었어요."

차림새도 그랬지만 퐁짱은 다른 네 명과는 분위기가 달랐다. 말을 할 때도 안정감이 없고 가만히 앉아 있질 못하는 성격인 것 같았다. GIORGIO ARMANI라는 로고가 그려진 쇼핑백에서 노트북 컴퓨터를 꺼내 전화선을 연결하고 트랙볼을 조작해 여러 종류의 화면을 모니터에 띄우면서 퐁짱은 고토와 나의 질문에 대답했다. 그 처형 장면이 마음에 들었다고 처음부터 그렇게 할 생각이었느냐고 고토가 물었다.

"그건 처음부터 생각했던 건 아니지만 옛날에 본 캐나다의 단편영화에 그런 식으로 엉덩이에 하트를 그리고 화살을 꽂는 놈이 있었어요. 다른 중학교에서도 여러 가지 시도를 했는데,

학생들을 모아놓고 아무런 카타르시스도 없으면 문제가 아니겠어요."

퐁짱은 울적한 표정으로 질문에 대답했다. 쓸데없는 질문이라고 대답을 거부하는 건 아닐까 하고 나는 긴장했다. 인터뷰를 시작하기 전, 어떻게 부르면 좋을까? 하는 고토의 물음에, 아무려면 어때요 하고 퐁짱은 대답했다.

"퐁짱이라도 좋고, 구스다 군도, 조이치도, 소년 A도, 소년 B도, 바둑이도 다 좋아요."

퐁짱은 딱딱한 표정으로 말했다. 나카무라 군을 비롯한 소년들은 웃지도 않았다.

"호칭은 자유롭게 해야 합니다. 사실은 존댓말도 없애고 싶지만, 갑자기 손댓말을 없애버리면 대화가 폭력적이 되니까 좀 곤란하겠죠. 그래서 일단 존댓말은 인정합니다. 그 사람이 어떤 사람인지 모르면 일본어로는 대화를 시작할 수조차 없습니다. 손윗사람인지 손아랫사람인지, 그걸 모르고서는 사람을 부를 수도 없습니다. 세키구치 씨, 세키구치 군, 세키구치, 세키구치 님, 그런 호칭에 따라 자신과 그 사람의 관계가 금방 드러나서 좋은 점도 있겠지만, 반대로 관계가 결정되지 않았을 때는 어떻게 불러야 할지 당혹스러워집니다. 정말 좋지 않아요. 이지메를 할 때도 그런 일본어의 특징이 활용되는 경우가 많습니다. 이름 끝에 님을 넣어 부르지 않으면 절대로 대답해주지 않는 경우도 있었습니다. 구스다 님, 나카무라 님, 핫토리 님, 곤도 님, 요시다 님, 그런 식으로 부르지 않으면 그 애를 상대도 해주지 않는 겁니다. 세계 어느 곳을 가나 이지메가 없는 곳은 없겠지만, 그렇게 존댓말을 이용한 이지메는 일본밖에 없을 겁니다. 다른 나라에는 거의 존댓말이 없으니까 말입니다."

구스다 군도 이지메를 당하거나 이지메를 한 적이 있어? 하고 내가 물었다. 관계없는 일이에요 하고 퐁짱은 말했다.

"이지메는 정말 중대한 문제지만 우리의 행동과는 아무 관계가 없어요. 우리가 이지메를 당했기 때문에 무장한 건 아닙니다. 이지메 이야기를 하면 모든 원인을 이지메에 두는 오해가 생기기도 합니다. 선생을 찌른 것도 이지메가 원인, 등교거부도 이지메가 원인, 그런 식이죠. 정말 말도 안 돼요."

역시 나마무기가 어떤 계기가 된 것일까?

"나마무기에게 감사해야 하겠지요. 우상으로서는 완벽해요. 나마무기는 성지에 있어요. 그래서 일본 미디어는 손도 대지 못하지 않습니까. 그 미디어란 놈, 정말 문젭니다. 예를 들면 교육 문제를 다루는 심포지엄 같은 게 자주 열리지 않습니까. 어쨌든 학교에는 가야 한다고 주장하는 측과 등교거부 학생을 옹호하는 측으로 나뉘어 토론을 벌이는데, 그럴 때면 사회자가 꼭 이런 가벼운 농을 합니다. 난 등교거부 학생에게는 아무 관심이 없습니다. 한때 자유학교란 것이 유행하기도 했지만 자유학교에도 벌써 등교거부 학생이 나오고 있어요. 아이들은 어디를 가든 어른 사회에 순응하는 훈련을 받지 않으면 안 됩니다. 순응해야 할 어른 사회의 규범 모델이 문제인데, 자유학교로 그것을 해결할 수는 없습니다. 그렇지만 등교거부는 심각한 문제이기 때문에 심포지엄의 사회자는 절대로 웃어서는 안 됩니다. 그 농담과 웃음 띤 얼굴이 문제의 심각성을 희석시킨다는 사실을 깨닫지 못하는 것 같습니다. 미디어는 어떻게든 되겠지 하는 안이한 생각을 가진 것 같습니다. 왜냐하면 미디어는 어떤 문제건 모르는 게 없다는 자만심을 가지고 있기 때문입니다. 미디어는 마약 단속 현장에도, 수상 공관에도, 피해자의 병실에도 마음대로 찾아가서 음성을 바꾸기도 하고, 얼굴에 모자이크만을 덮어씌우면 모든 것을 드러내도 된다는 전제 아래 행동하지만, 나마무기가 그것을 깨뜨려버렸어요. 게다가 나마무기는 단순하게 사는 것이 즐거운 일이라는 사실을 가르쳐주었습니다. 원리주의는 그리 바람직하지 않다고 생각해요. 그렇지만 온 세상이 지금 새로운 원리주의를 찾아 헤매고 있습니다. 나마무기는 그것을 단적으로 보여주었습니다. 나마무기를 소개한 영상은 거의 초현실주의였습니다. 결코 현실에서 일어날 리 없을 것 같은 꿈같은 영상이었어요. 게다가 그 영상을 본 우리는 하면 된다는 생각을 가지게 되었으니까요. 하나의 계기라고 할까요. 만일 나마무기가 없었더라면 우리는 아직도 학교에 다니고 있었을 겁니다."

조직 같은 건 있어?

"성격이 다양합니다. 넷net으로 연락을 취하다보니까 실제 행동과는 거리가 먼 아이도 있고, 아예 조직이란 말에 혐오감을 나타내는 아이도 있습니다. 메이와 제일의 경우는 다른 아이들의 기대도 있고 해서 아주 느슨하기는 하지만 최소한의 조직 정도는 필요할 것 같아 그렇게 하고 있습니다."

최소한의 조직이란 구체적으로 어떤 조직일까? 하고 고토가 묻자 우리 다섯 명뿐입니다 하고 곤도가 대답했다. 아이들은 일제히 웃음을 터뜨렸다. 너무 밝은 웃음이라 고토와 나도 덩달아 웃었다. 지금 생각해보면 거기 모인 학생들이 모두 질서 있게 움직이고 있었던 것 같은데? 하고 내가 물었다.

"메이와 제일 학생들은 사람 말을 잘 듣는 편이라 나도 이야기하기가 쉬웠어요. 선생들이 하지 않는 방법으로 해야 합니다. 간단해요. 알아들을 때까지 설명하는 거지요. 조리 있게 처음부터 끝까지, 다섯 살 먹은 아이도 알아들을 수 있을 정도로 알기 쉽게, 모르는 것은 모른다고 솔직히 인정하고 설명하는 겁니다."

폭력을 사용했는데?

"그건 우리가 힘이 없어서입니다. 학교 측과는 대등하게 토론을 벌일 수 없습니다. 대화라는 것은 아직 결정되지 않은 것에 대해 서로 의견을 내고 공평한 해결책을 취하는 것이라고 생각합니다. 서로 타협할 수 있는 포인트를 찾아가는 것인데, 그런 대화는 지금까지 한 번도 없었습니다. 지금까지 학교 측과 나눈 대화란 이미 결정된 것을 우리에게 납득시키기 위한 것이라고 할까요, 이 정도로 오래 이야기를 나눴으니 이 문제는 해결된 것으로 하자는 터무니없는 태도였습니다. 거듭 말하지만, 토론이란 서로 하고 싶은 말을 하는 것이 아니라 서로 견해 차이를 인정하고 타협점이 없는지를 찾아가는 것이 아니겠습니까? 난 처음부터 대화를 올바른 토론의 장으로 만들기 위해서는 폭력이 필요하다고 생각했습니다. 힘의 관계가 압도적으로 약하고 정의가 우리 쪽에 있는 경우는 폭력이 인정된다고, 체 게바라는《게릴라 교본》에서 주장하고 있는데, 그의 말이 옳다고 생각합니다. 게다가 학교 측은 상상도 할 수 없는 사태를 준비하고 있었습니다. 그래서 선생들을 사고 정지 상태에 빠뜨리려면 폭력밖에 없다고 생각했습니다."

집회에서 학교 측에 어떤 것을 인정하게 하려 했지?

"학생들에게 커리큘럼과 선생을 선택할 수 있게 해달라고 했습니다" 하고 요시다가 대답했다.

"그리고 교과서 선택도 우리 손으로 하고 싶었습니다."

핫토리 군이 덧붙였다.

"그렇지만 퐁짱은 또 다른 생각을 가지고 있었습니다. 우리도 거기에 찬성했습니다."

이렇게 말하고 나카무라 군은 퐁짱을 바라보았다. 퐁짱은 노트북 컴퓨터의 트랙볼과 키보드에서 손을 떼지 않았다. 모니터에는 나마무기 통신의 게시판이 떠올라 있었다. 퐁짱은 게시판에 올리는 문장을 키보드로 치면서 모니터에서 눈길을 떼지 않은 채 우리의 질문에 대답했다.

"넷에서 다른 학교 학생들과 여러 가지 의견을 교환합니다. 그 결과, 지금 요시다가 말한 요구사항이 모두에게 절실하다고 판단했습니다. 단, 그 모두는 학생들을 두고 하는 말입니다. 학교 측은 무리라고 합니다. 무리라는 사실은 우리도 압니다. 그건 법률 때문입니다. 법률이 있으니까요. 학교 측도 우리 요구를 마음대로 받아들일 수 없게 되어 있습니다. 걸림돌은 법률입니다. 이 나라 사람들은 무슨 영문인지 법률을 무시하는 경향이 있습니다. 국민이 법을 준수하지 않는다는 뜻이 아니라, 법률의 힘이 너무도 강력하기 때문에 어떤 일을 하고 싶을 때는 법을 바꾸어야 가능하다는 사실을 모르고 있다는 겁니다. 모두 제멋대로 말은 잘합니다. 아까의 그 요구사항은 커리큘럼을 자기 손으로 만들고 싶다는 것인데, 학교교육법이란 것이 있어서 그 가운데 교과라는 조항에, 중학교 교과목에 관한 사항은 중학교의 목적·중학교 교육의 목표 규정에 따라 감독 관청이 결정한다고 되어 있습니다. 감독 관청이란 물론 문부성입니다. 교과서도 교과서 발행에 관한 임시조치법이란 것이 있어서 학생이 교과서를 선택한다는 것은 불가능한 일입니다. 선생조차 교과서 선택의 자유가 없으니까요. 학생이 선생을 선택하는 것도, 설령 3광년 떨어진 우주라 해도 불가능한 일입니다. 법을 바꿀 수 있는 권한을 가진 건 국회의사당 주변에서 시커먼 승용차를 타고 어슬렁거리는 교활한 노땅들뿐입니다. 아무리 이야기해도 아무 소용없어요. 사실 선생과 학생이 대화할 건더기도 없는 겁니다."

퐁짱은 법률에 대해 이야기했다. 2~3일 전에 유미코가 한 말과 비슷했다. 인재의 해외 유출이 가장 큰 문제라고, 그날 아침 유미코는 요구르트에 마멀레이드를 넣어 먹으면서 말했다. 도산이나 실업도 심각한 문제지만 인재만 남아 있으면 일본 경제는 언젠가는 다시 일어설 수 있다. 최근 몇 년 동안 일본의 은행이나 증권회사, 정밀기계나 전기, 화학산업 등에서 유능한 인재가 속속 도망쳐 나갔다. 더욱 당혹스러운 일은 앞으로도 일본에 남아 있어야 할 인재일수록 해외에서 일하고 싶어한다는 사실이다. 앞으로 일본에 필요한 것은 해외에서 일할 수 있는 능력을 갖춘 기술자들이다. 공공심이 어쩌고저쩌고 잠꼬대 같은 소리를 하는 놈은 필요없다. 그런 사람일수록 갈 데가 없으니까 죽기 살기로 이 나라에 남아 있다. 어느 나라에 가도 살아남을 수 있는 사람이 필요하다. 그런 유능한 인재의 해외 유출을 막기 위해서는 정신이 아득해질 정도의 시간과 노력을 들여 법률을 개정해야 한다. 인재의 해외 유출이 본격적으로 시작되면 아마도 이 나라의 번영은 종지부를 찍고 말 것이다. 도자기와 칠기만으로 1억 2000만의 인구를 먹여 살릴 수 없다. 춥고 배고픈 시절로 되돌아갈 수밖에 없다. 바로 눈앞에 노약자나 여성 그리고 외국인 노동자에게 의지하지 않으면 안 될 현실이 펼쳐지고 있는데도 규제는 너무나 많다. 노동기준법, 남녀고용기회균등

법, 직업안정법, 고용대책법, 노동조합법, 최저임금법, 가내노동법. 고용 불안 하나만 보더라도 모든 문제의 뿌리는 바로 법률에 있다는 것을 알 수 있다고 유미코는 말했다.

법률 때문에 두 손을 들 수밖에 없다면 퐁짱은 앞으로 아무것도 할 수 없지 않느냐고 고토가 말했다. 고토의 말을 듣고 퐁짱은 노트북 컴퓨터의 트랙볼에서 손을 뗐다. 고토는 처음으로 퐁짱이라 불렀다. 아마도 고토는 퐁짱에게 경의를 표하는 기분으로 그렇게 불렀을 것이다. 아무것도 할 수 없지 않느냐는 말로 고토는 상대의 오기를 건드려보려 한 것 같았다.

"우리에게 무슨 기대를 품고 있나요?"

퐁짱은 물었다. 퐁짱은 고토를 뚫어져라 바라본다. 실은 그래 하고 고토가 말했다. 그 말을 듣고 퐁짱은 빙긋 웃었다.

"몽골 제국 이야기를 좀 해도 될까?"

고토가 이렇게 말하자 퐁짱은 고개를 끄덕였다. 퐁짱은 고토에게 흥미를 느끼는 것 같았다.

"13세기 몽골은 지금 우리가 상상하기 힘들 정도로 강력한 고도의 문화와 합리적인 국가 구조를 가진 제국이었지. 말을 타고 난폭하게 달리는 몽골에 대한 이미지는 근대 서양의 역사 인식이 날조한 것일 뿐이야. 야만적이고 난폭한 민족이 유라시아 대륙을 정치적으로 통일한다는 것은 무리가 아닐까. 중화의 인재를 법무 관료로 썼고, 수학에 강한 경제 관료로 페르시아인을 썼지. 몽골 사람은 농사일을 싫어했어. 지금 생각해보면 환경을 바꾸는 것 자체를 나쁘다고 판단했던 것 같아. 농경이나 농업을 경멸했지. 농경은 결국 토지를 망치고 마니까. 놀랍게도 몽골인은 공생이란 개념을 잘 이해했던 것 같아. 기본적으로 유목민이니까, 자연이란 거기서 뭔가를 약탈하는 대상이 아니라 그것이 베푸는 은혜를 나눠 가지는 것이라고 생각한 거지. 농경은 반드시 과잉 생산을 초래한다는 것, 그리고 과잉 생산을 계속하면 대지와 강은 언젠가는 고갈되고 만다는 사실을 본능적으로 알고 있었던 거야. 몽골은 내분으로 자멸해버렸지만 외적에 대해서는 무적이었어. 혹시 이런 이야기, 재미없는 건 아니니?"

퐁짱은 고개를 가로 저었다. 다른 중학생들도 흥미롭게 귀를 기울이고 있었다.

"몽골은 1000호를 하나의 단위로 삼았어. 선생에서 공을 세운 신하에게는 2000호를 상으로 내렸지. 1000호가 행정 단위였던 셈이야. 칭기즈칸이 제국을 건설한 다음, 몽골은 서방으로 나아갈 준비를 시작해. 바투 왕은 광활한 중앙아시아를 가로질러서 우랄 강을 건너 러시아를 제압하고, 모스크바라는 도시를 건설하고, 폴란드와 헝가리 왕국을 격파하고, 신성로마제국의 입구 부근까지 공략했지. 몽골군은 상상하기 힘들 만큼 먼 거리를 이동했어. 유라시아 대륙의 끝에서 끝까지. 그리고 그 원정군의 주력이 바로 소년병이었어."

소년병이라는 말이 떨어지자 중학생 다섯 명의 눈이 반짝였다. 퐁짱의 눈길은 벌써 노트북 컴퓨터의 모니터를 떠났다. 순진한 소년의 눈으로 고토를 바라본다.

"1000호 가운데 200호 비율로, 한 가족에서 한 명의 소년이 전사로 참가하는 거야. 그것도 10대 전반의 소년이 말이야. 처자식을 거느리고 가족을 부양해야 할 어른이 전장으로 나가버리면 국가 기반이 흔들리고 마니까. 그렇지만 10대 전반의 소년이 전장으로 나가도 국가 기반인 가족은 결코 흔들리지 않으니까. 생각해봐. 유라시아 대륙의 끝에서 끝까지 갔다가 돌아오려면 적어도 10년은 걸려. 전쟁을 하면서 가니까 말이야. 소년들은 전투부대의 핵심이 되어 실제 전투를 통해 훈련을 쌓으면서 원정을 하고, 다양한 나라에서 많은 경험을 쌓아 우수한 전사로 성장해가는 거지. 고향에 돌아올 때는 20대 중반의 멋진 전사가 돼 있지. 10대 전반의 소년병은 처자가 없으므로 자유롭고, 언어나 풍습이 다른 외국에 가더라도 금방 그 풍토에 익숙해질 수 있어. 그러니 다른 나라에 그대로 뿌리를 내리는 사람도 있었고. 그들은 그 나라의 말을 배우고 그 나라 여자와 결혼해 귀중한 정보를 많이 얻어서 본국에 전해주는 거야. 수천 킬로미터나 떨어져 있는 다른 나라 여자와 결혼해 아이를 낳고 살기는 하지만, 그들의 고향은 어디까지나 몽골의 대초원이었어. 저 먼 대초원 지대에는 부모형제, 친척이 살고 있어. 아무리 멀리 떨어져 있어도 그들은 초원을 잊지 않아. 그 대초원이란 그들의 마음 그 자체였으니까. 유라시아 대륙 전체에 퍼져 있는 몽골인들은 그런 강렬한 귀속의식으로 하나가 되어 있었던 거지. 멀리 떨어져 있었기 때문에 오히려 몽골인으로서 자부심을 잃지 않을 수 있었던 거지."

잠시 침묵이 흘렀다. 퐁짱을 비롯한 중학생 다섯 명의 눈이 반짝인다.

"자네들이 무엇을 할 수 있을지 우리도 몰라."

고토는 말을 이었다.

"무슨 일을 벌일 생각인지도 모르겠고, 중학생이 학교에도 가지 않고 한곳에 모이는 것 자체가 옳은 건지 그른 건지도 모르겠어. 이 나라의 어른들은 구제불능인지도 몰라. 불황을 핑계로 자기 일밖에 생각지 않아. 대학생이나 고등학생은 이미 어른과 별 차이가 없는 것 같아. 내게는 똑같아 보여. 물론 초등학교 학생은 너무 어리고 말이야."

퐁짱이 흠흠 하며 작게 고개를 끄덕였다.

"사실 우리도 앞으로의 일에 대해 생각해보지 않았습니다. 난 싫지만, 세력 간의 알력 같은 것도 있어서 말입니다."

세력 간의 알력에 대해서는 나카무라가 설명해주었다. 중학생의 집단 등교거부는 거의 전국적으로 각 지방의 도시를 중심으로 일어나, 유력한 그룹끼리 넷으로 연락을 주고받고 있다. 그러나 그 가운데서 실제로 물리적 행동을 취하는 그룹은 극소수였다. 퐁짱이 이끄는 메이와 제일은 일단 학교에 돌아와 집회를 열자고 주장한 최초의 그룹이었기 때문에 다른 그룹을 리드하는 입장이 되었고, 다른 그룹도 곧 그를 따라했다. 그 때문에 우라와에서는 학생 하나가 목숨을 잃었고, 후쿠오카에서는 선생이 칼에 찔려 죽었다. 우쓰노미야나 고후의 중학교에서는 기동대가 투입되었다.

과격한 행동을 취하는 그룹일수록 인기를 끄는 경향이 있어서, 그룹간의 물리적 충돌도 여기저기에서 일어났다. 퐁짱의 기발한 처형 아이디어가 얼마나 지지받는지는 알 수 없다. 온라인상에서 각 그룹간의 역학 관계는 물리적으로 무슨 행동을 했는지에 따라 좌우된다. 오시키의 어떤 그룹 멤버는 니마무기를 만나기 위해 파키스탄까지 갔다고 한다. 퐁짱은 최초로 나마무기 통신을 개설해 전국적으로 유명해졌다. 메이와 제일의 리더라는 사실도 그를 카리스마 있는 존재로 만드는 데 기여한 것 같다. 좀 웃기는 이야기가 될지 모르겠지만, 이렇게 집단 등교거부 운동이 전국 각지에서 일어나고 있는 현실에서도 여전히 일류니 이류니 하는 각 학교의 등급이 영향력의 기준이 되었다.

전부 합해서 50개 이상의 나마무기 통신이 얽히고설켜 있어서 각 그룹간의 중상비방이 일어나기도 한다. 처음에는 폭탄 메일을 보내거나 서버를 크래킹하는 일도 잦았다. 적대적인 다른 그룹이 주최하는 게시판에 백과사전을 통째로 전송하는 학생도 있었다. 그러나 룰을 만들고 프로그램을 스스로 제작해 독자적인 도메인을 가지고 있는 퐁짱이 중심 인물임에는 변함이 없었다. 우리의 적은 다른 중학생 그룹이 아니라고 퐁짱은 말했다. 전국 각지의 각 그룹이 사이좋게 지낼 필요는 없지만, 넷에서 파괴 행위를 하는 그룹에 대해서는 영원히 네트워크에서 추방하자는 퐁짱의 제안이 받아들여졌고, 퐁짱은 실제로 여러 가지 다른 이름으로 엑세스하여 파괴 행위를 하는 그룹을 적발해서 배제하는 필터링 소프트웨어를 만들어내기도 했다. 그 소프트웨어는 전국 주요 그룹에 무료로 배포되어 나마무기 통신의 게시판에 엑세스하는 중학생 가운데서 퐁짱의 이름을 모르는 학생은 없었다. 그렇지만 다른 그룹에서는 옛날식의 싸움 잘하는 불량 학생이 주도권을 쥐는 경우도 있다. 그런 그룹일수록 골치를 썩었다. 어쨌든 등교거부 학교 그룹끼리의 세력 경쟁은 이제 시작 단계여서 귀찮기는 하지만, 자신들이 지면 무능한 놈이 리더여서 그렇다는 말을 들을 게 뻔하므로 퐁짱은 어떻게든 지지 않으려고 노력하고 있는 중이라고 했다.

그럼 오늘 집회에 대해 어떻게 기사로 쓰면 될까, 그 기사는 자네들에게 무척 중요한 것이 아닐까 하고 말하려다가 그만두었다. 그건 너무도 당연한 일이므로 일부러 확인해야 할 만큼 이 중학생들의 지적 수준이 낮지 않다는 것을 알았기 때문이다. 고토의 몽골 이야기를 듣고 눈물을 글썽일 만큼 감동했던 퐁짱이었지만 지금은 평소의 얼굴로 돌아와 모니터에서 시선을 떼지 않는다. 좋아, 우리가 자네들에게 유리하게 기사를 써줄게 하고 말하는 것은 어리광일 뿐이다. 아, 그렇게 해주시겠어요, 정말 고마워요 하고 대답하는 것도 어리광이다. 그런 응답은 아무 의미가 없다. 그러나 이 나라에서는 그런 말이 커뮤니케이션의 기본이다.

이 중학생들은 메이와 제일에서 일어난 일을 내가 정확히 전달하는 것을 전제로 지금 인터뷰에 응해주고 있다. 내가 기사로 만들지 못하거나 부정확하게 기사를 썼을 경우, 그들은 결코 나를 배신자라고 욕하지 않을 것이다. 다만 그 이후로 나를 믿지 않을 것이다.

"우리, 이제 집에 돌아갈 수 없어요."

모니터를 보고 있던 퐁짱이 말했다. 나카무라 군을 비롯한 중학생들도 모니터를 뚫어져라 바라본다. 게시판에는 경찰의 무선 대화 내용이 시간 단위로 올라왔다.

"메이와 제일의 리더 그룹은 참고인으로서 경찰에 출두해야 한다고 함. 선생이 피해자로 신고한 듯함. 집에는 가지 않는 게 좋을 것 같음."

모니터에는 'URGENT!' 라는 마크와 함께 그런 보고가 올라와 있었다.

"퐁짱, 난 와시누마에 있는 아파트에 살아. 에다에서 세 번째 역이야."

고토가 이렇게 말하자, 퐁짱은 고마워요 하고 대답했다.

"필요하면 언제든 사용해도 좋아."

우리는 그만 돌아가기로 했다. 나카무라 군이 역까지 바래다 주겠다고 했다.

"퐁짱이라는 핸들 네임 말인데, 어디서 온 말이지?"

마지막으로 고토가 퐁짱에게 물었다. 핫토리 군이 대신 말해 주었다.

"퐁짱은 팝콘을 좋아해요. 팝콘을 만들 때 퐁! 하는 소리가 나잖아요."

역까지 걸어가면서 나카무라 군은 퐁짱에 대해 이야기하기 시작했다.

"퐁짱은 성장 환경이 좀 특이해요."

퐁짱의 성장 환경이 특이하다는 말에, 그럴 것이라고 나는 생각했다. 퐁짱 같은 중학생은 처음 보았다. 유미코의 친구 가운데 버추얼 몰 시스템을 개발하는 사람이 있다. 검색 엔진이나 버추얼 쇼핑 사이트에 공원 같은 공간을 만들어 큰돈을 벌었다고 한다. 검색 엔진으로 숍을 찾은 다음 곧바로 쇼핑을 하면 피곤할 것이라는 생각을 하여, 음악을 들려주기도 하고 멋진 영화 사진을 감상하게 하면서 다양한 버추얼 숍의 디테일과 카탈로그를 소개하는 소프트웨어를 만들었다.

유미코의 말에 따르면, 그 개발자는 아직 20대 초반으로 대학까지 미국에서 나왔다. 학생 골퍼로서 전미 아마추어 랭킹 7위에 오를 정도였는데, 프로 골퍼가 되느냐 사업을 하느냐 하는 갈림길에서 넷 비즈니스를 선택했다고 한다.

그런 케이스가 늘어나는 추세다. 주로 유복하면서 고학력자의 경우가 많은데, 일본에 있어봐야 아무것도 배울 게 없다는 초조감을 느끼는 부모가 많다. 퐁짱도 그런 성장 배경을 가지고 있는 게 아닐까 생각했다.

그러나 나카무라 군의 말에 따르면, 퐁짱은 두메산골에서 태어났다. 외국에는 한 번도 가보지 못했다고 한다. 퐁짱의 아버지는 신슈의 산골에서 수제 가구를 만드는 귀농한 장인이었다. 퐁짱은 초등학교까지 그곳에서 다녔다. 중학교를 요코하마로 선택한 것은 어른이 되기 전에 넓은 사회를 봐두어야 한다는 아버지의 생각 때문이었다. 골짜기의 작은 밭뙈기와 주위의 숲을 가리키며 어릴 적부터 아버지가 퐁짱에게 늘 하던 말이 있었다. 앞으로 우리 일본 사람은 이런 자연 환경에서 어떻게 살아갈 것인지를 심각하게 생각하지 않으면 안 된다. 아버지는 어린 퐁짱에게 말했다. 일본이 어떻게 되든 이런 자연 환경은 변함이 없을 것이다. 일본의 자원은 산림과 좁은 계곡과 강과 밭 그리고 두뇌뿐이다. 퐁짱은 그런 말을 들으면서 자랐다고 한다.

"그래서 퐁짱은 중학교 입학시험을 칠 때 처음으로 팝콘을 먹어보았다고 합니다."

나카무라 군이 말했다. 비는 개었지만 습도는 더 높아졌다. 사방에서 연기가 피어오르고 있는 것 같았다. 퐁짱 그룹의 아파트에서 덴엔도시 선의 에다 역까지는 걸어서 10분 거리였다. 역 주변은 특징이 없었다. 플라타너스 가로수와 은행과 부동산 중개소와 임대 빌딩과 편의점과 패스트푸드점. 여기저기 공터가 있고, 그 주변에는 철조망이 쳐져 있고, 그 사이에 중고차 판매점 등이 보였다. 임대 빌딩 안에는 치과, 꽃집, 기원, 댄스 교습소, 라면집 등이 들어서 있었다. 누가 걸어도 위화감을 느끼지 않을 거리 풍경이었다. 나카무라 군은 참고인으로 경찰에 출두하라는 명령이 떨어져 있지만, 이 거리에서 그걸 아는 사람은 없을 것이다.

쓸데없는 걱정인지는 모르겠지만 하고 고토가 입을 열었다.

"돈은 있니?"

"얼마간 지낼 돈은 있습니다."

나카무라 군은 집으로 돌아갈 생각은 없는 것 같았다. 나는 방콕 공항에서 집으로 전화를 걸던 나카무라 군의 모습을 떠올렸다. 어머니 또는 아버지의 목소리를 듣고 그 소년은 눈물을 글썽였다. 그러나 바로 눈앞의 나카무라 군에게서는 집에 전화 안 해도 되니? 하고 물을 수 없는 분위기가 감돌고 있었다.

"그렇지만 앞으로 돈이 필요하게 될지도 몰라. 일본이란 나라는 뭘 하든 돈이란 놈이 필요하니까 말이야. 전쟁도 혁명도 개혁도 법률 개정도 막대한 자금이 필요해. 게임 모니터 정도로는 부족할 거야. 퐁짱은 무슨 생각을 하고 있을까."

고토가 혼잣말처럼 중얼거리자 나카무라는 고개를 끄덕였다.

"여러 가지를 생각하는 것 같아요."

"넷 쪽에 관련된 아이디어?"

"물론 그것도 생각하는 것 같아요."

"프로그램 소프트웨어 같은 걸 팔 생각이겠지."

"그건 나중에 하는 게 좋다고 퐁짱이 말했어요."

"나중에?"

"브랜드를 만드는 것이 중요하대요."

"브랜드?"

"예."

"브랜드라면, 구찌라든지 샤넬 같은 브랜드 말이니?" 하고 내가 물었다.

브랜드라는 말을 듣고 나는 퐁짱이 가지고 있던 GIORGIO ARMANI라는 로고가 적힌 쇼핑백을 떠올렸다. 나는 그 쇼핑백이 왠지 마음에 걸렸다.

"그래요. 넷으로 돈을 벌기 위해서는 브랜드가 필요하다고 퐁짱은 입버릇처럼 말해요. 그것도 곧 달성할 수 있을지 모른다고 했어요. 중학생에게는 현재 나마무기 통신이라는 사이트밖에 없으니까요. 고등학생이나 대학생 사이트는 이미 수가 많은 데다 어른 사이트처럼 취향이 제각각이에요. 그래서 우리가 만일 나마무기 통신을 더 강력하게 만들 수만 있다면 자연히 돈이 될 거라고 했습니다."

과연 그렇군 하고 고토가 감탄했지만, 나는 무슨 말인지 이해할 수가 없었다.

"벌써 업자 쪽에서 접촉해왔다는 말이겠지."

고토가 이렇게 말하자, 나카무라는 그렇습니다 하고 고개를 끄덕였다. 역과 246번 국도 사이에 휴대폰으로 부른 택시가 대기하고 있었다. 헤어질 때 나카무라 군은 우리에게 가볍게 인사를 하면서도 결코 웃는 모습은 보이지 않았다.

돌아오는 택시 안에서 고토는 나카무라 군의 이야기를 해설해주었다. 수십만의 액세스가 보장된 인터넷 게시판은 그 자체로 가치가 있다는 것이다. 게다가 거기에 접속하는 사람이 모두 중학생이므로, 그 커뮤니티의 가치관이나 라이프스타일은 거의 균일하다. 어떤 인터넷 통신에 수십만의 어른이 모여든다 하자. 그러나 그들의 라이프스타일은 영적 체험에서 와인, SM, 고등수학까지 놀라울 정도로 세분화되어 있다. 난 빛 넝만 보인 포럼도 있는데, 그런 사이트에서 장사를 해보겠다고 생각하는 사람은 없다.

퐁짱은 틀림없이 나마무기 통신을 하나로 통합하려 할 것이라고 고토는 말했다. 그것이 실현되면, 혹시 일본 최대의 넷 커뮤니티가 탄생할지 모른다. 세계 어디서도 찾아볼 수 없는 넷커뮤니티의 브랜드가 탄생하여 거기서 많은 일들이 가능해질 것이다. 상품 광고나 통신판매도 가능하고 콘서트 티켓이나 캐릭터 상품, 게임 소프트웨어를 직접 판매할 수도 있을 것이다. 퐁짱은 아마도 서버 관리 소프트웨어 앞에 앉아 신호만 보내도 거액의 이익을 손에 넣을 수 있을 것이다.

그렇게 설명하면서 고토는 아주 즐거워하고 있었지만, 나는 그 중학생들이 어떤 힘을 가질지도 모른다는 것을 실감할 수 없었다. 분명 퐁짱은 유니크하고 우수한 소년이지만 그들은 아직 14세에 지나지 않는다. 내가 그렇게 말하자, 세키구치 씨는 자신의 중학 시절을 생각하지 못한다며 고토는 웃었다. 고토는 페루의 소년 게릴라 이야기를 해주었다.

"열두 살 소년이 M16을 가볍게 쏩니다. 그리고 당연한 일이지만, 열두 살 소년이 쏜 총에 맞아도 사람이 죽습니다."

회사로 돌아와 고토와 나는 각자 퐁짱 그룹과 나눈 대화를 문장으로 만들었다. 교장의 엉덩이가 찍힌 디지털 카메라 사진을 곁들인 초고를 보여주자 데스크는 메이와 제일의 사건을 특집 톱으로 3페이지로 구성한다는 방침을 결정했다.

2001년 9월 25일, 우라와 중학교에서 한 학생이 계단에서 굴러 사망했다. 4층과 5층 사이의 좁은 층계참에 모여든 학생들을 해산시키려는 선생과 밀고 당기고 하다가, 한 학생이 난간 아래로 떨어져 머리를 세게 부딪혔다. 사망자 외에도 많은 학생들이 부상을 입었다. 100개가 넘는 전국의 중학교에서 같은 사태가 벌어졌다. 집단 등교거부를 한 학생들이 학교로 돌아오자 그들을 배제하려는 학교 측이 맞부딪쳤다. 학생들이 학교로 돌아온 데에는, 직접적으로 나마무기 통신에서 퐁짱이 한 말이 큰 영향을 끼친 것 같았다. 다른 학교 학생들도 퐁짱의 말대로 게임 센터와 노래방에 지겨워졌던 것이다.

학교로 돌아온 학생들은 대부분 교실로 들어가지 않았다. 대다수 학교는 학생들을 교문 안으로 들여보내주지 않았다. 교내에 학생을 들여보내주고 대화에 응한 곳은 메이와 제일처럼 비교적 성적이 좋은 도시의 사립 학교들뿐이었다. 아무래도 교육위원회가 돌아온 학생들을 학교에 들여보내서는 안 된다는 지시를 내린 것 같았다. 그러나 문부성은 그런 지시를 내린 적이 없다고 해명했다. 신문과 텔레비전은 중학생들의 반란을 톱 뉴스로 내보냈다. 그때까지 등교거부 실태는 별로 알려지지 않았다. 다른 학교에 파급되는 것을 두려워한데다 소년법을 포함해 골치 아픈 문제가 많아서, 미디어 측에서도 어떻게 보도를 해야 할지 방침을 정할 수 없었기 때문이다. 세상은 그제야 전국적인 규모로 일어나고 있는 중학교의 이상 사태를 알게 되었다.

갑자기 돌아오는 바람에 학생들을 받아들일 준비가 갖추어지지 않았기 때문이라고 교장이나 선생들은 텔레비전 리포터에게 설명했다. 등교거부 사태가 계속되어 휴가를 낸 선생도 있었고, 학교 기능도 완전하지 못했다는 것이 그 이유였다. 게다가 다른 학교 학생들이나 고교생이 학교로 난입할 가능성도 있었다고 설명했다.

그러나 학생들에게 주도권을 빼앗기고 싶지 않다는 것이 실제 이유였을 것이다. 학생은 제멋대로 학교를 쉬어서도 안 되고, 놀다보니 재미가 없어졌다고 학교에나 가볼까 하는 태도 자체를 허락할 수 없다는 것이 교장이나 교육위원회의 기본 생각이었다. 자발적으로 돌아온 학생들을 보고 대부분의 학교는 공황 상태에 빠졌다. 교복을 벗어던지거나 가방을 들지 않은 학생도 많았다. 오토바이나 기타, 게임기를 가지고 오는 학생도 있었다. 학생들은 제각기 학교로 오는 것이 아니라 사전에 어떤 장소를 지정하여 일단 모였다가 함께 등교했다. 이전의 등교 풍경과는 완전히 달랐기 때문에 학교 측이 공황 상태에 빠지는 것도 무리가 아니었다.

각지에서 이런저런 충돌이 일어났다. 오사카에서는 학교에 들어가지 못한 학생들이 다른 학교로 난입하는 사태도 일어났다. 우라와에서는 알루미늄 배트와 쇠파이프를 든 학생들이 봉쇄된 교문을 돌파하여 선생들을 위협하는 비극적인 사태도 일어났다. 우쓰노미야, 고후, 그리고 교토에서는 선생까지 끼여든 학생 집단끼리의 충돌이 위험 수위에 달하자 교장이 기동대를 부르기도 했다. 고후에서는 학생들과 기동대가 충돌했다. 13~14세의 학생을 두랄루민duralumin 방패로 밀어붙여 쓰러뜨리는 기동대원의 모습이 텔레비전에 방영되었다. 아이들이 맞고 있습니다 하고 리포터는 외쳤고, 저 아이들은 위험해요 하고 기동대 책임자가 울적한 표정으로 인터뷰에 응했다. 후쿠오카에서는 백 수십 명의 학생들에게 둘러싸인 선생이 도망치려다가 칼에 찔렸다. 찌른 학생은 체포되었지만 선생이 여학생을 때렸기 때문에 찔렸다는 그 학생 친구의 코멘트가 나마무기 통신 '후쿠오카 게시판'에 게재되었다.

우리 같은 잡지사 기자뿐만 아니라 신문과 텔레비전 역시 취재에 인터넷을 활용하지 않을 수 없었다. 학교 측과 교육위원회는 일어난 일을 되도록 숨기려고 했다. 거의 모든 학교와 교육위원회가 매스컴에 비협조적이었고, 취재를 신청해도 도망만 쳤다. 교육계는 공황 상태에 빠졌다. 문부성 장관은 상식적으로 받아들이기 힘든 담화문을 발표했다.

"학교에 소속되지 않은 학생은 문부성 관할이 아닙니다. 그들이 일으킨 문제는 범죄로서 경찰이 담당해야 할 것입니다."

이 성명에 대해 많은 사람들이 경악을 금치 못했지만, 제도적으로는 그렇게 되어 있는 것 같았다.

도대체 얼마나 많은 미디어가 나마무기 통신을 프린트 아웃 했을까. 중학생 인터넷 사이트는 나마무기 통신을 중심으로 통합되어가는 중이었다. 나마무기 통신 외에도 나마무기가 남긴 것, 나마무기는 누구인가, 나마무기를 말한다, 나마무기 전언, 나마무기 놀이, 나마무기에 이어서 등의 사이트가 있었지만 서로 손을 잡고 정보를 주고받는 사이에 영향력 있고 접속이 많은 사이트만 남게 되었다. 30건 정도였던 '나마무기 통신'이라는 동명의 사이트는 톱 페이지가 통일되었고, 게시판이라는 이름의 커뮤니티로 각 지방과 지역이 하나로 결합되었다. 물리 사회의 파벌과는 달리 인터넷 사이트에서는 지역과 돈, 사람을 빼앗기 위해 서로 다툴 필요가 없다. 각 데이터 베이스를 서로 링크하면 그만이다.

다음 주, 2001년 10월 1일 일요일 오전, 나마무기 통신의 '요코하마 게시판'에 퐁짱의 보고가 올라왔다.

"메이와 제일에서는 교장을 처형했습니다"라는 커다란 이탤릭체의 타이틀이었다.

"처형이라고는 하지만 교장은 죽지 않았습니다. 처형에 대한 자세한 내용은 이번 주에 발매될 《미디어 위클리》를 봐주세요"라는 문장이 타이틀 바로 아래에 레이아웃되었고, 그 다음에 본문이 이어졌다.

차라리 잘된 일입니다. 학교 측이 진심으로 대화에 응하지 않으리란 것은 벌써 짐작했습니다. 그런 경우, 우리는 스스로 입장을 강화하지 않을 수 없습니다. 즉, 무장하는 것입니다. 나이프로 선생을 찌른 후쿠오카 시, 히가시덴진 중학교의 요시나가 노리오 군의 분노는 당연한 것이며, 충분히 이해할 수 있습니다. 그러나 나이프로 찔러도 결국 손해 보는 쪽은 우리입니다. 요컨대 체포되면 그것으로 끝장이라는 것입니다. 결국은 단순한 범죄로 처리되고 말 것이기 때문입니다. 우리의 상대는 본질적으로 멍청이들이지만, 그러나 그들은 힘을 가지고 있습니다. 우리는 그냥 학교를 쉬어서는 별 재미가 없다는 것을 잘 알게 되었습니다. 우리의 목표는 학교를 바꾸는 게 아니겠습니까? 선생을 찌른다고 학교가 바뀌는 것은 아닙니다. 단, 선생을 찌르는 행위도 경우에 따라서는 필요할지도 모릅니다. 경우에 따라서는 말입니다. 그러나 그런 경우에도 화가 난다고 그냥 찔러서는 안 될 것입니다. 강건한 의지를 가지고 면밀한 계획 아래, 그 행동이 우리의 목표 달성에 도움이 되는 한에서 선생을 찌르는 행위는 정의가 될 수 있는 것입니다. 여러분도 잘 아시겠지만, 선생을 찌른다는 것은 폭력의 상징입니다. 그것은 목적이 아니라 하나의 수단이 되어야 할 것입니다. 우리 메이와 제일의 블루 갱은 경찰에 쫓기고 있습니다. 지금 지하사령부에서 이 메시지를 보내고 있습니다. 멋져 보이지 않습니까? 그럼 이번 주에 발매되는《미디어 위클리》를 꼭 읽어주십시오.

메이와 제일 중등부 2학년 D반
블루 갱 대표 구스다 '퐁짱' 조이치.

《미디어 위클리》는 내가 계약직으로 근무하는 잡지로 매주 목요일에 발매된다. 고토와 나는 기사를 정리하기 위해 어제부터 회사에 머물면서 밤을 새워 원고를 체크했다. 퐁짱의 인터뷰는 내가, 집회 리포트는 고토가 담당하기로 했다. 톱 3페이지의 기사를 작성하는 것은 나는 물론이고 고토도 처음이었다.

퐁짱 그룹이 인터넷 사이트에 성명을 발표하면서 우리 잡지를 지정하자, 그들이 경찰의 추적을 받고 있는 관계로 다른 잡지사를 비롯해 텔레비전 방송국의 취재 의뢰가 우리 《미디어 위클리》 편집부로 밀려들었다. 취재를 위해서는 무슨 짓을 해도 좋단 말인가 하고 매스컴의 윤리를 따지는 목소리도 나왔다. 이런 사태는 내가 아는 한 우리 잡지에서 처음 있는 일이어서 데스크와 편집장은 당혹스러워했다. 고토와 나는 취재 상황에 대해 두 사람에게 몇 번이나 질문을 받았고, 기사 원고의 집필과 체크에 많은 지장을 초래했다. 일본에서 네 번째로 오래된 우리 출판사의 사장과 총무부 중역괴도 계약직 사원이 된 후 처음으로 얼굴을 마주했다.

중학생의 집단 등교거부는 아이로니컬하게도 그들이 일단 학교로 돌아가서 이런저런 사건이 발생한 후 비로소 전국적으로 주목받게 되었다. 그리고 고토와 나는 그 사건의 중심에 서 있었다. 생각해보면 정말 묘한 일이지만, 오늘, 즉 10월 1일까지 집단 등교거부가 톱 뉴스가 된 적은 한 번도 없었다. 여름 방학 전에 나마무기가 등장한 것을 계기로 이미 그런 징후가 있었다. 그리고 9월에 들어 신학기를 맞이하고부터 중학생의 집단 등교거부는 본격화되었다. 미디어는 학교나 교육위원회가 숨겼기 때문에 그 실태를 파악하지 못하고 있었을 따름이다. 또한 중학생들은 30년 전이나 40년 전의 대학생처럼 데모를 하고 구호를 외치지 않았다. 그들 대부분은 단순히 등교만을 거부했기 때문에 미디어가 피부로 느끼지 못했던 것이다.

그러나 그것뿐만이 아니었다. 집단 등교거부를 실행했다가 다시 학교로 돌아와 이런저런 사건을 일으킨 중학생 때문에 어른 사회는 자존심에 상처를 입었다. 중학생은 인터넷을 통해 다양하게 자신의 목소리를 냈다. 그것을 간단히 요약하면, 일본에는 아무 매력이 없다는 것이다. 아이들은 어른 사회를 바보 취급했다. 어른 사회도 그런 느낌을 받고 기분이 나빠졌다. 작년 이맘때쯤, 실직한 아버지가 중학생 아들을 목 졸라 죽인 사건이 일어났다. 은행의 구조조정으로 퇴직하여 직업소개소를 다니고 있던 그 아버지는 아들에게 능력이 없으니까 목이 잘린 거야 하는 말을 매일처럼 들어야 했다. 그러던 어느 날, 술에 취해 말싸움을 벌이다가 그런 비극이 일어나고 만 것이다.

이번 중학생의 반란에 대해 각 미디어를 비롯한 어른 사회의 반응은 그 실직 중인 아버지의 분노와 비슷한 것인지도 모른다. 실직 중인 아버지는 다른 사람에게서 능력 없는 사람이란 말을 들었더라면 참을 수 있었을지도 모른다. 그러나 자식에게 바보 취급당하는 것은 도저히 참을 수 없었을 것이다.

그래서 고토와 나의 취재에 대한 세상 사람들의 평가는 예상보다 훨씬 더 가혹했다. 고토와 나는 '중학생에게 아부하고 꼬셔서 취재한 기자'라는 풍문에 시달려야 했다. 경찰은 은밀히 정보 제공을 요구했고, 보도·표현의 자유와 미디어 윤리를 묻는다는 이른바 전문가들의 목소리가 각 신문과 텔레비전 화면을 가득 채웠다.

우리 회사의 사장과 전무도 처음에는 노골적으로 당혹감을 드러냈다. 고토의 말을 빌리자면, 데스크와 편집장은 벌벌 떨고 있었다. 그러나 사장은 결국 고토와 나를 보호하면서 예정대로 《미디어 위클리》의 편집을 강행하라고 지시했다. 표현의 자유를 지킨다는 신념 때문은 아니었다. 퐁짱의 기사가 실리면 틀림없이 팔릴 것이라는 판단 때문이었다.

고토와 나는 기사의 정확성을 가장 중시했다. 눈앞에서 일어난 일과 퐁짱이 실제로 이야기한 것을 있는 그대로 전한다는 방침을 세우고, 데스크와 편집장의 승인을 받아냈다. 그러나 정확한 기사를 쓴다는 것이 이렇게 어려운 일인지 고토와 나는 예전에 미처 몰랐다는 사실을 깨달아야 했다. 쓰다보면 어느새 퐁짱 편에 서게 된다고 고토는 탄식했다. 퐁짱과 그 인터뷰를 그냥 그대로 원고지로 옮기면 100매는 될 것이다. 그것을 10매 안팎으로 정리해야 하는데, 어느 부분을 살리고 어느 부분을 삭제하면 좋을지 판단이 서지 않았다. 퐁짱의 이야기 스타일은 독특하여 전체를 간단히 줄이면 전혀 인상이 달라질 위험이 있었다. 우리는 각자의 원고를 몇십 번이나 바꿔 읽으면서 서로 비평했다. 마감 시간이 가까워왔으나 만족스런 글이 나오지 않았다.

수면 부족에 시달리며 몇 번이나 자기 혐오감에 빠지기도 했다. 10년 이상 취재기자를 해왔다는 프로 의식을 가진 나였다. 그러나 중학생이 한 이야기를 정리하지도 못하고 있지 않은가. 어떻게 정리해도 현장의 느낌과 전혀 다른 글이 되고 말았다. 지금까지 내가 작성한 수백 번의 대담과 인터뷰 기사는 도대체

뭐였단 말인가 하는 생각이 들었다.

"그런 식으로 고민하면서 정리하는 것이 진짜가 아닐까?"

유미코는 전화로 이렇게 위로해주었지만, 나는 완전히 자신감을 잃은 상태였다.

"상대는 중학생이잖아. 미국 재무장관 이야기를 정리하는 게 아니잖아."

"아마 재무장관의 말을 정리하는 게 훨씬 쉬울 거야. 독자들은 미국 재무장관의 이야기라는 이미지를 이미 가지고 있으니까. 요즘 내게도 그런 일이 많아. 상식이라고 할까, 다들 알고 있는 사실을 전제로 하면 전하기가 정말 쉬워."

"그렇지만 내가 지금까지 해온 일은 도대체 뭐냐는 생각이 들어."

"데츠만 그런 게 아냐. 일본인 모두 어떤 공통의 이미지라고 할까, 미리 공유하고 있는 것만을 우리끼리 속삭여왔기 때문일 거야. 그 나라의 사회 시스템이 무너진다는 것은 그 나라 말의 표현이 현실과 대응하지 못한다는 것을 의미한다고 생각해. 어른에게는 자연스런 일이라도 아이들에게는 이해하기 어려운 일도 있잖아. 옛날이 좋았다, 전전戰前 시절이 좋았다, 대가족 제도가 좋았다, 고도성장 때가 좋았다, 그런 말 하는 사람을 생각해봐. 시대에 뒤떨어진 작자들이 반드시 그런 말을 하니까. 아이들은 지금 시대밖에 모르잖아. 저들에게는 당연한 일이라도 상대가 다르면 당연한 일이 당연하지 못할 수도 있다는 것을 어떻게 알겠어. 대전제가 있고, 공통의 이미지가 있고, 응, 그래 하고 호흡으로 서로를 아는 것이 편한 건 당연하다고 생각해."

그 퐁짱이라는 중학생은 어떤 식으로 말했지? 하고 유미코는 물었다. 중학생이 법률 이야기를 해서 깜짝 놀랐다고 하자, 유미코는 잠시 침묵을 지키다가, 혹시 하고 말했다.

"혹시 상상도 못할 일이 일어나고 있는지도 몰라."

마감을 눈앞에 두고도 고토와 나는 원고와 씨름하고 있었다. 드디어 고토가 울분을 터뜨렸다. 자신은 퐁짱 편에 서서 기사를 쓰고 싶은데도 중립적인 입장에서 기사를 써야 한다는 현실이 마음에 들지 않는다고 탄식했다. 고토와 나는 우리가 알고 있는 중대한 사실을 세상에 전해야 한다는 의무감 때문에 너무 딱딱해지고 말았다. 퐁짱이나 나카무라 군에 대한 배려도 있었다. 그리고 무엇보다 무슨 일이 벌어지고 있는지를 몰랐고, 무엇이 일어나려 하고 있는지를 모른다는 우리의 현재 입장을 자각하지 못했다. 퐁짱이나 나카무라 군에 대해서도, 다른 중학생에 대해서도 우리는 전혀 아는 게 없다는 사실에서 출발하자, 보고 들은 것만을 쓰도록 하자, 그렇게 나는 고토에게 제안했다. 고토는 찬성했다. 그때부터 우리는 편안해졌다.

중학생의 반란을 특집으로 꾸민 《미디어 위클리》는 목요일에 발매된다. 활판 페이지의 톱에 고토와 내가 쓴 기사와 인터뷰 원고가 실렸다. 고토의 기사는 항구 도시 북쪽에 위치한 신주거지의 쓸쓸하고 비참한 풍경에서 시작되었다. 학교 앞의 소동, 블루 갱의 지휘로 이루어진 소운동장 점령, 선생들의 증언을 기초로 한 사건의 경과가 담담하게 묘사되고, 중학생이 바라고 있는 것은 지금의 일본에는 존재하지 않는 무엇이 아닐까 하는 말로 고토는 마무리를 지었다. 마지막까지 망설이다가 화살이 박힌 교장의 엉덩이 사진은 싣지 않기로 했다. 가편집을 보니 너무 엽기적인 느낌이 들어 많은 독자에게 혐오감을 줄 수 있겠다고 판단했기 때문이다. 그 대신 고토는 처형에 대한 상세한 내용을 유머를 구사하며 원고의 마지막 부분에 첨가했다.

나는 인터뷰 내용을 전체적으로 요약하지 않고, 수업이나 학교 시스템을 바꾸려면 법률부터 바꿔야 한다는 내용을 중심으로 퐁짱의 말투를 살리는 방향에서 정리했다.

우리 기사 다음에는 후쿠오카와 우라와 사건의 상세한 내용이 곁들여졌고, 총 8페이지에 달하는 특집의 마지막은 전문가의 그렇고 그런 의견으로 채워졌다. 편집장의 판단으로 통상 부수보다 10만 부가 더 많은 40만 부를 찍었지만, 폭발적인 판매고는 보이지 않았다. 부정적인 뉴스에 다들 식상해 있기 때문일 것이라고 내 나름대로 정리해버렸다.

《미디어 위클리》는 예상만큼 팔리지 않았지만 고토는 거기에 대해 조금도 개의치 않았다. 그것보다도 퐁짱의 반응을 알고 싶었지만, 그 주는 중학생들에게서 아무런 연락도 없었다. 매일 나마무기 통신에 접속해보았지만, 《미디어 위클리》 발매 다음 날 일부 페이지에는 잠금 장치가 되어 있었다. 패스워드를 제시하라는 요청과 함께, 비밀 유지를 위해 연락 페이지의 일부는 오픈하지 않는다는 메시지가 떠올랐다. 고토와 나는 퐁짱 그룹이 기사에 대해 불만을 품은 것은 아닐까 하고 걱정했다.

유미코와 오랜만에 외식을 했다. 아자부의 아리스가와 공원 부근에 있는 일본 식당에서 샤브샤브를 얻어먹었다. 동거 상대에게서 얻어먹다니 좀 이상한 이야기지만, 공동생활에서 우리는 독립 채산제를 채택하고 있다. 집세, 전기세, 식사 등에 충당하기 위해 서로 똑같은 금액을 매달 내고, 그것을 유미코가 관리한다. 수입 명세서를 만들어 생활비 외의 수입은 각자 자유롭게 쓸 수 있도록 한다. 다시 말해 샤브샤브는 공동 생활비가 아닌 유미코의 개인 돈으로 지불한 것이다.

맥주로 건배하고 난 다음에 전채로 조개 요리를 먹으면서, 좋은 기사였어 하고 유미코는 《미디어 위클리》의 원고를 칭찬해주었다. 그러나 많이 팔리지는 않았다.

"중학생과 공모해서 취재했다, 매스컴이 아이들의 비행을 조장한다, 그런 욕을 먹은 셈치고는 그런 대로 주목받은 기사였던 것 같아. 부정적인 뉴스에 모두들 식상한 모양이야."

"그것만은 아닐 거야. 부정확한 뉴스만 매일 듣다보니 뉴스 따위 없어도 그만이라고 생각하고 있는 게 아닐까. 부정적인 뉴스라도 정확한 정보라면 안심하고 볼 텐데 말이야."

환자에 비유해 유미코는 이렇게 말했다.

"배가 아프거나 머리가 아픈데 원인이 확실하지 않으면 불안해지잖아. 위염이니 감기니 병명이 확실하면 약을 고를 수도 있고, 병이 어느 정도 진행되었는지도 알 수 있으니까. 언제부터 그랬는지는 모르겠지만, 일본의 금융이나 경제의 증상이 어느 정도 심각한지 알 수 없게 되어버렸어. 논 뱅크나 중소 건설 회사나 신용조합의 도산이 시작되면서 뭔가 사태가 심상치 않다는 생각을 갖게 되었지만 사실은 어느 정도 심각한지 아무도 모르고 있어. 지금 생각해보면, 국채 가격이 내려갔을 때가 마지막 기회였는지도 몰라. 사실 그때 이미 시장은 일본의 경제 정책이 믿을 게 못 된다는 판단을 내려버렸어. 어쩐지 음산한 기분이 드는 거야. 혹시 회복이 불가능한 암이나 유전자 질환이 아닌가, 모두들 의심스런 눈길로 바라보게 되었어."

도대체 언제부터 일본 경제는 병들었을까. 최근 3년일까, 아니면 5년 정도일까. 또는 1990년대에 거품이 꺼진 후 10년 동안일까. 2001년 4월, 위기를 넘기기 위해 정부가 발행한 국채는 2년 동안 기록적인 액수에 달했다. 일본은행이 국채를 모두 부담하는 것은 아닌가 하는 소문이 끊이지 않고 있다.

"금융 저널리스트는 일찍이 병상을 지적해왔지만, 그런 기사는 전문지에만 실릴 뿐 일반지에는 실리지도 않았어. 미디어는 그때부터 일본의 금융과 경제가 어떻게 돌아가는지 모른 척하게 되었어. 언젠가부터 정보의 정확성 그 자체가 모호하게 되어 버렸어. 특히 해외 정보는 거의 소개하지도 않고, 1998년부터 1999년에 걸쳐 저팬 프리미엄은 굴욕적인 수준에 달하게 되었지. 그리고 보니 별로 관심을 끌지도 못했던 것 같아. 국내에서는 정부와 은행이 도와주니까 별 문제 없지만, 인터뱅크는 전혀 그렇지 못하니까 말이야. 일본의 은행들이 돈이 없어 쩔쩔매고 있었지만 아무도 거기에는 주목하지 않았어. 국내 은행은 주로 3개월 단기자금을 해외 시장에서 빌려와 썼단 말이야. 그러니까 당연히 3개월마다 외화 펀딩이 필요해지지. 외국 은행에서 빌린 돈을 갚아야 하는데 국내 은행은 돈을 빌려줄 수 없는 거야. 외국인 분석가들이 웃으면서 하는 말인데, 일본에서 돈을 빌려주지 않는 은행은 해외 시장에서는 노골적인 홀대를 받는대. 국내 은행은 통화 스왑(swap: 다른 통화로 채권이나 채무를 교환하는 것)으로 엔화와 외화를 교환해 자금을 조달할 수밖에 없었어. 국내에서도 돈을 빌릴 수 없으니까 할 수 없이 일본은행이 엔화를 공급해주는 거야. 그게 없었더라면 국내 은행은 벌써 외화 때문에 파산하고 말았을 거야. 그래서 일본은행이 찍어내는 돈은 점점 해외로 빠져나가기만 할 뿐 국내의 캐시 플로는 전혀 늘어나지를 않아. 그 통화 스왑을 할 때, 믿을 수 없는 소문이 떠돌았어. 엔화를 받을 때 외국에서 카운터 프리미엄을 요구하고, 일본은행 측은 그것을 받아들인다는 거야. 다시 말해, 엔화를 맡길 때 금리를 지불했다는 거야. 믿을 수 있겠어? 돈을 예금하고 예금한 만큼 예금자가 금리를 지불한다는 거야. 그런 건 아무 데도 보도되지 않았어. 그때부터 정보를 얻는 것 자체가 두렵다는 풍조가 생겨난 것 같아. 이제 곧 일본의 국채가 폭락할 것이고, 1달러에 168엔 정도가 지금의 엔화 실력으로 보아 정당한 평가라는 거야. 그런데도 유로에 대해 엔화가 상승할 것이라고 말하는 사람도 있어. 미디어가 일부러 보도를 회피하는 것인지 국민이 모르기를 바라는 것인지 나로서는 알 수 없는 노릇이지만, 어쩐지 지금의 미디어가 진실을 똑바로 바라보지 않는다는 느낌이 들어. 많은 국민들이 진실을 보고 싶어하지 않는 것 같아. 인기가 없다고나 할까. 20세기의 전쟁 때도 국민은 진실을 몰랐다고 학교에서 배웠지만, 군부가 국민을 속이려고 해서 그렇게 된 것만은 아닌 것 같은 생각이 들어. 진실을 알 용기가 없었다고 할까. 진실을 안다고 무얼 할 수 있겠느냐는 생각을 했던 것 같아. 그러니까 알리고 싶었지만 알릴 수 없었던 게 아닐까. 설령 중학생이 반란을 일으키고 있다는 뉴스를 들었다고 해도 국민들은 아무 행동도 취하지 못했을 거야."

나는 묵묵히 유미코의 말을 들으면서 옛날 일을 떠올렸다. 오랜만에 마신 곡주 때문인지 유미코는 평소와는 달리 요설적이었다. 대체로 진실은 우울한 것이다. 진실이란 말을 들으면 나도 모르게 유미코의 낙태를 떠올리고 만다. 그때 이후로 우리는 그 일을 화제에 올린 적이 없다. 생각하기도 싫고, 생각한다고 충격받을 일도 아니다. 그 당시의 상황에서는 달리 선택의 여지가 없었다. 유미코는 그후 마르크스와 케인스에 빠져들었고, 그로부터 3년 후 경제 저널리스트로 자립하게 되었다. 그녀가 정말로 경제에 흥미가 있었는지 없었는지 난 모른다. 그러나 많은 시간을 소비할 수 있는 대상이 필요했던 것만은 분명하다.

임신 중절이라는 선택밖에 없었다는 것은 그 상황에서는 진실이다. 그것은 속일 수 없는 사실이다. 당사자의 경제적 · 사회적 한계나 가치관을 상징하는 사건이다. 그리고 진실이 가져다준 상처를 치유하기 위해서는 많은 시간과 노력이 필요하다. 한번 그런 일을 경험하고 나면 진실에 대처하는 훈련이 된다. 진실과 상처와 치유의 관계를 이해할 수 있게 되는 것이다.

"일본인은 옛날부터 이렇게 나약했을까?"

유미코의 말에 나는, 모르겠어 하고 대답했다.

"세키구치 씨.

오랜만에 연락드립니다. 나카무라입니다. 퐁짱과 우리 메이와 제일의 블루 갱은 비즈니스를 시작하려 합니다. 넷 관련 비즈니스인데, 메일로는 자세하게 말할 수 없습니다. 세키구치 씨와 고토 씨가 쓴 주간지 기사는 정말 재미있었습니다.

퐁짱에게 국회에서 연설할 기회를 만들어줄 수 없을까요?"

10월 중순에 들어 나카무라에게서 이런 메일이 들어왔다.

메일에는 우리만을 위한 새로운 주소가 적혀 있었다.

"'나마무기 통신 요코하마 게시판'에서는 일부 특별 관리 페이지에 잠금 장치를 해두었습니다. 퐁짱이 만든 잠금 장치는 경찰청이라 해도 뚫고 들어올 수 없습니다. ID와 패스워드를 세키구치 씨와 고토 씨를 위해 마련해두었지만, 경찰청이 세키구치 씨가 사용하는 메일 서버를 훔쳐볼 가능성이 있을 것 같아 다른 서버에 전용 주소와 박스를 설치해두었습니다. 그 서버는 퐁짱이 관리 프로그램을 만들었기 때문에 절대로 추적할 수 없으므로 그쪽 ID와 패스워드를 알려드립니다."

나는 지정된 새로운 메일 박스를 들여다보았다. 고토와 나를 위한 ID는 hideki였고, 패스워드는 otonanohito(어른사람)였다. 히데키秀樹는 나카무라 군의 이름이다. 어른大人 사람hito이라는 패스워드를 보고 고토와 나는 웃었다. ID와 패스워드 외에 나카무라 군에게서 다음과 같은 메시지가 들어와 있었다.

"세키구치 씨, 이전에 만난 사무실로 와주시겠어요?"

덴엔도시 선에 에다 역 가까운 블루 갱의 아지트로 가는 차 안에서 고토는 패스워드를 넣고 '나마무기 통신 요코하마 게시판'의 특별 관리 페이지의 하나에 접속했다.

"이것 좀 보세요, 세키구치 씨!"

거기에는 연주회 예정표가 가느다란 글자로 빼곡이 적혀 있었다. 들어본 적도 없는 이벤트들이었다.

기류 시 시민콘서트 2001 가을. 가스카베 시 베토벤 교향곡 제9번 모임. 도코로자와 시 백화점협회 주최 시민을 위한 오페라 아리아 콘서트. 요코하마 시 치과의사협회 피아노 발표회. 나리타 시 시민음악회로 초대함. 야스나카 시 아르헨티나 탱고 동호회 '칼도소 로소' 정기 발표회. 시키시마 초 청년회 문화부 류트(Lute: 르네상스 시대에 유럽에서 유행한 현악기) 연주회. 이쓰카이치 초 구청 기타 연주회. 오아라이 예술가촌 현악 4중주 모임. 도미다 초 탱고 연구회 정기 레코드 감상회 & 반도네온 연주. 야시로 제2유치원 바이올린 발표회. 가시와 시 음악계몽클럽 말러 감상회.

흔들리는 차 안에서 몸을 구부리고 노트북 컴퓨터의 모니터를 보고 있자니 눈이 아파왔다. 뭔데? 하고 눈을 떼면서 고토에게 물었다.

"다음 달 연주회 리스트로군요."

"그건 나도 봐서 알아. 퐁짱 그룹의 페이지에 왜 그런 것들이 올라와 있을까?"

"그건 나도 모르긴 마찬가지죠. 이것 정말 대단해! 관동지방에서만 아마추어 연주회가 119회나 있다니! 그것도 11월 한 달에! 이런 것 알고 있었어요?"

"관동지방 것만 올라와 있어?"

"아니, 전국. 정말 대단해. 전국에 탱고 동호회만도 무려 79개나 돼요."

나는 고토의 노트북 컴퓨터를 들여다보았다. 나마무기 통신에 왜 탱고 동호회 리스트가 올라와 있을까.

"어떤 계약이라도 한 모양이죠. CS의 디지털 방송 프로그램도 있군요. CS의 디지털 방송은 콘텐츠가 늘 부족하니까, 탱고 동호회가 채널을 하나 산 건지도 모르죠."

도대체 영문을 모르겠어. 나는 첨단 방송 시스템에 대해 자세하게 모른다. CS의 디지털 방송은 나도 알고 있다. 몇 년 전에 3개 사가 경쟁이나 하듯이 시끌벅적하게 테이프를 끊었지만, 결국 작년에 1개 사로 통합되고 말았다. 같은 시기에 인터넷에 의한 음악이나 영상 전송 서비스도 탄생하여, 복잡한 저작권 문제 때문에 업계는 심각한 소프트 콘텐츠 부족 사태에 직면했다. CS 디지털 방송의 수백 개에 달하는 채널은 세분화되어, 요일이나 시간대로 구분되어 팔려 나갔다. 그 정도는 나도 안다. 내가 모르는 것은 그런 알려지지 않은 프로그램 일람표가 아마추어 연주회의 리스트와 함께 나마무기 통신에 올라와 있는 이유였다.

지난번과 같은 방에서 퐁짱과 나카무라 군이 우리를 기다리고 있었다. 방은 이전과 별 다를 바 없었다. 사업을 시작한 그런 분위기는 도무지 느낄 수 없었다. 고토와 나는 이전과 같은 소파에 앉았다. 키가 큰 곤도 군이 퐁짱 곁에 있고, 처음 보는 중학생 두 명이 있었다. 아라이 군과 히라노 군이라고 소개했다.

놀랍게도 곤도 군과 아라이 군은 슈트 차림에 넥타이를 매고 있었다. 다크 슈트였고, 어두운 색의 셔츠에 화려한 넥타이였다. 뮤지션 아니면 클럽의 호스트 같은 차림이었는데, 두 사람 다 키가 큰 탓인지 조금도 부자연스럽지 않았다. 잘 어울려 하고 고토가 곤도 군에게 말했다. 아, 그래요 하고 곤도는 귀찮다는 표정으로 고개를 끄덕였다. 뭣 좀 마실래요? 하고 퐁짱이 물었다. 또 사러 가야 하니? 하고 고토가 묻자, 냉장고에 있어요 하고 나카무라 군이 대답했다.

우리는 우롱차를 마시면서 좁은 테이블에 둘러앉아 퐁짱 그룹의 이야기를 들었다. 퐁짱과 나카무라 군은 파이프 의자에 앉고, 곤도 군 그룹 세 명은 방안에 쌓여 있는 박스 위에 앉았다. 지난번 이들과 만날 때도 느낀 바지만, 리더 격인 퐁짱 아래 부하들이 모여 있는 그런 분위기는 도무지 없었다. 다섯 명의 중학생 사이에서 전혀 역학 관계를 느낄 수 없었다. 그렇다고 사이좋게 일치단결되어 있는 듯한 느낌도 들지 않았다. 모래알처럼 흩어져 있는 것 같은 그 분위기가 너무도 신선해 보였다. 이 애들은 아마도 틀림없이 쓸데없는 회의라든지 훈시나 아침 라디오 체조라든지 만세삼창 같은 것은 죽어도 못할 것이란 생각이 들었다. 퐁짱이 테이블 위에 놓인 팝콘 봉지로 손을 뻗치다가 문득 멈추었다. 그것을 본 고토가, 우리는 신경 쓰지 않아도 돼 하고 말했다.

"아니, 그런 게 아니라 정크 푸드는 이제 그만 먹을까 생각하는 중입니다. 뼈에 좋지 않다고 해서요."

퐁짱은 엄숙한 표정으로 말했다. 팝콘을 좋아한다면서? 하고 고토가 묻자, 내가 주의를 주었어요 하고 나카무라 군이 말했다.

"마치 주식처럼 먹어대니까 말이에요."

고토와 내가 웃자 방 안의 아이들도 웃음을 터뜨렸다. 그 웃음으로 분위기가 한층 부드러워졌다. 퐁짱의 눈앞에는 노트북 컴퓨터가 놓여 있었지만 닫힌 채였다. 무슨 할 이야기가 있는 게 분명했다.

"나마무기 통신에 실린 아마추어 연주회 리스트는 뭐지?"

나는 우선 그것부터 물어보았다.

"CS 프로그램 제작 회사와 손을 잡고 일을 시작했습니다."

이렇게 말하고 퐁짱은 고토와 내 얼굴을 번갈아 바라보았다. 그런 설명으로 어떻게 이해할 수 있겠어 하는 표정을 짓는 나를 보더니 나카무라 군은 퐁짱에게 귓속말로 뭐라고 말했다. 차근차근 이야기하지 않으면 못 알아들을 거야, 빨리 설명해줘, 그런 느낌의 말을 하는 것 같았다.

"나마무기 통신에 접속하는 중학생의 총수가 60만 명을 넘어섰고, 지금도 증가하는 추세입니다. 그래서 사업을 시작해도 되지 않을까 해서 몇 회사에 제안을 했더니, 꽤 반응이 좋았다고 할까요, 손을 잡고 싶다는 회사가 많아서 메일로 대화를 나누기도 하고, 전화로 또는 직접 만나서 결국 중견 회사 두 군데와 계약을 맺었어요. 뉴스 배급 서비스 회사와 디지털 퀵 서비스 회사였어요."

고토와 나는 서로 얼굴을 바라보며 종이컵에 담긴 우롱차를 마셨다. 알겠니 하는 표정으로 고토를 바라보자, 몰라요 하고 고토는 고개를 가로저었다. 나카무라 너도 별수없잖아 하고 곤도가 말하자, 나카무라는 잠시 생각하는 표정을 지었다. 어디서부터 이야기를 시작해야 이해시킬 수 있을지 고민하는 것 같았다.

"우리는 이전부터 중학생을 나마무기 통신을 통해 하나로 조직할 필요가 있다고 생각했기 때문에 먼저 서버를 찾아보았어요. 최종 목표는 30만 정도였는데, 그 정도를 포용하려면 꽤 큰 서버가 있어야 하거든요. 그래서 영어를 잘하는 히라노가 미국 쪽에서 찾다가 LA의 한 서버와 계약을 맺게 되었어요."

나카무라 군의 말을 듣고 나는 히라노 쪽을 바라보았다. 히라노는 겸연쩍은 표정으로 고개를 숙이고 있었다. 아마 미국에서 학교를 다니다가 귀국한 학생인 것 같았다. 서버 관리자는 미국인인가? 하고 고토가 물었다. 일본인입니다 하고 나카무라 군이 대답했다. 주로 성인 오락물을 다루는 사이트를 개설하려는 일본인이 미국 서버를 이용하는 추세가 4~5년 전부터 늘어나기 시작했다고 고토가 설명해주었다.

"30만에 달하는 멤버의 패스워드를 관리하는 것만도 힘든 작업일 거야. 그 정도 중학생이 단말기를 보유하고 있다는 이야기는 금시초문이야."

고토가 이렇게 말하자 퐁짱이 방구석을 손가락으로 가리켰다. 거기에는 세가와 소니의 게임기가 놓여 있었다. 그제야 우리는 알 수 있었다. 3년 전 세가의 드림 캐스터 이래로 넷 단말기 기능을 가진 게임기가 게임계의 주류로 변했다. 소니도 곧 그 뒤를 따랐고, 작년에 세가는 메일 기능도 갖춘 신세대 단말기를 출시했다. 거의 대부분의 중학생들은 반란을 시작하기 전부터 개인 단말기를 가지고 있었던 것이다.

"나마무기 통신에는 지금 60만의 멤버가 등록해 있는데, 정확히 말하면 59만 7000명인데, 아마 이런 조직은 찾아보기 힘들 것입니다."

"선부 중학생인가" 하고 고토가 물었다.

"그렇습니다. 7~8할이 2학년입니다."

"그럼, 예를 들어 경찰이 중학생을 가장하고 멤버로 등록할 가능성도 있을 텐데."

"그래요. 우리는 나마무기 통신을 결성할 때 전국을 126개의 블록이라고 할까요, 학교 군으로 나누었는데, 그건 작년에 문부성이 광 케이블을 전국 중학교에 깔 때 만든 블록을 그대로 이용한 겁니다. 각 블록에 식별용 코드가 있고, 또 각 학교에도 코드가 있습니다. 상세한 이야기는 생략하겠지만, 요컨대 중학생인지 아닌지 확인할 수 있게 되어 있습니다. 문부성은 중학생이 포르노 사이트에 접속할 수 없게 해두었습니다. 그래서 간단히 말해, 그 코드를 식별할 수 있는 소프트웨어를 만들어서 나마무기 통신의 멤버용 엔트런스에 갖다 붙였지요. 그렇기 때문에 확실히 말할 수 있습니다. 전부 중학생입니다."

"프로그램은 퐁짱이 만들었어?"

고토가 묻자 퐁짱은 고개를 가로저었다. 아마 그건 구마모토의 나마무기 통신이 만들었겠지? 하고 퐁짱이 말하자 아냐, 후쿠오카 하고 아라이 군이 정정해 주었다. 아라이 군의 목소리는 저음이었다. 아주 많아요 하고 고토가 내 귀에 대고 속삭였다. 이런 아이들이 전국에 퍼져 있단 말인가 하는 생각이 들었다. 게다가 그들은 옛날 전공투(전학공투회의全學共鬪會議의 약칭. 1960년대 말 일본의 학생운동을 가리킴)처럼 물리적으로 모일 필요가 없다. 삐라를 인쇄할 필요도 없고 전화를 걸 필요도 없다. 한순간에 60만 명에게 지령이 내려간다. 그래서 어른들은 중학생의 단결을 눈치챌 수도 없다.

아마도 퐁짱 그룹은 우리에게만 이런 이야기를 해주고 있음에 분명하다. 이것도 특종감인가 하고 나는 저널리스트다운 생각을 했다. 그러나 나카무라 군의 이야기는 고토와 나의 상상을 뛰어넘는 것이었다.

"게다가 59만 명의 중학생 멤버 리스트가 작성되므로 그 시점에서 어떤 회사도 우리와 손을 잡으려 합니다. 그 리스트를 제공하는 것만으로 대단한 돈을 받을 수 있다는 걸 알고 우리도 깜짝 놀랐습니다."

"어떤 회사?"

고토가 우롱차를 한꺼번에 들이켜자 곤도 군이 다시 따라주었다. 내 잔에도 따르려 했지만 나는 정중하게 거절했다. 슈트 차림의 중학생이 우롱차를 따라주는 모습이 어딘지 모르게 묘하다는 생각이 들어서였다.

"정보지라든지 다이렉트 메일 회사, 게임 모니터링을 전문으로 하는 회사, 완구 메이커, 메일 배급 회사가 계약을 맺고 싶다고 했어요. 그런 회사가 너무 많아서 머리가 아플 정도였어요. 넷 음악 서비스라든지 다이어트 제품, 화장품 그리고 이상한 회사도 많았어요."

"이상한 회사라면? 포르노?"

"물론 그런 데도 있었지만, 어느 대리점을 통해서 전봉공예 보전회? 육성회였던가? 철제 주전자, 불꽃놀이 화약, 직물, 칠기 등을 만드는 곳도 있었어요."

이렇게 말하고 나카무라 군은 웃었다. 다른 아이들도 웃었다. 아무도 지원하지 않는 전통공예 후계자를 59만 명의 중학생 가운데 찾아내려고 했던 것이다.

"그래서 우리끼리 의논한 결과, 그런 수동적인 일은 언제든 할 수 있지 않은가, 다시 말해 수동적인 비즈니스가 아니라 좀 더 동기부여가 되는 일은 없을까, 단순히 멤버의 리스트를 팔아 먹는 일은 그만두자는 결론을 내리게 되었어요."

잠깐, 하고 고토가 나카무라의 말을 가로막았다.

"그런 교섭은 모두 메일로 하는 거니?"

"처음에는 메일이지만, 괜찮아 보이는 회사에는 전화도 걸고 직접 만나서 이야기도 하고 그랬어요."

이렇게 말하고 나카무라는 곤도 쪽을 바라보았다. 곤도와 아라이가 슈트로 차려입은 것은 비즈니스 때문이었던 것이다.

"곤도와 아라이가 보기에도 그럴듯하고 신용이 가는 인상이라서 저런 차림으로 만들어보았어요."

나카무라는 이렇게 말하고 웃음을 터뜨렸다. 퐁짱까지 웃음을 터뜨리자, 웃지 마 하고 아라이가 낮은 목소리로 외쳤다. 오늘 그 차림도 비즈니스 때문인가? 하고 내가 묻자, 그게 아니라 하고 곤도가 대답했다.

"그게 아니라, 평소에 슈트를 입지 않으면 언제까지고 어색할 것 같아서요."

맞는 말이야 하고 고토가 말했다.

"난 아직도 슈트가 어색해. 평소에는 입지 않으니까."

봐, 내 말이 맞잖아 하고 퐁짱이 곤도와 아라이에게 말했다. 이런 모습, 마치 호스트처럼 보이지 않으세요 하고 곤도가 고토에게 물었다. 말 그대로 호스트처럼 보였다. 뭐라고 대답해야 할지 몰라 고토가 우물쭈물하고 있자, 역시 하고 곤도가 웃었다. 그 웃음으로 방안은 폭소의 소용돌이로 변했다.

퐁짱 그룹의 비즈니스는 놀라운 것이었다. 그들은 수십만 멤버의 등록 리스트를 교섭 자료로 활용했다. 그 리스트는 상품이 히트할 수 있는지를 예측하는 모니터로서 백화점이 활용하는 고액 납세자 리스트만큼 가치가 있는 것이었다. 음악 CD나 서적과 잡지를 포함해 1990년대에 들어 거의 모든 히트 상품은 중학생의 취향을 반영한 것이었다. 경기 회복을 노리는 기발한 아이디어로서 '지역진흥권' 이라는 이름의 상품권이 분배되었을 때, 소비 동향 리서치 회사에서 대상을 중학생으로 해야 한다는 의견을 제시했다. 현대 일본에서 히트 상품에 최초로 주목하는 계층이 바로 중학생이라는 과거의 데이터를 기초로 한 것이었다. 중학생에게 상품권을 분배하면, 다른 세대까지 파급되는 히트 상품이 태어날 가능성이 있고 경제 효과도 높다고, 그 리서치 회사는 주장했다. 그 이유로, 옛날에 비해 중학생의 기호가 세련되기도 했고, 일본인의 비판 성신이 마비되어 전체적인 기호가 중학생 수준으로 하향 조정되어 있다는 지적도 있었다.

퐁짱 그룹은 자신들이 중학생이란 것을 숨기고 수많은 대리점들과 교섭을 벌였다. 수십만의 중학생 멤버 리스트를 관리하는 일반 업자 흉내를 낸 것이다. 전화로 교섭할 때는 저음의 아라이를 내세웠고, 직접 만나러 갈 때는 곤도와 아라이가 슈트 차림으로 나섰다. 진짜로 젊은 실업가 집단으로 착각한 회사도 있었고 실제로 중학생이란 사실을 알면서도 태연하게 계약을 맺으려는 회사도 있었다고 한다. 덧붙여서, 곤도와 아라이의 슈트는 태스크 포스(task force: 기동부대 또는 기업의 프로젝트 팀)가 백화점에서 훔친 것이라고 한다.

퐁짱 그룹이 말하는 태스크 포스란 예스런 불량 그룹을 가리키는 말이었다. 그들은 전국의 학교 구에 산재해 있는데, 지방에서는 옛날부터 '팀'으로 불렸고 도시에서는 '갱'이라 부르기도 했다. 수명에서 수십 명으로 구성되어 있는데, 불량 고등학생이나 폭주족의 지배 아래 있는 그룹도 있다. 그 가운데는 광고지나 티슈를 나누어주기도 하고 도로 공사나 청소를 하거나 집단으로 아르바이트를 하는 그룹도 있지만 주된 자금원은 공갈, 시너, 수면제 판매 그리고 도둑질이었다. 그들과 손을 잡는 건 그리 어렵지 않았어요 하고 나카무라가 말했다.

"사실 그들은 인터넷이나 컴퓨터를 동경하고 있어요. 그리고 뭔가를 하고 싶어해요. 그들의 말을 빌리자면, 뭔가 큰 건수를 올리고 싶다는 거지요."

전국의 팀과 갱도 퐁짱 그룹의 네트워크에 가입되었다. 문부성이 설정한 126개 학교 구를 거의 그대로 이용하여, '나마무기 통신'은 네트워크를 확대하고 있었다. 퐁짱이나 나카무라가 주도하는 그룹 같은 것이 전국에 약 126개나 있는 것이다. 세력 투쟁 같은 것은 없을까?

"우리 메이와 제일 그룹의 경우를 보면, 퐁짱은 어떤 명령도 내리지 않아. 그냥 아이디어만 내요. 126개 학교 구의 대표끼리 메일링 리스트를 몇 종류 만들었는데, 예를 들면 비즈니스에 대해서도 서로 아이디어를 내는 겁니다. 등교거부를 계속하기 위해서는 일단 자금이 필요하다고 메일링 리스트에서 처음 주장한 것도 퐁짱이었습니다. 대단한 금액이 된다고 지적한 것도 퐁짱이었습니다. 그리고 꽤 복잡한 프로그램의 제작, 해킹, 스니핑 기술, 커리어를 보나 지식 면에서 보나 퐁짱이 탁월했으니까요."

세력 경쟁은 거의 일어나지 않았다. 퐁짱의 말에 따르면, 그 이유는 옛날의 반체제 조직보다 나마무기 통신의 커뮤니케이션 효율이 훨씬 높았기 때문이었다. 세력 투쟁이란 것은 각 파벌의 정치 권력에 대한 욕망 때문이 아니라 단순한 커뮤니케이션의 부족으로 일어나는 일일 따름이라는 것이 퐁짱의 생각이었다. 모든 것을 오픈하여 네트워크 안의 각 그룹 사이에 절대로 의구심이 일어나지 않도록 하고 있다고 한다. 직의를 가지고 있는 그룹이 자기들끼리 단결해버리면 곤란해지니까요 하고 나카무라가 말했다.

회사로 돌아와서 고토가 시산한 결과, 표면적인 비즈니스만으로도 나마무기 통신은 연간 수천만에서 수억에 달하는 이익을 낼 수 있을 것으로 보였다. 마지막 순간에 퐁짱 그룹이 이야기했던 이면 비즈니스는 수익이 얼마나 될지 상상이 가지 않았다. 나카무라는 자신들의 비즈니스를 기사로 만들어주기를 바라는 것 같았다. 기사로 만드는 것은 문제가 없을 것 같았다. 특종으로 꾸미면 충격적인 내용이 될 것이다. 1년이나 반년 후의 이야기가 아니다. 비즈니스를 시작한 지 아직 2개월도 채 되지 않았지만 실제로 이 중학생들은 이미 상당한 자금을 손에 넣은 상태였다. 앞으로 2~3개월만 지나면 거액의 자금이 굴러들어올 것이다. 기사화할 수는 있지만 문제가 있었다. 아무도 믿지 않을 것 같은 생각이 들었다. 실업률이 7퍼센트를 넘어서는 미증유의 불황에 집단으로 등교를 거부하는 중학생들이 인터넷과 통신 서비스 비즈니스로 거액의 이익을 올린다는 말을 과연 누가 믿어줄 것인가. 퐁짱이나 나카무라의 이야기를 들은 나도 전혀 현실감을 느낄 수 없었다. 미개인이 된 것 같은 기분이 들어 견딜 수 없었다.

퐁짱 그룹이 멤버 리스트를 대리점에 팔지 않기로 결정한 것은 앙케트나 모니터링이라는 수동적인 비즈니스로서는 동기부여를 가질 수 없다고 생각했기 때문이다. 앙케트에 대답하고, 새로운 게임이나 장난감을 받아들고 놀기만 하는 모니터로는 만족할 수 없었던 것이다. 팀이나 갱과 같은 불량 그룹뿐만 아니라 등교거부에 참가하지 않는 중학생들에게 어떤 동기를 부여하는 것, 그것이 퐁짱이 생각하는 비즈니스였다.

이익을 산출하는 최초의 실질적인 비즈니스는 뉴스 배급 서비스였다. 시민 연주회 등을 방영하는 CS 채널이 있는데, 도쿄에 있는 사원 6명의 제작 회사가 프로그램을 만든다. CS 디지털 방송에서 몇 가지 채널을 담당하여 도내의 이탈리안 레스토랑 리포트나 소규모 라이브 콘서트, 아마추어 콘서트 등의 프로그램을 만들었다. 멤버 리스트를 꼭 팔아달라는 작은 대리점에서 우연히 곤도가 그 사장을 만났다.

"정말 수상쩍은 대리점이었어요. 그럴듯하게 임대료도 비싼 아오야마에 위치해 있고 이름도 디스트리뷰트, 아니 에이전시였던가? 어쨌든 하는 일이라고는 정말 수상쩍었어요. 들어가자마자 금방 알겠더라구요. 그 전에 스무 개 이상의 작은 대리점들을 돌아다녔기 때문에 금방 알아요. 작지만 알차 보이는 대리점은 사원 하나가 일하는 분위긴데, 기본적으로 소박해 보이고 응접 세트도 없고 녹차를 내와요. 그런 사무실이 꽤 있었어요. 그렇지만 수상쩍은 대리점은 대체로 분위기가 어수선해서 제멋대로 음악을 듣기도 하고, 잎담배를 피우거나 묘하게 멋져 보이는 응접 세트에다 케이크를 대접하기도 하고, 그 대리점도 그런 느낌이있어요. 그래서 예의 그 CS 프로그램 제작 회사의 사장을 만났어요. 중학생인 것 같군 하기에 예 하고 적당히 얼버무렸더니 난 말이야, 원래 화원을 했었어, 고등학교를 나왔지, 그러더니 갑자기 고등학교 때 오토바이를 타고 시베리아를 횡단한 이야기를 하는 겁니다. 루마니아에 애인이 있다는 둥, 게다가 차림새라고는 짧은 머리를 뒤로 묶어서 예술가인지 장사치인지 도저히 짐작도 할 수 없더라구요. 그런데 근처 커피숍에 가서 이야기를 나눠보니 의외로 괜찮다는 생각이 들더군요."

CS 채널의 프로그램 제작 회사를 경영하는 사장은 20대 후반이었다고 한다. 사장은 그냥 사람을 구하고 있었다. 전국 규모로 아마추어 연주회를 촬영할 수만 있다면 그런 대로 수입을 올릴 수 있지만, 사원을 더 둘 수도 없고 아르바이트 학생을 쓸 수도 없는 형편이라면서 곤도에게 손을 잡자고 제안했던 것이다.

자유학교에 다니거나 퐁짱처럼 컴퓨터 앞에 늘 앉아 있는 경우를 제외하면, 등교거부 학생들은 시간이 남아서 죽을 지경이었다. 1회 취재에 1만 엔으로 전 화원 경영자 출신의 사장과 계약이 체결되었다. CS 프로그램 제작비는 황금 시간대의 지상파 제작비의 6분의 1 수준이라고 한다. 돈이 드는 오후 8시대의 민간 방송국 쇼 프로그램 제작비는 약 5000만 엔이다. 간단히 계산해도 CS 제작비는 황금 시간대에도 80만 엔을 넘어서지 않는다는 무서운 결론이 나온다. 심야 프로그램이나 아침 시간대에는 10만 정도의 저예산으로 프로그램을 제작한다는 소문이 떠돌고 있었다. 1만 엔이라는 보수로, 그것도 전국 규모로 촬영을 담당해주는 조직이 없다면 채산이 맞지 않는다. 일반인이 취미활동으로 벌이는 연주회나 발표회의 촬영 요금은 공공기관에서 주최하는 것보다 훨씬 비쌌다. 전 화원 경영자 출신 사장은 탱고나 플라멩코나 일본 춤 등의 아마추어 발표회에 대해서는 5만 엔을 지불했다.

촬영이 끝난 비디오는 넷으로 전송하거나 대도시에 있는 영상 전송 서비스 전문 회사까지 중학생 네트워크로 보낸다. 전차나 자전거로 초소형 디지털 비디오테이프를 보내는 것이다. 이 배달에서 디지털 퀵 서비스라는 아이디어가 나왔다. CS 프로그램의 촬영은 중학생들에게 대단한 인기를 누렸다. 특히 공갈이나 도로 청소나 파친코에서 자금을 벌어들이던 태스크 포스들이 좋아했다. 폼 난다고 생각하는 것 같아요 하고 나카무라가 말했다. 처음 1주일 만에 100만 엔이 넘는 수입이 들어왔고, 그 수입으로 중고 비디오 카메라를 6대 구입했다. 대리점 사장이 싸게 파는 곳을 알선해주었다. 첫 수입을 그렇게 투자하는 데 대해 아무도 반대하지 않았다. 특히 촬영 팀은 자신들만의 기재를 갖고 싶어했다. 중학생들은 태어나서 처음으로 자신의 손으로 돈을 벌어 자산을 만들어냈던 것이다.

촬영은 어렵지 않니? 하고 내가 묻자, 아주 간단해요 하고 나카무라가 대답했다.

"연주회장의 무대에는 내제로 라이트가 켜져 있으니까, 적당한 장소에 삼각대를 세우고 그냥 찍기만 하면 되는 겁니다."

퐁짱은 출장 비디오 촬영 비즈니스를 소개하는 홈페이지를 하나 만들었다. 회사명은 ASUNARO라는 이상한 이름이었다. 그 이름은 곤도가 다니는 학원에서 따온 것이었다. ASUNARO를 소개하는 홈페이지에는 영어판도 곁들여져 있었다. 인터넷에서는 광고비가 거의 들지 않는다. 금방 접속이 들어왔다. 퐁짱 그룹이 흥미를 가진 것은 벨기에의 넷 뉴스 제작·배급 회사였다. 동유럽에서 건너온 이민이 일으킨 회사로 세계 각지의 다양한 커뮤니티와 협력하고 있고, 경우에 따라서는 CNN보다 뉴스 전송이 빠르다는 평판을 듣는 회사였다. 그들은 고향의 강

이름을 따서 블타바, 즉 몰다우라고 했다. 고토나 나나 처음 들어보는 회사였다. 1990년대 중반에 마이크로소프트가 뉴스 제작 회사를 매수한 사실을 알 것이다. 전화 회선의 디지털화와 넷에서의 동영상 송수신 소프트웨어의 발달이 뉴스 배급 세계를 조금씩 바꾸어가고 있었다.

"예를 들어 에콰도르 해안에서 비행기 사고가 일어났다고 해요. 그럴 때는 텔레비전 방송국보다 가까이 살고 있는 마을 사람이 더 빨리 갈 수 있을 겁니다. 블타바는 영상을 팔기도 하는데, CNN의 의뢰로 정치나 마피아를 24시간 감시하기도 합니다. 블타바에는 우리가 중학생이란 사실을 밝혔습니다. 일본의 중학생들이 등교를 거부하고 있다는 사실을 그쪽에서도 벌써 알고 있더군요. 아주 재미있어 하면서 계약한 후에 테스트의 의미로 처음 전송한 것이 월드컵 회의장의 개구리 사건인데, 가고시마로 가는 길이 너무 복잡해서 일본의 텔레비전이나 신문의 헬리콥터보다 우리 팀이 맨 먼저 현장에 가서 촬영에 성공했습니다."

그러고 보니 그런 재미있는 사건이 있긴 있었다. 이바라기에 있는 완성 직전의 축구 전용 스타디움에서 지난달 말, 대량의 개구리 사체가 발견되었다. 완성 축하 시합 전에 직원이 잔디 상태를 점검하는데, 센터 서클 부근의 잔디 위에 묘한 것이 얼굴을 내밀고 있었다. 옆에 있는 공원에서 나뭇가지라도 날아온 모양이라고 생각하고 가까이 다가가 보니, 작은 생물체의 다리였다. 개구리였던 것이다. 동면하려다가 죽은 모양이라고 그 직원은 생각했다. 그런데 주위에 100마리 가까운 사체가 묻혀 있다는 것을 알게 되었다. 경찰 무선을 도청하고 있던 나마무기 통신 이바라기의 촬영 팀이 어느 미디어보다 빨리 현장에 도착했다. 벨기에의 회사는 그 영상에 흥미를 느끼고 전세계로 전송했다. 이윽고 지상파 텔레비전 방송국에서 그 영상을 내보냈을 때도 개구리의 사망 원인은 밝혀지지 않았다. 그러나 블타바는 벌써 그 원인을 밝혀 발표했다. 상대 축구팀의 전의를 빼앗기 위한 백마술의 종교 의식이라고 블타바의 우루과이 섹터가 결론을 내렸던 것이다. 우루과이에서는 자주 일어나는 사건이라고 한다. 블타바를 본 일본인 축구 평론가가 어깨에 잔뜩 힘을 주고 그 죽은 개구리의 수수께끼를 텔레비전에 나와 풀어주었다.

"어느 회사가 블타바에 뉴스 영상을 제공했느냐고 다들 궁금해했지요. 그 이후로 ASUNARO가 널리 알려지게 되었어요."

블타바와의 계약금은 2000달러, 그밖에 비디오 영상 750콤마, 즉 25초에 250달러가 기본 사용료로 들어왔다. 지상파 등에 파는 경우에는 판매가의 75퍼센트가 ASUNARO의 몫이 된다. ASUNARO의 본사는 넷상에 존재한다. ASUNARO는 네덜란드의 은행에서 필요한 경비를 정산한다. 나카무라가 메일로 비즈니스를 시작할 생각이라고 한 것은 경찰이 내 메일 박스를 해킹할 가능성을 염려해서였다. 그들은 벌써 사업을 시작한 상태였다.

"삿포로 팀이 시작한 기획이 아주 평판이 좋아요" 하고 나카무라가 말했다. 나마무기 통신 삿포로는 노인 홈의 방문 인터뷰를 시작했다고 한다. 예를 들면 전쟁 중의 일이라든지 구조조정으로 회사에서 쫓겨나 홈리스가 되어버린 이야기라든지, 다큐멘터리로서 귀중한 증언이 있으면 블타바에 팔고, 그밖에 예를 들면 알츠하이머를 극복하고 시를 짓는 노인이라든지, 스모 선수가 된 손자를 위해 종이학을 접는 할머니 이야기라든지, 아이누 이야기를 그림으로 그리는 노화가라든지 사람들 마음을 따스하게 해주는 화젯거리는 NHK 위성방송이나 지방 방송국에 판다. 이윽고 노인 홈 방문 인터뷰는 ASUNARO의 히트 상품이 되었고, 집단 등교거부 중학생들이라 해서 나쁜 짓을 하는 게 아니라는 사실을 세상에 알리는 역할도 해주었다.

ASUNARO는 4개월 후 세계적으로 이름을 알리게 된다. 어떤 남자의 자살을 전세계로 중계한 것이다. 가고시마 현 데미즈 시에 공무원 출신인 초로의 남자가 살고 있었다. 남자는 유서 깊은 가문에서 태어나 전국적으로 유명한 상을 수상한 시인이기도 했다. 그 남자의 집 정원에는 겨울이 되면 학이 날아온다. 촬영을 한 중학생은 남자의 집 바로 옆에 사는데, 비디오 카메라를 설치해두고 학의 영상을 나마무기 통신 가고시마에 24시간 전송했다. 날아든 학을 20년 가까이 관찰해온 그 남자는 그 중학생에게 지금까지 찍은 사진을 자료로 제공해주고 학의 매력에 대해 이야기했다.

"절대로 학에게 먹이를 주어서는 안 돼요. 사람이 주는 먹이에 길들어버리면 학은 죽고 말아요. 요즘 사람들은 그걸 잘 모르는 것 같아요. 학은 멀리서 관찰해야 하는 거지요. 사람과 거리가 너무 가까워지면 학은 다른 곳으로 날아가버리지요. 그러나 멀리 떨어져 학을 지킨다는 건 정말 어려운 일이라는 사실을 요즘 들어 절실히 느껴요."

남자의 목소리와 옛날 사진 등을 삽입한 그 영상은 습지의 학 상태를 연구하는 데 귀중한 학술 자료가 된다는 평가를 받았다. 블타바 사이트에는 동물 전문 페이지가 있어서, 우아하게 움직이는 학의 영상은 인기였다. 어느 날, 남자는 가솔린 통을 들고 정원으로 걸어나오더니 마치 샤워를 하듯 머리 위로 덮어쓴 다음, 염세적인 시 한 수를 낭독하고는 갑자기 불을 붙여버렸다. 남자가 남긴 시는 일본과 세계를 염려하는 내용이었다. 학교를 거부하는 많은 어린 아이들을 향해 해줄 말이 없다고, 또한 아이들에게 해줄 말이 없다는 사실을 과연 얼마만큼의 일본인들이 자각하고 있는가 하고 그 시는 말했다.

"디지털 퀵 서비스는 나마무기 통신 나가노가 처음 시작했는데, 처음에는 단순한 스캐닝 서비스에 지나지 않았지만, 영상 전송 회사와 긴밀한 관계를 맺으면서 온라인으로는 도저히 해결할 수 없는 문제가 발생하여 그런 중개 일을 대규모로 하는 게 어떻겠느냐는 제안이 나왔습니다. 간단히 말해 뭐든 편의를 봐주는 그런 업종이겠지요. 팩스로 보내온 원고를 키보드로 쳐서 온라인으로 흘려보내기도 하고, 원고나 화상 플로피 디스켓 또는 CD를 자전거로 인쇄소까지 배달하기도 하고, 화상을 스캔하여 온라인으로 보내기도 하고, 다시 말해 온라인과 오프라인을 반드시 연결할 필요가 있을 때 그것을 한꺼번에 처리해주는 일인데, 이게 건수가 많아지면서 꽤 수입이 되는 겁니다."

설명을 계속하고 있는 나카무라에게 돈은 주로 어디 쓰는데? 하고 고토가 물었다. 나도 묻고 싶었던 말이었다.

"퐁짱은 늘 직업훈련소 같은 것을 만들면 어떻겠느냐고 해요. 예전에 나치스의 마수를 피해 도망쳐온 유대인들이 서로 도와주던 그런 시스템이 참고가 돼요. 그들은 외국 생활에 적응하기 위한 시설을 만들었어요. 어학을 배우는 시설, 직업훈련을 위한 시설, 또는 탈출을 위한 자금도 원조해주었어요. 그런 방식이 좋지 않을까 하는 생각이에요. 그래서 여기저기 경영에 실패한 호텔 건물이 있잖습니까. 이 부근에도 있어요. 도메이 고속도로 들어가는 부근에 내가 유치원생일 때 세운 호텔이 있어요. 거기 있는 중국집에 몇 번 가족들과 가본 적이 있어요. 자이언츠 선수들이 머물기도 했는데 3년 전인가요, 망했어요. 지금은 방치되어 있습니다. 조사해보니 방이 무려 200개나 되고, 회의실도 대소 열 개나 있습니다. 그 건물을 싼 가격에 구입해 영어라든지 컴퓨터라든지 새로운 소프트웨어의 개발이라든지, 또한 가지 목적은 투자 연습이라고나 할까요, 그런 걸 해보고 싶어요. 그런 일이 적성에 맞는 애가 있어서 강사를 고용하여 공부하도록 할 생각입니다. 그밖에도 개별적으로 사업을 해보고 싶어하는 애들에게 자금을 대줄 수 있으면 좋겠다는 생각도 하고 있어요. 지금 당장은 소프트웨어 개발에 열중할 생각이에요."

소프트웨어 개발? 중학생이 그런 일을 할 수 있는 건가? 하고 내가 묻자 퐁짱은 웃었다. 컴퓨터 지식을 가장 잘 활용할 수 있는 나이는 13세 정도라고 한다.

"쓸데없는 지식들이 입력되기 전에 여러 가지 알고리즘을 하나의 계통을 세워 머릿속에 그려낼 수 있어야 하는데, 그런 두뇌 능력의 피크가 열세 살 정도라고 합니다. 열여덟 살은 벌써 늦다고 해요."

그리고 그 다음에 퐁짱은 이면 비즈니스에 대해 이야기해주었다.

"청소 회사. 그걸 만들 생각입니다. 목적은 기업의 쓰레기를 모아 패스워드 같은 것을 훔치는 겁니다. 내년 3월에 3만 엔의 지역진흥권이 IC 카드로 분배되지 않습니까. 그걸 위조하는 겁니다. 빌리언. 10억 정도의 주문이 벌써 들어왔어요. 여러 군데서 말이죠."

그런 일이 실제로 가능한지는 모르겠지만 그건 범죄야 하고 내가 말했다. 범죄 하고 퐁짱은 되뇌더니, 한숨을 한 번 내쉰 다음 귀찮다는 표정으로 설명했다.

"위조는 간단해요. 보통 종이나 지폐나 채권 쪽이 어려워요. 순수한 인쇄 기술 문제니까 말이에요. 도서상품권이라 해도 수천만 엔 하는 비싼 기계로 인쇄했기 때문에 위조할 수 없습니다. 플라스틱이나 자기 코팅은 간단해요. 그런데 말입니다. 범죄라는 놈 말이죠, 나, 이번에 꿈을 꾸었어요. 다른 나라였습니다. 고원의 피서지 같은 곳인데 아주 더웠어요. 경사지가 있고 그 경사지 한쪽에 하얀 파라솔이 질서 있게 테이블과 함께 늘어서 있는 걸로 봐서 무슨 파티가 벌어지는 것 같았어요. 파티 출석자는 모두 어느 단체에 속해 있어요. 난 잘 모르지만 로터리 클럽 같은 것 있잖습니까. 그런 비슷한 단체 같았어요. 모두 하얀 옷을 입고 큰 컵에 든 아이스 티 같은 걸 마시는 겁니다. 큰 유리 접시에는 남국의 꽃잎이 그려져 있고, 경사지 아래쪽에는 골프장이 있어요. 어쨌든 아주 우호적인 분위기로, 일본인은 나밖에 없는데도 모두 나를 향해 푸근한 미소를 보내주었어요. 왜 이럴까, 왜 내게 이렇게 상냥하게 대해줄까? 그런 당혹스런 느낌도 들었어요. 그 단체에는 독특한 신용장 같은 서류가 유통되고 있는데, 모두 그 서류를 가지고 있고, 물론 종이로 된 서류지만 그 단체 사람에게는 아주 소중한 겁니다. 나는 그 서류를 실제로 보지는 못했지만 왠지 이미지가 떠오릅니다. 내가 뇌리에 떠올리는 건 뭐라고 할까요, 반투명한 용기 같은 것입니다. 텔레비전 요리 프로그램에서 식초나 말간 양념 같은 것의 양을 재는 플라스틱 컵 같은 그런 것 말입니다. 내게는 그 서류가 그 계량컵 같은 것으로 보이는 겁니다. 그런데 그 계량컵에는 뭔가가 들어 있고, 그 뭔가의 양이 줄어들고 있다는 것을 무슨 이유인지는 모르겠지만 나만이 알고 있는 거예요. 다른 사람은 몰라요. 다른 사람이 모른다는 것을 어떻게 아느냐 하면, 그들은 늘 웃고만 있으니까요. 뭔지는 모르지만 정말 소중한 무엇이 점점 줄어들고 있다는 사실을 그들은 모릅니다. 아마도 나는 이방인이라서 아는 게 아닐까 하고 생각하기도 했습니다. 그것은 신용. 그 서류에서 신용이란 놈이 점점 줄어들고 있는 겁니다. 아무도 그런 사실을 눈치채지 못하고 아이스 티를 마시면서 웃고만 있는 겁니다. 그 서류가 그 단체 사람들의 돈인 셈인데, 돈이란 것은 왜 돈으로 인정될까요. 그건 어떤 위대한 인물이 이제부터 이것을 논이라 한다고 선언했기 때문이 아니라, 모는 사람이 그 종잇조각을 어느 곳에 가지고 가든 다른 것과 교환할 수 있다는 신용이 있기 때문인데, 난 꿈속에서 갑자기 그걸 깨달은 겁니다. 알겠어요? 그게 바로 돈입니다."

이렇게 말하고 퐁짱은 어깨에 걸친 가방 안에서 지갑을 꺼내더니 그 속에서 1000엔짜리 지폐를 한 장 빼내 손가락으로 집어 들었다. 좋지 않은 예감이 들었다. 퐁짱이 1000엔짜리 지폐를 어떻게 할 것 같았기 때문이다. 학창 시절 동급생 중에 술에 취하면 꼭 돈으로 나쁜 장난을 치는 친구가 하나 있었다. 놈은 술에 취하면 1만 엔짜리 지폐를 찢거나 불에 태웠다. 그럴 때면 늘 불쾌했는데, 왜 불쾌해지는지 당시에는 몰랐다. 그놈은 반드시 지갑에서 1만 엔을 꺼내 불에 태웠다. 다른 사람의 1만 엔을 빼앗아 불태우는 것은 아니었다. 너 정말 바보로군 하고 웃으면서 나는 불쾌해했는데, 그건 돈을 불태우는 반사회적 행위에 결과적으로 내가 가담하는 꼴이 되고 말았다는 이유만은 아닌 것 같았다. 그리고 다이아몬드나 금괴를 바다에 던져 넣는 것과는 뉘앙스가 조금 다르다고 할 수 있다. 다이아몬드나 금괴에는 명백히 희소가치라는 것이 있다. 그러나 지폐는 다르다. 그냥 인쇄된 종이에 지나지 않는다.

퐁짱이 1000엔짜리 지폐를 찢거나 불태우지 않으면 좋겠는데 하고 나는 가슴을 조였다. 퐁짱이 무슨 짓을 할지 짐작이 가지 않았다. 퐁짱이나 나카무라에게서 그들의 비즈니스에 대해 이야기를 듣고 있는 사이에 현실감이 없어지고 말았다. 나만이 외톨이가 되어 있는 기분이었다. CS 디지털 방송이라든지 블타바라든지 ASUNARO라든지 디지털 퀵 서비스 같은 것을 나는 머릿속에 그려볼 수 없었다. 몇 년 전에 3차원 그림이 유행했을 때, 나는 금방 입체 화상을 볼 수 없어서 유미코와 다른 친구들의 웃음거리가 되었다. 다른 사람에게는 당연한 것이 내게는 낯선 것일 때, 우리는 그것을 의심하고 만다. 그렇게 하지 않으면 불안해지기 때문이다. 수십만 명의 중학생들이 정보통신에 의한 네트워크를 조직하고, 소형 디지털 비디오 카메라를 조작하고, 컴퓨터와 주변기기를 능숙하게 다루고, 해외 업자와 제휴하여 억 단위의 돈을 벌어들이고 호텔을 매수하여 직업훈련 시설을 만들고 학교 설립을 꿈꾸고 있는데, 도대체 어떤 사람이 현실감을 가지고 그것을 상상할 수 있겠는가. 취미 생활로 일본 춤이나 탱고를 배우고 축구장에 개구리 시체를 묻는 사람들, 해마다 날아오는 학을 매일 관찰하던 어느 날 자신의 몸에 휘발유를 붓고 불을 질러 자살하는 시인 쪽이 내게는 훨씬 더 현실감이 있다.

퐁짱은 1000엔짜리 지폐를 찢거나 불태우지 않았다.

"이것은 천이라는 단위의 돈인데, 누구든 이 돈을 가지고 어디를 가든 다른 것과 교환할 수 있다는 것을 보장받습니다. 《점프》를 네 권 사고도 거스름돈이 약간 남아요, '카파에비센'을 다섯 개 살 수 있고, '하우스 자이언트 콘'이라면 네 개 살 수 있어요. 그런 식으로 치음부터 이 돈의 기치를 신용하고 있는 겁니다."

'버섯 산'은 세 개밖에 못 사 하고 나카무라가 말하자, '죽순 마을'도 세 개 하고 곤도가 맞장구를 쳤다. 과자를 좋아하는 퐁짱을 놀리는 말이었다. 그러나 내게는 웃을 여유 따위는 없었다.

"그러나 어떤 갑작스런 변화가 일어나면 이 돈은 그냥 종잇조각이 되고 맙니다. 그건 아주 간단한 일이에요. 딱히 혁명이라든지 내란이나 전쟁이 일어나지 않아도 신용이 없어지면 그걸로 끝장이에요. 나는 그 꿈이 어떤 계시라고 생각해요. 세키구치 씨는 IC 카드 위조가 범죄라고 생각하겠지만, 그것도 '신용'이란 것을 생각하기 때문일 겁니다."

퐁짱은 이렇게 말하고 확인하듯이 내 얼굴을 바라보았다. 대답이라도 해야 할까 하고 나는 망설였다. 분명히 나는 이 나라의 화폐 시스템을 신용하고 있는지도 몰라 하고 말하면 될까, 여태 그런 문제를 생각해본 적이 없다. 무슨 말을 해도 정곡에서 벗어나버릴 것 같은 느낌이 들었다. 생각해본 적이 없는 일에 대해 말하면 항상 그렇게 되고 마는 것이 보통이다. 결국 나는 아무 말도 하지 않았다.

"나는 신용하지 않습니다. 통화 정도는 내 손으로 만들어버리는 거지요. 신용을 창조하면 되잖아요? 이전에 만났을 때 법률 이야기를 했는데, 법률로 보호받는 것이 있지요. 시스템은 대체로 법률로 지켜져요. 법률을 만드는 것도 그것을 유지하는 것도 요컨대 국회의원, 각료, 관료, 경찰 같은 존재들입니다. 그런 작자들보다 명백히 더 좋은 신용을 만들어내면 되지 않겠어요? 아닌가요?"

이렇게 말하고 퐁짱은 다시 우리를 바라보았다. 고토는 어떻게 하죠 하는 눈길로 내 얼굴을 바라보았다. 나는 퐁짱의 말이 틀렸다는 느낌이 들었지만 어디가 어떻게 틀렸는지 정확히 지적할 자신이 없었다. 그러나 무슨 말이든 해야만 했다. 그러나 퐁짱 그룹을 향해 질문을 할 때는 세심한 주의가 필요하다. 자네들에게는 경험이 부족해 하고 학교 선생 같은 어투로 말하면 퐁짱과 나카무라는 우리를 멀리하고 말 것이다. 그런 것은 어른이 되고 나서 해야 할 말이야 아직 어린놈들이 말도 안 되는 소리를 하고 있어, 누구 덕분에 이만큼 자랐는지 알기나 해, 엉! 어른 세계에는 어른만이 아는 그런 것들이 있는 거야. 그런 식의 표현은 간단히 번역하자면, '시끄러! 입 닥쳐!'가 된다. 퐁짱 그룹은 그런 대화에는 넌더리가 나 있다. 퐁짱 그룹뿐만이 아니다. 반란을 일으킨 중학생들은 모두 같은 생각을 할 것이다. 왜 어린 아이라고 자기 주장을 펴서는 안 되는 것일까. 어른의 도움으로 살아간다고 해서 왜 열등 의식을 가져야 하는가. 어른만이 아는 것이 있다면 왜 그것을 알기 쉽게 설명해주지 않는가. 충분히 이해하고 있는 사람은 어린 아이라도 알 수 있게 설명할 수 있다. 설명할 수 없다는 것은 요컨대 어른들 자신도 모르기 때문이 아닐까. 퐁쌍이나 나가무라 같은 아이들을 속일 수는 없다.

"그건 거의 혁명이야. 혁명이라고 해서 반드시 이데올로기나 사상이 필요한 것은 아니지만, 누군가의 이익을 대표하지 않으면 안 될 거야. 퐁짱은 과연 누구의 이익을 대표하는 것인가 하는 의문이 생기는데, 전국의 중학생?"

퐁짱은 잠시 생각에 잠겼다. 그러나 내가 하고 싶은 말은 사실 그게 아니었다. 신용을 창조한다니, 그런 귀찮은 일을 왜 하느냐는 말을 하고 싶었던 것이다. 퐁짱이 한 말의 내용은 어쩌면 지금의 일본에 가장 필요한 가장 시급한 문제인지도 모른다.

유미코에 따르면, 1990년대에 들어 일본의 경제 신용도는 크게 실추되었다. 1997년에 아시아 통화위기가 일어났을 때, 일본은 거품 붕괴 이래의 불량 채권 처리에 쫓겨 실질적인 지원을 해줄 수 없었다. 즉, 아시아로부터 제품을 수입해주지 않았다. 정부는 수백억의 자금을 원조하긴 했지만 결국은 국내 은행의 대아시아 차관 요청을 거절하기 위한 조치에 지나지 않는다고 욕을 얻어먹었다. 요컨대 수출 주도형 고도경제성장이라는 과거의 유산에 얽매여 필요한 변화 시기를 놓치고 말았다.

2000년을 맞이할 즈음, 일본인은 불황에 넌더리를 내고 있었다. 그때까지 몇 번에 걸쳐 국민의 혈세가 은행에 투입되었고, 그때마다 불량 채권 문제는 해결된다고 말했다. 물론 해결되지 않았다. 그러나 다들 이런 불황도 이제 곧 끝날 것이라고 생각하기 시작했다. 당시의 환율은 1달러에 120엔 전반이었다. 이대로 적절한 수준에서 엔저가 계속되면 수출도 늘어서 경기 회복도 머지않았다는 낙관주의가 지배적이었다.

그러나 일본 경제는 악순환의 고리에서 벗어나지 못했다. 즉 시장 개방과 규제 완화가 늦어져 국내의 투자 기회가 줄어들면, 결과적으로 대외 투자가 늘어나 달러가 비싸지고 엔저를 배경으로 하여 수출이 급격히 늘어난다. 수입은 줄어들고 경상수지가 확대되고 그와 함께 무역마찰이 격화된다. 환율 시장은 무역 불균형과 무역마찰을 감지하고 달러 하락을 예상하게 될 것이다. 그리고 실제로도 시장은 엔고로 돌아선다. 그렇게 하여 일본의 수출 기업과 투자자가 손실을 입고 주가 하락, 불황, 저금리가 이어지면서 하나의 순환 서클이 완성되는데, 그 시점에서 자금이 유출되므로 다시 엔저로 돌아오게 되는 것이다.

그리고 2000년이 끝날 즈음에 130엔 하던 것이 갑자기 160엔대로 폭락했다. 직접적인 원인은 국내의 투자자에 의한 매도라고 한다. 당시 대규모의 구조조정으로 수지가 좋아진 기업이 늘어나고 있었다. 2000년도에 들어 GDP는 적은 수치지만 플러스로 돌아섰으나 그것은 기업들이 구조조정을 통해 고용 비용을 줄였기 때문이다. 시장을 석권하는 신제품을 개발해서 그랬던 게 아닌 것이다. 여전히 물건은 잘 팔리지 않았고 일본 기업의 경쟁력은 예상보다 훨씬 더 약화되고 있었다. 2000년 말에 실업률은 5퍼센트를 넘었고, 2001년에 들어서는 6퍼센트대에 이르렀다. 임금은 동결되었지만 보니스가 없어졌으므로 실제로는 내려갔다고 해야 할 것이다. 세상에는 디플레이션이란 명목으로 임금 수준은 실제로 상승했다고 주장하며 임금을 내리는 경영자도 있었다. 노동자의 동기부여는 전체적으로 눈에 띄게 떨어졌다. 수익보다 점유율 확대에 주안점을 두었다는 것, 도산을 방지하기 위해 수지가 나쁜 방계기업을 도태시키지 않고 남겨두었던 경영상의 오류가 한꺼번에 폭발을 일으키고 있었다. 일본은 외국 자본의 도입에도 실패하여 외국 기업의 본격적인 진출도 없었다. 결국 시장화에 실패했을 뿐만 아니라 어느새 세계 시장에서도 경원의 대상이 되어가는 상태였다.

1990년대 초기에 경제의 정체가 시작되었을 즈음부터 기득권을 지키려는 사람들은 많았지만 새로운 신용을 창출하자고 외친 정치가, 관료, 은행가, 기업인, 학자는 단 한 사람도 없었다. 새로운 신용을 창출한다는 것은 경제 시스템을 근본부터 새로이 개조한다는 것을 뜻한다. 그런 주장을 편 사람은 내가 기억하는 한 없었다.

"누구의 이익을 대표하는가? 물론 그렇지, 조금 더……."

중얼거리듯이 퐁짱은 말했다.

"생각해봐야겠어."

아지트를 나섰을 때는 이미 저녁노을이 지고 있었다. 5시간이나 퐁짱 그룹의 이야기를 듣고 있었던 셈이다. 주위가 어둑어둑해지고 있었다. 지난번처럼 나카무라가 차를 세워둔 곳까지 바래다주었다. 덴엔도시 선 에다 역 주변, 특히 246번 국도에 면한 길가에는 뭘 팔고 있는지 알 수 없는 그런 가게가 많이 늘어서 있었다. 퐁짱이 아지트로 사용하고 있는 수입 잡화상도 그렇지만, 그런 가게는 밖에서 보면 무슨 가게인지 정체를 알 수 없다. 오리지널 서핑 보드를 팔고 있는 가게도 있고, 오리지널 아로마테라피 캔들 숍도 있다. 커스텀 바이크custom bike 부품 전문점, 구제 청바지, 알로하 셔츠의 예약 판매점, 만화 헌책방도 있었다.

아지트를 나서는데 수입 잡화점의 주인이 바깥에서 담배를 피우고 있었다. 얼굴이 마주쳐서 나는 인사를 했다. 상대방은 내 쪽으로 고개도 돌리지 않고 오른손으로 가볍게 털모자를 잡았을 뿐이었다. 저 주인하고는 잘 지내? 하고 묻자 나카무라는 서로 간섭하지 않기로 하고 있어요 하고 말했다.

"최근 들어 넷을 이용해서 이상한 장사를 하는 사람이 늘어나고 있지만 저 사람은 그렇지는 않은 것 같습니다."

그러고 보니 2~3일 전에 취미로 하는 소형 숍이 전국적으로 늘어나고 있다는 신문기사를 읽은 적이 있다. 실업률이 7퍼센트를 넘어서는 시대이고 보니 당연한 일인지도 모른다. 기업이 종업원을 보호해주는 옛날식 사고방식은 벌써 사라졌다. 한 달에 10만 엔 정도의 수입도 안 되지만 자신이 좋아하는 것을 제작하거나 수입하여 카탈로그를 만들고 같은 취미를 가진 사람과 사귀는 것을 낙으로 삼는 사람이 늘어나고 있었던 것이다.

"독일인지 오스트리아인지는 모르겠지만, 그쪽 도자기가 좋아서 조금씩 끌어 모으는 모양이에요. 어쨌든 돈만 모이면 독일이나 오스트리아로 가고 싶다고 해요. 우리는 대체로 취미라는 게 없어요. 그게 우리에게는 장점인지도 모르죠."

기업에 의지하지 않고 자신의 취향을 살린 작은 가게를 가진 사람은 대체로 간섭을 싫어하고 자신과 동료 외에는 아무 관심도 없는 것 같다. 좁은 서클 안에 틀어박혀 배타적으로 살아가는 것 같지만, 그들 가운데는 외국에 독자적인 네트워크를 가진 세계적으로 유명한 사람도 있었다. 수제 가구나 현악기나 오르골, 고풍스런 시계 또는 모형이나 액자나 가구 등으로 외국에서

상을 받은 젊은 일본인 장인도 나타나기 시작했다. 그런 사람들 가운데는 가족이나 친구 등을 포함하여 옛날의 공동체에 집착하지 않고, 타인에 대해서는 아무 관심도 없다고 공공연히 말하는 사람도 있었다. 그런 풍조를 개탄하는 사람도 많지만 젊은 사람들의 사고방식이 변해가는 것을 막을 수는 없었다. 개인의 취향 이외에는 전혀 흥미를 가지지 않는 일부 젊은이들의 사고방식이 올바른지 아닌지 나로서는 알 수 없는 노릇이다. 그러나 대기업 사원이나 공무원이 인기 직업으로 자리매김하던 시대는 벌써 지나가버렸다.

"아, 그렇지!"

차 앞까지 와서 나카무라는 문득 생각났다는 듯이 이렇게 말했다.

"메일로 보낸 것 말입니다. 실현 가능성이 있을까요?"

순간적으로 무슨 말인지 알아듣지 못했다. 나는 퐁짱의 비즈니스를 생각하느라 정신이 없었다. 나카무라는 지금 국회 연설 건을 말하고 있었다. 국회? 하고 내가 묻자, 그래요 하고 나카무라가 고개를 끄덕였다.

"국회 연설, 퐁짱이 바라는 건가?"

고토가 묻자 아닙니다 하고 나카무라가 대답했다.

"핫토리와 요시다가 생각한 건데, 아까 세키구치 씨가 퐁짱에게 한 말과도 관련이 있을 것 같습니다. 누구의 이익을 대변하는가 하는 것 말입니다. 나마무기 통신을 보면 그건 분명 일부 사람입니다."

무슨 주장을 하고 싶은 걸까 하고 고토가 물었다.

"주장이라고 하기에는 좀 뭣하고, 단순한 일이에요. 퐁짱의 말을 많은 사람들에게 들려주고 싶습니다. 아사히나 요미우리 같은 메이저 신문사도 생각해보았지만 가장 주목받는 것은 그래도 국회가 아닐까 하는 요시다의 말에 나도 핫토리도 찬성했습니다. 옛날에 한국의 대통령이 국회에서 연설하는 것을 텔레비전에서 본 적이 있습니다. 세키구치 씨와 고토 씨는 어떻게 생각하세요? 퐁짱의 생각을 많은 사람들에게 들려주고 싶지 않으세요?"

국회라는 데가 발언하고 싶다고 해서 아무나 발언할 수 있는 그런 곳이 아니지 하고 내가 말했다.

"그렇지만 나라의 정치에 관련되는 중대한 사건의 당사자는 증인으로 부를 수 있어. 그건 내가 조사해볼게. 진척이 있으면 메일로 연락하지."

고맙습니다 하고 나카무라는 가볍게 고개를 숙였다. 4개월 전에 방콕행 비행기 안에서 만났을 때와 그리 변한 게 없었다. 좀더 야무져졌다는 느낌도 안 든다. 그때보다 더 활기차게 보이지도 않는다. 그렇다고 안색이 나빠진 것도 아니다. 크림색 면 바지, 연지색 긴팔 폴로 셔츠, 짙은 회색 재킷과 같은 색의 트래킹 부츠에 빨간 구두 끈, 매일 아침 샤워를 하는 듯 청결한 모습이었다. 피부가 매끈하게 빛을 발하는 것처럼 보였다. 이런 소년 그룹이 국회에서 발언을 하려 하고 있다. 알아보겠다고 대답은 했지만 그 말에는 도무지 현실감이 없었다.

돌아오는 차 안에서 고토와 나는 거의 침묵을 지켰다. 결국 퐁짱 그룹은 IC 카드 위조를 중지할 것인지 실행할 것인지 명확한 대답을 피했다. 그밖에도 많은 일들을 계획하고 있는 것 같았다. 그 가운데는 명백히 범죄로 생각되는 몇 가지 기획도 포함되어 있었고, 내 귀를 의심케 하는 내용도 있었다. 예를 들면, 전자 메일을 훔친다는 것이다. 패킷스니핑이라는 소프트웨어를 사용하면 전자 메일을 간단히 훔쳐볼 수 있다고 퐁짱은 말했다. 믿을 수 없는 일이었지만 그 소프트웨어는 인터넷에서 다운로드받아 인스톨할 수 있다고 한다. 그런 소프트웨어를 만들고 있는 작자들의 포럼과 채팅방에 출입하게 되면서 더 많은 정보를 손에 넣은 것 같았다. 유명한 메일 매거진의 오리지널 패킷을 훔쳐서 고쳐 쓸 수도 있고, 정치가나 유명인의 메일을 주간지에 팔 수도 있다.

정말 그런 일이 가능할까? 이전이라면 난 그런 식으로 고토에게 물었을지 모른다. 세키구치 씨는 아무것도 모르는군요 하고 그는 나의 무지를 비웃었을 것이다.

그러나 나는 입을 다문 채 차창 밖을 보고 있었고, 고토는 자리에 앉아 가만히 눈을 감고 있었다. 퐁짱 그룹이 자신들의 힘으로 직업훈련소를 세울 수 있을까 자문해보았다. 그러나 대답은 없었다. 그 14세 소년들에게서는 무슨 일이든 다 할 수 있다는 분위기가 감돌았고, 다른 한편으로는 아무것도 할 수 없을 것 같은 나약한 인상을 풍기기도 했다. 다시 말해 판단이 불가능했다.

회사에 도착하고 나서 퐁짱은 왜 우리를 불렀을까 하고 고토가 물었다. 글쎄 하고 나는 얼버무렸다. 혹시 우리에게서 어른 사회와의 어떤 접점을 찾고 있었는지도 모른다는 생각이 들었지만 이미 그런 말을 할 기력도 남아 있지 않았다.

퐁짱의 사업 이야기를 듣고부터 고토와 나는 패기를 잃고 말았다. 미디어는 집단 등교거부를 계속하는 중학생에 대해 날마나 보노했시반 나는 그런 기사가 실틴 신문이나 잡지를 보지 않았고, 텔레비전 특집 프로그램도 보지 않았다. 중학생들은 날마다 사건을 일으켰다. 편의점에서 칼을 휘두르기도 하고, 파출소를 습격하기도 하고, 집단으로 홈리스를 습격하기도 하고, 계획적으로 게임 소프트웨어를 훔치는 그룹도 있었다. 텔레비전에는 예의 전문가가 등장해서 '일본의 교육은 파괴되었다' '국가가 위엄을 지키지 못하니까 교육도 붕괴되는 것이다' '문부성도 일교조도 해산하라' 그런 무의미한 말들을 지껄여댔다. 징병제를 부활하자고 주장하는 사람도 있었다.

또 다른 한편으로, 자원봉사자나 지역 사회의 사설 학교나 자유학교가 늘어나서 독자적인 커리큘럼으로 공부하는 중학생도 연일 소개되었다. 자유학교의 운영자나 관계자들의 '지금이야말로 시민들이 일어서서 교육을 회복해야 할 때' '시험 점수 중시, 주입식 교육의 한계를 중학생들이 행동으로 보여주었다' '지금까지의 학교 제도는 근본부터 잘못되었다' 하는 말들이 신문이나 잡지에 다투어 발표되고, 텔레비전에 보도되었다. 징병제 부활론자와 시민 교육론자의 토론도 왕성하게 벌어졌다. 그런 뉴스나 토론을 보면 나는 피로를 느끼고 만다. 집단으로 좋지 못한 사건을 일으키는 것도, 열심히 자유학교에 다니는 것도, 나마무기 통신이라는 네트워크에 참가하지 않는 학생들이었다. 정보통신 단말기가 없는 아이들이었다. 그들은 기성 사회의 틀 속에서 움직였다.

나마무기 통신은 기성 사회와 멀리 떨어져 있었다. 우리가 퐁짱 그룹을 만난 지 2주일 후에 예술인과 유명인의 낙태에 활용되는 산부인과와 정치가나 문화인이 치료받기 위해 다니는 정신과와 성병 전문 의원의 입구를 24시간 감시한 영상이 사진 잡지와 여성지, 와이드 쇼와 폭로 전문 인터넷 사이트에 공개되었다. 그 문제의 산부인과는 고베에 있었는데, 눈에 띄는 간판도 없이 고급 주택가에 자연스럽게 끼어 있었다. 폭로된 영상에 비친 주차장에는 벤츠, 벤틀리, 포르쉐 같은 고급 차가 늘어서 있었다. 정신과 병원은 전국에 9군데, 성병 전문 의원은 5군데가 감시 대상이었다. 각 병원의 입구는 몇 대의 카메라로 총 240시간에 걸쳐 감시되었고, 산부인과로 들어서는 인기 탤런트, 가수, 정신과에 들어가는 정치가, 경제인, 문화인, 게다가 성병 전문 의원에 들어가는 텔레비전 캐스터와 배우, 지방의회 의원 등의 얼굴이 뚜렷이 비쳐 나왔다. 여성 주간지와 와이드 쇼는 이니셜만 밝히고 얼굴을 모자이크로 가렸다. 이 폭로 사건으로 유명 탤런트 하나가 자살하고 4건의 소송이 걸렸다.

영상 제공자는 암스테르담의 서버에서 넷으로 발신했고 소동이 벌어지자 연기처럼 사라졌다고 한다. 틀림없이 ASUNARO의 솜씨였다.

"병원을 감시하는 일에 대해 나카무라가 메일로 무슨 소식을 보내오지 않았어요?"

"아니, 별다른 말은 없었는데."

사건이 보도된 날 밤, 나는 고토를 데리고 이른 저녁부터 술을 마시러 갔다. 회사 곁에 있는 평범한 스낵바였다. 나는 독한 술을 마시고 싶었다. 고토도 같은 기분인 것 같았다.

"그런 짓을 해도 괜찮은 건가요."

고토의 말에 괜찮고 아니고가 어디 있겠어. 이미 터져버린 일인데 하고 대답한 다음, 우리의 현실이 너무 우스워서 그만 웃음을 터뜨리고 말았다. 고토도 따라 웃었다. 우리는 눈물까지 흘리면서 미친 듯이 웃었다. 술집 주인이 무슨 좋은 일이라도 있었느냐고 물었다.

"세키구치 씨, 왜 웃었어요?"

"자네는 왜 웃었는데?"

"그런 폭로당한 사람들 말입니다. 인선이 아주 재미있지 않아요?"

고토의 말 그대로였다. 통쾌해서 웃었던 것이다. 산부인과, 정신과, 성병 전문 의원에 들어가다 들킨 사람들에게는 어떤 공통점이 있었다. 탤런트와 가수는 별로 실력도 없으면서 기획사의 힘으로 활약하는 청순가련형들이었다. 정치가나 문화인 그리고 경제인은 이른바 구세대의 보수적인 체제 옹호파 아니면 텔레비전 등에서 진보적 의견을 짤닌 척하며 지껄여대는, 자칭 리버럴리즘을 표방하는 지식인이었다. 텔레비전 캐스터나 배우는 '사랑이 세상을 구한다' 라는 특별 프로그램에 출연하면 좋을 것 같은 캐릭터였다. 요컨대 한결같이 고액의 개런티를 받으면서 늘 거만한 태도로 거들먹거리는 수상쩍은 작자들이었다.

"아주 센스 있는 인선이라는 생각이 들어요. 세키구치 씨는 누가 제일 좋던가요?"

고토의 물음에 나는 중년 작가의 이름을 댔다. 거의 작품다운 작품도 쓰지 않는 주제에 에이즈 환자에 대한 자원봉사 활동이나 환경 파괴에 항의하는 시민운동에 앞장서서 얼굴을 내미는 놈이었다. 나는 그놈이 싫었다. 작가라면 우선 작품으로 말을 해야 하지 않는가. 나는 사회적으로 훌륭한 일을 하고 있습니다라고 선전하는 듯한 그 잘난 체하는 얼굴이 정말 꼴불견이었다.

"나는 그 여자 배우가 좋았어요. 장기 이식에 대한 책을 내고, 영화에도 텔레비전 드라마에도 얼굴 한 번 내밀지 않는 주제에 당당히도 여배우라고 자기 소개를 하는 뻔뻔스런 여자."

정말 멋진 인선이었어 하고 고토는 럼주를 온더록으로 연거푸 들이켜면서 중얼거렸다. 욕구불만이 쌓일 대로 쌓인 게 아닐까 하고 내가 말했다.

"쌓이다니요?"

"그런 인선은 갑자기 되는 게 아냐. 나마무기 통신은 60만의 네트워크 아닌가. 그 애들은 저 자식 꼴도 보기 싫다 하는 느낌으로 텔레비전을 보고 있었을 거야. 그래서 그런 작자들만 골라서 감시한 게 아닐까."

그 후에도 잠시 퐁짱과 나카무라에 대해 이야기를 나누다가 우리는 입을 꾹 나물어버렸다. 고토는 럼주를, 나는 위스키를 묵묵히 마셨다. 우리는 마치 중학생들에게 따돌림당한 듯한 기분이 들었다. 사실은 2주일 전에 퐁짱과 나카무라를 만났을 때도 그런 느낌을 가졌지만, 우리는 그런 사실을 인정하고 싶지 않았다.

그것이 만일 혁명이라면 누구의 이익을 대변하는 것인가 하고 나는 제법 잘난 체하며 물었지만 새로운 신용을 창조하겠다는 퐁짱의 말을 듣고 거의 얼이 빠져버렸다. 이 나라의 어른들은 도대체 지금 무얼 하고 있단 말인가 하는 생각이 들었고, 그 어른 속에는 당연히 나도 포함되어 있었다.

물론 단순히 낙관론만이 일본의 분위기를 주도하는 것은 아니다. 은행, 증권, 보험업계는 업무 제휴나 합작을 계속 추진하고 있다. 제조업이나 소매업계는 자산을 매각하는 등 구조조정을 거듭하고, 경영자의 의식도 변해가고, 내각이 주도하는 세제나 금융법, 행정 개혁, 게다가 성청(省廳: 우리나라의 부部나 처處처럼 정부 조직을 일컫는 말)의 재편도 확실히 추진되고 있었다. 또한 IROE라는 말도 유행했다. Individual Return of Equity, 개인의 자기자본이익률이란 의미의 신조어인데, 자신의 재능, 기술, 학력, 용모 등을 자본으로 보고, 그것을 어떻게 활용하면 최대의 이익을 올릴 수 있는가 하는 개념이다. 개인으로 살아가는 방법이라는 부제가 붙은 책들이 베스트셀러가 되고, 실제로 고등학생이나 대학생은 10년 전에 비해 공부도 더 열심히 하는 편이라고 하며, 원조교제와 같은 말은 사어가 되었다. 그러나 그런 변화는 너무도 수동적이어서 종전 직후의 미국에 대한 동경과 거의 다를 바가 없었다. 즉, 어쩔 수 없으니까 한다는 수준이었다. 미래의 경제활동 모델은 아직 어디서도 드러나지 않았다. 이제부터는 독창성이나 주체성이 필요하다고 황망히 외쳐보지만 독창적이며 주체적인 인간이 갑자기 나타날 리 없다.

깨닫기까지 시간이 걸렸지만 고토와 나는 퐁짱 그룹의 중학생들에게 질투를 느끼고 자기혐오에 빠져 있었다. 그리고 그것을 인정하고 싶지 않았다. 나마무기가 나타나고 중학생들이 반란을 일으키기까지 우리는 별볼일 없는 기사만 만들어내고 있었다. 정·재계에 대한 불평, 일본이 이 꼴이 되어버렸는데 너희들은 어떻게 책임질 거냐는 식의 투정 섞인 기사들뿐이었다. 일본 경제의 정체와 위기는 자기를 제외한 다른 모든 사람의 책임이라는 식의 글이었다. 그리고 실제로 자신에게는 아무런 책임도 없다고 생각했다. 책임을 져야 할 곳은 아시아의 여러 나라와 러시아, 브라질, 유럽, 헤지펀드, 미국 정부이며, 어떤 때는 일본 정부나 은행, 기업이며, 또 어떤 때는 예측을 벗어난 경제평론가나 다른 매스컴들이었다. 나는 그런 기사를 만들면서 아무 의심도 없이 살아왔고, 상황을 바꿀 아이디어를 생각해본 적도 없으며, 비판을 칭하며 사실은 투정을 부렸을 뿐 구체적으로 한 일이라고는 하나도 없다. 즉 상황에 만족하고 있었다. 그런 나를, 외국에서 어머니에게 전화를 걸며 눈물짓던 14세 소년이 일깨워주었다.

"이대로 가서는 안 될 것 같은 생각이 드는데요."

럼주를 여섯 잔 마신 다음 고토가 말했다.

"세키구치 씨, 국회 관계자 가운데 아는 사람 있으세요?"

없어 하고 나는 대답했다. 국회의 증인 소환에 대해 조사해보았다. 일정 수의 국회의원이 요청하면 예산위원회에서 증인을 소환할 수 있다. 나는 퐁짱을 국회에서 연설하게 하려는 나카무라 그룹의 아이디어에 현실감을 전혀 느낄 수도 없었고, 그후에 나카무라와 주고받은 메일에서도 그 문제는 전혀 화제에 오르지 않았다.

"세키구치 씨, 퐁짱의 연설을 듣고 싶지 않으세요?"

설령 퐁짱이 연설을 한다 해도 이해하지 못할 텐데, 나는 그런 말을 하려다가 입을 다물어버렸다. 그런 선입관이나 체념이 바로 현실 안주의 원흉이라는 생각이 들었기 때문이다. 나는 퐁짱의 연설을 듣고 싶어요 하고 고토는 혀 꼬부라진 소리로 말했다.

"나도 듣고 싶긴 마찬가지야."

나는 고토에게 그렇게 말했다.

2001년이 끝나가고 있었다. 1년 연기된 페이오프(임금 지급)는 내년 3월에 정말 실시될 것인가. 내년도 경제성장 목표치 2퍼센트는 과연 달성될 수 있을까. 실업률 상승은 과연 막을 수 있을까. 아무도 모르는 일이었다. 2~3년 전부터 텔레비전 토론 프로그램 등에서는 실업률이 높은 것이 거시경제에는 플러스 요인이 된다는 의견이 지배적이었다. 구조조정이 진행되면 기업의 경쟁력이 강화되고, 그것이 이윽고 일본 경제의 회복으로 이어질 것이라는 사고방식이 당시에는 지지받았다.

그러나 그런 정론에 대해 일반적으로 찬성한다고 해도, 대부분의 일본인들은 그런 사태가 자신에게 닥칠 것이라고는 생각하지 않았다. 조금만 노력하면 관리직에 오를 수 있다는 꿈을 품고 있던 나와 동년배의 직장인들은 2000년에 들어서기 전에 벌써 구조조정의 대상이 되었다. 그 이전에는 구조조정이라면 주로 50대나 40대가 주류였다.

그 당시 어떤 대형 백화점에서 일하던 어릴 적 친구 하나가 전화를 걸어왔다. 그 친구는 시즈오카에 있는 백화점의 가구와 기모노 판매 책임자로, 학생 때부터 취미로 작사 활동을 했다. 그 친구가 작사한 곡이 히트한 적도 있었다. 〈어느 여름날의 기억〉이라는 중학생의 첫사랑을 주제로 한 노래였다. 회사에는 비밀로 하고 있지만 1년에 수백만 엔에 달하는 아르바이트가 된다고 동창회에서 자랑하기도 했다. 백화점 경영진 측이 노조를 통해 그에게 연락을 해왔다. 앞으로 5년 동안 승급昇給 없음. 보너스 50퍼센트 삭감. 잔업수당 폐지. 지금까지 40~50대에 한정되었던 희망퇴직자에 대한 일시 지급이 30대로 낮아짐.

"난 회사 따위야 이렇게 되든 상관없다고 생각해."

그 친구는 그렇게 말했다.

"작사 쪽이 재미있고 난 애당초 회사에 목을 매고 있지도 않았으니까. 그런데 승급을 없앤다는 회사 방침을 들었을 때 갑자기 눈앞이 캄캄해지는 거야. 승급이라고 해봐야 일 년에 두 번, 고작 몇천 엔이야. 좀 부끄러운 이야기지만, 그게 없어진다고 하니까 그제야 그게 바로 나에게 동기부여라는 것을 알게 되었어. 그때까지는 당연한 일이었으니까 도무지 느끼지 못했던 거야. 샐러리맨에게 월급이란 정말 무서운 거더군. 자각하진 못했지만 결국 그게 우리의 정신을 떠받쳤던 거야. 누구에게 인정받거나 칭찬받는 것을 상징적으로 보여주는 것이 일 년에 두 번 있는 승급이었던 거야. 난 그게 없어지고서야 비로소 깨달았어. 지금 경영진 쪽에서는 사원 하나하나를 사무실로 불러들여 희망퇴직 의사가 있는지 없는지 물어. 어제 나도 불려갔지. 평소 생각하는 대로 말했지 뭐. 아니, 자발적으로 말한 건 아니야. 하고 싶은 말이 있으면 뭐든 말해보라고 해서 그냥 말해버렸지 뭐. 내가 한 말은, 가구나 기모노 매장은 필요없지 않느냐는 거였어. 지금 시즈오카 사람들은 가구건 기모노건 모두 교외의 디스카운트 숍에서 사지 않느냐고. 그랬더니 알았다고 전무가 고개를 끄덕이더군. 검토하겠다고. 그러나 가구와 기모노 매장을 없애고 거기서 뭘 팔면 좋을지 아무도 모르는 거야. 결국 사원을 줄이는 것만이 백화점의 목숨을 부지하는 길이라는 결론이 나올 수밖에. 노조도 그 말도 안 되는 조건을 받아들이고 말았어. 그렇지만 그런 조건으로 일하면서 동기부여를 가지라는 건 무리가 아닐까? 사원이 줄어서 수지 타산이 조금 나아진 것 같긴 하지만 새로운 수입이 발생한 건 아니야. 단순히 망하지 않았다는 것뿐이야. 아무것도 산출하지 못할 바에야 그냥 망해버리면 되지 않는가 하는 생각이 들 때도 있어. 그렇지만 난 아직 퇴직할 마음은 없어. 천천히 죽어가는 듯한 기분이라고 할까."

천천히 죽어간다고 어릴 적 친구는 말했다. 그것은 많은 일본인의 공통된 기분일지 모른다. 일본인에게 소중한 무엇인가가 소리를 내며 무너져 내리는 것 같은 불안감이 1990년대부터 계속되었다. 그것은 마치 장폐색 같은 증상이 아닐까 하는 생각이 들었다.

　정체를 알 수 없는 뭔가가 일본이라는 껍질을 뚫고 들어오려한다. 그것은 120년 전의 철제 흑선과는 달리, 자신의 눈으로 확인할 길이 없다. 1990년대 중반에 처음으로 빅뱅이 소개되었을 때, 전후 미국을 상상하면서 사람들은 환영하는 기분이었다. 대부분의 일본인은 빅뱅만 시작되면 틀림없이 사태는 좋은 방향으로 바뀌어갈 거라고 생각했다. 그러나 빅뱅은 지프를 타고 아이들에게 초콜릿과 탈지 분유를 나눠주고 머리카락에 DDT를 뿌려주지 않았다. 빅뱅이 상징하는 것, 즉 규제 완화나 경쟁 사회로 진입하는 것은 눈에 보이는 것이 아니었다. 규제 완화나 경쟁 사회 같은 것은 침략해오는 군대처럼 사람들을 제압하고 점령하는 것이 아니라 눈에 보이지 않는 바이러스처럼 스며드는 것이었다.

　2001년 페이오프를 실행하지 않음으로써 대부분의 은행 주식이 예상을 훨씬 넘는 수준으로 폭락했다. 저팬 프리미엄이 부활하고 정부는 은행을 위해 더 많은 세금을 투입했지만 은행주를 대량 보유하고 있던 대형 생명보험 회사 하나가 도산하고 새로이 방대한 불량 채권이 발생했으며, 중소기업의 도산이 늘어나고 경기는 다시 하강 곡선을 그렸다. 실업률은 더욱 상승했으나 외국계 자본을 중심으로 채용되기 시작한 능력에 따른 연봉제로 막대한 수입을 챙기는 사람도 늘어났다. 수억대의 초호화 아파트는 분양과 동시에 팔려 나갔지만 신축 주택은 아예 팔리지 않았다. 시장과 잘 어울리는 자만이 풍요를 누릴 것이라는 말이 나돌았지만 시장은 눈에 보이지 않았다. 그리고 장폐색 상황만이 증폭되어, 2001년 초여름에는 '총상실의 시대'라는 말을 남기고 한 소설가가 자살하는 사건이 일어났다. 그 소설가의 죽음은 쇼와(昭和, 1926~1989) 초기의 아쿠타가와 류노스케의 죽음에 비견되었다.

앞으로 2주일만 지나면 2002년이다. 내 주위에서 활력을 찾아보기는 힘들어졌다. 주간지를 포함한 모든 잡지의 판매고가 떨어지고 어떤 기사가 나가도 독자들의 반응은 무덤덤하기만 했다. 이상한 사건이 연달아 일어나고 금방 잊혀져갔다. 전기톱으로 수 명의 여자 손목을 자른 남자가 있었고, 헤이세이(平成, 1989~) 혈맹단이라는 테러리스트 집단도 나타났다. 신주쿠의 가부키 초에서는 러시아와 중국의 마피아가 서로 싸웠고 죽음을 찬미하는 레즈비언 시인의 소녀 취향적인 소설이 베스트셀러가 되었고 원자폭탄을 제작하기 위해 인터넷을 통해 플루토늄을 구입하려던 남자가 체포되기도 했다. 일본 곳곳에서 고름이 뿜어져 나오는 듯한 느낌이었지만, 텔레비전은 여전히 쓰레기 같은 토론 프로그램과 버라이어티 쇼만 방영했다.

중학생은 학교로 돌아가지 않았다. 문부성의 공식 발표에 따르면 수업을 하는 중학교는 전체의 40퍼센트, 일교조 일부와 학부모 일부가 결성한 '새로운 일본 교육을 생각하는 모임'의 조사에 따르면 단 10퍼센트에 지나지 않았다. 전 전공투 출신인 편집부 데스크는 도쿄 대학의 야스다 강당이 점령당했을 때와 똑같다고 했다. 어쨌든 대부분의 사람들이 모든 것이 정상 상태로 돌아올 날이 있을 것이라는 기대를 품었다. 물론 전혀 근거 없는 기대였다.

국회 증인 소환에 대해서 고토와 나는 아무것도 몰랐다. 그 문제에 대해 어디서부터 어떻게 조사하면 되는지를 알 수 없었다. 퐁짱을 국회에서 연설시키자고 고토와 이야기를 나눈 지도 3주일이나 흘렀다. 그 사이 고토와 나는 다른 취재를 담당했기 때문에 충분한 시간이 없기도 했지만 그런 이유만은 아니었다. 증인 소환이나 참고인 소환 제도 자체가 이해하기 힘든 시스템이었다. 작년에 의원증언법이 재개정되어 텔레비전 방영이 해금되면서 화제가 되었다. 그후 금융 관계 이외에는 증인 소환이나 참고인 소환은 한 번도 행해지지 않았다.

"세상에 이런 모호한 법도 있다니."

"구름 잡는 이야기야."

고토와 나는 얼굴이 마주칠 때마다 이렇게 투덜거렸다.

"헌법에는 명기되어 있지 않습니까. 62조 말입니다. 양 의원은 각각 국정에 관한 조사를 행하고 거기에 관해 증인 출두 및 증언과 기록의 제출을 요구할 수 있다. '관해 조사하고'가 아니라 '관한 조사를 행하고'라니 정말 구태의연한 표현이군요. 법률이 만들어진 것도 아주 오래전인 것 같아요. 의원증언법이란 놈 말입니다. 이거 아무리 읽어봐도 어떻게 하면 증인 소환이나 참고인 소환이 가능한지 도무지 모르겠어요."

고토는 주로 육법전서와 오야케 문고 검색 서비스로 조사했다.

야에스의 북센터와 신주쿠 기노쿠니야 등의 대형 서점에서 국회 증인 소환, 참고인 소환에 관한 책을 찾아보았지만 한 권도 없었다. 나는 유미코가 잘 아는 정치부 기자의 이야기를 들어보았다. 증인 소환이나 참고인 소환에 대해 자세히 해설한 책은 없고, 그 제도를 잘 아는 사람도 드물었다. 우리는 국회 도서관까지 가보았지만 과거에 행해진 증인 소환 기록도 발견할 수 없었다. 즉, 증인 소환 제도는 그 자체가 안개가 낀 듯이 모호하여, 예를 들어 미성년자가 증인이나 참고인으로 국회에서 이야기할 수 있는지 없는지조차 명확하지 않았고 누구에게 물어도 대답하지 못했다.

"종전 직후인 1947년에 은닉 물자 적발과 관련하여 만들어진 것이 의원증언법이지요. 당시는 부정한 행동을 하는 의원에 대한 인민재판 같은 경향이 있어서 아마 자살자도 몇 나왔을 겁니다."

그 기자는 처음에 이렇게 말했다. 프리랜서로 편집부에 출입하고 있는 정치 담당 저널리스트였다. 나는 편집장에게서 소개받아 아카사카의 호텔 커피숍에서 그를 만났다. 그 호텔은 국회

의사당에서 가장 가깝고 의원회관 바로 뒤였다. 예전에는 정치가들이 밀회하는 장소로도 유명했다. 정치가의 밀회가 지금도 빈번하게 일어나고 있는지 나로서는 알 수 없는 노릇이다. 로비에는 외국인도 많았다. 때로 현관에는 검은색 고급 택시가 보이기도 하지만 채광이 좋지 않아 전체적으로 음침한 분위기를 풍겼다.

"지금까지 국회에 소환된 증인은 약 1000명 정도인데, 그 가운데 80퍼센트가 쇼와 시대인 1945년 이후에 집중되어 있습니다. 그것이 무얼 의미하는지 세키구치 씨도 아시겠지요?"

나카데 기자는 나보다 열 살 정도 연상이었다. 약간 통통한 몸집에 사이즈가 맞지 않는 감색 양복을 입고 줄기차게 담배 연기를 뿜어댔다. 왼손 약지에는 반지가 살 속 깊이 박혀 있었다.

"역시 종전 직후라 부패가 많았기 때문입니까?"

내가 그렇게 말하자, 아무것도 모르고 있군요라는 뜻으로 고개를 가로저었다.

"힘이 넘쳤다고 해야 합니다. 종전 후, 아무것도 남은 게 없었지만 어떻게든 하지 않으면 안 된다는 정열만은 가슴 가득했다는 겁니다. 세키구치 씨가 가장 인상 깊었던 증인 소환은 어떤 것이었습니까?"

록히드 사건입니다 하고 나는 말했다. 로비 구석에 자리잡고 있는 커피숍은 인테리어나 조명이 어두운 느낌을 주었다. 가죽 소파는 여기저기 흠집투성이였고, 테이블클로스는 얼룩져 있고 손으로 쓴 메뉴는 더러웠다. 그날은 차가운 비가 내려서 바깥 경치도 이 커피숍처럼 음울하게 회색으로 흐릿했다. 나카데를 소개해준 편집장은 퐁짱을 국회에 등장시키는 일에 흥미를 보였다. 그 과정을 기사로 만들면 특종이 될 것이고 잡지는 날개 돋친 듯이 팔려 나갈 것이기 때문이다. 그러나 편집장의 눈에 비친 고토와 나는 어린 중학생에게 정신이 팔린 나약하기 짝이 없는 인간에 지나지 않았다. 일본의 버팀목은 어린 아이들뿐이란 말이지 하고 빙긋 웃으며 우리 둘을 향해 의미심장한 눈길을 보낸 것이 그 증거다. 편집장 같은 어른들은 자신들이 사회를 컨트롤하고 있다고 믿는다. 나카데도 같은 부류가 틀림없었다.

"그렇겠지요. 그 사건은 많은 사람들에게 깊은 인상을 주었던 것 같습니다. 그 록히드 사건 이후 증인으로 소환된 사람은 고작 10여 명이고, 그 가운데 정치가는 열 명에 지나지 않습니다. 내가 하고 싶은 말은, 누구든 하는 말이겠지만, 증인 소환이 하나의 정치적 쇼로서 정당이나 파벌의 거래 도구가 되어버렸다는 겁니다. 그래서 증인 소환이 각 위원회의 의견 일치가 없으면 실현될 수 없다는 사실은 아시는지?"

나는 몰랐다. 거의 일반적으로 알려져 있지 않은 일이지요 하고 나카데는 자랑스럽게 말하면서 이마의 땀을 닦았다. 커피숍은 난방이 잘 되고 있지만 땀을 흘릴 정도는 아니다. 더우세요? 하고 내가 묻자 나카데는 예산안 취재로 이틀 동안 잠을 자지 못했다고 하면서 웃었다.

"철야를 계속하면 미열이 나고 몸이 뜨거워지지요."

아, 그러세요 하고 나는 어물쩍 대답했다.

"단, 의견 일치라는 것은 하나의 관례에 지나지 않아요."

"관례라고요?"

"그렇습니다. 법적으로 명기된 것은 아닙니다. 국회에 대한 일은 국회법을 보면 기본적인 것은 다 마련되어 있습니다. 증인 소환에 관해서는 의원증언법이라는 법률이 있습니다. 기억이 확실한지는 모르겠지만, 증인 소환은 의원증언법, 절차는 국회법의 범위에서 실행할 겁니다. 그렇지만 증인 소환에 대해서는 해당 위원회의 의견 일치가 필요하다고 어디서 읽은 듯한 기억이 나는데…… 오랜 세월이 지나다보니 그밖에도 정치적 관례가 쓸어 담을 정도로 많아졌어요. 의외로 살 알려지시는 않았지만 일본의 법률에는 물론 헌법을 포함해서 말입니다만, 정당의 위치를 명확히 규정하지 않았습니다. 따라서 각 당의 국회대책위원장이나 자민당의 간사장 등은 국회에 붕 떠 있는 존재입니다. 공적인 존재가 아니지요. 그런데도 거의 공적인 존재가 되어버렸어요. 그것도 관례입니다. 증인 소환은 원래 영국에서 내각의 행정을 감시하기 위해 국정조사권이라는 사고방식이 도입되면서 시작된 것입니다. 사실은 입법권과 대등할 정도로 중요한 권한이지요. 국정조사권의 중요한 수단으로서 증인 소환이 있습니다. 정당한 이유 없이 증인이 출두를 거부하거나 위증을 하면 국회로부터 고발당합니다. 위증죄는 3개월 이상 10년 이하의 징역입니다. 헌법에서는 양 의원에 국정조사권을 설정하고 있는데, 실제로는 아까 말했듯이 잘 아시겠지만, 상임위원회나 조사특별위원회 등에 일임하는 형식을 취합니다."

잘 아시겠지만 하고 나카데는 내 기분을 배려해주었지만 사실 나는 아무것도 몰랐다. 그런 것은 어디서 어떻게 찾아보아야 할까. 헌법이 있고 법률과 제도, 조례와 규칙이 있고, 그리고 관례가 있다. 그런 것들이 그물코처럼 우리를 얽어매고 있다. 그 물코는 어떤 부분은 아주 거칠고 어떤 부분은 아주 세밀하지만 기본적으로 우리는 그런 것들을 우리와는 아무 관계도 없다고 생각하고 관심도 기울이지 않는다.

"세키구치 씨, 중학생들을 국회에 등장시키고 싶어하신다고 들었습니다만, 중학생들이 먼저 그런 뜻을 밝힌 겁니까?"

중학생이라는 말이 나왔을 때, 갑자기 내 심장은 심하게 두근거리기 시작했다. 이런 불황과 혼란을 극복하기 위해 어른들은 노심초사하고 있는데, 발을 구르고 떼를 쓰면서 학교에 가지 않는 아이들 편을 들어서 무얼 어떻게 한단 말이오, 나카데가 그렇게 말하는 것 같은 느낌이 들었다. 고토와는 달리 나는 아직 확신이 없었다. 퐁짱이나 나카무라 그룹의 이야기를 들으면서 느끼는 신선한 충격은 편집장의 비웃음 섞인 미소로 대표되는 주변 현실 속에서 봄눈처럼 사라져버렸던 것이다. 뭔가 변화를 일으킬 수 있는 건 그들뿐이라는 생각과, 중학생에게 기대를 걸어서 뭘 어떻게 하겠다는 거냐는 생각이 교차했다.

"중학생들이 적극적으로 국회에서 연설을 원하는 것이 아니라…… 뭐라고 하면 좋을지 모르겠습니다. 내가 바라는 일이라고 할까요? 그들의 이야기를 더 많은 사람들에게 들려주고 싶습니다."

나카무라나 퐁짱과 메일로 연락을 주고받고 있지만 그들은 비즈니스로 바쁜 것 같았다. 메일에는 간단히 용건만 적혀 있었다. 무서울 정도로 간결했다. 직업훈련 시설 제1호를 내년 초에는 오픈할 수 있을 것 같다는 메일을 최근에 나카무라에게서 받았었다. 가와사키와 요코하마의 경계쯤에 방치되어 있는 비즈니스 호텔 경매에 참가할 예정이라고 한다. 나마무기 통신의 요코하마나 도쿄, 오사카, 그리고 고베의 그룹 가운데는 금융 상품을 연구하는 중학생들이 있다고 한다. ASUNARO는 인터넷뿐만 아니라 지상파에서도 일을 시작하여, 일본의 중학생이 촬영한 뉴스 비디오가 CNN이나 BBC를 비롯하여 아시아 여러 나라의 방송국에 채용되기에 이르렀다. 그들은 그밖에도 할 일이 무척 많이 있었다.

"그렇군요. 그들이 바라는 것은 아니라는 거로군요. 증인은 현실성이 없다고 해야겠지만 참고인 소환이라면 예산위원회에서 결정할 수 있을 것 같습니다."

나카데는 무뚝뚝하고 병든 사람처럼 보이는 웨이트리스에게 아이스 티를 주문했다.

"예산위원회가 될 것 같은데, 최근 몇 년 동안 여당과 야당의 대립 방식이 바뀌었기 때문에 뭐라 단정할 수 없는 문제입니다. 금융과 경제에 밀려가는 듯한 느낌입니다. 정치는 완전히 표면에서 모습을 감추어버리고 실제로 여당도 야당도 없어지고 말았습니다. 지금 일본 정치가의 가장 큰 과제는 자신의 당선, 자신의 파벌, 자신의 정당이라고 할 수 있어요. 그 목적을 위해서라면 뭐든 할 수 있다는 자세입니다. 그러므로 어느 정당, 어떤 사람과도 손을 잡을 수 있는 거지요. 가이드라인(정부가 어떤 부분에 대한 정책을 뒷받침하기 위해 설정한 규제의 범위. 특히 중앙은행이 단기 외자의 보유고를 결정하는 것을 가리킴) 때 명확히 선을 그을 수 있는 기회였지만, 미국과 중국 사이에 끼여 모든 조문이 결국 외교 문제가 아니라 일본의 문제가 되어버렸지요. 인재가 결정적으로 부족합니다. 관료는 자신감을 잃어버렸고 말이죠. 요컨대 아무도 정치가가 되려고 하지 않습니다. 물론 지금의 정치가 가운데서도 드물기는 하지만 우수한 인재도 있습니다. 예를 들면 의원 입법 수도 최근 확실히 늘어났습니다. 그러나 실책에 대해서는 큰 목소리로 매스컴이나 미국으로부터 비난받지만, 좋은 일은 아무리 해도 별로 칭찬을 받지 못합니다. 나는 이 나라에서 인재가 사라졌다고 생각지는 않습니다. 정치뿐만 아니라 어떤 분야에서고 그렇지만 사실은 자기 일로 너무 바빠서 그런 것들에 관계하고 싶지도 않고 할 시간도 없다고 말하는 사람이 필요합니다. 경제와는 달리 정치는 비교적 돈 안 되는 일입니다. 애당초 돈이 안 되는 일이고 오로지 명예만을 얻는 직업이지요. 정치 같은 어리석은 짓을 왜 해, 라고 말하는 사람이 오히려 정상이라고 할 수 있지요. 그런 사람을 어떻게 정치가로 변신시킬 수 있는가 하는 것이 국가적인 과제가 아닐까 생각합니다. 지금도 그렇지만 옛날부터 일본은 무슨 영문인지 정치가 지망생이 무척 많습니다. 그렇지만 연설을 좋아하는 작자들은 대체로 엉터리라고 보면 됩니다. 가난한 시절에는 그렇지 않았지만 지금 그런 말을 하는 놈은 대체로 쓸모가 없는 놈입니다. 국가를 위해서 어쩌고저쩌고. 경제성장을 이룩한 나라에서 그런 말이 무슨 필요가 있겠습니까. 그런 사람은 하나도 쓸모가 없어요. 다시 말해, 자기 스스로 국회에서 연설하고 싶어하는 작자는 지금 일본에 아무 필요가 없다는 말입니다."

나카테의 이야기는 무척 알기 쉬웠다. 중학생 자신이 국회에서 연설을 원한 것은 아니라는 말에 그는 호감을 가진 것 같았다.

"증인이라고 할까요, 참고인으로서 미성년자가 국회에 불려나가는 것이 현실적으로 가능할까요?"

나는 줄곧 마음에 걸리는 것을 물어보았다.

"선례가 있습니다."

나카테는 이렇게 말을 꺼냈다.

"이 나라에서는 뭐든 선례를 중시하기 때문에, 일단 선례조사과에 부탁해서 조사해보았습니다. 쇼와 20년대 말(1950년대 초)에 당시 이李 라인, 즉 이승만 라인이라는 것이 일본과 한국 사

이에 가로놓여 고등학생이 탄 어선이 나포되었습니다. 정확하
게는 수산학교의 학생이었지요. 한국에 억류되었는데, 그 학생
이 일본으로 송환된 후 외무위원회의 참고인으로 불려나간 일
이 있습니다."

이승만 라인, 나포, 억류, 수산학교, 기억 저편에서 그 말이
되살아났다.

"지금의 중학생과는 상황이 매우 다르지만 흥미로운 일임에
는 틀림없습니다."

나카데는 나포, 억류된 학생 이야기를 해주었다. 한국의 경
비정은 수산학교 학생들을 향하여 발포한 후 소총을 갖다 대고
체포했다. 해양경찰, 형무소, 수용소를 차례대로 거쳤고, 식사
는 거친 보리밥과 소금국이 주어졌고 가끔씩 지급되는 채소는
마치 낙엽처럼 딱딱했다. 네 평 넓이의 해양경찰 유치장에 20명
이상이 수감되어 있었다. 수용소 건물은 천장도 칸막이도 없는
판잣집으로, 영하 10도 이하의 추위 속에서 이가 버글거리는 담
요 두 장으로 잠을 자야 했다. 그런 이야기였다.

"또 다른 선례도 있지요."

나카데는 다시 말을 이었다.

"초등학생이 국회에 참고인으로 불려나간 적이 있습니다."

"초등학생 말입니까"

"예, 초등학생입니다. 종전 직후였지요."

초등학생이 불려나간 그 회의록을 읽고 묘한 기분이 들었다

고 나카데는 말했다.

"열두 살 난 여자애였지요. 규슈에서 농업을 하면서 세 명의 여동생과 남동생 하나와 살았습니다. 아버지는 전사하고 할아버지와 할머니도 종전 직후 세상을 떠나고 말았습니다. 고아지요. 혼자서 1200평의 농사를 지어 네 명의 어린 동생을 키웠던 겁니다."

"그 여자애가 왜 국회에 불려나갔습니까?"

"상을 주기 위해서였지요. 당시는 중의원에 특별고사위원회라는 것이 있어서 학술문화, 신기술 발전에 공헌한 인재를 뽑아서 일본 재건의 모범적인 인물이라 하여 표창하는 제도가 있었습니다."

"그렇지만 종전 식후의 세상이었으니 그렇게 일해서 동생들을 보살피는 고아가 많았을 게 아닙니까?"

"그건 그렇겠지요."

"그런 사람들에게 일일이 상을 줄 수는 없을 것 같은데요."

"그 여자애는 특별했으니까요."

"특별?"

"천재적이었다고 할까요. 옥수수와 콩과 쌀을 재배했는데, 기술자가 작물 재배법을 가르쳤더니 무서울 정도로 빨리 이해했을 뿐만 아니라 스스로 연구해서 보통 어른보다 더 많은 수확을 거두었다는 겁니다. 국회에서 부르기 전에 이미 현지사와 GHQ(General Headquarters, 연합군 최고사령부: 제2차 세계대전 후 연합군이

일본 점령을 실시하기 위해 도쿄에 설치했던 관리기구)의 민사부 사령관 등
이 표창을 한 상태였습니다. 그래서 국회에 불러 국가적인 차원
에서 표창을 하려는 것이었지요. 참고인으로서 여러 가지 질문
에 대답했는데, 무척 과묵한 성격이더군요. '예'라는 대답뿐이
었습니다. 아버지가 전사하시고 할아버지와 할머니마저 세상을
떠났을 때 어떤 기분이 들었느냐고, 역시 국회의원답게 멍청한
질문을 하더군요. 그때 그 소녀는 그냥 침묵을 지켰을 따름입니
다. 아주 영특한 대처 방법이라는 생각이 들더군요. 이쨌든 당
신은 혼자서 농사를 지었지요 하는 질문에는 '예'라는 한마디
로 대답했습니다. 침묵이나 예, 두 가지로 대답했던 겁니다."

　이런 이야기를 하고 나카데는 나를 가만히 바라보았다. 뭔가
느끼는 바가 있지 않느냐는 표정이었다. 퐁쨩이나 나카무라 그
룹을 어떻게 설명하면 좋을까 생각해보았다.

　"요컨대 그 여자아이는 살아남기 위해서 천재적인 재능을 발
휘한 것이로군요."

　"그렇습니다. 왜 칭찬을 받아야 하는지 모르겠다는 태도였습
니다. 실제로 농사일에 바빠 죽겠는데 왜 국회 같은 데 가야 하
느냐고 촌장에게 불평을 했다고 합니다."

　나카데는 벌써 열몇 개비째의 세븐스타에 불을 붙이고 있었
다. 잠시 후 자기에게도 중학교에 다니는 딸이 있다고 말했다.
집단 등교거부에 동조하여 학교를 그만둔 다음, 사이타마에 있
는 자유학교에 다니고 있다고 한다. 친구가 기숙사가 딸린 다른

자유학교에 다니고 있으니까 자신도 집을 나가고 싶다고 말한 것이었다.

"솔직히 말해 만나기 전만 해도 세키구치 씨에 대해 좋은 인상은 가지지 않았습니다."

나카데는 아이스 티 글라스에 남아 있는 얼음을 와작와작 씹으며 말했다.

"노구치 씨의 말투가 마치 특종을 노리는 흥미 본위의 기사를 찾고 있는 듯한 느낌을 주었기 때문입니다."

노구치는 편집장의 이름이다.

"뉴스 소스로서 중학생을 주목하는 놈이 하나 있는데 국회가 어쩌고 하고 있으니 자네가 만나서 이야기나 한번 들어봐 하고 말이죠. 노구치 씨에게서 일거리를 받는 처지라 내키지 않지만 만나나 보자고 나온 겁니다."

"아, 그렇게 되었군요."

"세키구치 씨는 어떤 중학생과 어떤 형태로 접촉을 갖게 되었습니까?"

나카데가 물었다. 귀중한 이야기를 해주시는데도 나는 비밀을 지킬 수밖에 없다고 솔직하게 말했다.

"나마무기 통신을 리드하는 애들입니까?"

"예, 그렇습니다."

"세키구치 씨는 그 애들을, 간단히 말해 신뢰하고 있습니까?"

"나도 잘 모르겠지만, 그냥 믿기만 하는 건 아니라고 생각합니다. 나로서는 파악하기가 곤란한 애들입니다."

"그들은 일본을 파괴하는 존재입니까, 아니면 구세주입니까?"

"그건 모르겠습니다. 어느 쪽도 아닌 것 같습니다. 단, 아주 우수한 아이들인 건 분명합니다. 컴퓨터 프로그램을 잘 만든다는 의미에서 우수하다는 것이 아니라, 이걸 뭐라고 해야 하나…… 아까 나카데 씨가 말씀하신 쇼와 20년대의 여자애와 비슷한 점이 있다고나 할까요."

"살아남기 위해서 재능을 발휘한다는 말씀이로군요."

"그렇습니다. 아주 무덤덤하게 잘하고 있습니다."

나카데는 새 담배에 불을 붙이려 했지만 담뱃갑이 비어 있었다. 호주머니에서 새 담배를 꺼내 셀로판지를 벗겨내고 서둘러 담배 한 개비를 물었다. 그런 다음 빈 담뱃갑을 양손으로 몇 번이나 힘차게 구겼다. 빈 담뱃갑이 막대기로 변할 때까지 나카데는 고개를 숙인 채 미간을 찌푸리고 세븐스타 담뱃갑을 열심히 짓누르고 비틀었다. 그리고 얼음이 녹은 글라스의 물을 들이켜더니 아직도 비가 내리는 창밖을 바라보았다. 바로 곁에 붙은 검은 대리석 빌딩을 배경으로 가느다란 비가 은색 바늘처럼 땅으로 꽂히고 있었다.

"이건 내 친구에게서 들은 이야기입니다만."

나카데는 창 쪽에서 시선을 돌려 재떨이를 내려다보며 말했다.

"그 친구에게도 중학생 딸이 있는데, 몇 년 전까지만 해도 둘이서 자주 스케이트를 타러 가기도 했답니다. 나가노라는 친군데, 어릴 적부터 딸에게 스케이트를 가르쳤다고 합니다. 피겨 스케이팅이 아니라 스피드 스케이팅 말입니다. 그 딸이 중학생이 되면서 아버지가 쓴 욕탕을 싫어하게 되었는데 그냥 웃어넘겼다고 합니다. 그러다 같은 방에 있는 것조차 싫어하더랍니다. 아버지가 집에 돌아오면 딸은 자기 방에 들어가버립니다. 아버지가 거실에 있으면 딸이 자기 방에서 휴대폰으로 전화를 걸어서는 지금 외출할 거니까 거실에서 비켜달라고 하더랍니다."

"그건 좀 극단적이고 비정상적이 아닐까요?"

"어느 날, 회사에서 돌아오는 길에 역 앞에서 우연히 딸을 만났는데 딸이 모른 척한다는 것을 알고 그냥 슬그머니 지나쳐 집으로 오고 말았다고 합니다. 세키구치 씨는 이런 부녀를 어떻게 생각하십니까?"

나카데 자신의 이야기가 아닌가 하는 생각이 들었다. 나카데가 왜 그런 이야기를 하는지 영문을 알 수 없었다. 나는 아직 자식이 없어서 잘 이해가 가지 않는다고 적당히 대답했다.

"내게도 딸이 있어 어렴풋이나마 알 것도 같습니다. 중학생 나이가 되면 딸애들은 아버지가 좀 더러워 보이기 시작하는 것 같습니다."

"오이디푸스 콤플렉스인가요?"

"그렇습니다. 프로이트 식으로 말하면 그렇게 되겠지요. 그러니까 아버지와 같이 있는 것을 싫어한다든지 대화를 기피한다든지 그 정도 수준이라면 나도 이해가 갑니다. 그러나 전혀 입을 열지 않고 길에서 만나도 모른 척하고, 같은 방에서 같은 공기를 들이마시는 것조차 꺼린다면 그건 분명 문제가 있습니다. 세키구치 씨는 어떻게 생각하십니까?"

"정상이 아니라고 해야겠지요."

"그럼 말입니다. 어디까지가 프로이트 식으로 봤을 때 정상이고, 어디까지가 비정상인지 아시겠습니까?"

모릅니다 하고 대답하자, 세키구치 씨는 아는 게 없군요 하고 나카데는 웃었다. 그가 웃는 모습은 처음이었다.

"아까 세키구치 씨에 대해 좋지 않은 인상을 가졌었다고 말했는데, 그건 노구치 씨처럼 중학생을 어떤 의미에서 도구로 활용하려는 것이 아닐까 하고 생각했기 때문은 아닙니다. 노구치 씨 같은 사람은 어떤 의미에서 정상이라고 할 수 있을 겁니다. 내가 참을 수 없는 것은 중학생을 이해한다는 표정을 짓는 작자들입니다. 아까도 말했다시피 우리 딸은 자유학교에 다니고 있습니다. 우리 딸이 다니고 있는 자유학교는 그렇지 않지만 이것이야말로 진정한 교육이라고 주장하는 자유학교가 많습니다. 중학생이 학교에 가고 싶어하지 않는 것은 당연하다고 말입니다. 현재의 교육 제도로는 모든 학생을 망치고 만다고 말이죠. 좀더 학생들의 자주성을 존중해야 한다고 주장하는 작자들인데, 난 그런 놈들이 싫습니다. 아이는 자주성이 부족하니까 아이일 수 있는 겁니다. 경제적으로 자립하지 못한 인간이 자주성을 가질 수야 없는 노릇 아닙니까. 원래 학교란 아이를 망치는 곳입니다. 사회가 완전하지 않은 이상, 완전한 학교란 있을 수 없는 게 아니겠습니까. 오해하지 마십시오. 등교거부나 자유학교를 비난하려는 건 아닙니다. 기성 교육 시스템이 전부 엉터리고, 아이들 스스로 커리큘럼을 선택할 수 있게 하는 것이 진정한 교육이라는 사고방식은 너무 안이한 태도라고 생각합니다. 나는 세키구치 씨가 그런 작자들과 같은 인종이 아닌가 생각했던 것입니다."

"그렇지만 난 아무것도 모릅니다."

"아는 사람이 있다고 생각하십니까?"

"글쎄요, 아는 사람이 있을지도 모르지요."

"우리 세대가, 뭔가를 모른다는 것을 알게 된 최초의 일본인 세대가 아닐까요? 아까 이야기한 농사를 짓는 천재 소녀의 국회 소환 말입니다만, 무엇보다 우스꽝스런 것은 질문을 던지는 의원이 그 소녀에 대해 잘 알고 있다고 착각하고 있었다는 겁니다. 질문하는 의원의 뇌리에는 혼자서 농사를 지으며 동생들을 키우고 일본 재건을 위해 노력하는 소녀라는 이미지가 들어 있었을 겁니다. 그렇지만 실제로 소녀에게는 살아남겠다는 의식이 있었을 뿐입니다. 아까 내 친구와 딸의 관계에 대해서도 같은 말이 가능할 겁니다. 요컨대 아무도 모른다는 것입니다. 그리고 아무도 모른다는 것이 정상입니다. 세키구치 씨는 혼란을 일으키고 있는 중학생 그 자체를 모른다고 했습니다. 알 리가 없지요. 중학생뿐만 아니라 타인에 대해 우리는 아무것도 모릅니다. 물론 자기 자신에 대해서도 모르고 미래도 알 수 없습니다. 우리는 종전 직후와는 달리, 그런 것을 모르고 있다는 사실을 깨닫고 있습니다. 그렇기 때문에 지식이니 가설이니 검증이니 하는 것들이 필요하지 않겠습니까. 이게 바로 진보라고 생각합니다."

헤어질 때 나카데는 관료 한 사람의 연락처를 메모해주었다. 야마가타라는 이름의 문부성 사회교육과 과장이었다. 그에게 연락해보세요 하고 나카데는 말했다.

"야마가타도 중학생의 국회 소환을 생각하고 있습니다."

야마가타라는 사람은 문부성에서 꽤 유명한 젊은 엘리트 관료였다. 고토와 나는 이전부터 그 이름을 알고 있었다. 유명하다고 해서 텔레비전 토론 프로그램에 나온다든지 교육 관련 잡지에 기고를 하거나 책을 냈다는 말이 아니다. 야마가타는 섹스 스캔들로 유명해졌다. 대장성 관료와 대형 은행 재무부 담당과 노팬티 샤브샤브 사건이 발각된 후 도쿄의 한 여관 주인이 매춘 용의로 적발되었다. 외국 자본의 금융기관이 얽힌 사건이었다. 꽤 고급스런 식사를 마치고 외부에서 소녀를 불러들여 '접대'

를 시킨 것이다. 그 여관의 인기 비결은 각 방마다 설치된 노송나무 욕실이었다. 욕실에서는 오스트리아산 허브와 암염으로 만든 입욕제를 사용하고, 소녀가 손님의 몸을 씻겨주는 서비스가 외국 금융기관 사람들에게 인기를 누렸다. 정보 유출을 막기 위해 손님도 여자애도 엄선했으나 3년 전에 벌어진 외국 자본계 금융기관에 대한 매스컴의 총공격 때 사진 주간지에 의해 폭로되었던 것이다.

그 매춘 여관의 경영자는 중국계 미국 여성이었다. 일본에서 돈을 잘 버는 외국 자본계 금융기관을 노리고 파산한 여관을 사들여서, 능력에 따른 연봉제 도입으로 연봉이 1억 엔을 넘는 우수한 딜러나 브로커를 고객으로 삼아 떼돈을 벌어들이고 있었다. 야마가타는 외자계 채권 브로커인 친구와 그 여관에 출입하다가 발각되고 만 것이다.

그 사건 후 야마가타가 어떻게 되었는지는 나를 포함하여 매스컴 관계자 가운데 아무도 아는 사람이 없었다. 그 후의 야마가타에 대해 말해준 사람은 유미코였다.

나 같은 일을 하는 사람에게는 크리스마스나 연말연시의 휴식은 꿈같은 이야기다. 주간지의 신년 원고 마감이 크리스마스이브와 겹치기 때문에, 운이 나쁘면 술 한 잔 마시지 못하고 밤샘을 해야 하는 경우도 있다.

크리스마스도 지나고 연말이 가까워진 27일에 유미코와 식사를 같이 했다. 유미코가 외국인을 취재할 때 자주 가는 아카사카의 아담한 일식집에서였다. 1층이 카운터, 2층에 다실을 모방한 자리가 마련되어 있고, 창으로 앙상한 플라타너스 가로수가 내려다보였다. 창 밖 풍경과 내부 디자인을 둘러보며, 이 정도면 외국인도 좋아할 만하다고 생각했다.

대체로 한 달에 한 번 정도 이렇게 함께 외식을 한다. 이탈리아 요리를 먹을 때도 있고, 아시아의 민속 음식이나 샤브샤브와 튀김 같은 일본 음식을 먹을 때도 있다. 한 달에 한 번으로 정한 것은 아니지만. 어쩌다 보니 자연스럽게 행사처럼 정해지고 말았다. 유미코와 같이 산 것도 올해가 가면 5년이 된다. 문득 생각해보니 6개월 동안 섹스를 한 적이 없었다. 우리는 세타가야 구와 가와사키 시의 경계에 위치한 방 3개짜리 낡은 임대 아파트에서 사는데, 직업의 성격상 방을 따로 쓴다. 유미코는 혼자서 원고를 쓰는 방이 필요했고, 나는 귀가 시간이 불규칙하다.

적어도 나는 둘이서 살아야 할 필요성을 도무지 느끼지 못한다. 함께 산다고 해서 대단한 충족감을 느끼는 것도 아니다. 친구 소개로 만나서 같이 있어도 피곤하지 않다는 이유 하나만으로 동거하기 시작한 것 같다. 둘이서 같이 살면 혼자보다는 편리한 주거를 확보할 수 있는 장점이 있다. 그래서 서로 구속받기는 싫고 함께 있어도 불쾌하지 않으므로 같이 사는 셈이다. 그러나 우리 둘은 헤어지면 분명히 외로워할 것이라는 사실을 잘 안다. 헤어지기 싫다, 앞으로도 같이 살고 싶다는 정도는 아니다. 우리 둘 다 그런 사랑을 매일 확인해야 하는 성격도 아니고 나이도 아니다. 한 달에 한 번씩 외식을 하면서 서로 마음을 확인하는 정도로 만족한다.

"눈이 오면 더 멋져요."

마담이 이렇게 말하며 전채를 가져왔다. 나는 맥주를 마시고, 유미코는 소주를 마셨다. 전채는 흰 살 생선 요리였다. 외국인이 이런 음식을 정말 좋아하느냐고 물어보았다. 흰 살 생선은 담백한 맛이었다. 맛이 뛰어난 정도는 아니었다.

"꽤 인기가 있는 모양이야."

유미코는 베이지색 스웨터에 검은 벨벳 바지를 입고, 목에는 유명 브랜드의 스카프를 두르고 있었다.

"아무리 프랑스 요리가 대단하냐고는 하시만 가이세키 요리(懷石: 다도에서 차와 함께 즐기는 간단한 요리를 일컫는 가이세키에서 유래한 요리로, 하나씩 차근차근 나오는 최고급 요리)만큼 세련되지는 못한 것 같아. 요리의 다양성 하나만 봐도, 어느 나라도 따라오지 못해. 일본에서 오래 일한 외국인들은 한결같이 그런 말을 해."

외국 금융기관은 일본 매스컴의 공격을 자주 받아왔다. 그러나 그들이 구체적으로 어떤 일을 하고 있는지 매스컴은 상세히 보도하지 않는다. 그들이 노리는 것은 불량 채권 매수 비즈니스라고 유미코는 말했다.

"불량 채권 유동화라는 말을 자주 들었을 거야. 일본의 금융기관에게는 그리 간단한 문제가 아냐. 잘게 나누거나 증권으로 바꾸려 해도 결국은 자금을 조달해야 하기 때문에 반드시 은행의 신용평가가 문제가 돼."

불량 채권의 증권화 문제는 최근 2～3년 동안 자주 화제에 오르고 있었지만, 나로서는 잘 이해가 가지 않는 분야였다.

"국내 은행이 독자적으로 할 경우에는 주로 해외에 특정 목적을 가진 회사를 만들어서 제로 쿠폰의 유로엔 채권이라든지, 때로는 거기에 이자를 붙여 발행해서 자금을 만들고, 그것을 부동산 회사나 주택 건설업자에게 출자하는 형식을 취해. 주택업자는 그 자금을 금전신탁하고, 채무자는 담보 부동산을 신탁자에게, 즉 신탁은행을 두고 하는 말인데, 거기에 임의로 팔아서 그 매각대금으로 은행 차입금을 갚는 거야. 그런 시스템인데, 알아듣겠어?"

애석하게도 난 하나도 모르겠어 하고 나는 대답했다. 두 번째 요리가 나왔다. 흰 된장국 안에 마를 갈아서 만든 건더기와 잘게 썬 머위의 새순이 들어 있었다. 미묘한 맛이었다. 물론 맛이 없어 먹지 못할 정도는 아니었지만, 이걸 먹지 않고는 도저히 못 견딜 것 같은 그런 맛은 아니었다.

"요컨대 대차대조표에 정체불명의 차입금이 남는다는 약점과, 담보 부동산이나 채권이 그냥 잠만 자고 있어서 통화 유통량이 늘어나지 않는다는 문제가 있어. 그냥 그 채권을 사버리면 그만이지만, 그 부동산이란 놈이 담보를 잡고 융자를 해줄 때만큼 값이 나가지 않으니까, 그걸 사들일 자금이 필요하게 되는

데, 그걸 스스로 마련하면 자기자본비율이 내려갈 테니까, SPC
라는 특별한 목적회사를 만들어 거기서 자금을 조달하는 거
야."

아마도 잘 모를 거야 하는 표정으로 유미코는 이야기했다.
나는 하나도 알아들을 수 없었다. 어느 부분을 모르는지조차 알
수 없었기에 그냥 고개만 끄덕였다. 맑은 장국이 나오고, 그 안
에는 새우 경단과 잘게 썬 달걀이 들어가 있었다. 국도 새우도
모조품이 아닐까 싶을 정도로 맛이 없었다. 오랜 입원 생활을
한 사람이 먹으면 딱 좋을 것 같은 음식이었다. 입에 안 맞는 모
양이네 하고 유미코가 말했다. 그렇지 않아 하고 대답하면서도
속으로는 정말 맥없는 음식이라고 생각했다.

"맛이 너무 엷은 것 같아."

내가 이렇게 말하자 유미코는 웃었다.

"갈비를 우적우적 씹어 먹고, 맥주를 벌컥벌컥 들이켜며 먹
는 것과는 정반대일지도 몰라. 친한 사람들과 어울려 떠들며 먹
는 것 말이야. 아마 가이세키 요리는 나처럼 우울한 사람이 만
들어냈을 거야."

새우 경단을 입 안에 넣으면서 유미코는 말했다. 우울한 사
람? 나는 유미코의 말을 되물었다.

"응. 뭐라고 표현하면 좋을지 모르겠어. 상실감이 느껴져. 몇
명이서 떠들어대며 마구 먹어대는 기분은 영원히 느낄 수 없을
것 같은 그런 심정이야. 이 식당은 그렇게 최고급 재료나 그릇

을 사용하는 건 아니지만, 내가 취재한 외국 투자은행의 CEO 가운데 일본 정식을 좋아하는 사람이 있는데, 그 사람은 긴자라든지 교토의 대단한 요정에 한 달에 한 번꼴로 다닌대. 국보급 그릇에 요리를 담아 내고, 한 사람당 1000달러를 받는대."

"부자로군."

"일 년 전에 부인이 세상을 떠난 후로 상실감을 견딜 수 없어서 음식이 넘어가지 않았대. 스테이크를 칼질할 그런 힘을 잃어 버린 거야. 왠지 그런 심정 알 것도 같아."

아마도 유미코는 4년 전의 낙태를 떠올리고 있는 것 같았다. 상실감이라고 유미코는 말했다. 정말 옛날을 생각하게 만드는 말이었다. 서랍장 깊은 곳에 숨겨두었던 물건이 갑자기 눈앞에 나타난 듯한 느낌이 들었다. 나는 강렬한 상실감을 체험한 적이 없다. 함께 지낸 시간이 짧았기 때문일까, 이혼했을 때도 정말 귀찮은 절차라는 생각이 들었을 뿐 견딜 수 없을 만큼 강한 상실감을 느끼지는 않았다. 그러나 다른 사람에게서 상실감이란 말을 들으면 나도 모르게 감정이 그쪽으로 흐르고 만다. 어떤 구체적인 이별이 떠오른 것도 아닌데 왠지 애절한 기분에 빠져들고 마는 것이다.

"그 사람, 아주 친한 사람과 둘이서 정식 요리를 먹는다고 했어. 최고급 요정 요리는 상실감을 완화해준다고 말이야. 난 아직 그런 요리를 먹어본 적이 없어서 잘 모르겠지만, 이해할 수 있을 것 같아. 소중한 사람을 잃었을 때의 슬픔 같은 것은 다른

사람이 메워줄 수 없고, 어떤 아름다운 것만이 그 시간을 메워
줄 수 있다고 그 사람이 말했어."

"그렇지만 프랑스 요리에도 중국 요리에도 대단한 게 있을
텐데. 아름다운 것이라면 딱히 음식이 아니라도 음악도 있고 그
림도 있잖아?"

"가이세키 요리는 사람을 수동적으로 변화시켜준다는 식으
로 말했어."

"수동적?"

"가이세키 요리 자체가 적극적이란 말이 아니라, 다른 요리
는 우선 하나의 요리를 다 먹는 데 일정한 시간이 걸리잖아. 같
은 양념으로 만든 하나의 요리를 먹고 있노라면 그게 아무리 맛
있어도 분늑 다른 생삭이 나뜬 하잖아. 그리고 중국 요리는 그
릇이 그리 다양하지 못하다는 거야. 가이세키는 짧은 시간에 요
리를 하나씩 먹을 수 있고, 요리가 나오는 순서도 무척 사려 깊
은데다 그릇 하나를 보아도 아주 세련되어 있대. 그리고 가이세
키에는 클라이맥스라는 게 없고, 음악이나 그림처럼 아름다운
것을 감상하면 어딘지 모르게 피로를 느끼게 되지만, 가이세키
요리는 먹는 사람을 결코 피로하게 만들지 않는다고 말했어."

"뭘 하는 사람인데?"

"투자은행의 CEO, 미국 사람이야."

나는 CEO가 무슨 말의 약자인지 모른다. 물어볼까 하고 망
설였다. 솔직하게 무슨 뜻이냐고 물으면 바보로 취급할지도 모

른다고 생각했다. 경제잡지에서 자주 보는 약어지만, 모르면서도 아는 척하며 지나쳐버렸다. CEO는 미국에서 어떤 뉘앙스를 풍기는 말이지? 하고 물었다. 공부하고는 거리가 먼 주간지 기자를 하다보면 이렇게 슬쩍 물어보는 솜씨만 는다.

"글쎄. 일본의 사장과는 좀 뉘앙스가 달라. 치프 이그제큐티브 오피서Chief Executive Officer에 대응하는 일본말은 없을 것 같아. 요컨대 경영이라는 뉘앙스가 다르다는 거야. 그쪽에서는 주주를 위해 자본의 수익률을 높이는 것이 최우선 과제지만, 사장이란 회사에서 가장 높은 사람이라는 의미가 더 강하지 않을까."

"그런 사람은 일본에서 구체적으로 어떤 일을 하지? 일본인의 저금을 미국으로 빼돌리는 도둑이라고 말하는 사람도 있던데."

구이 요리는 삼치였다. 삼치에는 후추 냄새가 나는 소스가 발라져 있고, 조릿대 잎이 그려진 손잡이 달린 접시에 담겨 있다. 그것을 입 안으로 밀어 넣으면서 그 CEO라는 사람의 심정을 조금은 알 것도 같았다. 부드러운 맛의 살이 매끄럽게 목 안으로 미끄러져 들어갔다. 요리와 나 사이에 대립적인 요소가 아무것도 없다. 마음 놓고 수동적인 자세를 유지할 수 있을 것 같은 기분이었다.

"원래 경제를 생각할 때, 미국과 일본이라는 식으로 나라를 중심으로 따지는 건 잘못이야. 경제외교에 실패했기 때문도 있지만, 일본인이 가지고 있는 자산을 미국 회사가 운용해서 늘려주는데 나쁠 것 없지 않느냐는 사고방식도 가능해. 그래서 미국 금융기관이 분명히 돈을 벌기는 하지만 국민 모두가 풍족해지는 건 아냐. 그쪽 나라는 빈부의 격차가 점점 심해지지만 전체적으로 경기가 좋으니까 가난한 사람들도 불평하지 않고 묵묵히 일하고 있는데, 만일 경기가 나빠지면 큰일이 벌어질 거야. 그 사람이 하는 일 말인데, 물론 투자은행으로서 여러 가지 일을 하지만 가장 중심적인 업무는 역시 일본의 불량 채권을 사들이는 거야."

불량 채권이란, 빌려준 돈을 받지 못할 가능성이 있는 것, 완전히 되찾을 수 없는 채권을 두고 하는 말이 아니었던가. 왜 그것을 사려 한단 말인가.

"현재 그들이 사들이는 것은 채무자가 이자를 지불하지 못해서 담보 물건이 경매당할 가능성이 있는 채권이야."

경매라는 말을 듣고 나는 퐁짱 그룹을 떠올렸다. 퐁짱과 나카무라는 경매에 나온 비즈니스 호텔을 사려 하고 있다.

"기본적으로 채권이란 재산이야. 러시아처럼 국가 자체가 부도를 내버리면 골치 아프겠지만 기본적으로는 가지고만 있으면 언젠가는 이익을 볼 수 있는 거야. 1990년대 말일 거야. 거의 대부분의 일본 은행이 합작해서 만든 프로젝트 파이낸스였던 유로터널 사에 대한 융자채권을 일본 은행들은 팔고 있었어. 금방 이익이 나지 않는 채권이니까 그냥 가만 있어도 자기자본비율이 적은 판국에 그걸 끌어안고 있을 힘이 없었던 거야. 그래서 그 채권을 팔게 되는데, 할인하지 않으면 아무도 사질 않아. 일본의 은행들은 무조건 팔아치웠고, 마지막까지 버티던 도쿄 미쓰비시도 기어이 반값으로 넘기고 말았어. 유명한 에피소드인데, 외국계 은행의 힘은 뭐니뭐니 해도 신용평가 등급이 높다는 거야. 낮은 코스트로 CP를 발행하여 자금을 모아서 할인된 일본 은행들의 불량 채권을 사서 이익을 얻는 거지. 간단히 말하면 그런 거야."

좀 이상하다. 불량 채권의 담보 부동산을 싸게 살 수 있다면 일본의 금융기관이 왜 그것을 구입하지 않는 걸까.

"일본의 금융기관 가운데서 그걸 구입할 힘이 있는 곳은 없어. 자금을 돌릴 여유가 없으니까. 자기가 보유한 담보 부동산을 팔려면 일단 채권자를 고소해서 강제로 처분해야 하니까 비용이 너무 많이 드는 거야. 원래 불량 채권에는 담보 없는 신용대출과 담보대출 두 가지가 있어. 무담보 신용대출에서 발생한 불량 채권에는 지금도 외국 자본은 손을 내밀지 않아. 외국 자본의 불량 채권 시장 참가자를 리스트 테이커라든지 서비서라 부르는데, 그들은 한꺼번에 사려고 해. 유명한 벌크 세일즈인데, 이자를 지불하지 못해서 경매에 처분될 것 같은 담보 부동산이 붙은 불량 채권을 수백억 단위로 사들이는 거야. 요컨대 놈들에게는 돈이 있어. 노하우도 있고. 미국의 부동산 신탁시장은 거의 20조 엔 단위로 움직이고 있으니까. 그런 작자들보다 자금도 없고 경험도 부족한 일본 자본이 어떻게 대처할 수 있겠어."

1980년대의 일본과 사정이 역전된 것 같았다.

"1980년대 일본은 미국의 부동산을 시가보다 비싸게 사들였어. 게다가 은행에서 빌린 돈으로 사들였으니 결국 자기 목을 조른 셈이 되고 말았지. 외국 자본은 10분의 1 가격으로 사들이고 있어. 게다가 대단한 양의 정보를 가지고 있으니까 상대가 안 돼. 우수한 변호사를 고용해 복잡하기 짝이 없는 일본의 저당권이나 근저당권도 철저하게 파악해서 경매 신청이 안 된 물건에는 손도 대지 않으니까, 저당권으로 빌어먹고 사는 야쿠자도 어쩔 수 없는 노릇이야. 그런 시장이 약 10조 엔 규모라고 하는데, 지금 금융기관뿐만 아니라 송합건설 회사나 무농산, 백화점 등의 불량 채권이 마구 나오고 있으니까 시장이 무척 크다고 해야겠지."

빨간색과 은색 줄무늬 장식이 들어 있는 칠기에 담긴 음식이 나왔다. 그릇 안에는 닭고기와 둥그렇게 말린 파드득나물 잎이 들어 있었다. 내가 늘 먹는 닭 꼬치와는 달리, 그 닭고기는 부드러우면서도 거의 맛다운 맛이 나지 않았다. 씹는 맛도 없다. 그냥 닭고기와 파드득나물의 감촉이 다르다는 느낌뿐이었다.

그렇다면 일본의 토지와 건물은 모두 미국 사람에게 넘어가고 마는 거야? 하고 물어보았다. 어느 국가가 이기고 지는 그런 게임이 아니라고 했잖아 하고 유미코는 말했다.

"외국 자본이 일본을 몽땅 사려 할 리도 없고, 미국이 그러는 것도 아니야. 유럽과 미국의 회사야."

회, 사, 야, 에 유미코는 힘을 주었다. 왜 일본의 금융과 경제가 이렇게 나빠지고 만 것일까. 나는 유미코의 말을 거의 반도 알아듣지 못하고 있다. 무엇을 모르는지조차 잘 알 수 없었다.

자금과 지식, 그것이 모든 것이라고 유미코는 말했다. 세제나 그 밖의 법률을 검토하고 노하우를 쌓아서 풍부한 자금을 모아 자금이 잘 돌아갈 수 있는 시스템을 만드는 것, 그것이 전부라고 말했다. 외국 자본은 취득한 부동산을 여러 방법으로 운용한다. 단순히 값이 오르기를 기다리는 경우도 있고, 새롭게 단장하여 상가 빌딩으로 만들거나 오피스텔 전문 빌딩으로 개조하기도 하고, 임대 수입을 목표로 하는 경우도 있다. 그것을 증권화하여 다시 팔아넘기는 경우도 있다. 일반 투자가에 대해 옥션을 여는 경우도 있다.

그렇다면 퐁짱 그룹은 어떻게 비즈니스 호텔을 손에 넣으려 하고 있을까.

"중학생들이 자금은 있는 거야?"

응 하고 나는 고개를 끄덕였다. 그리고 퐁짱 그룹의 비즈니스에 대해 이야기해주었다. ASUNARO에 대해 이야기하자 유미코는 아마도 브레인이 있어서 그들은 언젠가 주식을 장외 공개할 생각일 거야 하고 말했다.

"장외 공개, 그거 돈을 벌 수 있는 건가?"

"요즘은 기세가 좀 누그러들었지만 수백억 정도는 간단히 마련하는 경우도 있어. 게다가 이제 곧 장외 공개 규제가 거의 미국 수준으로 완화되니까."

"처음부터 알고 싶었던 건데, 중학생이 사업을 할 수 있게 되어 있는 건가?"

"상법에는 별다른 규제는 없어. 법률이란 놈은 상상할 수 없는 일은 규제하지 않아. 상법이 만들어진 것이 19세기가 끝날 무렵이니까, 중학생이 사업을 하리라고는 상상할 수 없었을 거야. 그러나 노동기준법에 노동자 규제가 있어. 만 15세가 안 된 아동은 노동자로 고용해서는 안 된다고 되어 있어. 그렇지만 농업 같은 경우는 12세 이하라도 괜찮을 거야. 연극이나 영화의 아역노 12세 미만이니까."

"그건 악질적인 업자가 아이에게 중노동을 시키지 못하게 하려고 만든 거겠지. 중근동中近東에서는 노예처럼 카펫을 짜야 하는 아이들도 있으니까. 그런 노동으로부터 아동을 보호하기 위해 만든 법률일 거야."

"물론 그래."

"그 애들은 다른 사람에게 고용된 게 아니야. 브레인이 있다면 아마 그 애들이 고용한 어른이겠지."

생선 요리가 나왔다. 오징어와 소금에 절인 알에 바늘처럼 가늘게 썬 생강이 뿌려져 있다. 역시 대립도 없고 클라이맥스도 없는 요리라는 생각이 들었다. 혀도 이도 목구멍도 내장도 요리에 전혀 반발할 이유가 없다. 신맛이나 짠맛, 단맛이 두드러지지 않는 요리다. 과하지도 부족하지도 않은, 균일하고 섬세한 시간만이 흐르고 있는 듯한 느낌이 들었다.

세밑을 상징하는 음식이 나왔다. 내년이 소띠라고, 은행을 넣어서 소 같은 모양으로 퍼 담은 밥이 나왔다. 반찬은 무와 채소 절임. 밥은 손바닥에 감춰질 정도로 양이 적어서 역시 가이세키 요리는 먹을 때 아무 저항감을 느낄 수 없다는 것을 확인시키는 밥이었다. 요리와 격투해야 할 이유가 없다. 턱에 힘을 주어 이로 잘라야 할 필요도 없고, 열심히 씹어야 할 이유도 없다. 그런 요리를 먹고 있노라면 일본 요정이라는 닫힌 공간에서 친화력 같은 것이 일어난다.

유미코의 말에 따르면, 야마가타는 문부성에 들어가기 전에 독일에서 5년 동안 유학했다. 독일에서는 동서가 통일될 즈음부터 교육과 고용에 관한 논문이 많이 발표되었다고 한다. 야마가타는 유학 중에 〈선진국에 있어서 사회교육과 고용의 가능성〉이라는 논문을 썼다. 지금까지 일본의 사회교육이라면 청년학급이나 농민대학으로 대표되는 청소년과 아낙네의 교양이나 스포츠 그리고 레크리에이션에 관한 것이었다. 즉, 교육 기회를 가지지 못한 사람들에게 학습의 장과 그 기쁨을 주기 위한 것이 주된 목적이었다. 높은 실업률이 계속되던 독일에서는 이전부터 사회교육의 개념이 변화되고 있었다. 예를 들면 실업자에 대한 재교육과 재훈련 등이 사회교육의 과제가 되었다. 야마가타는 문부성에 들어가서 사회교육연구회라는 정계, 재계, 관료, 학자들로 구성된 연구회를 만들었다. 그러던 중에 스캔들에 말려들었는데, 문부성은 그를 해고할 수 없었다. 경제가 정체하는 가운데 실업률이 7퍼센트를 넘어서서 고용 문제가 주요 과제로 부각되는 시점에서 야마가타의 연구 성과와 내외의 인맥이 점점 소중한 자원으로 인식되고 있었기 때문이다. 스캔들이 일어난 후 문부성은 연수라는 명목으로 야마가타를 독일로 파견했다. 귀국 후 야마가타는 과장이 되어 정계, 재계, 관료, 학계 합동의 자문기관인 고용실업대책위원회의 위원이 되었다. 아직 40대 전반이라고 한다.

"그 친구 얼마나 능력이 있는데?" 하고 물어보았다.

"문부성의 과장이야. 내춘 어판 스캔들도 끄떡없이 극복하는 걸로 봐서, 꽤 능력이 있다고 봐야겠지. 그렇지만 정치가도 관료도 기득권을 쥐고 있는 작자들이 힘을 발휘하니까 이 나라가 잘 풀리지 않고 있는 거야. 젊고 우수한 관료는 도태되느냐, 아니면 중심으로 파고드느냐 두 가지 중 하나일 수밖에 없어. 그 사람은 적어도 도태되지는 않았으니까. 그렇지만 고생이 심할 거야."

능력이 있느냐고 물은 것은 야마가타가 과연 나를 필요로 할 것인지를 알고 싶었기 때문이다. 취재차 몇 사람을 만난 적이 있는데, 관료라는 인종은 실체를 파악하기 힘들다. 통산성의 관료를 만났더니 한결같이 어깨에 잔뜩 힘을 넣고 있었지만 알고 보니 별볼일 없는 작자들이었다. 그 반대인 경우도 있다. 정권이 바뀌면 관료의 세력 지도 또한 바뀐다는 것이 정설처럼 되어 있었다. 그러나 개중에는 늘 도태 위기에 처한 사람으로 지적당하면서도 출세의 길을 묵묵히 걸어가는 관료도 있다고 한다.

적어도 야마가타는 나보다 힘이 있을 것이다. 퐁짱의 참고인 소환을 실현시키기 위해서는 야마가타의 협력이 필요하다. 그러나 야마가타는 나의 협력이 필요한 것일까. 나는 퐁짱이나 나카무라 그룹과 연락을 취하고는 있지만 그것뿐이다. 퐁짱은 전국적인 리더가 아니다. 중학생들은 톱 카운터에서 명령이 내려오면 그것을 실행하는 조직의 부하가 아니다. 자주적인 여러 그룹으로 나뉘어 있고, 그 그룹들은 넷으로 느슨하게 연결되어 있을 뿐이다. 다른 지역에도 다양한 중학생 그룹이 있겠지만 야마가타는 그 가운데 하나와 이미 접촉하고 있을지 모를 일이다. 그런 생각을 하다가 문득 내가 야마가타에 대해 질투하고 있다는 사실을 깨달았다. 퐁짱과 나카무라에 대해 나보다 야마가타가 더 영향력을 행사하게 되는 것은 아닐까. 묘한 표현이지만, 퐁짱과 나카무라를 야마가타에게 빼앗기고 마는 것은 아닐까 하는 생각을 하면서 나는 자기 혐오감에 빠져들었다.

내가 갑자기 입을 다물자 왜 그래? 하고 유미코가 의아한 표정을 지었다. 말을 할까 말까 잠깐 망설이다가 나는 솔직하게 질투심과 자기 혐오감에 대해 말해버렸다. 그런 감정은 누구에게나 있는 거니까 그리 신경 쓸 필요는 없다고 유미코는 말했다. 어떤 개인이나 집단을 비호하거나 비호받으면서 신뢰 관계를 만들어가는 것은 애당초 사치스런 일이라 할 수 있지 않을까 하고 유미코는 디저트로 나온 과일을 먹으면서 말했다. 금융이나 경제의 최종 목적은 이익을 산출하는 것인데, 그 이익이 이상적인 비호 관계를 만들어내는 것이라고 미국인은 믿고 있다. 이민의 나라인 미국은 늘 어딘가 외로워 보이는 구석이 있다. 그들의 이상은 옛날이나 지금이나 행복한 가정과 인간 관계였다. 일본에서는 환상에 지나지 않는 일이지만 행복한 가정과 인간 관계에 대한 의식만은 처음부터 있어왔다. 일본인은 민족으로서 국가를 잃은 적도 없고, 타국에 유린당한 적도 없었다. 양질의 집단에 속하기만 한다면 행복한 가정과 인간 관계는 걱정할 필요가 없는 나라였나. 그 집단의 질이나 가치관은 가족에서 국가에 이르기까지 기본적으로 똑같고, 누구든 어떤 사람에게서 비호받고 누군가를 비호한다는 감각을 가지고 있었다. 그러나 미국형 경쟁 사회를 도입한다는 것은 공동체로부터 무조건적인 비호를 잃어버릴 수도 있음을 의미한다. 근대화를 위해서라는 국민적인 합의가 없어짐으로써, 지금 일본인은 비호하고 비호받는 관계성을 포기하려 했다. 현재의 경제가 그것을 요구하고 있다. 다시 말해 그런 추세는 비가역적인 역사이며 현실이므로, 아무리 탄식해도 옛날로 돌아갈 수 없다. 역사적인 대전제였던 서로 비호하는 관계성을 잃고, 일본인은 개인으로 살아가야 한다는 개념을 갖지 못한 상태에서 공동체와 개인의 관계성이 가차없이 무너져내리는 현실에 직면했다. 누군가에게 뭔가를 해주고 싶다. 누군가에게 뭔가를 해줄 수 있는 능력을 가진 사람이 되고 싶다는 생각이 얼마나 보편적이고 절실한 것인지를 지금부터 일본인들은 뼈저리게 느끼게 될 것이다. 경쟁 사회에서는 질투나 자기 혐오가 인간의 당연한 감정이라는 것이 좀더 명확해질 것이다. 유미코는 그런 의미의 말을 늘어놓았다.

나는 야마가타를 만나야겠다고 생각했다.

2002년이 시작되었다. 연말에서 정월에 걸쳐 열흘 정도 유미코는 대만에 갔다. 대만의 기업가를 인터뷰하기 위해서였다. 나는 몰랐지만 대만은 1997년 아시아 통화위기의 영향을 거의 받지 않았다고 한다. 그 이유를 자세히 설명해주었지만 나는 그 내용을 거의 잊어버렸다. 아마도 장개석이 슈퍼 테크노크라트에게 경제 정책을 맡겼기 때문이라는 내용이었던 것 같다. 대만은 세계의 노트북 컴퓨터의 30퍼센트를 생산하고 컴퓨터용 키보드, 디스플레이, 스캐너, 마더보드의 반 정도를 생산한다고 한다.

나는 방 안에 틀어박혀 책을 읽고 술을 마시고 텔레비전을 보며 지냈다.

초하룻날 고토가 찾아왔다.

"방에서 여자 향기가 나니까 정말 좋습니다."

고토가 내 방까지 찾아온 것은 처음이었다. 고토는 칠레산 와인을 들고 왔다. 우리는 저녁부터 와인을 마시기 시작했다. 간단한 음식을 만들 재료도 없어서 근처 편의점에 가서 적당한 안주를 사왔다. 치즈, 소시지 같은 안줏거리였다. 고토에게 페루의 정월에 대해 물어보았다. 페루 사람은 딱히 특별한 행사를 하지 않지만 일본인은 죽을 쑤어 먹는다고 했다. 내 방에는 편의점에서 산 떡 외에는 설날 장식이나 음식이라고는 하나도 없었다. 그러고 보니 작년에도 설 음식이 없었다. 연말 휴가 때 유미코의 친구가 회원권을 가지고 있는 하코네의 임대 별장에 갔었다. 그 전해에는 니가타에 스키를 타러 갔고 오키나와에 간 해도 있었다.

"아직 결혼을 안 해서 그런지 몰라도 반드시 둘이서 새해를 즐겨야 한다는 생각도 없어."

고토의 고향은 군마 현인데 4년 동안 한 번도 가지 않았다고 했다.

"부모와는 자주 만나요. 아버지가 장남이라서 친척들이 떼로 모여듭니다. 설날이나 추석 때가 되면 벌레처럼 여기저기서 몰려드는 통에 난 어디에 몸을 두어야 할지 늘 안절부절못해요. 게다가 우리 집은 거리의 한복판에 있고 노인들만 살거든요. 귀농한 젊은 작자들은 대체로 교외에 살고 있으니까요. 시내의 오래된 거리는 정말 유령들의 소굴처럼 노인들뿐이라서 무서울 정도입니다."

나카무라 그룹은 설날인데 집으로 돌아갔을까 하는 이야기가 나왔다. 나는 돌아가지 않았을 것이라고 말했다.

"그 애들은 성적이 좋은 일류 사립 중학교 학생들이니까. 그런 애들은 연립주택을 빌려 살면서 친척들에게 신세지지 않는 것이 보통이야. 게다가 반드시 집에 돌아가야 한다는 생각도 하지 않아."

퐁짱과 나카무라는 청소년이므로 지명수배를 받지 않았다. 그러나 사회적 영향이 크다는 이유로 자택에 돌아가면 체포될 가능성이 많다. 그러나 생각해보면 그들은 자택으로 돌아가지 않음으로써 전국적인 네트워크나 비즈니스 아이디어를 낼 수 있었던 것이다. 수업을 받아야 할 필요도 없고, 시험 공부를 하지도 않고, 가정으로부터 아무 간섭도 받지 않고 남는 시간을 모두 자신들을 위해 사용한다.

고토에 따르면 퐁짱은 나마무기 통신 홈페이지를 몇 개의 계층으로 나누었다. 중학생들만이 들어갈 수 있는 페이지 가운데서도 특별한 패스워드를 가진 사람만이 들어갈 수 있는 페이지가 있으며, 그밖에는 학부모나 일반 어른들이 들여다볼 수 있는 페이지를 만들어두었다고 한다.

"최근에 대단한 페이지가 만들어졌는데, 세키구치 씨는 아세요?"

고토는 이렇게 말하고 내 노트북 컴퓨터를 넷에 연결하고 나마무기 통신의 UBASUTE라는 코너를 보여주었다. 삿포로의 나마무기 통신이 제공하는 페이지로, 중학생 외의 사람들에게도 공개하고 있었다.

"현대의 가장 큰 문제는 고령화 사회와 핵가족입니다. 인구가 적다고 곤란하다는 것은 아닙니다. 전체 인구는 별로 줄어들지 않으면서도 노동 인구가 줄어드는 것이 문제라는 겁니다. 단도직입적으로 말해 이 일본에 노인이 무슨 필요가 있지요? 노인은 대체로 고집만 부리고 거의 일을 할 수 없습니다. 의료비가 공짜라서 그런지 매일 병원을 다니면서, 병원을 살롱으로 이용하는 노인 수가 엄청 불어났습니다. 노인 간호는 대단한 노동입니다. 우리 집에도 누워 지내는 할머니가 계셔서 잘 압니다. 우리 어머니는 할머니를 보살피느라 자신의 인생을 망치고 있다고 말합니다. 그래서 제안합니다. 현대의 '고려장 산'을 하나만들면 어떻겠느냐고 말입니다. 옛날의 고려장은 노인을 산에버려서 그냥 죽여버렸지만 요즘 세상에 그랬다가는 살인이 되지 않겠습니까. 그래서 노인들을 한곳에 모아 격리하자는 것입니다. 노인만의 거리를 만들어서 노인 가운데 일을 할 수 있는일부 사람을 제외하고 어떤 시설에 살게 하는 것입니다. 산 위에 그런 시설을 만들어놓고 거기까지 걸어갈 수 있는 사람만 그시설에서 살 수 있게 하는 것입니다. 도중에 쓰러지는 사람은쓰러진 채로 가만 내버려두는 것입니다. 그 시설에서 공부도 하고 기술도 배우게 해서, 기술과 지식을 습득한 사람만 사회에복귀시키는 것입니다. 그냥 오래 살기만 하는 사람은 더 이상필요없습니다. 우리는 이 프로젝트를 UBASUTE(UBA는 노인, SUTE

는 버린다는 뜻의 일본어)라 칭하기로 했습니다. 노인들을 테스트해서 교양과 기술이 없는 사람은 아무리 돈이 많아도 산 위의 시설에 넣어버리는 겁니다. 돈은 전부 몰수해서 노인들이 지금까지 망쳐놓은 환경 복구를 위해 사용합니다. 왜 그 노인들이 더럽힌 자연을 우리가 피땀을 흘려 복구해야 합니까? 테스트에는 작문도 있습니다. '자신의 일생이란 무엇이었던가?' 라는 제목으로, 우리를 감동시키지 못한 사람은 전부 산 위의 시설로 보냅니다. 대부분의 노인들은 일도 하지 않고, 공부도 하지 않고, 병에 잘 걸리고, 고집만 부리고, 설교만 늘어놓고, 유행가, 분재, 텔레비전 시대극처럼 이미 활력을 상실한 것, 국제 경쟁력도 없는 것, 어두운 것만 좋아하고, 모든 일을 남 탓으로 돌리고, 옛날이 좋았다는 말만 되풀이하고, 노력도 하지 않고, 그런 주제에 삶을 기뻐하지도 않습니다. 그런 노인과 함께 살기 싫습니다. 그런 노인들을 우리의 노동으로 먹여 살려야 한다니 말도 안 됩니다. 여러분은 그렇게 생각지 않습니까? 우리 힘을 합하여 현대의 고려장 산을 만들어봅시다. 우리 그룹은 구체적인 계획을 세우고 있습니다. 준비 상황을 시시각각 알려드리겠습니다. 협력을 부탁드립니다."

충격적이라 해야 할까? 내가 그렇게 말하자, 고토는 고개를 가로저으며 웃었다.

"현실감 있는 이야기가 아닐까요? 이 애들 진짜로 일을 벌일 것 같은데요. 홋카이도이기도 하고 말이죠."

5년 전에 다쿠쇼쿠 은행이 무너진 이후로 홋카이도에서는 일본 경제의 축소판 같은 사태가 벌어졌다. 그리고 언젠가부터 미디어는 그것을 당연한 일이라 생각하고 보도조차 하지 않는다. 홋카이도의 실업률은 벌써 10퍼센트를 넘어섰다. 2001년에 주요 개발공사 하나가 도산하자 그때까지 전국 평균의 배에 달하던 국가 지원에 의한 공공사업도 그 규모가 급격히 줄어들었다. 홋카이도는 소외되어갔다. 국가에 의지하려 하다가는 홋카이도처럼 되고 만다는 다른 자치단체에 대한 일종의 본보기라 할 수 있었다. 실업률 10퍼센트를 넘는 지역에서 집단 등교거부를 계속하는 중학생이 현대의 고려장 제도를 만들자는 아이디어를 낸 것은 지극히 당연한 일인지도 모른다.

외국 자본의 금융기관 가운데는 설날 연휴를 폐지한 곳도 있다고 NHK 뉴스는 전했다. 초하루만 쉬고, 본국의 관습에 따라 초이틀부터 업무를 시작한다고 한다. 인터뷰에 대답하는 일본인 사원은 어쩔 수 없는 일이라고 겸연쩍게 웃었고, 아나운서는 외국 회사는 정말 근무하기 힘들겠군요 하고 마치 좋은 뉴스라도 전하는 듯한 표정으로 원고를 읽듯 말했다.

혼자서 설 연휴를 보내는 동안 나는 뉴스를 다루는 태도 하나하나에 대해서도 신경을 곤두세웠다. 수도권 뉴스에서는 반드시 각지의 설날 풍경이 영상과 함께 소개된다. 눈 속에서 선생과 학생이 레슬링을 하며 즐기는 초등학교, 지역 활성화를 위해서 거리 광고 퍼포먼스 콘테스트를 개최하는 시즈오카의 한 도심지, 구운 떡을 얼마나 빨리 먹을 수 있는지 겨루는 전통 행사, 풍작을 기원하며 허리에 짚을 두르고 반라의 모습으로 논두렁길을 걸어가는 야마나시 현의 시골 등을 영상으로 보면서, 이런 영상을 소개하는 것이 과연 필요한 일인지를 생각해보았다. 이런 영상을 보고 싶어하는 사람은 거의 없다. 딱히 필요하지도 않은 정보라는 사실을 알면서도 뭔가를 확인하기 위해서 그런 뉴스를 흘려 보내는 것이다. 각 지방에는 다양한 행사나 습관이나 축제가 있으며, 이 나라는 그처럼 다양하면서도 결국 우리는 하나라는 메시지를 내보내 시청자를 안심시키는 것이다.

"밥은 잘 챙겨 먹었어?"

유미코는 하루 걸러 대만에서 전화를 걸어왔다. 어제 한 밥이 물을 적게 부은 탓인지 너무 딱딱해서 오늘 아침에는 채소를 넣고, 점심때는 햄을 넣고, 저녁때는 새우를 넣어 세 번이나 볶음밥을 만들어 먹었다고 나는 아무래도 상관없는 그런 이야기를 했다. 그 말을 받아 유미코는, 엔화가 표적이야라고 말했다.

"닛케이 신문에 엔화 투기에 대한 기사 안 나왔어?"

아사히와 요미우리 그리고 니혼게이자이 신문 외에 닛케이 금융신문과 닛케이 산업신문 그리고 니혼 증권신문을 구독하지만, 나는 어쩌다 닛케이 경제신문을 건성으로 훑어보는 정도다. 그 신문들은 너무 전문적인 문제를 다루기 때문이다. 유미코의 말을 듣고, 4일 동안의 모든 신문을 훑어보았지만 엔화 투기에 대한 기사는 없었다.

대만에서 무슨 일이 있었어? 하고 묻자 유미코는 대만의 유력한 전 테크노크라트와 인터뷰를 했어 하고 낮은 목소리로 말했다.

"여든이 다 된 노인인데, 대만을 대표하는 슈퍼 테크노크라트 중의 한 사람이야. 동아시아의 통화 바스켓에서 곧 일본 엔화가 국제 금융기관의 표적이 될 거래."

달러 대 엔화의 환율은 한때 170엔대로 내려갔다가 작년 여름부터 조금씩 회복되더니 연말에는 150엔대까지 올라갔다. 민주당을 중심으로 한 야당 연합이 정권을 담당하고부터 대만과 홍콩이 흥미를 나타내기 시작했던 엔 경제권이 구체성을 띠기 시작했다. 엔저가 계속되면 동남아시아의 회복이 더 늦어질 깃이라는 공동 인식 아래 미국과 일본의 정책 담당자들은 거듭 거기에 대해 지적했다. 아시아 통화기금과 미국과 IMF가 동조하자 1997년의 아시아 통화위기 이래 축소되었던 공적 개발 원조와 직접 투자, 기술 이전이 점점 확대되기 시작했고 거기에다 도쿄 시장의 규제 완화가 크게 진행되었으며, 한·일 월드컵 개최의 경제적 효과에 대한 기대감도 작용하여 엔 경제권 구상이 부상하자, 아시아 각국의 통화 바스켓에서 엔화의 점유율이 점점 더 늘어나기 시작했다.

"그 사람은 그게 함정이라는 거야."

함정이라니?

"달러와 유로는 절대로 무너지지 않아. 엔화만 크게 변동하니까 엔화를 노리는 거라는 간단한 논리였어."

유대인 음모설 같은 이야기잖아.

"그게 아니라니까."

아냐, 농담이야.

"그 사람은 이미 현역에서 은퇴한 할아버지지만 이야기가 무척 단순하고 명쾌해. 아시아의 바스켓에 링크되어 있는 엔화가 너무 비싸다는 거야. 달러 가치가 거의 고정되자 넌더리가 난 거액의 론이 다국적 통화 바스켓으로 형태를 바꾸고 있는데, 계약 때의 환율을 바꿀 수 없으니까 일본은 엔저를 방지하려 한다는 거야. 일본은 미국이 지켜줄 것으로 믿고 있지만 국제 유동 자금으로 돈을 버는 건 항상 미국의 은행이야. 미국 정책 담당자는 최우선적으로 월가의 이익을 지키게 되어 있어. 부자연스런 환율이기 때문에 투기꾼들이 반드시 공격을 가하는 거지. 그렇게 되면 엔화는 폭락하는 거야. 이런 시나리오인데, 어때?"

난 도무지 무슨 말인지 모르겠어.

"있을 법한 이야기잖아?"

그 다음에 유미코는 대만식 발마사지가 얼마나 기분 좋은지, 그리고 대만 자본의 중국 본토 진출이 얼마나 적극적으로 행해지고 있는지에 대해 이야기하고, 귀국 선물로 말린 돼지고기를 사 오겠다며 전화를 끊었다.

유미코의 이야기를 듣고 마치 한 편의 스파이 소설을 읽는 듯한 기분에 젖어들었다. 은퇴한 대만의 노老 테크노크라트, 아시아의 통화 바스켓, 투기자본의 공격, 아마도 사실일 것이다. 그러나 나는 현실감을 느낄 수 없었다. 아마도 그런 가능성이 있을지도 모르지만, 나와는 관계도 없는 일이고 또 지금 당장 벌어질 일도 아니라고 생각했다. 그럴 수밖에 없었다. 대만에서 걸려온 국제 전화인 탓도 있을 것이다. 대만에서 온 정보를 자신의 문제로 생각하기는 힘들다. 먼 나라에서 일어나고 있는 일이 나의 생리적인 통증이나 배고픔과 관련되리라고는 상상이 가지 않는다.

설날 텔레비전에서 보는 아무래도 상관없는 그런 영상 쪽이 더 현실감이 있다. 눈 속에서 선생과 학생이 벌이는 레슬링이나, 시즈오카의 도심지에서 벌어지는 인간 광고 퍼포먼스 콘테스트나 구운 떡을 목구멍이 미어져라 밀어넣는 사람들, 그리고 허리에 지푸라기를 두르고 반라의 모습으로 논두렁길을 걸어가는 풍년 기원 행사가 바보스럽기는 하나 뇌의 하드디스크에 입력되기에는 훨씬 더 좋다. 나는 그런 행사들을 선명하게 상상해 볼 수 있다. 그러나 투기자본이 엔화를 노리고 공격을 가할 것이라는 대만의 전 슈퍼 테크노크라트가 예측한 경제 문제는 나의 하드디스크로는 상상이 가지 않는다. 고급 프랑스 요리로는 포만감을 느낄 수 없지만 돈가스나 메밀국수를 먹으면 위의 구석구석까지 포만감을 느끼는 것과 비슷하다.

2002년 1월 4일자 아사히 신문 1면에는 작년부터 이어지는 크로아티아와 유고의 내전과 금년 3월부터 실시 예정인 페이오프와 금년 6월에 열릴 한·일 월드컵 출전국의 전력 등이 실려 있었다. 크로아티아는 주로 독일의 지원을 받고 있고 유고는 러시아의 지원을 받고 있으며, 유럽 통일이 얼마나 지난한 일인지를 부각시키는 사태라는 내용이 적혀 있고, 부상병과 난민의 사진도 실렸다. 유고의 부상병은 팔에 붕대를 감고 고통으로 얼굴을 찌푸렸다. 난민은 눈 쌓인 캠프에서 담요를 둘둘 말았다. 유고 병사는 고통스러워 보이고 난민은 추워 보였지만 그 고통과 추위를 나는 상상할 수 없었다.

현실감을 잃어버리고 말았다. 그런 내가 일본의 현실을 전하는 주간지 기자 일을 한다. 언제부터 이렇게 되고 말았을까. 고작 대만에 가 있는 유미코가 너무 먼 존재로 느껴졌다.

새해 업무가 시작되자마자 나는 문부성 사회교육과로 전화를 걸었다. 생각지도 않게 야마가타가 바로 전화를 받아서 나는 그만 당황하고 말았다. 몇 번이나 전화를 걸고 중간에 그럴듯한 사람을 넣어 용건을 문서로 적어 보낸 후에야 겨우 만날 수 있는 일반적인 관청의 대응 방식에 길들여져 있었기 때문이다. 야마가타는 벌써 나를 알고 있었다. 작년에 고토와 내가 쓴 퐁짱 기사를 읽은 것이다. 다음 주에 만날 약속을 했다. 장소는 니시신주쿠의 호텔 바였다.

중학생의 참고인 소환을 계획하고 있는 문부성 공무원을 만날 생각이라는 메일을 나카무라에게 보냈다. 나카무라는 금방 답장을 보내왔다.

"퐁짱의 아이디어인데, 국회에서 이야기하는 건 좋지만 혹시 체포될지도 모르니까 인터넷 중계로 하는 것이 좋겠답니다. 인터넷 중계에 필요한 기재와 준비에 대해서는 다시 연락하겠습니다. 인터넷 중계는 ASUNARO가 담당하겠습니다."

나는 야마가타가 지정한 니시신주쿠의 초고층 호텔 바에 15분 전에 도착했다.

"그 바는 인기가 있어서 복잡합니다. 내가 예약해두겠습니다. 야마가타와 만나러 왔다고 웨이터에게 말씀해주세요."

야마가타는 전화로 이렇게 말했다. 아직 저녁 6시밖에 안 되었지만 바에는 손님이 가득했다. 문부성의 야마가타 씨를 만나러 왔다고 하자 검은 턱시도를 입은 웨이터가 구석진 테이블로 정중하게 안내했다. 야마가타는 이 바의 단골일까. 오크로 만든 멋진 카운터에 가죽 소파와 대리석 테이블이 널찍하게 자리를 잡았고, 록 음악이 흘러나왔다. 손님 중에 젊은 사람은 없다. 대부분이 슈트에 넥타이 차림이다. 회사의 상사와 젊은 여자 부하 직원으로 보이는 커플도 있었지만, 의외로 속물 분위기는 풍기지 않는다. 좋은 바였다.

외국인 손님이 눈에 띄게 많았다. 그들은 맥주를 마신다. '외국인을 위한 도쿄 안내'에는 술집에서는 맥주 외에는 마시지 않는 것이 좋다는 주의사항이 적혀 있다고 한다. 웨이터는 야마가타의 술병을 가지고 왔다. 17년짜리 싱글 몰트 위스키와 그랑 샹파뉴의 코냑이었다. 두 병 모두 반 이상 남아 있었지만 나는 정중히 거절하고 맥주를 시켰다.

"저는 저녁 약속이 또 잡혀 있어서요. 미안합니다. 저는 신경 쓰지 마시고 뭐든 좀 드시지요."

야마가타는 회색 양복 차림으로 혼자 나타났다.

"좀 고급스러워 보이는 바치고는 안주 맛이 좋습니다. 해물 샐러드라든지 오징어 튀김 같은 것 말입니다. 아래쪽 초밥 집에서 배달도 해줍니다."

아니, 괜찮습니다, 오늘 점심이 늦어서요 하고 나는 거절했다. 야마가타는 나와 마주 보고 앉아 한 시간 정도밖에 시간이 없으니 빨리 본론으로 들어가자고 말했다.

"사실 오늘 저녁 약속은 바로 민주당의 젊은 의원들과 잡혀 있습니다. 그 사람들은 이번 건으로 점수를 좀 따고 싶어해요. 요컨대 중학생들을 학교에 돌려보내는 업적을 쌓고 싶은 거지요. 세키구치 씨는 어떻게 생각하십니까. 그 애들은 반년 가까이 학교로 돌아가지 않고 있는데, 무슨 좋은 생각이라도 있으십니까? 그 풍짱 그룹과 아직도 접촉하고 있다는 얘길 들었습니다. 이번 집단 등교거부는 이상 현상이라고 생각지 않으십니까?"

야마가타는 빠른 어조로 말했다. 너무 많은 질문을 한꺼번에 받아 어느 것부터 말해야 좋을지 정리도 되지 않은 상태에서 집단 등교거부가 반년이나 계속되고 있는데도 그것이 마치 당연한 일인 것처럼 생각하는 세태가 오히려 더 이상하다고 생각합니다, 물론 우리 같은 미디어에도 책임이 있습니다 하고 말했다.

"저도 그렇게 생각합니다."

야마가타는 코냑을 온더록으로 마시고 담배를 꺼내 물면서 말했다. 한 번도 본 적이 없는 라벨이 붙은 코냑이었는데, 식사 전에 그런 강한 술을 마시는 사람은 정말 오랜만이다. 40대 전반으로 알고 있는데, 나이보다 훨씬 더 젊어 보였다. 그것은 용모 때문이 아니라 그 분위기나 내도, 말투 때문인 것 같았다. 야마가타는 연거푸 담배 연기를 빨아들였다. 안정감이 없고 성질이 급한 듯한 인상을 주었지만, 너무 자연스러워서 오히려 활력이 넘쳐 보였다. 키는 나보다 좀 작지만 단단해 보이는 몸매였다. 운동을 하는지도 모른다.

"그건 말입니다. 아무래도 모든 것이 자연스럽지 못하고 사방이 꽉 가로막혔기 때문이라고 생각하는데, 세키구치 씨는 어떻게 생각하십니까."

사방이 꽉 가로막혔다는 말의 의미를 나는 알아들을 수 없었다.

"다시 말해, 균일화된 사회가 오랜 세월에 걸쳐 정해진 가치

관으로 살아갈 때 장폐색 상태가 일어난다는 겁니다. 오랜 가치
관만 지키고 있으면 사회가 영원히 지속될 수 있다고 생각하는
건 착각에 지나지 않아요. 가치관이 변하면 물론 귀찮은 일도
많을 겁니다. 절대 변하지 않는다고 착각하는 쪽이 편하긴 하겠
지요. 그런 사회가 갈 때까지 가면 무슨 일이 일어나도 눈 하나
깜짝하지 않습니다. 아무리 놀라운 일이 일어나도 완충 시스템
이 작동하기 때문에 금방 잊어버리고, 사회는 얼핏 보면 안정된
듯이 보일 겁니다. 선진국은 한결같이 그런 장폐색 상태의 위기
를 체험하고 있습니다. 독일도 그렇지 않습니까. 〈독일은 망한
다〉라는 유명한 논문이 발표될 즈음이었습니다. 그러나 냉전의
종식과 동·서 독일의 통일로 독일은 갑작스런 변화를 겪게 됩
니다. 그런 구체적인 변화가 유로라는 통일 통화를 낳았다고 할
수 있을 것입니다. 눈이 번쩍 뜨였다고나 할까요. 내가 아는 유
럽 친구들은 일본 중학생들의 반란 소식을 접하고 모두 충격을
받았는데, 그들이 왜 충격을 받는가 하면 일본 정부와 미디어
그리고 일본 국민이 그런 위기에 대해 너무도 무덤덤하기 때문
입니다. 왜 아무 조치도 취하지 않고 가만 있는가 의아해합니
다. 총리대신이 중학생들에게 호소해도 아무 소용이 없지 않습
니까. 요컨대 그들 눈에는 아무런 조치도 취하지 않는 것으로
비친다는 겁니다. 묘하게도 현 정부와 미디어와 국민의 반응을
보노라면, 100만 명 가까운 중학생이 학교에 가지 않는 사태가
말입니다, 마치 미리 예상이라도 하고 있었던 듯한, 또는 예정

된 일이라도 되는 듯한 그런 태도를 보인다는 것입니다. 학교에서 탈출한 중학생은 여러 가지 행동을 보입니다. 집단 등교거부가 시작되고부터 그들이 일으킨 범죄는 1만 건이 넘습니다. 하루에 100건 정도의 범죄가 일어나요. 문교위원의 준비회가 그런 심각한 사태를 지적해도, 어! 그런 일이 있어요, 정말 큰일이군요 하는 정도로 그만입니다. 믿을 수 있겠어요? 그들의 사고는 이미 정지 상태에 빠져 있습니다. 큰 충격을 받았을 때 개인이나 사회는 그런 반응을 보일 수도 있는데, 거의 그런 상태라고 보면 될 겁니다."

야마가타는 세븐스타 꽁초를 다급하게 재떨이에 비벼 끄더니 다시 새 담배에 불을 붙이고 연거푸 코냑을 들이켜면서 바쁘게 담배 연기를 빨아들였다. 술을 더 따라드릴까요 하고 웨이터가 물었지만 무시하고 말을 계속했다. 그리고 이야기가 일단락되자 자네 말이야, 손님이 이야기하는 중에 끼여들면 절대 안 되는 거야 하고 웨이터에게 주의를 주었다.

"그런 걸 두고 서비스가 아닌 간섭이라고 하는 거야, 알겠어?"

야마가타가 주의를 주자 담당 웨이터는 고개를 속이며 사과했다. 다른 웨이터들도 우리 테이블로 와서 일제히 머리를 숙였다. 야마가타는 그 모습을 보고, 사과할 필요는 없어 하고 고개를 설레설레 저으며 꽤 큰 소리로 말했다.

"사과는 별 의미 없는 행동이야. 그보다 두 번 다시 잘못을

범하지 않는 게 중요해. 일본인은 자기 이야기가 중단되는 것도 감수하고 태연하게 서비스를 받는 것이 친절이라고 착각하는 경향이 있는데, 그건 좀 이상하잖아. 일본에서는 술자리에서 아랫사람이 상대에게 청주나 맥주를 따라주지만 말이야, 유럽에서는 정반대야. 그 자리에서 가장 윗사람이 다른 사람에게 와인이나 샴페인을 따라. 서브를 받는 것보다는 서브하는 편이 더 사치스러워. 그래서 유럽에서는 마누라에게 구두를 벗겨달라고 하는 놈도 없고, 그런 짓을 수치스럽게 생각해. 그런 상식을 몰라 거래에서 실패하는 놈들도 많다는 걸 알아야 해. 거래처의 높은 사람이 와인을 따라주려 하는데도 황공해하며 내가 따르겠다고 거절하면서 병을 억지로 빼앗아 들고 말이야. 그런 꼴불견이 또 어디 있겠어. 신입사원들이 주로 그런 행동을 보이기도 해. 그런 자리에서 그런 추태를 보이면 어떻겠어. 거래는 그걸로 끝장이야."

야마가타가 소탈한 말투로 이렇게 말하자 웨이터들의 표정에서도 긴장감이 사라졌다.

"그러니까 일본의 상식으로는 이야기 도중이라도 끼여들어서 서비스하는 게 보통이지만 그게 잘못되었다는 거야. 손님끼리 이야기를 나누고 있을 때는 절대로 서브 때문에 이야기를 중단시켜서는 안 되는 거야. 단 하나의 예외는 있어. 손님 소매에 전갈이 기어가고 있을 때, 그때는 손님, 소매 위에 전갈이 기어가고 있습니다 하고 무조건 이야기를 중단시키더라도 주의를 주어야 해."

야마가타가 이렇게 덧붙이자 웨이터들도 크게 웃으며 일본에는 전갈이 없으니까요, 쐐기 같은 거라도 그렇게 해야 할까요? 하고 물었다. 그럼, 쐐기라도 주의를 줘야지 하고 야마가타는 푸근한 미소를 머금었고, 웨이터들도 그 웃음으로 마음을 놓으며 실례하겠습니다 하고 자리를 떴다. 나는 야마가타의 화술에 감탄하지 않을 수 없었다. 매너 위반에 대해서는 엄하게 주의를 주고, 웨이터들이 긴장하자 유머로 그것을 풀어주었다. 웨이터들은 야마가타의 심복일 것이다. 그런 나의 느낌을 야마가타에게 말했다. 대단한 화술이십니다. 그러자 야마가타는 화술이 아닙니다 하고 엄한 표정으로 말했다.

"시럽을 많이 만들어두고 그 안에 메모지를 가득 넣어두는 거죠. 화술이란 것은 적재적소에 묘를 살린다는 뉘앙스를 가진 말이지요. 또는 사람을 끄는 이야기 방식이라고 볼 수도 있는데, 사실은 아무 의미도 없습니다. 나는 세키구치 씨와 처음 만났습니다. 그러므로 세키구치 씨가 어떤 사람이고 어떤 가치관을 가지고 있고 어떤 체험을 해온 사람인지 모릅니다. 당연한 일이지만, 이런 경우는 신중해질 필요가 있고, 정보의 제시 방식도 일반 범주에서 벗어나지 않도록 해야 합니다. 그런 커뮤니케이션 방식을 겉치레라고 해서 좋지 않게 평가하는 사람도 많지만, 그게 세계적인 상식입니다. 흔히 말하는 명분과 실리는 똑같은 말입니다. 자신의 이익을 감추느냐, 아니면 그대로 다

드러내느냐 하는 차이가 있을 뿐이에요. 그러니까 명분이고 실리고 추잡하기는 마찬가집니다."

이렇게 말한 다음 야마가타는 남아 있는 코냑을 비우고 갑자기 슬픈 표정을 지었다. 나는 야마가타에 대해 적어도 두 가지는 알게 되었다고 생각했다. 말을 잘한다는 것, 그리고 고독하다는 것이다.

"이전부터 등교를 거부하는 아이들 그룹과 접촉해왔습니다. 이건 드러내놓고 밝힐 수 없는 문제지만, 국회의원의 자식 가운데 의외로 등교를 거부하는 아이들이 많아서 상담을 의뢰받은 적도 있고, 또 하나는 사회교육이라는 사고 방식이 옛날과는 달라졌다는 것입니다. 한 의원의 경우는, 지방에서 유치원을 다니다가 아버지가 당선되는 바람에 도시의 사립 초등학교로 전학을 오게 되었는데, 사투리를 쓴다고 놀리니까 견디지 못하고 학교에 가지 않겠다고 하는 겁니다. 어디서 어떻게 시작되었는지는 모르겠지만 문부성에서 등교거부아 문제는 야마가타가 잘 처리한다는 소문이 퍼져서 비밀리에 국회의원의 상담에 응해왔지요. 요컨대 말입니다, 그러는 사이에 몇 년 전부터 문부성에도 일부 정치가들 사이에도 등교거부아가 특수한 문제가 아니라는 인식이 생겨나게 되었습니다. 잘 아시겠지만, 사회교육과라는 섹터는 근로 청소년이나 농어촌의 부녀자에게 오락과 교양을 제공하기 위한 것이었습니다. 솔직히 말해 그 저변에는 고도 경제성장을 지탱해주시는 청년 여러분, 매일 기름에 손을 담그며 일하시느라 얼마나 수고가 많으십니까, 잠시 구민회관에 오셔서 포크댄스라도 즐기지 않으시겠습니까. 어린 자식을 업고 모 심기, 벼 베기에 고생하시는 농촌의 주부님들, 농한기에 하이쿠라도 배워보시는 게 어떠십니까, 요컨대 그런 취지의 일을 하는 곳입니다. 그런데 요 10년 사이에 그 성격이 바뀌었습니다. 학교에서만 교육을 생각하는 데는 한계가 있지 않는가, 교육을 좀더 넓게 사회 전체적으로 파악할 수는 없을까 하는 생각이지요. 그렇다면 평생교육국이 담당하는 게 좋겠다는 판단에서 그 업무가 사회교육과로 내려오게 된 것입니다. 난 오래 전부터 그런 생각을 해왔기 때문에 위화감은 전혀 느끼지 않습니다."

여기까지 이야기하고 야마가타는 시계를 보았다. 남은 시간 동안 어디서부터 어떻게 이야기를 정리하면 좋을지 생각하는 것 같았다. 회색 양복의 소재는 울인 것 같았다. 몸에 잘 맞는 것으로 보아 아마도 기성복은 아닌 것 같았다.

지금 문부성에서는 집단 등교거부에 대해 기본적으로 어떤 생각을 하고 있습니까? 하고 물어보았다.

"제도적으로 말하자면, 등교거부는 문부성 관할이 아닙니다. 물론 어디까지나 제도적으로 그렇다는 말입니다. 문부성 내부에서도 많은 논란이 있습니다. 제도적으로는 각 현의 교육감, 각 학교의 교장 관할로 되어 있습니다. 그러나 그 작자들은 거의 아무런 보고도 해오지 않습니다. 어제도 주고쿠, 시코쿠 지방의 공립 중학 등교율을 보고받았는데, 히로시마는 75퍼센트 정도였습니다. 그런 비율이 어디서 어떻게 나왔는지 자세한 내용은 모르겠습니다. 학교에 따라서는 모든 반에서 수업이 계속되고 있다는 보고도 있습니다. 실태를 일일이 체크한다는 건 무립니다. 대체로 교장들은 매스컴이나 교육위원회 같은 외부를 향해, 우리 학교에는 이지메 현상은 없다고 말합니다. 교장이란 족속은 책임을 지기 싫어서 그렇게 말하게 되어 있습니다. 그러나 이지메는 분명히 있습니다. 아이들은 그걸 잘 알고 있기 때문에 이지메가 없다고 주장하는 교장을 거짓말쟁이로 취급합니다. 실제로 거짓말쟁이지요. 그런 모순이 겹치고 겹쳐서 한꺼번에 폭발한 것이 작년과 같은 사태입니다. 현재 학교에 나가는 중학생은 내 짐작으로 대충 40퍼센트에 지나지 않는 것 같습니다. 참 어이없는 수치지만, 문부성으로서도 어쩔 수 없는 일입니다. 학교에 가지 않고 번화가 주변을 어슬렁거리는 중학생은 각 학교의 생활지도과 관할이고, 범죄를 일으키면 경찰 관할이 됩니다. 벌써 7년 전 일인데, 어떤 자유학교 아동들이 만든 잡지에서 문부성을 취재하고 싶다는 요청이 들어왔습니다. 초·중등 교육국장이 그것을 내게 맡겨서 그 애들을 만난 적이 있습니다. 등교거부 학생이나 자유학교를 벌레 보듯 하던 때였지요. 매스컴에 대해 어떻게 대응하면 좋겠냐고 장관 비서실장과 홍보과 그리고 다른 국의 국장들도 우왕좌왕하고 있었습니다. 관할이란 개념으로는 그런 선례가 없는 안건에 대해서 대응할 수 없지요. 그래서 조그만 실수라도 생길 만한 일은 다른 국으로 미루고 조금이라도 점수를 딸 만한 일 같으면 서로 맡으려고 법석을 떠니 도대체 한심하기 짝이 없는 일입니다.

딱히 매스컴을 걱정할 필요가 뭐 있느냐고 생각하던 나였기에 평생교육국의 국장 말을 듣고 다음 날 바로 아이들을 회의실로 불러들였습니다. 그런 경우는 대체로 장관이나 사무차관이 아이들과 형식적인 환담을 나누는 것이 보통인데, 바로 그때 매스컴에 보도를 요청하는 것입니다. 등교거부 학생의 의견에 문부성 장관이 귀를 기울이는 자세를 국민에게 보여주려는 의도지요. 그런 절차를 깡그리 무시하고 나 혼자 아이들을 만났지요. 나중에 좀 불평을 하더군요. 그래서 나도 따지고 들었습니다. 어떻게 해야 좋았다는 말씀입니까? 하고 말이죠. 그 작자들은 위험을 감수하기 싫을 뿐 좋은 아이디어도 없고 결정력도 없어요. 결국 내가 따지자 입을 다물고 말더군요.

그 자유학교 학생들과 만났을 때 깜짝 놀랄 일을 알게 되었습니다. 그것은 그 애들의 어휘력이라고 할까요, 사용하는 언어가 정말 풍요롭고 정확했습니다. 말 하나도 신중히 생각해서 이야기를 하는 것입니다. 내가 사이타마의 교육위원회로 파견 나갔을 때 중·고등학생들과 꽤 시간을 들여 대화를 나누었지만 그 애들은 어쭈구리, 졸라, 구려, 그런 상투적인 말밖에 하지 않았습니다. 젊은 애들의 언어 순화가 아니라 표현 능력이 없는 게 문젭니다. 어휘력이 극도로 빈곤한 겁니다. 그건 아마 당연한 일일 겁니다. 학교에 가면 자연히 그렇게 되니까요. 살아남으려고 노력할 필요도 없고, 텔레비전을 틀면 그렇고 그런 젊은 이들의 언어만 나오니까 적어도 정체성 위기는 느끼지 않으니까요. 자기 자신이 어디에 속해 있는지 간단히 확인할 수 있습니다. 매스컴이 여고생이나 젊은 애들의 언어에 흥미를 느끼는 것은 우리 사회 전체가 그렇게 간단히 정체성을 확인할 수 있는 사회기 때문입니다.

술집에 모여드는 샐러리맨을 보세요. 그들만이 아는 빈약한 언어로 저들끼리 웃고, 저들끼리 뭐라고 비명을 질러대고 있습니다. 개인으로서 대면하면 이야기가 되지 않아요. 이야기할 것도 없고, 대화 방법도 모르고, 커뮤니케이션이란 아무 노력도 없이 성립한다고 믿고 있는 사람들입니다. 자유학교 아이들은 무엇보다 고독합니다. 등교거부라는 위기 상황에서 자신을 스스로 확인하지 않으면 안 되기 때문에 자연스럽게 언어를 찾게 됩니다. 그들은 책도 잘 읽고, 지금부터 나는 어떻게 살아가야 할지를 생각하고, 타인의 이야기도 잘 듣습니다. 필사적으로 이해하려고 노력하는 겁니다. 자신의 삶을 타인에게 설명하기도 하고, 타인의 의견을 이해하는 것이 바로 그들에게는 사활이 걸린 문제와도 같습니다. 그 애들은 나와 인터뷰를 한 후에 그것을 정리해서 팩스로 보내왔습니다. 매스컴에 종사하는 세키구치 씨에게는 정말 실례가 되는 말이겠습니다만, 그 애들이 정리한 문장은 유력 신문사의 기자가 정리한 것보다 훨씬 더 내가 하고자 하는 말을 정확하게 정리해서 편집해놓았습니다. 그 애들은 노력 없이 그냥 알 수 있는 것보다는 아무리 애를 써도 모르는 것이 더 많다는 것을 잘 알고 있었던 겁니다. 언어의 미묘한 차이에도 민감했고 혹시 자신들의 말과 이 사람의 말이 어딘가 뉘앙스에서 차이가 날지도 모른다는 위기감도 가지고 있었습니다. 매스컴 관계자는 자신이 알고 있는 정보의 범위 안에서 인터뷰를 정리하려 합니다. 그 때문에 활자화되면 전혀 다른 뉘앙스의 말이 돼버립니다. 자유학교 학생들에게는 그런 점이 도무지 없었습니다. 정말 신선한 충격이었습니다. 그래서 그때 생각한 것이, 이런 학생들이 앞으로 일본을 바꾸게 될 것이라는 겁니다. 세키구치 씨, 개똥철학자 같은 말을 해서 미안합니다만, 상사, 그러니까 생태계에서 기득권을 누리는 족은 기기시 진화가 멈추어버리고 맙니다.

단 애석하게도 자유학교도 등교거부 학생들의 수준도 최근 들어 조금 바뀌어버리고 말았습니다. 등교거부 학생으로 분류되는 순간 새로운 장소가 제공되면서 몇 년 전부터 등교거부 학생이 늘어나기 시작했습니다. 자유학교도 옛날처럼 그런 위기감을 느끼지 않습니다. 자유학교에 대한 등교거부도 늘어나고 있다는, 웃을 수도 없는 웃기는 뉴스가 이삼 년 전부터 나돕니다. 그리고 세키구치 씨, 내가 자유학교에 대한 환상을 버리기 시작했을 때 나마무기라는 존재가 나타났습니다."

야마가타는 다시 코냑을 마시더니 노골적으로 시계를 보았다. 앞으로 5분 정도의 시간밖에 남지 않았다. 나는 거의 입을 다문 채였다. 내 이야기를 들을 필요를 느끼지 않고 있는 것 같았다. 문득 야마가타에게 어떤 복안이 있는지 듣고 싶어졌다. 이 친구는 등교를 거부하는 학생들을 이용해 뭔가를 꾸미고 싶어하는 건 아닐까.

"나마무기에게서 시사를 받고 학교를 나선 학생들은 '노'라고 말합니다. 이미 어른들 말은 듣고 싶지 않다고 선언한 것이죠. 기본적으로 논리가 정연해요. 국권의 최고 기관인 국회를 통해 전국으로 그 애들의 말을 전하고 싶습니다. 그런 점에서는 세키구치 씨도 저와 같은 생각인 걸로 알고 있습니다만?"

그렇지요 하고 나는 모호하게 고개를 끄덕였다. 야마가타의 말은 결코 틀린 것이 아니다. 그러나 나와는 뭔가 다른 점이 있었다. 어디가 다른지 그 자리에서는 알 수 없었다.

"몇 개의 그룹과 접촉을 했습니다만, 퐁짱 그룹과는 연락을 취할 수 없었습니다. 단순히 메이와 제일의 학생이 아니라 사실상 전국적으로 강한 영향력을 행사하는 그룹이라는 것만 알고 있을 뿐입니다. 퐁짱은 자신이 지도자라고 명확히 선언하지 않는다고 합니다만?"

그래요 하고 나는 고개를 끄덕였다.

"퐁짱을 3월 예산위원회에 참고인으로 소환하고 싶은데, 세키구치 씨가 다리를 놓아주셨으면 합니다."

퐁짱을 소개해달라는 이야기라면 거절하려고 생각했다. 거절할 이유는 딱히 없었지만 본능적으로 그렇게 생각했다. 말 많은 인간은 골치 아프다는 정도의 이유였을지도 모른다.

"사실은 오늘 저녁 그 건으로 민주당을 중심으로 한 젊은 국회의원들과 만나기로 했습니다. 제가 불러놓고 이렇게 황망히 떠나는 게 실례인 줄 압니다만 시간이 없어요, 그럼 또."

이렇게 말하고 야마가타는 자리에서 일어섰다.

그와 동시에 나는, 퐁짱 그룹은 인터넷 중계라면 참고인 소환에 응할 생각인 것 같다고 말했다.

"인터넷?"

야마가타는 처음엔 의아한 표정을 짓다가 이윽고 뭔가를 골똘히 생각하고는, 인터넷, 괜찮겠는데요 하고 나를 향해 웃어 보였다.

"투자가는 부자연스러울 정도로 싼 주식을 사고 투기꾼은 부자연스러울 정도로 높은 통화를 팔고 있는데, 정부가 재정과 실물경제가 어느 정도 나쁜지 정확히 알리지 않고 거짓말을 늘어놓으면 아무도 몰라."

유미코는 귀국 선물로 말린 돼지고기를 사 왔다. 달콤하면서도 짭짤한 맛이 맥주나 위스키 안주로 제격이었다. 왜 사람들은 외국에 갔다 오면 한결같이 활력이 넘치는 것일까. 유미코의 대만 체류는 열흘이었다. 휴가차 놀러 간 것도 아니다. 인터뷰 때문에 피로하다고 하면서도 활력이 넘치는 모습이었다.

유미코에 따르면, 대만은 늘 긴박한 상황이다. 중국과의 관계도 있고, 미국으로부터 버림받을지도 모른다는 불안감도 강하다고 한다. 본토에서 인민군에게 쫓겨난 장개석은 대만에서 국가를 만들 때, 인민군에게 참패를 면치 못한 근본 원인이 무엇인지를 심각하게 분석했다. 그것은 고통스런 반성이었으나, 그들은 그 과정을 통해 몇 가지 중요한 원인을 발견했다. 극심한 인플레이션, 관료의 부패, 빈부의 격차, 구태의연한 농업, 과학기술과 정보 경시. 장개석과 국민당은 오로지 살아남겠다는 일념으로 대만의 정치 경제 시스템을 확립했다. 그들이 대만 사람들을 심하게 대한 것은 사실이지만, 어쨌든 인민군의 침공이라는 현실적인 위기에서 살아남았다. 그런 다음에 그들은 다시 미국을 비롯한 국제 사회에서 소외당하지 않기 위해 투쟁하지 않으면 안 되었다.

그 은퇴한 슈퍼 테크노크라트는 유미코에게 위기감만이 사고력을 키워준다고 말했다 한다. 뼈저린 실패를 경험한 뒤에는 반드시 고통을 동반한 실용주의적인 분석이 뒤따라야 한다. 물론 일본은 그러지 못했다. 국제 유동자금과 투기꾼들은 늘 다음 사냥감을 노리고 있다. 그들 또한 큰 사냥감을 찾지 못하면 살아남을 수 없기 때문이다. 더 큰 사냥감은 각국의 중앙은행이다. 왜냐하면 그들은 지폐를 인쇄할 수 있으므로 절대로 금고를 비워두는 일이 없다.

"작년에 브루클린 연구소의 경제부가 일본의 국제 경쟁력 지수를 한 단계 높였잖아? 그는 그것을 투기꾼들의 시나리오라고 했어. 이번에는 무디스가 국채의 신용 등급을 더블 A로 회복시킬 것이라고 예언했어. 브루클린 연구소나 무디스가 직접 음모에 가담하는 것은 아니래. 19세기에 식민지가 힘도 없고 지식도 없어서 자신들의 자원을 마구 이용당했듯이, 무지몽매한 주제에 돈만 많고 힘도 없는 국가에서 자산을 빼앗아가는 것이 국제 자본주의의 철칙이라고 해. 물이 높은 곳에서 낮은 곳으로 흐르고, 여름이 오면 슈에 산의 눈이 녹아 내리는 것이 자연이라는 거야. 슈에 산은 대만에서 두 번째로 높은 산이야. 한자로 설산 雪山이라고 해."

그걸 막는 방법은 없을까.

"나노 그에게 똑같은 질문을 했더니, 한 가지 방법이 있대."

그래, 뭔데?

"본토에서 쫓겨난 국민당처럼 위기감을 가지고 새로운 비전을 제시하는 큰 집단이 일본에 나타나야 한다는 거야. 그렇게 되면 투기꾼들도 언제 엔화가 오를지 모르니까 함부로 팔아치울 수 없다는 거지."

그건 무리야. 일본에 그런 정당은 없어.

"그래서 나도 무리라고 했지. 그랬더니 그 노인은 얼굴에 잔뜩 주름을 잡으면서 웃더라고."

말린 돼지고기를 먹으면서 그런 이야기를 나눈 다음 주, 무디스는 일본의 장기국채의 신용 등급을 한 단계 높여 더블 A로 회복시킨다고 발표했다. 노 테크노크라트의 예언은 그대로 적중했다. 엔화는 그날부터 음산한 기분이 들 정도로 상승하기 시작했다.

2001년 3월, 페이오프 해금이 연기된 다음, 기묘한 안도감 같은 것이 일본 전역을 감쌌다. 결국 아무것도 변한 것이 없다는 체념과도 같은 안도감이었다. 엔화의 가치는 점점 내려가고, 주가는 2만 엔에서 1만 5000엔 사이를 오가고, 실업률은 7퍼센트를 넘었지만 거의 아무것도 변하지 않는다는 것을 국민들은 실감하기 시작했다.

2000년 하반기에 장기금리가 급격히 상승했다. 유미코의 설명에 따르면, 전년도 경기 지원책의 추가분에 의한 적자 국채의 발행액이 한계에 달했다는 판단으로 대장성이 국채 매입을 감소한다고 발언했기 때문이다. 비슷한 일이 그 전년에도 있었다고 한다. 장기금리의 상승으로 엔고가 시작되었다. 달러에 대한 엔화는 110엔대를 넘어 100엔으로 접근했는데, 그 순간 미국이 개입하고 들어왔다. 미국은 몇 가지 이유로 엔고를 바라지 않았다. 더욱 큰 이유는 자국의 주가에 대한 영향이다. 일본의 장기금리 때문에 미국의 금리가 올라가면 1만 달러를 훨씬 넘는 주가가 급락할 위험이 있는 것이다.

대장성과 일본은행이 국채 매입을 계속할 것이라는 정정 발언을 하면서 장기금리는 내려갔지만, 이번에는 엔화가 130엔 전반까지 급락했다. 엔화 상장은 태풍 속의 보트와도 같았다. 일본 장기금리의 심한 등락은 그 후에도 몇 번이나 반복되었고, 그때마다 엔화는 내려갔다. 엔화가 내려가면 당연히 수출 관련 기업을 중심으로 주가가 올라간다.

그러나 160엔대에 이르자 아시아의 수출산업국에 심각한 영향을 끼치게 되어, 일본은 오랜 세월 준비해온 엔 경제권 구상을 발표함으로써 그런 압력에 대처하려 했다. 일본을 중심으로 한 아시아 통화기금을 만들고, 아시아 제국의 통화 바스켓제를 추진한다는 것이었다. 예상과는 달리 미국과 IMF가 그 구상을 지지하고 아시아 통화기금의 준비위원회가 홍콩에 본부를 두게 되자 엔화는 한때 140엔대로 회복되었다. 아시아 통화기금의 정식 발족은 2002년, 즉 올해 6월로 예정되어 있었다.

갑자기 나카무라에게서 전화가 걸려왔다. 지금 회사 바로 옆에 와 있으니 만날 수 없겠느냐는 것이었다. 야마가타를 만난 지 한 달이 지나고 있었다. 《미디어 위클리》 편집부가 있는 빌딩은 니시간다의 교차로 부근이었다. 나카무라 군은 길가에 아라이와 같이 서서 나를 보자 가볍게 손을 흔들었다. 스낵 광고를 보는 듯한 아주 자연스런 인사였다. 나카무라는 크림색 더플코트를 입었고, 아라이는 회색 슈트에 코트 차림이었다. 나는 커피숍으로 데리고가려 했지만 나카무라는 교차로 건너편에 있는 햄버거 가게를 손가락으로 가리켰다. 곤도가 거기서 기다리고 있다고 했다.

"퐁짱의 국회 연설은 실현될 수 있을 것 같아요?"

나카무라의 질문에 나는, 확실하지는 않지만 아마도 실현될 거야 하고 말했다. 오랜만에 나카무라 그룹 멤버를 보고 가슴이 두근거렸다. 그들의 분위기가 바뀐 탓도 있었다. 아라이와 곤도는 슈트가 너무 잘 어울렸고, 나카무라도 처음 방콕행 비행기 안에서 만났을 때와는 비교가 안 될 정도로 성숙해 있었다. 구체적으로 어디가 어떻게 변했는지는 모르지만, 머리카락에 물을 들인 것도 아니고 피어스를 한 것도 아니다. 나카무라의 경우는 아라이나 곤도와는 달리 패션이 바뀌지 않았다. 그러나 분명히 인상이 달라졌다.

햄버거 스탠드는 U자형 카운터가 있을 뿐, 테이블도 좌석도 없었다. 우리가 가게 안으로 들어갔을 때, 곤도는 두 남자와 이야기를 나누고 있었다. 두 사람은 모두 감색 슈트를 입고 있고 팔에 코트를 걸쳤다. 나이는 20대 후반에서 30대 초반 정도로 보였다. 오셨어 하고 나카무라가 말하자 곤도는 두 남자의 어깨를 툭 치면서, 그럼 그렇게 해주세요 하고 말했다. 두 남자는, 잘 부탁합니다 하고 곤도와 나카무라를 향해 가볍게 인사를 하고 가게 밖으로 나갔다. 내가 그 두 사람에게 눈길을 주고 있자, 변호사입니다 하고 나카무라가 말했다.

"미국에서 공부한 것 같은데, 지금 하는 일이 별로 재미가 없는 모양입니다. 그래서 우리 그룹에 들어오겠다고 해서 면접을 본 겁니다. 곤도, 어때?"

나카무라는 곤도 쪽을 바라보며 물었다. 꽤 괜찮은 것 같아 하고 곤도는 크림 소다를 입으로 축였다. 햄버거 스탠드에서 면접을 보니? 하고 내가 묻자, 그 사람들 사무실이 바로 이 근처라서요 하고 곤도가 대답했다. 그러고 보니 나카무라 그룹은 사무실이 필요없다. 밤에 은밀히 사람을 불러 접대할 필요도 없다. 밤의 접대와는 인연이 없다. 아라이가 스티로폼 컵에 든 커피를 들고 왔다. 햄버거 스탠드에는 또 다른 몇 팀의 손님이 있었지만 나카무라 일행은 전혀 두드러지지 않았다. 그 사람들이 변호사였다니 하고 나는 속으로 놀랐다.

빅뱅과 더불어 사법시험법과 변호사법 일부가 작년 여름에 개정되어 사법연수원과 사법연수생 제도도 바뀌었고, 앞으로 10년 안에 지금의 세 배 정도에 달하는 새로운 변호사가 탄생할 것이라는 예측이 나왔다. 그러나 일본 경제가 정체되고 있었기 때문에 젊은 변호사가 오히려 과잉 상태에 빠지는 아이로니컬한 현상이 일어났다. 외국 자본과 손을 잡고 새롭게 탄생한 금융기관이나 기업은 주로 외국인 변호사를 고용했다. 일본어에 능통한 미국인이나 중국인 변호사에게 일을 빼앗긴 일본인 변호사가 남아도는 실정이었다. 미국에서 변호사 자격을 따고 일본에 와서 실업자 신세를 면치 못하는 젊은 변호사도 많았다.

이미 퐁짱과 나카무라 그룹은 경매로 가와사키와 요코하마 경계에 있는 비즈니스 호텔을 매수한 것 같았다. 기념할 만한 취득 부동산 제1호였지만 나카무라는 마치 아무 일도 아니라는 듯이 무덤덤하게 이야기했다. 나마무기 통신과 ASUNARO가 외국 자본과 손을 잡고 불량 채권의 담보 물건을 대규모로 사들이려 한다는 소문은 매스컴에 몇 번 보도된 바 있었다. 그러나 나마무기 통신도 ASUNARO도 미디어에는 등장하지 않았고, 그 전모는 베일에 싸여 있었다. 단, 그들은 어른들의 도움을 받지 않을 수 없었다. 부동산 취득 또는 회사 설립 때의 대리인이나 세무사, 회계사 그리고 변호사에 이르기까지.

"갑자기 전화한 것은 물어볼 것이 있어서였습니다. 국회에서 연설하면 분명히 텔레비전에 중계되는 거죠?"

NHK가 독점 중계하게 되어 있어 하고 나는 대답했다. 역시 NHK로군 하고 아라이는 중얼거렸다. 그들은 지금도 그 잡종 빌딩의 커피숍 위층을 사무실로 사용하고 있는 걸까. 전자 메일은 장소를 알려주지 않는다. 내가 알고 있는 전화번호도 휴대폰 번호다. 나카무라 그룹이 있는 장소를 이미지할 수가 없었다.

"해외에도 방송되나요?"

나카무라가 그렇게 물었다. 해외에는 방송되지 않을 거야 하고 내가 대답했다. 알겠습니다, 정말 고맙습니다, 그렇게 말하고 나카무라는 가게 안에서 휴대폰으로 메일을 보내기 시작했다. 그럼 전 먼저 실례하겠습니다 하고 곤도가 먼저 바깥으로 나갔다. 아라이는 내가 마신 커피 값을 지불했다. 아직도 그 덴엔도시 선의 잡종 빌딩 안에 있느냐고 물으려다 그만두었다. 나카무라는 NHK 중계 외에는 내게 할 말이 없는 것 같았다. 나카무라와 이런 장소에서 만나기는 처음이었다. 생각해보면 방콕에서 만난 지 아직 8개월밖에 지나지 않았다. 이런 나이의 소년은 잠깐 보지 않는 사이에 완전히 다른 사람처럼 변할 수도 있다는 사실을 나도 잘 알고 있다. 그러나 나카무라의 변화는 그런 변화가 아니었다.

햄버거 스탠드를 나선 곤도가 니시간다 거리를 걸어간다. 나카무라는 곤도가 처음부터 존재하지도 않았다는 듯이 메일 발신에 정신이 팔려 있었다. 아라이도 휴대폰으로 전화를 걸기 시작했다. 그들은 바쁜 것 같았다. 미안합니다, 금방 끝낼게요 하고 나카무라는 메일을 보내기 전에 나의 양해를 구했었다. 나는 무시당하지는 않았지만, 나카무라와 나 사이에 거리가 생긴 것 같은 기분이 들었다. 방콕에서는 그런 거리를 느낄 수 없었는데.

퐁짱과 나카무라 그룹을 생각하면 난 늘 우울해진다. 나는 도쿄에서 태어났지만, 어릴 적부터 음식을 남기면 부모님에게 꾸중을 들으며 자랐다. 부모님은 전쟁 중에 태어나서 배불리 먹지 못한 경험을 했던 사람들이다. 그래서 음식을 소중히 여기지 않으면 벌을 받는다고, 장남인 나에게 늘 주의를 주었다. 그러나 그런 자세도 경제 성장과 함께 서서히 엷어져갔다. 나보다 여덟 살 아래인 막내 여동생은 반찬을 남겨도 꾸중을 듣지 않았고, 그 여동생의 아이들은 부모 앞에서 햄버거에 끼여 있는 양 상추를 손가락으로 집어내어 버리기도 한다.

필사적으로 전하지 않는 것은 자연스럽게 풍화되어가고, 현실감이 동반되지 않는 어나운스는 아무런 효과도 없다. 윤리에도 같은 말이 가능할 것 같다. 나는 아마 기술이 있다 해도 위조지폐는 만들지 않을 것이다. 법을 준수하는 것을 좋아하기 때문이 아니다. 아무리 나쁜 놈이라 하더라도 남의 가방을 뒤지거나 편지 봉투를 뜯어보지는 않을 것이다. 벌 받는 것이 두려워서가 아니라 그런 행위 자체에 혐오감을 느끼기 때문이다. 노인들을 특별한 장소에 격리할 생각도 하지 않을 것이다. 타인이 싫어하는 일을 적극적으로 추진하는 데 대한 저항감이 있기 때문이다. 그러나 퐁짱과 나카무라 그룹은 다르다. 경기 부양과 전자화폐의 실험을 겸하여 금년 3월에 3만 엔의 IC 카드가 전국의 노인들에게 지급되게 되었다. 불평을 샀던 지역진흥권을 대신하는 것이었다. IC 카드를 위조할 생각이라고 퐁짱은 말했다. 아마 그들은 실행에 옮길 것이다. 위조한 카드는 틀림없이 이란인이나 콜롬비아인, 페루인, 중국인에게 팔려 나갈 것이다. 그런 외국인은 고국에 배고픈 가족을 두고 있지만 퐁짱과 나카무라 그룹은 물론 그런 사정과는 아무런 관계도 없다. 또한 퐁짱은 전자 메일 등을 불법으로 해킹하여 협박의 자료로 삼을 것이라고도 했다. ASUNARO가 감시하여 폭로한 그 산부인과 영상으로 미루어보건대, 메일 개봉도 실행할 것이 분명하다. 이런 시대이므로 폭로된 비밀을 사들이는 인간이나 조직도 무수히 많을 것이다. 가상 범죄에 대한 죄의식은 별로 없을지도 모른다. 실제로 위조 지폐를 만들거나 편지 봉투를 뜯는 것은 아니다. 피해자와 물리적인 접촉도 별로 없다. 그러나 본질은 그런 것이 아닐 거라는 생각이 들었다.

눈앞의 소년들은 얼굴이 너무도 매끈하다. 커뮤니케이션이 잘 안 되는 것도 아니고 상상력이 없는 것도 아니지만, 자신들의 말과 행동이 상대에게 어떤 영향력을 행사할 수 있다는 의식이 거의 없는 것은 아닐까. 그들은 압도적인 양의 정보에 둘러싸여 자랐다. 정보는 일방적으로 흘러 들어올 뿐, 이쪽에서 대답을 할 수가 없다. 그 정보가 재미없을 때도 재미없다는 반응을 보낼 수 없다. 가능한 것은 단지 스위치를 끄는 것뿐이다. 텔레비전이나 게임기의 모니터에 대해 대답할 수는 없는 노릇이다. 자신이 대답할 수 없었기에 자연스럽게 자신의 언어나 행위에 대해 상대도 대답을 하지 않을 것이라고 생각할 것이다. 다시 말해, 그것은 타자나 외계의 반응을 기대하지 않는다는 것이다. 처음부터 타자란 반응하지 않는 존재다. 그들은 어떤 종류의 무력감을 느끼면서 자라왔고, 게다가 그것을 자각하지 못하는 것 같다. 내가 방콕에서의 만남을 그리워하고 있다는 사실을 나카무라는 모를 것이다. 그리고 내 쪽에서 그렇게 말하면, 기분 나쁜 어른이라고 생각할 것이다. UBASUTE에 의해 버려진 노인들이 어떤 반응을 보일 거라는 사실을 그들은 모른다.

"그쪽에서 인터넷 중계를 받아들일 것 같던가요?"

메일 전송을 끝낸 나카무라가 물었다. 나는 고개를 끄덕였다.

"한 시간이면 될까요? 퐁짱이 이야기하는 시간 말입니다."

아마도 충분할 거야.

"경찰이 진짜로 우리의 발신 서버를 탐색할지 모릅니다. 아주 귀찮은 법률도 만들어졌지 않습니까?"

통신수신법 말이었다. 어느 정도 가능할까? 상당한 정도까지 가능할 겁니다. 이렇게 대답하고 나카무라는 얼굴을 찡그렸다.

"경찰은 ASUNARO 서버를 늘 체크하고 있지만, 우리의 아이디어까지는 체크할 수 없습니다. 그러나 이번 국회 인터넷 중계가 시작되면 진짜로 추적할 것 같습니다."

그것도 전화 역탐지와 기본적으로 같은 원리인가?

"그렇습니다. ASUNARO의 서버는 전세계에 퍼져 있기 때문에 경찰이 퐁짱의 현재 위치를 포착한다는 것은 정말 어려운 일입니다. 그런데 인터넷 중계를 하려면 국회에 모니터를 설치해야 하잖아요. 그 모니터에는 PC가 연결되어 있어서 영상 신호를 디코드decode해야 합니다. 그때 인코드encode된 영상 신호를 추적하면 촬영 장소가 포착되고 맙니다. 촬영 장소에는 반드시 퐁짱이 있어야 하거든요. 우리는 그동안 여러 개의 서버를 두고 각 서버 간의 신호 전달을 임의로 바꿀 수 있는 프로그램을 만들고 있긴 하지만, 경찰이 집요하게 추적할 것이 뻔하기 때문에 한 시간 이상은 노출할 수 없을 것 같아요. 그래서 트라폰 예약 때문에 국회 소환 날짜를 한 달 전에 정하면 좋겠습니다. 그게 가능할까요?"

그건 가능할 것 같은데 하고 나는 대답했다.

그런데 트라폰이 뭔가?

"트랜스폰더transponder라고, 통신위성의 중계기입니다. 블타바가 가지고 있는데, 그것을 시간 단위로 빌려야 합니다. 블타바는 싸게 빌려주니까요. 아마 이번에도 싸게 해줄 겁니다. 아, 그리고 말입니다. ASUNARO 전체의 의견을 수렴하여 국회에서 ASUNARO 요코하마의 퐁짱이 연설하기로 결정했습니다."

나카무라와 햄버거 스탠드에서 만난 시간은 고작 10여 분에 지나지 않았다. 그럼 실례하겠습니다, 이렇게 말하고 두 사람의 진 중학생은 사람들이 붐비는 오후의 간나 거리 속으로 사라졌다. 나카무라는 키가 좀 큰 듯했지만, 오랜만에 만나서 느낀 변화는 그런 것이 아니었다. 세상에 안 될 일이 없다는 자신감이 가득 찬 분위기와 실질적으로 할 수 있는 일은 하나도 없을 것 같은 나약한 인상이 공존하던 넉 달 전에 비해서도 그리 변한 것은 없었다. 여전히 어딘가 허술해 보였다. 편집부로 돌아오는 길에, 여태 그런 스타일의 사람을 만난 적이 없다는 것을 알았다. 지금까지 한 번도 경험해보지 못한 그런 스타일이므로, 그 사람이 변했다고 해서 어디가 어떻게 변했는지 알 리가 없었던 것이다.

나는 편집부로 돌아와서도 얼마 동안 멍하니 얼을 빼고 있었다. 왜 그러세요? 하고 고토가 말을 걸어왔다. 나카무라와 만났어 하고 말하자, 왜 나를 부르지 않았습니까 하고 말했다.

"ASUNARO와 UBASUTE에 대해 좀 묻고 싶었은데."

ASUNARO는 네트워크를 확대하고 있었지만, 그 구체적인 활동 내역을 제대로 파악하고 있는 미디어는 한 곳도 없었다. 나는 퐁짱과 나카무라 쪽에서 이야기를 하고 싶어하면 언제든 응해주어야겠지만 우리 쪽에서 질문하는 것은 자제하는 것이 좋을 것 같다고 생각했다. 체면치레 때문은 아니다. 적극적으로 질문을 던지면 반드시 상대가 대답하기 꺼리는 문제도 건드리게 될 것 같았기 때문이다. 직설적인 표현을 좋아하는 남미 사회에서 생활한 탓인지 고토에게는 그런 사고 방식이 없었다. 직설적이고 솔직한 것이 장점이기도 한 고토는 나카무라 그룹을 향해 많은 질문을 메일로 보냈고, 대답이 오지 않는다고 불평을 늘어놓기 시작했다. 고토는 퐁짱과 나카무라 그룹과 우리 사이에는 확고한 신뢰 관계가 구축되어 있다고 믿는 것 같았다. 고토는 마치 친구처럼 그들을 대했다. 그러나 고토와 나는 나카무라 그룹과 친구 사이는 아니다.

고토는 내가 나카무라에게 무슨 말을 했는지 듣고 싶어했다. 국회에서 인터넷 중계로 퐁짱이 연설하는 건에 대해 ASUNARO 전체가 찬성했다는 말을 들었다고 전해주었다.

나카무라와 만난 다음 날, 석간 신문에 작은 기사가 실렸다. 중학생 뉴스 배급 회사 ASUNARO의 치바 지구 대표가 NHK를 방문했다는 내용이었다. NHK는 ASUNARO와 어떤 형태로 제휴할 생각인 것 같았다. 앞으로 뉴스 영상을 사들일 계약을 체결하려는지도 모른다고 그 신문은 전했다.

어디로 보나 그것은 빅 뉴스임에 분명했지만 사회면의 아주 작은 토막기사로 처리되었고, 그 기사를 보도한 것도 마이니치 신문이었다. ASUNARO가 등교거부를 일으킨 중학생들이 설립한 회사라는 사실은 일본 사람이라면 다 알고 있었지만 그것을 대대적으로 보도하는 미디어는 거의 없었다. ASUNARO는 언젠가부터 하나의 금기였던 것이다.

ASUNARO는 노인이나 시체부사유자들을 위한 지원 단체, 에이즈나 백혈병, 스몬smon병을 지원하는 자원봉사 단체, 그리고 골수 뱅크와 각막 뱅크, 장기이식 코디네이터 조직, 교통사고 유족 센터, 자살 방지나 비행, 유아 학대, 가정 내 폭력, 그리고 배우자의 성폭력, 학교 내 이지메, 강간 피해자 여성의 전화 상담 봉사 단체 등과 제휴하여 넓고 긴밀한 네트워크를 만들어 갔다. 귀국 자녀를 위한 메일링 리스트도 많이 만들었다. 환경 보호 단체와 손을 잡고 네트워크를 만드는 작업도 꽤 진행된 상태였다.

그런 조직이나 단체의 운동에 한결같이 부족한 점은 풍부한 인재와 자금, 후방 지원이라 할 수 있는데 ASUNARO가 그것을 지원해주었다. 예를 들면 어느 초등학교에서 이지메를 당한 여자아이가 있다고 하면 ASUNARO는 '이지메 112'에서 전화상담을 받고 그 초등학교에 '취재반'을 보내 친구나 선생의 증언을 비디오로 촬영하고, 동영상으로 넷에 올린다. 넷 화면에는 각 자원봉사자에게서 반응이 올라온다. ASUNARO는 인터넷판 '생명의 112'도 만들어 산업폐기물 처리 시설의 감시 네트워크를 만들었다. 통보가 있으면 그곳이 어디든 ASUNARO의 취재반이 디지털 카메라를 들고 달려가는 24시간 출동의 감시 체제를 갖추어두었다. 그런 활동에 대한 물리적인 방해 공작이 있을 경우에는 태스크 포스라는 중학생 행동부대가 무기를 들고 동행한다. ASUNARO는 그런 활동을 넷에 보고하고 나아가 정보를 수집하기 위한 메일 매거진을 발행했다. 그 메일 매거진에는 다양한 단체나 조직에 대해 한 번 클릭으로 넘어갈 수 있는 URL이 있어서 발행 부수는 반년도 채 되지 않아 50만을 넘었다.

이런 내용에 대해서는 미디어와 관련된 사람이 아니라도 다 알고 있었다. 월드컵 운동장의 개구리 사건 이후에 젊은 층을 겨냥한 잡지가 ASUNARO를 특집으로 꾸미기도 했지만, 그 정도로 그 전모나 활동 영역을 구체적으로 밝혀내기는 역부족이었다. 여러 가지 추측 기사가 나왔지만 몇 달도 되지 않아 무슨 영문인지 기성 미디어는 ASUNARO를 기사로 다루지 않았다. 지겨워진 것도 아니었고, 물론 ASUNARO의 뉴스 가치가 없어진 것도 아니었다.

그 사이에 ASUNARO가 제작한 뉴스 영상은 블타바를 통해 CNN 등에서 수도 없이 흘러나왔다. 시부야의 문신 클럽에서 허벅지에 장미 문신을 새기는 여고생, 음악 파일 압축 기술로 불법 CD를 판매하는 사람들, 만화 동인지의 발표 대회 등을 소개한 ASUNARO의 뉴스 영상은 거의 매일 해외의 텔레비전 방송국을 통해 방송되었다. 영국에서 CD를 발매하여 히트한 일본인 테크노 그룹이 취재를 받을 때, ASUNARO를 지명한 적이 있었다. ASUNARO의 취재라면 받겠다고 그들은 일본의 미디어를 앞에 두고 공언했다. ASUNARO라면 취재를 받아도 좋다는 젊은 아티스트와 작가, 탤런트, 패션 모델, 스포츠 선수가 늘어났다. ASUNARO는 점차 신·구 미디어의 차이를 상징하는 존재가 되어갔다. 지상파 텔레비전 대 위성 디지털 방송과 인터넷, 기존의 전화와 팩스 대 휴대폰과 전자 메일, 종이 매체의 책·잡지·신문 대 애니메이션 동인지, 그런 신·구 미디어의 격차는 점점 벌어졌고, 어느 한쪽이 몰락할 징후를 보였다. 노인들이 죽어갈 때마다 옛날 미디어 인구도 줄어들었다. 해를 거듭할수록 엔카와 역사소설과 전통 만담은 쇠퇴해갔다. 기득권을 가진 옛날 미디어는 그런 변화를 느끼지도 못했다.

ASUNARO의 활동은 착실하게 확대되었지만, 미디어를 포함한 어른들은 그것을 인정하지 않았다. 그것은 자신들을 부정하는 것을 인정하는 것이었기 때문이다. ASUNARO는 혁명을 일으키려 하는 것도 아니었고 이데올로기나 종교에 물든 것도 아니었다. 일본이라는 국적을 버리려 하는 것도 아니었지만 국제 사회와 깊이 연관되어 있었다.

NHK는 아날로그 하이비전 방송 개발에 집착했기 때문에 디지털 방송에 대한 대응이 늦었다. 디지털 방송의 개념과 가능성을 정확히 이해하지 못했다. 융통성 없는 반관반민의 조직에서 흔히 찾아볼 수 있는 현상이었다. NHK에서 협력 요청이 없었느냐는 질문에 대해 ASUNARO 치바 대표는 이렇게 대답했다.

"딱히 없었습니다. NHK를 견학했을 뿐입니다."

그 코멘트를 보고 불길한 예감이 들었다. 어제 나카무라가 NHK에 대해 질문한 기억이 떠올랐기 때문이다. 햄버거 스탠드에서 만났을 때, 경찰 추적을 피한다는 이야기가 인상적이었다. 전자 추적에 관한 전문 지식은 전혀 없지만, 퐁쨩 그룹이 경찰에 간단히 패배할 리는 없을 것이다. 양자는 완전히 다르다. 퐁쨩 그룹은 늘 최악의 사태를 가상하고 있지만, 경찰은 그렇지 않다는 것이다. 인터넷 중계와 경찰 문제를 이야기하기 전에 나카무라는 내게 NHK에 대해 물었다. 그 다음 날 ASUNARO 치바가 NHK를 방문했다. 명백히 무슨 관련이 있을 테지만 ASUNARO가 무슨 생각을 하고 있는지 나로서는 알 길이 없었다.

그로부터 2주일 후, 야마가타에게서 전화가 왔다. 중학생을 국회에 부르는 것은 6월이 될 것 같다고 그는 말했다. 3월의 예산위원회에서는 아시아 통화기금이 초점이 될 것 같다고 했다.

중학생을 국회에 참고인으로 소환한다는 아이디어에 대해 민주당 의원들의 반응은 매우 긍정적이었다고 야마가타는 말했다.

"그들은 문제의 심각성을 잘 이해하고 있습니다. 특히 젊은 의원은 강한 위기감을 느끼고 있습니다."

야마가타가 중학생의 집단 등교거부에 위기감을 느끼고 있는 것은 분명한 사실이고, 젊은 의원들이 그런 사태를 우려한다는 것 또한 사실일 것이다. 그러나 그들은 이제 힘을 갖기 시작한 중학생들을 이용하려 한다.

정당은 시시각각 모였다가 흩어지기를 반복했다. 2000년 총선거에서 연립 여당이 다시 과반수를 획득하자 오히려 보수당, 꽁밍낭과 사민낭의 언내가 흔들리기 시작했다. 득히 공명당은 총선거에서 의석이 줄어들었고, 보수로 돌아서는 경향을 보이기 시작하는 정권에 반발하는 의원들 가운데서 이탈자가 나타나기 시작했다. 나아가 2000년의 국회에서 재정구조 개혁을 둘러싸고 자민당과 보수당이 대립했고, 이윽고 연립은 무너지고 말았다. 헌법 개정을 논의하는 중에 민주당도 사실상 분열되었고, 민주당 주류파와 공명당 일부, 공산, 사민 그리고 보수당 일부가 야당 민주연합을 결성했다. 2000년 가을에 실업률이 5.5퍼센트를 넘었고, 국회는 다시 해산되었으며, 이번에는 민주연합이 총선거에서 자민당의 의석을 넘어서버렸다. 자민당의 젊은 의원은 민주당의 잔당과 손을 잡고 새로운 정당, 공생당을 만들었다. 자민당에 남은 의원들은 자민신당으로 정당 이름을 바꾸어 공명당의 나머지와 연립 여당을 결성하고, 어떻게든 고실업률의 책임을 회피하려 안간힘을 다했다.

2001년에는 페이오프 실시를 둘러싸고 민주연합에 분열이 일어나고, 공산당과 사민당이 연합에서 벗어나 공명당의 잔당과 국민재생전선을 결성했다. 의장에 취임한 사민당의 위원장은 이 불황은 준전시와도 같다고 선언했다. 페이오프 연기가 국회에서 결정된 직후, 금융감독청과 대장성과 여러 은행, 보험회사, 기업이 얽힌 대규모 뇌물 제공 사건이 일어나 자민신당을 중심으로 한 연립 여당은 해산 위기에 처했다. 3년 전에 어떤 의원이 어떤 정당에 속해 있었는지를 정치 담당 기자도 모르는 실정이 되고 말았다. 공공사업으로 경기를 부양하여 2001년에 GDP는 플러스로 돌아섰지만 실업률은 점점 더 상승했다.

어떻게든 점수를 따보려고 민주연합이 중학생의 참고인 소환을 실현시키려 하는 것도 충분히 이해가 가는 일이었다. 그러나 아시아 통화기금 구상의 구체화 때문에 국회 소환이 연기되는 것도 충분히 있을 수 있는 일이었다. 아시아 통화기금 구상은 아시아 경제의 안정화를 위한 수단이었지만 어느새 일본을 재생시킨다는 큰 목표로 바뀌어갔다.

"그래서 6월에 중학생 대표로서 퐁짱을 부르기로 은밀히 결정되었습니다."

야마가타는 그렇게 말했다. 야마가타는 다른 ASUNARO 대표와도 접촉할까. 그러나 전국의 ASUNARO는 퐁짱을 대표로 한다는 것을 결정한 상태였다. 야마가타는 나같이 별볼일 없는 주간지 기자에게 협력을 구하고 싶지는 않았을 것이다. 모두 자신의 연줄로 일을 추진하고 싶었을 것이다. 그런 야마가타의 의도는 명확하지 않았다. 퐁짱이 국회에서 정부가 좋아할 발언을 하리라고는 야마가타도 생각하지 않을 것이다. 야마가타에게 어떤 의도가 있다는 느낌을 떨쳐버릴 수 없었다.

퐁짱은 최소한 한 달 전에는 참고인 소환 날짜를 알고 싶어합니다 하고 나는 말했다. 아, 그건 가능합니다 하고 야마가타는 대답했다.

"괜찮습니다. 날짜는 이미 결정되어 있습니다. 6월 8일입니다. 월드컵 개막 일 수일 전입니다."

야마가타의 전화가 있었던 그날 밤, 유미코와 외식을 했다. 거의 행사처럼 되어버린 한 달에 한 번 있는 디너였다. 1월은 인도 요리, 이번 달은 중국 요리, 아오야마에 있는 약선 요릿집이었다. 식사 전에 주방장과 한의사가 테이블을 돌아다녔다. 간단한 촉진을 한 다음에 나는 간이, 유미코는 신장이 약하다는 진단이 내려졌다. 한의사가 유미코의 아랫배를 가볍게 만졌을 때, 자궁이니 난소니 하는 말이 나오지 않기를 기원했다. 신장이라는 말을 듣고 나는 안도했다.

가능성으로서, 도대체 누가, 어떤 방법으로 일본의 부를 훔치려 하고 있는 건가. 대만에서 돌아온 후 유미코는 잘 아는 몇 사람의 분석가와 저널리스트에게 그런 질문을 던졌다 한다.

"국제 금융자본의 음모 같은 이상한 이야기에 현혹당하다니 정말 이상하다고 쓴 소리를 듣고 말았어. 그런 뉘앙스의 말이 아니라고 몇 번이나 말해야 했어. 어디서 그런 이야기를 들었느냐고 하기에 대만이라고 했더니, 무슨 이유에서인지 홍, 하면서 들은 척도 하지 않는 거야. 해외에서 수집한 정보를 경시하는 경향은 예전부터 있었지만, 실제로 엔화는 옛날보다 안정적이고 아시아 통화기금이 나쁜 구상은 아니라는 데는 의견이 일치했어. 나도 그들과 이야기를 나누는 사이에 엔화가 공격당할 것이라는 말이 점점 현실감을 잃어가는 것을 느꼈어."

물론 이 나라에서는 해외의 관점이란 것이 현실감을 가지지 못한다. 해외에서 활약하는 일본인을 다루면 잡지도 팔리지 않고, 미국의 이코노미스트가 일본을 향해 경고를 발해도 무시되는 것이 보통이다. 붕괴의 전조는 이런 느낌으로 다가오는 것일까? 난방이 잘 듣는 따스한 방, 테이블에는 새로 마련한 꽃무늬 식탁보가 깔려 있고, 등받이에 조개 껍데기 세공이 붙은 의자에 나는 앉아 있다. 그리고 여러 가지 약초가 든 찐 상어 지느러미를 먹고, 동충하초 수프를 먹는다. 약초도 상어 지느러미도 동충하초도 모두 수입품일 것이다. 아직도 엔화가 비싸니까 이런 수입품을 먹을 수 있고 실업률이 7퍼센트를 넘어섰다고는 하지만 길에서 늘 쌈박질이 일어나는 것도 아니다. 뭔가 불길한 일이 진행되고 있다는 모호한 예감과 설마 심각한 사태야 일어날 라구 하는 모호한 안도감이 공존하는 묘한 분위기는 전 세기의 1990년대와 별다를 바 없다.

아시아 통화기금이 화제가 되고 있지만 대부분의 일본인은 그게 무엇을 의미하는지 모른다. 물론 나도 모른다. 단지 일본 이 주도하는 아시아 통화기금이라는 울림만이 귀에 거슬릴 뿐 이었다. 아시아의 맹주이며 지도자 입장에 선다는 이미지가 떠 올랐다. 아시아 통화기금에 반대하는 목소리는 거의 들리지 않 았다.

나도 뭐가 뭔지 모르겠어 하고 유미코는 말했다.

"일본인은 1200조 엔의 개인 금융자산을 가졌다고 하는데 외자가 그 막대한 자산을 노리고 있다는 소문이 오래전부터 있 었잖아? 그러나 결국 개인 자산이 외자 쪽으로 흘러가는 일도 일어나지 않았고, 일본인 태반은 아직도 일본의 은행이나 우체 국에 돈을 맡겨. 일시적인 금융위기는 넘어선 것 같긴 하지만 오래된 집의 썩은 마루 판자 하나가 부서지듯이 보험 회사와 은 행이 무너져가고, 또 하나 도무지 알 수 없는 것은 국가나 지방 자치단체에 대한 융자가 도대체 어떻게 되어 있느냐는 거야. 정 부 관계자에게 물어보아도 정색을 하며 모른다고 해. 우체국 저 금은 재정투자나 자금운용부의 자원이잖아? 국민의 저금을 정부가 운용하고 있단 말이야. 다리나 도로, 공항을 건설하기도 하는데, 거기에 투자한 돈이 과연 제대로 돌아오는지 알 수 없단 말이야."

아시아 통화기금에 문제는 없을까?

"말레이시아도 찬성으로 돌아섰어. 몇 년 전에 일본이 아시아 각국의 차입자금을 보증한다고 했을 때는 쓸데없는 선심 쓰지 말고 수입이나 늘려달라고 했는데, 그건 말레이시아가 국채를 발행할 수 있었기 때문이야. 그 다음에 신용 등급이 내려가기도 해서 결국 수출밖에 살 길이 없으니까 불안정해지지 않을 수 없었지. 한국도 마찬가지야. 타이나 인도네시아는 막대한 불량 채권을 끌어안고 있어. 싱가포르와 대만, 거기에 홍콩은 중국 위안화가 평가절하되는 것을 두려워하고 있는 실정이라 일본이 거액을 내서 통화기금을 만들고 헤지펀드를 조성한다고 하니까 두 손 들고 환영하는 거야. 게다가 중국에도 유리한 일이잖아. 일단 리버럴한 민주동맹이 그것을 추진한다는 것도 좋은 소식이니까. 민주동맹은 패권이라는 이미지가 엷어. 제각기 다른 생각을 갖고 있다 해도 일단 반대할 이유가 없고 말이야."

쇠귀나물과 백합 뿌리, 거기에 닭 내장과 버섯을 볶은 음식을 먹는 사이에 나도 유미코도 아시아 통화기금과 엔화가 공격 목표가 되고 있다는 이야기를 의식적으로 피했다. 오랜만의 외식을 망칠 것 같았기 때문이다. 그런 대화는 결국 우리 사이에 짙은 피로감만 남길 것이라고 유미코는 마지막으로 덧붙였다. 예를 들면 재정 투·융자의 손실이 어느 정도 규모인지 명확하지 않기 때문에 추측에 근거하여 말할 수밖에 없고, 그 결과 대화하는 사람 스스로 지쳐버리고 마는 것이다.

정보 공개가 절실한 문제지만, 정보 공개라는 말은 늘 유미코의 낙태를 떠올리게 한다. 그때 우리는 충분히 대화를 나누지 못했다. 우리라고 하기보다는 내가 그 문제에서 도망쳤던 것이다. 나의 진심을 말해보라고 따지는 행위는 오히려 자신을 더 상처 입힐 것이라고 생각한 유미코는 혼자서 처리하기로 마음먹었다. 그러나 그때 과연 어떤 말을 했으면 좋았을지 아직도 난 모른다. 충분히 이야기하면 할수록 서로 더 깊은 상처를 주었을지도 모른다. 그러나 역시 이야기했어야 했다. 왜냐하면 지금도 그 이야기는 우리 사이에서 하나의 금기가 되어 있기 때문이다. 국가 재정의 파탄과 낙태를 비교한다는 것은 무리일 것이다. 그러나 공통점도 있다. 그것은 공개가 늦어지면 늦어질수록 회복이 어려워진다는 점이다.

유미코가 퐁짱과 나카무라 그룹 이야기를 시작했다.

ASUNARO가 조금씩 인재를 확보하기 시작했고, 그 뉴스가 유미코 주변에서 화제가 되고 있는 것 같았다. 지금 일본에서는 외국에서 대학을 나와 MBA를 취득했다는 것만으로는 통하지 않는다. 그 중학생들 정말 재미있어 하고 유미코는 말했다.

"이건 그들 자신에게도 적용되는 말인데, 지금 일본에서 자원을 가장 유효적절하게 사용하는 그룹은 그 중학생들일 거야."

2002년 3월의 예산위원회에서 아시아 통화기금 구상이 정식으로 발표되었다. 그 뉴스가 흘러나오자 달러 대 엔화의 환율은 더 높아졌다. 그러나 아무도 그것이 불길한 전조라는 사실을 느끼지 못했다.

오랜 불황 속에서 국민은 어떤 사실을 느끼게 되었다. 그것은 앞으로 일본 경제가 본격적으로 회복될 수는 있어도, 옛날처럼 국민이 모두 풍족해지는 일은 결코 없다는 것이었다. 2001년 1년 동안 자살자는 10만 명을 넘어섰다. 실업률이 7퍼센트를 넘어서고, 100만 명 가까운 중학생이 등교를 거부했다. 그러나 일부 기업은 거액의 이익을 냈고, 연봉 1억이 넘는 고수입 개인도 늘어났다. 능력급 도입이 진행되어 같은 기업의 노동자 사이에서도 임금 격차가 두드러졌다. 중년 사원에 대한 구조조정은 계속되었고, 기술 없는 노동자는 저임금을 감수하지 않을 수 없게 되었다. 정부는 비현실적인 고용 대책을 거듭 발표했으나 실업률은 호전되지 않았다. 오히려 정부의 힘은 눈에 띄게 약해져갔다. 즉, 근대화를 완성한 성숙된 사회에서는 정부의 역할이 약해진다는 사실이 명확해졌다. 거듭되는 불상사를 겪으면서 정부가 금융 시스템에서 거리를 두고부터 업계의 재편성이나 병합이 급속도로 진행되고, 정부가 규제를 철폐할 때마다 산업계는 더욱 활기를 띠어갔다. 느슨한 연방형 국가로 전환하자고 주장하는 정당도 나타났고, 냉전의 종식과 세계 단일 시장의 출현이 국민국가라는 개념을 희석한다는 지적이 신문과 텔레비전에 의해 자주 보도되었다. 오사카와 효고와 교토 등의 행정구역을 서일본으로 독립시키는 것이 좋겠다는 관서 경제인의 발언도 소개되었다.

기득권을 잃어가는 구 지배권, 아직도 국가와 행복을 하나의 가치로 묶는 데 주저하지 않는 사람들은 그런 풍조에 대해 불안감을 느꼈다. 1990년부터 교과서 문제 등에서 새로운 역사 수정주의자들이 등장했다. 그들은 제국주의 시대의 가치관을 찬미하는 등의 복고적인 주장을 거듭하고, 국제화에 불안을 느끼는 층의 지지를 끌어들였다. 많은 역사 수정주의자들은 국제적인 평가를 받지 못하는 사람들이었다. 그 지지층은 새로 등장한 몰락자들이며, 그 수는 경제가 정체하면서 점점 늘어났다.

엔권, 아시아 통화기금 구상은 먼저 그들 사이에서 일어났다. 그 구상은 옛날의 대아시아주의를 생각하게 하는 그 새로운 몰락층을 자극했다. 앵글로색슨형의 글로벌리즘에 대해 적의를 가진 사람들에게 엔권, 아시아 통화기금 구상은 간절한 시대적 염원이 되어갔다.

엔권, 아시아 통화기금 구상을 구 지배자와 반동적 몰락자층, 즉 우익들만이 지지했던 것은 아니었다. 아시아 국가들과 연대한다는 그 구상에 대해 국민재생전선과 혁신야당도 지지를 표명했다. 국제파라 불리는 진보 문화인이나 잡지도 지지했다. 거의 대부분의 미디어는 지지를 표명했다. 아사히 신문과 요미우리 신문의 의견 일치는 하나의 상징이었다. 두 신문이 의견을 같이한 것은 최근 10여 년 동안 처음 있는 일이었다. 재계도 환영했다. 투자가는 대 아시아 투자가 좀더 원활하고 안정되리라 예상했고, 수출기업은 환율 교환에 따른 비용 부담 없이 아시아로 수출을 늘릴 수 있을 것으로 기대했다.

엔권, 아시아 통화기금 구상에 대해 재무성은 완전히 다른 의도를 가지고 있었다. 아시아에서 엔화 유통량을 늘림으로써 아시아 통화와 엔화, 달러와 엔화의 환율을 안정시킬 수 있다고 생각했던 것이다. 나아가 엔권, 아시아 통화기금 구상에 대한 국민적 열기가 높아지는 가운데, 재정 개혁에 대한 합의를 얻을 수 있을지도 모른다는 기대도 있었다. 재무성에 따르면 엔권을 주도하고 통화기금의 주요 참가국이 되기 위해서는, 다시 말해 아시아의 맹주가 되기 위해서는 건전한 재정이 반드시 필요했다. 엔권 구축이라는 대의명분에 따라 세금을 늘려도 어쩔 수 없다는 국민적 합의가 도출되었던 것이다.

어느새 일본 전체가 미래의 비전을 손에 넣은 듯한 분위기에 사로잡혔다. 엔권, 아시아 통화기금이 미래의 일본을 보장할 비전일 수 없었지만, 그밖에 기대할 만한 일은 없었다. 아직도 광대한 아시아 시장은 개척되지 않았고, 높은 근로 의욕과 높은 저축률을 자랑했으며, 일본과 중국과 홍콩은 외환 보유고에서 세계 1, 2, 3위를 차지하고 있었다. 일본 정부는 2002년 3월의 예산위원회에서 엔권과 아시아 통화기금을 실현하기 위해서 수출에 대한 수입 비율을 높여 재정 건전화에 박차를 가한다는 의

제를 만장일치로 가결하고, 21세기는 아시아의 시대라고 선언
했다.

그 사이 엔화는 계속해서 올라갔다. 소비세는 단계적으로
2003년 봄까지 12.5퍼센트로 올리기로 했으나 그 법안에 대해
공산당도 반대하지 않았다. 아시아에서의 수입은 2001년 말부
터 급속히 증가하기 시작하여 아시아 통화기금의 준비금 1000
억 달러가 준비되자 유럽과 미국의 대아시아 투자도 늘어났다.

2002년 4월, 엔권과 아시아 통화기금 구상은 타이에 대한 일
본의 융자로 본격적으로 시작되었다. 5월에는 동아시아와
ASEAN 내의 무역보험의 탄력적 운영이 결정되었다. 즉, 수출
기업에 대해 수입국의 은행 신용장이 없어도 아시아 통화기금
준비위원회가 신용보증을 대신해주기로 결성한 것이나.

일본, 중국, 한국, 대만, 홍콩, 싱가포르, 인도네시아, 말레이
시아, 타이, 필리핀, 그리고 베트남이 아시아 통화기금 준비위
원회에 참가했다. 준비이사회에는 일본과 중국과 홍콩 그리고
대만과 한국과 말레이시아의 대표가 참가했다. 아시아 각국의
통화는 엔화 하나로 묶이기 시작했다. 달러와 엔화의 환율을 잠
정적으로 고정하고 홍콩에서 홍콩 달러를 엔화와 연동시키자는
제안이 나오고 그것을 일본이 받아들이자 각국도 거기에 찬성
했다. 그때 엔화는 128엔까지 올라갔다. 달러와 엔화의 환율을
고정하고 거기에 홍콩 달러를 연동시킨다. 즉, 아시아 각국의
통화가 투기꾼들의 공격을 받았을 때 엔화가 그것을 방어하고

엔화가 위험할 때는 아시아 각국이 공동으로 방어하는 체제가 만들어졌다. 예를 들어, 1997년의 타이 통화위기 같은 사태가 일어나면 우선 엔화가 방파제 역할을 한다는 구상이었다. 타이에서 유출되는 화폐는 달러가 아니라 엔화였으며, 아무도 엔화가 공격 목표가 되리라고는 생각지 않았다. 엔화는 엔권의 기본 통화였고 일본은 EU의 독일 또는 프랑스의 입장이었다. 1992년에 통화에 대한 공격이 가해졌을 때도 마르크에 비해 다소 비싼 듯이 보였던 파운드였다.

미국은 처음에 반대를 표명했다가 금방 생각을 바꾸었다. 중국과의 관계 회복을 우선시키고 아시아 극동 지구의 안정을 위한다는 명목으로 결국 엔권, 아시아 통화기금 구상을 받아들였다. EU는 묵묵히 지켜보았고 달러, 유로 엔화라는 세 가지 통화권의 형성은 인류사의 위대한 실험이라는 코멘트를 발표했을 따름이었다.

엔권, 아시아 통화기금 구상에는 찬성하지만, 엔화와 달러를 잠정적으로 고정하고 각국의 통화가 엔화와 연동한다는 복잡한 통화정책에는 반대하는 경제학자도 있었다. 명문화하지는 않았지만 아시아의 금융은 아시아 제국의 신의로 지켜지기 때문이라고 통화기금 준비위원회의 이사들은 설명했다. 실제로는 각국의 이해가 복잡하게 얽혀 조약문을 작성할 수 없었다고 미국과 유럽의 미디어는 지적했으나 아시아의 신의, 아시아의 맹주와 같은 말은 경제의 정체와 문화의 정체에 피로해진 일본인의 마음을 사로잡기에 충분했다. 반대 의견은 무시되고, 이윽고 반대하는 자는 미디어에서 사라져갔다.

마스트리히트 조약이 EU 제국의 발목을 잡았고 그것 때문에 투기꾼들이 파운드에 대한 공격을 가할 수 있었다는 홍콩 이사의 설명은, 일본 사람들에게는 참으로 듣기 좋은 소리였다. 6월의 한·일 공동 개최 월드컵이 다가오면서 엔권과 아시아 통화기금 구상을 주제로 한 보도 프로그램이 다수 만들어졌다. 신아시아공영권이라는 말이 지면을 장식하게 되었다. 엔화가 공격받을 위험성을 지적하는 사람은 아무도 없었다. 그렇게 하여 엔권, 아시아 통화기금은 마치 20년 전부터 계획된 정책이라도 되는 듯이 기정 사실로 받아들여졌다.

2002년 4월, 벚꽃이 만발한 계절이었다. 고토와 나는 나카무라의 메일을 받고 ASUNARO 요코하마가 설립한 기술훈련 서비스 센터의 개소식에 참석했다. 센터는 도메이 고속도로 가와사키 인터체인지 곁에 있는 호텔을 개축한 것이었다. 개소식은 시설 안의 대회의실에서 열렸는데, 30~40명 정도가 참석했으나 퐁짱과 나카무라 군의 모습은 보이지 않았다. 식장 주변에는 사복 경관으로 보이는 남자가 있었다. 아마도 퐁짱은 체포당할 것을 염려했을 것이다. 그러나 ASUNARO 요코하마의 대표로 보이는 다른 중학생이 회의실 구석에 몇 명 보였다. 문부성의 야마가타도 식장에 와 있었다. 중학생들이 개설한 최초의 시설로 충분히 화제가 될 수 있었지만 취재를 온 미디어 수는 몇 되지 않았다. 지역 신문의 기자 세 명과 지역 광고잡지사 편집자 한 사람, 그리고 NHK 요코하마 지국이 취재하러 왔을 뿐이었다. 사람들은 집단 등교거부를 계속하는 중학생들에게 넌더리를 냈다. 중학생을 테마로 한 프로그램의 시청률은 땅바닥으로 곤두박질쳤고, 특집을 꾸민 잡지도 전혀 팔리지 않았다.

개소식은 10분 정도로 끝났다. 식장에는 연단도 없고 장식된 꽃도 없었다. 마이크도 스피커도 없고, 식장으로 쓰이는 대회의실의 실내 장식도 간소했다. 좁고 기다란 베니어판 책상과 파이프에 천을 두른 간단한 의자, 그러나 벽과 바닥은 천연 소재로 꾸몄고, 브랜드 제품의 커튼과 에어컨은 최신식이었다. 센터의 대표로 나와 인사를 한 사람은 후줄근한 양복을 입은 50대 전반의 남자였다.

"이제부터 젊은 사람들은 반드시 기술을 배워야 합니다. 이 요코하마 기술훈련 서비스 센터에는 앞으로 산업에 필요한 기술을 배울 모든 시설이 갖추어져 있으므로 할 마음만 먹으면 뭐든 익힐 수 있습니다."

대회의실이라고는 하지만 10여 명만 들어가면 가득 찰 정도의 넓이에 지나지 않았다. 회의실 벽을 따라 사무원으로 보이는 여자가 몇 명 앉아 있었다. 그녀들은 제복이 아닌 청바지와 블라우스 차림이었다. 사무원이 아닌 자원봉사자 같은 모습이었다. 쓸데없는 치장은 필요없다는 중학생들의 자세가 그대로 전해져오는 차림새였다. 센터 대표인 초로의 남자도 여사무원들도 모두 그 지역 사람이었다. 아마 실직 중이라 뭐든 일거리를 찾고 있었을 것이다. ASUNARO는 어른을 대표로 두고 전국 수십 개소에 지사를 설치했다. 전국에 실업자가 넘쳐나 어른 협력자를 구하는 데는 아무런 어려움이 없었다.

시설의 대표가 간단한 인사를 마친 다음 마이크를 잡은 지역 시의회 의원이 놀랍게도 훈련 시설에 많은 기대를 품고 있다는 인사말을 했다. 민주당 의원이었는데, 아마도 야마가타가 불렀을 것이다.

"이것은 획기적인 시도라 할 수 있습니다. 이 시설에서 다음 세대의 일본을 담당할 새로운 인재가 탄생하리라 굳게 믿습니다. 여러분의 도전 정신은 지역 사회 발전으로도 이어지리라 확신하는 바입니다."

중학생들은 입을 꼭 다문 채 어른들의 인사말을 들었다. 대표의 인사말에도 의원의 축사에도 박수는 치지 않았다. 그들은 회의실 구석에서 개소식 진행 상황을 무표정하게 바라보고 있을 따름이었다. 좀 이상하지 않아요 하고 고토가 내 귀에다 속삭였다.

"저 의원은 왜 참가했는지 모르겠어요. 대표의 인사말에도 중학생이라는 말은 한마디도 없습니다."

중학생이 만든 시설이라는 말이 금기가 되어 있으니까 하고 나도 고토에게 속삭이듯이 말했다.

"그럼 뭣 하러 개소식을 하지요?"

물론 중학생들이 개소식이 필요하다고 생각했을 리는 없다. 이 식장을 보아도 알 수 있듯이 그들은 겉치레 행동을 철저히 싫어한다. 이 오프닝 의식은 시설을 선전하기 위한 것도 아니고, 경제력을 과시하기 위한 것도 아니다. 최근 들어 퐁짱과 나카무라 그룹은 되도록 눈에 띄지 않게 행동하려 했다. 즉, 퐁짱 그룹은 개소식을 여는 것이 오히려 눈에 띄지 않는다고 판단했던 것이다. 어른들은 보통 어떤 시설을 열 때는 반드시 기념식을 연다. 그 관습을 무시하면 오히려 주목받는다고 생각했다는 것이 퐁짱다운 점이었다. 지역 신문의 기자들도 거의 아무런 질문도 하지 않았다. 고토가 지적했듯이 정말 이상한 의식이었다. 중학생들이 만든 시설이며 이 시설에서 배울 수 있는 사람은 중학생뿐이었다. 그런데도 아무도 그 특이한 점을 지적하지도 질문하지도 않았다.

입구에서 배포한 팸플릿에 따르면 직업훈련 시설의 부지는 800평으로, 11층 건물 속에는 19개의 교실과 크고 작은 회의실이 하나씩, 음악과 비디오 편집 스튜디오, 사무실 그리고 침대와 샤워를 완비한 숙박 시설, 코인 론드리, 자판기가 설치된 휴게실 등도 있었다. 개소식이 끝난 후, 우리는 그 시설을 견학했다. 모든 교실에는 컴퓨터가 완비되었고, 거기에는 최신 LAN과 익스체인지 서버가 깔렸다. 시설 내부를 안내해준 사람은 강사들이었다. 모두 20대 후반에서 30대 초반의 말수가 적은 남자들로, 전문이 뭐냐고 물었더니 제각기 프로그램, 언어학, 컴퓨터 그래픽 디자이너, 비디오 에디터, 화학물질 해석 등의 대답이 돌아왔다. 대표라는 초로의 남자나 사무원이나 강사들 모두 중학생들에게서 월급을 받는다. 아마도 14~15세 아이들에게 월급을 받는 일본 최초의 어른들일 것이다. 그러나 그들에게는 그밖에는 일거리가 없다. 직업이 없는 어른들이 세상에 넘쳤다. 그들에게는 공통된 특이한 분위기가 있었다. 중학생들에게 고용되었고, 그밖에는 일자리를 구할 방법이 없다는 이중의 치욕을 느끼는 사람들이었다.

마지막으로 휴게실에서 주스를 대접받았다. 나는 커피를 마시고 싶었지만 자판기에는 커피가 없었다. 휴게실은 물론 금연이었다. 그 애들은 커피를 싫어하는 모양입니다 하면서 야마가타가 곁으로 다가왔다. 그 애들이라는 말이 귀에 거슬렸다. 자신은 중학생을 잘 이해하고 있고, 그들 또한 그런 나를 신뢰하고 있다는 듯한 뉘앙스가 깔려 있는 말이었다. 휴게실은 삭막했지만 창문을 통해 바라다 보이는 풍경은 꽤 괜찮았다. 푸른 야산과 주택지 거리가 한눈에 내려다보였다. 휴게실에도 에어컨이 설치되어 있고, 그리 더운 날이 아니었지만 에어컨이 돌아가고 있었다.

"그 애들은 더위와 습기를 싫어하는 모양입니다."

이렇게 말하면서 야마가타는 내 곁에 앉았다. 고토에게 인사를 시켜야 할까 말까 망설이는데, 고토는 야마가타가 싫은 듯

주스 잔을 들고 슬그머니 자리에서 일어나버렸다. 야마가타는 평범한 슈트 차림이었으나 그래도 그 지역 사람들보다는 눈에 띄었다. 개소식에 모인 사람들은 미디어를 포함하여 거의 대부분 그 지역 사람들로 차림새도 촌스러웠다. 나이 든 사람은 한결같이 루프 타이를 맸고, 여자 사무원의 블라우스에는 핑크색 꽃무늬가 그려져 있었다. 강사들은 똑같은 감색 슈트를 입었는데, 그들 가운데는 긴 머리를 뒤로 질끈 동여매고 갈색으로 물들인 사람도 있어서 슈트가 전혀 어울리지 않았다. 한 벌뿐인 슈트를 입고 왔다고 일부러 선전하는 것 같았다. 지역 신문의 기자와 카메라맨은 고토에 비해 훨씬 더 그 자리에 어울리지 않았다. 초여름인데도 재킷을 입은 사람도 있었고, 화려한 마 재킷을 입은 사람도 있었다. 카메라맨은 호주머니가 잔뜩 달린 조끼를 입고 있는데, 도쿄에서는 그런 모습을 거의 찾아볼 수 없다. 요컨대 그들은 기자다운 차림새나 한눈에 카메라맨임을 알 수 있는 옷을 가려 입은 셈인데 그게 오히려 부자연스러웠다. 야마가타는 짙은 녹색 슈트에 갈색 계통의 넥타이를 맸다. 몸에 착 달라붙어서 복장만으로는 직업을 추정하기 힘들었다. 대학 강사로도 보이고 외국 증권 회사의 사원으로도 보였다. 젊은 관료의 차림새란 대체로 그렇다. 복장으로 직업을 알 수 있는 그런 시대가 아닌데도 시골 사람들은 패션으로 자신의 직업을 알리고 싶어한다.

"세키구치 씨, 이 청년은 캘리포니아 대학에서 컴퓨터 그래픽을 공부했어요. 가노, 내 말 맞지?"

한 강사를 곁으로 불러 야마가타는 이렇게 말했다. 가노라는 강사는 예 하고 고개를 끄덕였다. 아직 20대 초반으로 보이는 가노는 캘리포니아에서 컴퓨터 그래픽과 컴퓨터 드로잉을 배우고 일본으로 돌아와서 게임 소프트웨어 제작 회사에 들어갔으나 창조적인 직업이 아니라는 것을 알고 금방 그만두었다고 한다. 미국의 디자인 회사에도 잠시 근무했다고 한다. 가노는 말할 때 전혀 표정을 드러내지 않았다.

"가노 군의 말로는 컴퓨터 그래픽 일은 열네댓 살 때부터 시작하는 것이 가장 좋답니다."

그렇습니다, 그래픽이나 드로잉은 대체로 반년 단위로 새로워지는데, 스무 살 정도에 시작하면 원리노 모른 채 테크닉만 배우게 되기 때문입니다 하고 교과서를 읽는 듯한 어조로 설명했다. 가노는 긴 머리에 왼쪽 귓불에 피어스를 하고 감색 슈트 차림이었다. 이야기할 때나 이야기를 들을 때나 무표정하기는 마찬가지였다.

"난 말입니다, 젊은 사람들에게 기술을 가르치면서 내 자신이 과연 무얼 그리고 싶어하는지를 알고 싶습니다."

저들은 대부분 미국의 대학이나 전문학교 출신입니다, 강사들을 손가락으로 가리키며 야마가타는 말했다. 고용불안이 심해지고 실업률이 4퍼센트를 넘어설 즈음, 스킬이라는 말이 유행했다. 종신고용이나 연공제가 과거의 유물이 되고, 다가올 시

대에는 기술이 필요하며 그 기술을 습득하기 위해서는 직업훈
련을 받아야 한다는 말이 널리 퍼졌다. 미국의 대학에서 경영관
리학 석사 학위를 취득한 딜러, 트레이더, 펀드매니저의 성공
사례가 미디어에 소개되고, 유학에 대한 필요성이 강조되었다.
성공하기 위해서는 타인이 가지지 못한 기술을 가질 필요가 있
으며, 기술이 없는 사람은 늘 실직에 대한 불안을 느껴야 할 것
이라고들 했다. 그 결과, 기술을 배우려는 젊은이들이 늘어났
다. 자격증이 중시되고, 정부가 지원금을 내기도 하여 직업훈련
붐이 조성되고, 유럽과 미국으로 유학 가는 사람은 10년 전에
비해 4배로 늘어났다. 프랑스와 이탈리아의 유명한 레스토랑에
서 배우는 외국인의 9할이 일본인이라고 한다.

그러나 그들 대부분은 쓸모가 없었다. 경영관리학 석사를 나
타내는 MBA의 M은 '마누케(얼간이)', B는 '바카(병신)', A는 '아
호(바보)'라는 말이 유행했다. 외국 기업에서는 영어를 잘하면서
일을 못하는 사람보다는 영어는 못하지만 일을 잘하는 사람을
더 중요하게 여겼다. 영어건 기술이건, 그것은 단순한 도구로서
성공의 필요조건은 될지언정 충분조건은 될 수 없었다. 기술이
있어도 그것을 살리지 못하는 사람이 일본 전역에 넘쳐났다. 그
런 사람은 그 기술을 가르치면서 살아갈 수밖에 없었다. 그들은
허무주의에 빠져 중학생이건 야쿠자건 지방의 문화센터건, 자
신을 고용해주는 곳이면 어디든 가려 했다.

이 기술훈련 센터는 중학생이라면 누구든 들어갈 수 있는 곳

은 아니다. ASUNARO 홈페이지에 기술훈련 센터를 개설한다는 소식이 나가자 희망자가 벌떼처럼 몰려들었다. 컴퓨터 프로그래머, 웹 디자이너, 컴퓨터 그래픽 아티스트, 논리니어 비디오 에디터 등의 기술 실습 외에도 영어를 비롯한 외국어, 컴퓨터 언어학, 기초 유기화학, 수학, 기초 생물학, 철학 등의 강의 과목이 개설되었다. 입소 신청은 오로지 본인으로 제한되었다. 부모는 관여할 수 없었다. 기술 실습에 드는 비용은 교과서와 실습비뿐으로, 수강은 무료였다. 입소 희망자는 ASUNARO 요코하마의 홈페이지의 기술훈련 센터 취지서를 끝까지 읽어야 했다. 취지서는 전부 48페이지이며, 8페이지마다 질문이 나오고, 그 질문에 대답하는 자만이 다음 페이지로 넘어갈 수 있게 되어 있다. 마지막 페이지에 응모 요령이 적혀 있고, 약 4만 8000단어의 취지서를 마지막까지 읽은 사람만이 입소 원서를 제출할 수 있었다. 정원 340명에, 그런 과정을 거쳐 300명이 입소했다.

"몇 군데 기업이 뒤에서 밀어주고 있다는 소문도 있는데, 세키구치 씨, 정말 그럴까요?"

나는 그 물음에, 글쎄요 하고 말꼬리를 흐렸다. ASUNARO에 접근하려는 기업이 한둘이 아니었다. 그러나 중학생들은 기성세대가 운영하는 기업과 손을 잡을 어떤 필요성도 없었다. ASUNARO에는 충분한 자금이 있다고 나카무라는 말했다. ASUNARO는 4월부터 몇 가지 새로운 서비스를 시작했다. 도메스틱 바이얼런스(domestic violence: 가정폭력) 상담을 받아들이고, 기업이나 자치단체에 대해 클레임을 무료로 대행하는 서비스를 시작한 것이다. ASUNARO는 유명 사립 여자 고등학교와 여자 대학, 그리고 간호학교의 기숙사에 카메라를 설치하고 그 영상을 24시간 흘려 보내는 유료 서비스를 시작했다. 여고생이나 간호원의 알몸을 보기 위한 시도는 아니었지만 그 사이트는 대히트를 쳤다.

ASUNARO는 넷상에서 자금 운용을 하고 있었는데, 퐁짱과 나카무라 그룹은 여전히 그 에다 역 부근의 수입 잡화점 위에 사는 듯했다. 그들에게는 물욕이 없었다. 자동차도 양복도 원하지 않았다. 아직 오토바이나 자동차를 몰 수 있는 면허를 딸 수 있는 나이도 아니었고, 아르마니가 어울리는 것도 아니었다. 개중에는 돈을 갈취하기 위해 폭력단과 접촉을 시도한 중학생 그룹도 있었지만 그런 애들은 금방 도태될 수밖에 없다고 나카무라는 말했다. 넷상에서는 육체 접촉도 없고, 체력을 과시할 수도 없으며, 근성을 보여줄 수도 없다. ASUNARO에는 하향식 명령 계통도 없다. 자금은 어른들 손으로 운영되고 있으나 인터넷뱅킹이라 자금 흐름을 조작할 수 없고, 송금도 출금도 대차대조표에서 투명하게 드러날 수밖에 없었다. 물론 자금을 숨길 수도 없다.

옛날의 불량 학생이 담배를 피우고 술을 마시고 멋들어진 옷을 차려입고 오토바이나 차를 몰고 다니는 것은 어른들 흉내를 내고 싶었기 때문입니다 하고 나카무라는 말했다. 퐁짱과 나카무라 그룹은 어른들 흉내를 내는 것이 아니라 어른들과 똑같은 행동을 하고 있으므로 일부러 술을 마시고 담배를 피우고 차를 모는 따위의 어른 흉내를 낼 필요가 없었을 것이다. 술이나 차, 양복은 살아가는 데 기쁨을 주는 것이라기보다는 여자애를 꼬실 때 필요한 것이다. 나의 어린 시절을 떠올려보면 금방 알 수 있는 일이지만, 14~15세의 남자란 섹스를 하고 싶어 견디지 못할 그런 나이가 아니다. 단지 어쩌다 같이 살기도 하고 아기를 낳은 애들도 있는 것 같다고 언젠가 나카무라는 메일에 쓴 적이 있었다.

"세키구치 씨, 우리 세대부터라도 아이를 많이 낳으면 인구가 많이 불어날 수 있을 섭니다."

휴게실 구석에서 야마가타는 중학생들과 이야기를 나누고 있었다. 야마가타는 천장을 올려다보기도 하고, 팔짱을 끼고 웃기도 하고, 중학생의 어깨를 가볍게 두드리기도 하면서 이야기를 하고 있었다. 미래, 소중한, 정말, 충실, 국회, 잡초, 그런 단어가 토막토막 들려왔다. 중학생들은 처음부터 줄곧 표정이 없었다.

6월 2일 미국 서해안의 한 프로바이더(provider: 인터넷 접속 서비스를 전문적으로 하는 업자) 회사가 발행하는 메일 매거진에 중국 인구가 사실은 20억을 넘어선 것 같다는 기사가 실렸다.

　"……중국은 1990년대에 들어 식량 수입국으로 전락했는데, 그것은 공업화의 영향으로 농지가 줄어든 탓도 아니고 홍수 등의 자연재해로 작황이 나빠서도 아니다. 진짜 이유는 인구가 늘었기 때문이다. 잘 알다시피, 중국의 1자녀 정책은 1980년대 중반에 이미 파탄났고, 변경 지역이나 자치구에 사는 산악 민족, 소수 민족은 처음부터 1자녀 정책을 무시했다. 대만의 한 스티커 메이커의 영업부 사원은 본사에 보낸 메일에서, 내륙부에 공장을 건설할 때의 일을 이렇게 말하고 있다.

　'정말 대단한 체험이었다. 우리는 푸젠福建성의 내륙부에 공장을 세웠다. 땅값은 거의 없는 거나 마찬가지였다. 노동자의 임금은 1주일에 900대만 달러, 약 25달러. 노동자는 가까운 마을에서 바퀴가 일곱 개 달린 이상한 트럭을 타고 왔다. 모택동 시대의 군용 트럭이라고 했다. 내가 입수한 정보에 따르면, 그 부근에 흩어진 11개의 마을 인구는 전부 12만 명이었다. 그 부근에 공장을 세운 것은 우리 회사만이 아니었다. 다른 회사가 세운 몇 개의 공장도 있었다. 노동자는 끝도 없이 밀려들었다. 그러는 사이에 이 나라에는 인간이 무한히 존재하는 것이 아닌가 하는 무서운 생각이 들었다. 트럭 뒤를 따라 뚜벅뚜벅 걸어오는 사람은 헤아릴 수조차 없었다. 지평선 저 너머까지 파도처럼 밀려오는 사람들 때문에 3일 후에 그들의 임금은 300대만 달러로 내려갔다. 하루에 미국 달러로 1달러 50센트라는 믿기 힘든 임금이었다. 사람들은 공장을 둘러싸고 일자리가 생길 때까지 기다렸다. 도대체 얼마나 많은 사람이 살고 있는지 가늠할 수 없었다. 그리고 그 수는 날이 갈수록 늘어났다. 공장은 사람들의 파도에 완전히 파묻혀버렸다. 그들의 배설물 냄새 때문에 머리가 아팠다. 나는 그런 상황에서 반 년 일했다. 몇십 만이나 몰려들었는지 추정하는 것조차 불가능한 일이었다. 어느 날 낯을 익히게 된 첸이라는 19세의 중국인 청년에게 물어보았다. 도대체 이 부근에 사람들이 얼마나 살고 있어? 놀랍게도 첸은 200만이 넘는다고 대답했다. 12만이라고 들었다고 하자, 첸은 웃으면서 말했다. 그건 25년 전 일입니다.'

어느 신뢰할 수 있는 정보에 따르면, 중국 인구는 1998년에 이미 20억을 넘어섰다. 미국 국부성은 그 승거를 이미 확보하고 있다고 한다. 미국 해군의 정찰위성은 중국 북부의 반사막 지대와 양쯔강 남안의 초목 지대에 거대한 거주지가 출현한 것을 확인했다. 세계 최대의 곡물 회사인 카길은 자사의 위성 관측을 기초로 중국의 올해 생산이 지난해에 비해 70퍼센트 정도에 머물 것으로 예측하고 중국의 인구 문제는 세계 곡물 시장에도 큰 영향을 끼칠 것이라고……."

그 뉴스가 흘러나간 다음, 국제 곡물 시장의 곡물 가격이 급등하고 중국 관련 주식이 급락했다. 중국은 2000년에 군수, 하이테크, 인프라 산업을 제외하고 약 400개 사의 국영기업을 주식회사로 전환했다. 또한 180개 사의 주요 기업을 분리하고, 수

익성이 높은 부문의 주식을 공개하고 거기서 얻은 자금을 채산성이 나쁜 부문의 체질개선 비용으로 돌렸다. 그런 회사의 주식이 급락한 것이다. 상하이와 선전의 증권거래소가 다음날인 6월 3일 오전 중에 폐쇄된 후, 주식 급락의 여파는 홍콩과 싱가포르로 번져나갔다. 항셍 지수는 하루에 18퍼센트나 급락했다.

6월 4일이 되자 중국의 위안화가 팔려나가기 시작했다. 그에 이어 홍콩 달러, 대만 달러, 한국의 원화도 투기 대상이 되었다. 홍콩과 대만은 방위를 위해 시장에서 자국 통화를 흡수하려 했다. 그 결과 금리가 상승했고 주식 시장은 더욱더 혼란에 빠져들었다.

일본 정부와 일본은행의 대응은 너무도 늦었다. 당초 매도 대상이 된 것은 중국의 위안화와 중국의 주식이었다. 정부와 일본은행은 국제 자본의 공격 목표는 엔화가 아니라고 판단했다. 동아시아 각국의 통화가 엔화와 연동된 탓에 일시적으로 엔화는 달러에 대해 몇 포인트 상승 경향을 보이기도 했기 때문이다.

6월 4일 저녁, 나는 텔레비전으로 동아시아의 금융위기 뉴스를 보고 있었다. 정부나 일본은행 그리고 대부분의 경제전문가는 중국의 인구 문제를 계기로 비교적 높이 평가되고 있던 엔화와 연동되어 있는 동아시아 통화가 투기 대상이 되고 있다는 식으로 판단했다. 아시아 통화기금에 대한 국제 금융자본의 도전이라고 주장하는 평론가도 있었지만 그 수는 적었다. 중국 정부는 인구 문제에 대해 미국 곡물 회사의 악질적이며 의도적인 음모라고 발표했다. 카길 사는 미국 서해안의 프로바이더 회사와 중국 정부 쌍방에 대해 중국의 금년도 생산량을 예측한 적이 없다는 반박성명을 발표했다. 미국의 농무성도 카길 사와 거의 같은 취지의 성명을 발표했다.

"도대체 어떻게 되어가는 거야?"

나는 유미코에게 전화로 물어보았다. 주위에서 시끄러운 소리가 들려오고 있었다.

"나도 몰라. 우리도 뭐가 뭔지 몰라서 우왕좌왕하고 있어. 정보도 거의 없어."

오늘 밤 좀 늦을 거야 하고 유미코는 전화를 끊었다.

뉴스가 끝나자 월드컵 특집 프로그램이 시작되었다. 스튜디오에 일본 축구 대표 몇이 나와서 축구 해설가, 문화인 게스트와 이런저런 이야기를 나누는 프로그램이었다. 나는 고토와 다른 기자들과 함께 맥주를 마시면서 텔레비전을 보았다. 여자 사회자에게 목표는? 하는 질문을 받은 한 대표 선수가, 한국과 결승전에서 맞붙는 것이라고 대답하여 스튜디오에 몰려든 팬들의 박수세례를 받았다. 진짜로? 하고 고토가 어이없다는 듯이 말했다. 나는 웃었다. 일본은 좀 특이한 입장인 것 같아요 하고 다른 선수가 말했다.

"아시아 팀이란 것을 거의 의식하지 않아요. 그러다 유럽이나 남미 팀과 시합을 할 때면 아, 우리도 아시아인인가 하는 생각을 하게 돼요. 그러니까 아시아 안에 있을 때는 아시아인이라는 의식이 없지만, 아시아 바깥으로 나가서 아시아 외의 나라와 시합을 할 때면 우리도 아시아인이라는 생각이 든다는 겁니다."

그 선수의 발언을 듣고 께름칙한 생각이 들었다. 일본과 아시아에 대한 어떤 모순을 느꼈기 때문이다. 일본은 엔권과 아시아 통화기금 구상을 실행으로 옮겼다. 그것은 아시아 통화의 안정과 아시아 경제의 발전을 목적으로 행헤졌다. 일본이 정말 그런 목적으로 엔권을 창설했는지는 아무런 문제가 안 될지도 모른다. 그러나 진실로 아시아의 맹주라는 입장에 서서 유럽과 미국에 과시하고 싶은 욕구가 과연 없었다 할 수 있을까. 아시아에서는 넘버원이라는 자존심을 충족하고 싶은 욕망이 없었다할 수 있을까. 아시아 각국을 위해 어느 정도 자신을 희생할 각오는 되어 있었을 것이다. 아시아 통화기금은 1000억 달러로, 그 중 90퍼센트를 일본이 냈다. 그 모든 것을 잃어도 일본은 아시아 통화를 방어할 생각이었을까. 아시아를 위해서라는 대의명분과 아시아의 맹주라는 유럽과 미국에 대한 허영심은 모순된다. 허영이 대의명분을 넘어설 경우 일본은 아시아를 버릴 것이다. 엔화가 투기자본의 공격 목표가 되고 있다는 유미코의 말이 떠올랐다.

2002년 6월 6일, 일본은 이중의 공격을 받았다. 엔화와 아시아 통화기금이 동시에 공격을 받은 것이다. 아시아 통화기금 구상에 참가한 나라들에게 엔화는 일종의 완충기였다. 홍콩은 과거의 통화평의회를 해산하고, 외환 보유고에 맞추어 아시아 통화기금의 엔화를 자국 통화에 연동시켰다. 홍콩 달러가 투기자본의 공격을 받을 때, 홍콩 중앙은행은 아시아 통화기금의 엔화로 대항했다. 즉 1997년의 통화위기처럼 달러를 팔아 홍콩 달러를 방어하지 않고 엔화를 판 것이다.

중국은 아시아 통화기금을 배경으로 고정환율제에서 변동환율제로 바꿨다. 인구 문제가 부각되자 투기자본은 위안화를 대량으로 팔기 시작했다. 아시아 통화기금의 총액은 1000억 달러로, 900억 달러를 일본이 출자했다. 일본은 외환 보유고의 40퍼센트를 기금으로 내놓은 셈이었다. 아시아 통화기금 구상, 엔권에 가장 열성적이었던 것은 말할 것도 없이 일본 자신이었다. 일본이 그렇게 바라고 바라던 엔권이었지만, 참가국의 생각은 서로 미묘하게 달랐다. 중국은 수년 동안의 대미 긴장 관계 때문에 편의상 엔화가 필요했을 따름이고, 홍콩, 대만, 한국, 싱가포르는 엔화가 완충 역할을 해준다는 조건으로 회원국이 되었다. 일본은 비원悲願을 달성하기 위해 참가국들이 내미는 조건을 거의 다 받아들였다. 본부를 도쿄가 아닌 홍콩에 둔 것도 그런 양보 중의 하나였다. 이사국에서 뽑힌 이사와 위원이 기금의 운용을 결정하지만, 그 비율은 출자금에 따르지 않고 각국에서 두 명씩 선출하는 방식을 취했다.

6월 6일, 일본 시간으로 아침이 되자 홍콩 달러와 중국 위안화뿐만 아니라 아시아 통화기금에 참가한 나라의 통화가 일제히 팔리기 시작했다. 투기자본은 아시아 통화기금이 붕괴할 것이라는 전제에서 공격을 가하고 있는 것이 분명했다.

"국제 금융자본이 일본과 아시아를 노리고 있음은 명백한 사실이며, 아시아 통화기금이 존속하는 한 공격은 그치지 않을 것이다."

일본 시간으로 6일 아침에 미국 재무성 장관이 마치 남의 일 대하는 듯한 시큰둥한 태도로 그런 담화를 발표했다. 마치 투기자본의 공격을 예상하고 아시아 통화기금 설립을 인정한 듯한 담화로, 일본의 일부 미디어는 미국 정부가 투기자본과 손을 잡고 있는 것이 아닌가 하는 비판 기사를 실었다.

시장은 공황 상태에 빠져들었으나 일본 정부가 엔화에 대한 공격을 인정한 것은 6일 오후에 들어서였다. 일본에는 1200조 엔의 개인 금융자산이 있고, 1조 달러의 대외 순자산이 있으며, 연간 1000억 달러에 가까운 경상수지가 있으며, 2200억 달러의 외환 보유고를 자랑했다. 그 가운데 900억 달러는 아시아 통화기금에 출자한 상태였다.

"어떤 공격을 받아도 엔화는 눈 하나 깜짝하지 않을 것이다. 정부와 일본은행은 단호한 태도로 아시아 통화와 엔화를 방어할 것이다."

6일 오후가 되어서도 일본 대장성 장관은 이런 담화를 발표했다. 현재 상황을 그렇게 안이하게 판단한 데에는 홍콩의 정보가 너무 늦게 도착한 것도 한 원인이지만, 정부와 대장성의 엔화 통화정책에 대한 과신도 크게 작용한 것이 틀림없었다. 아시아 통화기금 구상, 엔권의 시뮬레이션을 거듭했던 대장성은 엔화 환율에 개입하여 1달러당 126~128엔 수준을 유지해왔다. 즉, 엔화는 홍콩 달러를 비롯한 아시아 각국의 통화와 연동된 상태에서 달러당 128엔 전후로 고정되어 있었던 것이다. 그 평화로운 고정 상태에 미국의 협력이 크게 작용했다는 설도 있지만 사실 여부는 알 수 없었다.

오후 들어 편집부에서는 큰 소동이 벌어졌다. 아시아 통화기금의 반 이상이 몇 시간 만에 사라져버렸던 것이다. 우선 홍콩 달러와 위안화가 집중적으로 팔려나갔다. 아시아 통화기금은 긴급 이사회를 열고 홍콩 달러와 위안화를 방어한다는 결정을 내렸다. 홍콩과 중국은 거의 위험부담이 없었다. 팔려나가는 자국의 통화를 통화기금의 엔화로 사들이면 그만이었다. 편집부가 계약하고 있는 경제평론가들의 의견은 제각각이었다. 갑자기 발생한 회오리바람 같은 사태인 만큼 조금만 참고 견디면 수습될 것이라는 의견에서 아시아 통화기금은 어차피 이럴 운명이었으며 엔화 방어로 시중 금리가 폭등하여 과반수 이상의 은행이 도산할 것이라는 의견까지 있었다. 요컨대 아무도 이 사태를 이해하지 못했다.

"뭘 하고 있어. 빨리 달러를 팔아야지. 멍청이들!"

편집부에 있던 경제 저널리스트 호리이가 텔레비전을 보면서 외쳐댔다. 나와 같은 프리랜서 기자들이 편집부의 텔레비전 앞으로 모여들었다. 텔레비전에서는 대장성 장관이 미국의 국채를 매각할 생각은 없다고 말했다. 6월 6일 오후 1시를 막 지나는 순간이었다. 비는 내리지 않지만 습도가 높은 전형적인 장마철 날씨였다. 편집부의 에어컨에는 제습 모드가 없어서, 에어컨을 틀면 춥고 끄면 더웠다. 그런 상태로 몇 시간 실내에 있다 보면 피부감각이 마비되어버리는 그런 어중간한 날씨였다.

나는 밤을 새워 써야 할 원고 때문에 편집부의 소파에서 눈을 붙이고 있다가 오전부터 텔레비전 화면을 뚫어져라 바라보았다. 나처럼 밤을 새워야 할 프리랜서 기자들도 텔레비전 앞으로 모여들었다. 그러는 사이에 정오 가까운 시간이 되자 편집부를 오가는 프리랜서 기자가 모두 한 자리에 모였다. 평소 저녁 시간에야 편집부로 나타나는 기자들도 푸석푸석한 얼굴로 모여들었다. 다들 안절부절못하는 기색이었다.

거대한 태풍이 서서히 접근하고 있는 듯한 느낌이 들어요 하고 고토가 말했다. 무슨 불길한 사태가 벌어질 듯한 분위기가 텔레비전 화면을 통해 풍겨나왔다. 그러나 편집장을 비롯한 편집부의 정규 사원들은 오후가 되어서야 느긋하게 출근했다. 그들은 우리가 텔레비전 앞에 옹기종기 모여 있는 것을 보고서야 비로소 심상치 않은 사태가 벌어지고 있다는 걸 느꼈던 것 같다. 계약 사원이나 프리랜서 기자와는 달리 정규 사원은 그리 심각하게 위기를 느끼지 않는 경향이 있다. 위기감이란 자신의 처지가 현실적으로 위험에 빠질 수 있다는 불안감이다. 당연한 일이지만, 자신만은 어떤 경우에도 안전하다는 전제에 서면 위기감은 생겨날 수 없다. 우리에 비한다면 정사원은 훨씬 더 안전하다. 아직도 노동조합이라는 조직의 보호를 받고 있고, 사내에서 이동하는 경우는 있어도 목이 달아날 위험은 없다. 우리 같은 프리랜서 기자나 계약직 사원은 편집장에게 찍히거나 원고에 눈에 띄는 실수가 발생하면 그냥 날아간다. 지금 텔레비전 수위에 보여 있는 프리랜서 기사 가운데는 시금사시 소속 잡지사의 편집장 눈에 나서 잘린 경험이 있는 사람이 몇은 된다. 과거의 심각한 경험이 다시 반복될지 모른다는 상상을 할 필요가 없는 사람은 결코 불안을 느낄 수 없다. 우리 프리랜서 인간에게는 정사원에 대한 콤플렉스 같은 것이 있다. 그러므로 늘 외부에서 오는 위협에 민감하다. 정사원 가운데는 텔레비전을 보면서 쓸데없는 농담을 던지는 작자도 있었다. 텔레비전 화면이 끈질기게 홍콩 증권거래소를 비추고 있을 때, 옛날 홍콩에서 즐겼던 여자놀이에 대해 이야기를 시작했던 것이다. 그러나 아무도 웃지 않았다.

어제 달러를 팔았더라면 괜찮았을지도 모르는데 하고 호리이가 말했다. 호리이는 프리랜서 경제 저널리스트인데, 원래는 어떤 은행의 외환 딜러였다.

"시장이 아직 달러를 팔 체계가 아닐 때 달러를 팔았어야 했는데 말이야. 이제 시장에서는 엔화를 살 분위기가 완전히 사라지고 말았어. 홍콩과 중국은 기금으로 자신들의 통화를 사들이면 돼. 결국 일본이 대량의 홍콩 달러와 위안화를 고스란히 떠맡아주는 셈이니까. 일본이 아시아 통화기금에 제공한 달러가 홍콩 달러와 위안화로 바뀌어가고 있어. 일본은 손에 든 달러 대신에 말도 안 되는 환율로 위안화와 홍콩 달러를 사들이고 있는 거야. 홍콩 달러와 위안화가 폭락한 다음, 우리는 종잇조각 같은 아시아 통화를 대량으로 끌어안게 되는 셈이지."

호리이의 안색은 새파랗게 질려 있었다. 호리이는 내 바로 옆에 있었다. 나를 바라보고 이야기하는 호리이를 향해 나는 적당히 고개를 끄덕여주었다. 그러나 호리이와 나는 평소 대화를 나누는 사이가 아니었다. 호리이 씨, 강의 더 하세요 하고 데스크가 농담을 던졌지만 아무도 웃지 않았다.

NHK는 뉴스 시간을 연장했다. NHK의 위성 제2텔레비전에서는 통화 위기에 관한 정보를 흘려 보냈다. 마치 태풍이나 지진, 화산 분화를 보도하는 듯한 태도였다. 도쿄와 홍콩의 증권 거래소가 똑같이 폭락 장세를 보이자 긴장감은 더 높아졌다. 아시아 통화기금의 급격한 감소에 발이라도 맞추듯이 엔화도 팔려나가기 시작했다. NHK도 정보가 부족한 것 같았다. 영상도 제한적이었다. 홍콩의 증권거래소, 도쿄 증권거래소, 은행의 딜링 룸 등이 비쳐 나오고, 대장성과 일본은행과 총리공관 등을 기자가 리포트하고 있었다. 스튜디오에는 경제부 기자와 해설위원과 경제전문가가 상황을 분석했다.

그놈들은 엔화의 허수 매도를 시작했다고 호리이는 말했다. 그놈들이 누군데? 하고 누군가가 물었다. 헤지펀드는 벌써 죽었다고 하던데 하고, 텔레비전에서도 헤지펀드 이야기를 했다.

"이전에는 21세기의 괴물이라고 했습니다. 대표적인 헤지펀드의 자산 규모는 최근 몇 년 간 급격히 줄어들었습니다. 그들에게 엔화를 공격할 힘은 절대로 없습니다. 따라서 이번 아시아 통화기금 사태와 엔화 매도 투기는 수수께끼라 하지 않을 수 없습니다."

뭐가 수수께끼란 말이야, 멍청한 놈 하고 호리이가 텔레비전을 향해 욕을 퍼부었다. 후지 텔레비전에 미스터 엔이 나왔어 하고 누군가 외쳤다. 리모컨을 들고 있는 기자가 호리이의 승낙을 받고 채널을 바꾸었다. 예전에 미스터 엔이라 불리던 전 대장성 재무관이 후지 텔레비전의 〈뉴스 와이드 쇼〉에 출연했다. 미스터 엔은 어젯밤에 소로스 씨와 전화로 이야기를 나누었다고 말했다. 미스터 엔은 웃는 얼굴로 그때의 대화 내용을 이렇게 전했다.

"아직 완전한 체제를 갖추지 못한 엔권이 투기자본의 공격 목표가 되는 것은 어느 정도 이해가 가긴 하나 그리 심각한 사태는 아니라고 소로스 씨는 나에게 힘주어 말했습니다."

텔레비전 화면에 조지 소로스 씨가 등장했다. 소로스 씨와 악수를 나누는 미스터 엔의 사진도 나왔다. 소로스는 정반대의 말을 하고 있어 하고 호리이가 중얼거렸다. 후지 텔레비전은 헤지펀드에 관한 비디오를 내보내고 있었다. 주요 헤지펀드의 등기상의 본사는 세금 천국이라는 카리브 해의 섬, 이를테면 케이만제도와 같은 곳에 있으며, 그 투자 목적이나 포트폴리오(portfolio: 한 시점에서 소유 또는 운용할 수 있는 모든 자산을 정리한 장부)는 누구도 검사할 수 없고, 출자자의 이름도 명확하지 않다. 1990년대 말 미국에서 융성했지만, 그후 G8의 정부나 중앙은행에 의해 규제 움직임이 일어나자 슬그머니 꼬리를 감추었다. 일본인이 만든 헤지펀드도 있지만 현재 그 대부분은 도태되고 말았다. 그런 일들이 1997년의 아시아 통화위기 영상을 사용해서 설명되었다. 참으로 이상한 영상이었다. 헤지펀드에 대해 알 것 같기도 하고 모를 것 같기도 한 그런 영상이었다.

NHK로 되돌리라고 호리이가 말했다. NHK 지상파에서는 뉴스가 끝나고 지방국이 제작한 한낮의 오락물이 방영되었다. 코미디언이 등장해 그 지방의 유명한 노천온천과 전통 여관을 소개했다. 그 평화로운 영상을 보고 우리는 한순간 입을 딱 벌리고 말았다. 마치 다른 나라의 텔레비전을 보는 듯한 기분이 들었지만, 국민의 일반적인 감각이란 바로 저런 것일지도 모른다. 생각해보면, 일본의 외화가 유출될 뿐 미사일이 날아오거나 지진이 일어나 대도시가 무너진 것은 아니지 않은가.

우리는 NHK의 위성 제2텔레비전으로 채널을 바꿨다. 홍콩의 아시아 통화기금 본부 앞에서 중계되었다. 리포터는 푸른 하늘을 배경으로 한 홍콩의 초고층 빌딩 앞에 섰다. 이사와 위원이 참가한 회의가 아침부터 이어지고 있습니다. 땀이 밴 폴로 셔츠 차림으로 그 리포터는 말했다.

호리이에 따르면, 헤지펀드가 소멸하거나 힘을 잃는다는 것은 있을 수 없는 일이었다. 진짜로 돈을 가진 것은 헤지펀드가 아니라고 호리이는 말했다.

"거대 자본을 거느린 작자들이 사라질 리가 없잖아. 설령 헤지펀드가 소멸돼도 세계적 규모의 거대 자본을 운용하는 조직은 반드시 새로 생겨나게 되어 있어. 게다가 헤지펀드가 소멸되었다는 것은 새빨간 거짓말이야. 항상 입이 빨라서 조지 소로스만 매스컴의 주시를 받지만, 어디 헤지펀드가 소로스뿐이던가. 헤지펀드라는 이름을 피해서 다른 이름으로 투자 회사를 만든 자도 있으니까. 어쨌든 그들은 타깃을 정확히 선택해 방아쇠를 당길 뿐이야. 1997년의 아시아 통화위기도 헤지펀드가 시장을 지배한 것은 아니야.

그들에게 자금을 제공한 작자들은 주로 유럽의 자본가로, 왕족도 있고 귀족도 있고 기업, 금융기관, 개인 투자가도 있지. 그들은 스위스나 네덜란드, 벨기에와 같은 나라에 작은 투자은행을 가지고 있기도 해. 그들에 대해서는 일본 정부도 일본은행도 일본의 금융기관도 거의 정보를 가지고 있지 않아. 해외 현지법인을 가진 초우량 일본 기업의 일부 인간만이 그들과 접촉할 수 있으니까. 그들은 복잡한 투자 조작으로 일본의 가장 우수한 제조업체 몇 군데에 투자하고 있어.

그러나 당연한 일이지만, 외환시장의 플레이어는 그들만이 아니야. 그들이 아무리 많은 자금을 운용한다 하더라도 전체 시장의 1할도 채 안 돼. 그러나 시장은 어떤 한 방향으로 흘러가기 시작하면 수정하기가 힘들어. 정부도 일본은행도 그 무서움을 잘 모르고 있단 말이야. 왜 모르냐 하면 시장에 개입해 어느 정도 성공을 거두었다고 판단했기 때문이야. 외환시장의 무서움은 플레이어가 많다는 것과 추세를 읽을 수 없다는 거야. 엔화를 파는 자는 고작 열 명 정도일지도 모르고 50만 명일지도 몰라.

대장성은 시장 개입으로 엔화를 방어할 수 있다고 생각하는 것 같아. 물론 24시간 전이었다면 가능했을지 몰라. 그것도 엔화 매도의 포지션을 노리고 그것을 박살내는 강력한 방법을 취하는 것이 아니라 엔화 매수 포지션을 시장에 오퍼하는 방식을 취한다면 방법이 없었던 것도 아냐. 그리고 오퍼를 누군가가 받아들이면 반드시 한 번은 오퍼를 끌어올리게 돼. 일본에는 막대한 자본이 있으니까, 시장 동향에 따르면서도 달러를 매각할 포지션을 기다릴 수 있었어."

텔레비전에는 똑같은 화면이 지칠 줄 모르고 비쳐 나왔다.

어젯밤 아시아 통화기금 본부에서 열린 기자회견. 홍콩인 이사장이 당혹스런 표정으로 기금이 유출되고 있다고 대답한다. 그 회견에 대한 정부와 일본은행의 첫 반응은 이랬다. 총리와 관방장관 그리고 일본은행 총재가 각각 기자회견을 열고, 자금이 유출되고 있는 건 사실이지만 좀더 정보를 수집하여 신중히 추이를 지켜볼 필요가 있다는 것이다. 그리고 오늘 오후에 발표된 정부와 일본은행과 대장성의 담화는 이렇다.

"단호한 자세로 엔화와 아시아 통화기금을 방어할 생각입니다."

NHK 위성 제2방송에서는 아시아 통화기금 본부 앞에서 중계를 끝내고 스튜디오에서 경제전문가가 아나운서의 질문에 대답했다.

"일본은행은 이제부터 자금을 흡수할 것입니다. 단기금리의 상승이 시급한 문제입니다. 체력이 떨어진 은행은 자금 조달에 어려움을 겪을지도 모르겠습니다. 페이오프를 실시하지 않은 폐해가 생각지도 않은 곳에서 일어나고 있습니다."

경제전문가는 마치 남의 집 불 보는 듯한 어투로 말했다. 그런 어투는 비단 경제전문가들뿐만이 아니었다. 일본은행 총재도 대장성 대신도 총리도 관방장관도 남의 일 대하는 듯한 태도로 통화위기에 대해 자신의 견해를 발표했다.

"기금 유출이라는 사태에 관해서는 좀더 많은 정보를 입수하여 적절하게 대처할 생각입니다. 이른바 투기자본의 기금 및 엔화에 대한 공격이라는 사태에 대해서는 주변 각국과 긴밀히 협조하여 단호한 태도로 대처할 생각임을 밝히는 바입니다."

현단계에서 어느 정도 피해가 발생했고, 누구의 책임 아래 실질적으로 어떤 대책을 실행하며, 그것이 어떤 효과를 올릴 것인지, 또는 효과가 없을 경우에는 또 어떤 대안을 가지고 있는지, 대책이 아무런 효과가 없고 시장 개입에도 실패했을 때는 누가 어떻게 책임을 질 것인지에 대해서는 단 한 마디도 언급하지 않았다. 의도적으로 밝히지 않는 것이 아니라 도대체 누구의 책임으로 통화 방어를 한다는 것인지 알 수 없는, 주어가 모호한 담화문이었다. 정부의 입장에서는, 일본은행의 입장에서는, 대장성의 입장에서는, 엔화에 대한 공격이라는 긴급 사태에 직면하여 절대로 용인할 수 없다는 단호한 태도로……. 과연 누가 단호한 태도를 취한다는 것인지 알 수가 없는 어투였다.

외환 거래란 것은 인간과 인간의 만남이나 대화와도 같은 것이야 하고 호리이는 나지막한 목소리로 속삭이듯이 말했다. 편집부 직원 하나가 큰 목소리로 《뉴욕타임스》의 인터넷 기사를 읽는다. 호리이의 눈은 충혈되었다. 어젯밤에 한숨도 자지 못한 것 같았다. 그 기사에 따르면, 아시아 통화기금 가운데 이미 600억 달러가 유출되었다. 그 말을 듣고 호리이는 정말 어이가 없군 하고 고개를 절래절래 저었다. 해는 구름에 가렸다가 이따금 얼굴을 내밀고 있었다. 편집부 벽에는 월드컵 포스터와 우승국을 알아맞히는 복권 일람표가 붙어 있었다. 그 하얀 종이에 햇살이 닿았다가 사라져가곤 했다. 습도가 높아서 공기가 탁한 듯한 느낌이 들었다. 어느 은행의 외환 딜링 룸이 텔레비전에 비쳤다. 모니터를 바라보는 사람들의 표정이 험악하다. 호리이는 그 영상이 지금 찍은 건 아니라고 했다.

"딜링 룸의 모니터에는 매매 데이터가 가득 들어 있어. 인터뱅크의 딜러는 먼저 가격을 제시해야 해. 매매 오더가 아니야 그건, 고객이 1000만 달러를 제시하면 장의 분위기를 봐서 일단 가격을 부르는 거지, 1294엔 50전에서 55전이라고 불러. 팔고 싶으면 50전에 팔고, 사고 싶으면 55전에 사겠다는 말이야. 그러면 고객이 유어스, 즉 팔았다고 외쳐. 그 경우는 그 돈을 무조건 사야 해. 그런 상태에 들어가는 것을 포지션이라고 해. 즉, 1000만 달러의 매매에 포지션을 가지는 거지. 만일 그런 상태에서 시장의 매가가 1290엔 50전이면 우리에게는 이익이 없어. 실제로 달러가 130엔대로 올라가면 500만 정도를 손해보게 돼. 그 반대로 1290엔으로 내려가면 500만 버는 거고.

여러 경로를 통해 시장의 분위기를 읽어야 하는데, 가장 중요한 것은 만남이야. 누군가가 129엔 50전으로 달러를 팔았을 경우, 그것이 50에서 55까지 범위의 50인지, 45에서 50의 범위인지 그걸 알아야 해. 요컨대 같은 50전이라도 매도자 측의 주도로 팔리고 있는 것인지 매수자 측의 주도로 구입되는 것인지를 파악해야 해. 딜러들이 현재 달러가 오른다고 판단하고 있는지 내린다고 판단하고 있는지, 그 매도자와 매수자의 미묘한 만남이 흘러가는 방향을 직관적으로 판단해야 하는 거야. 그 만남의 감촉 같은 것을 감지할 수 있는지 없는지에 따라 딜러의 능력이 결정되는 거지.

매도자와 매수자의 대화는 숫자로 이루어져. 일본 정부의 시장 개입은 그런 만남과 대화를 무시하고 있어. 그놈들은 만남에도 둔감하고 대화도 하지 않아. 그 대화는 아주 예민하고 한마디에도 수많은 의미가 내포되어 있어서 혼란스럽긴 하지만 정답은 늘 하나뿐이야. 그 시장의 만남과 대화는 너무도 복잡미묘하여 천체의 운행과도 같고, 그런 만남을 언어로 표현하면 아름다운 시가 되고 음악으로 치자면 모차르트의 선율과 하모니 같은 형태로 나타나겠지만, 그 만남이 완전히 사라져버리는 경우도 있어. 시장이 얼어붙어서 만남이 전혀 이루어지지 않는 경우야. 아니면 시장 전체가 미친 듯이 상하로 마구 움직이는 경우인데, 정부가 개입하면 대체로 그런 현상이 일어나. 시장이 왜곡된다고나 할까.

지금 시장에서 일어나는 현상이 바로 그런 발광 상태의 일종이야. 이럴 때면 인터뱅크의 딜러는 기분이 좋지 않아. 눈앞에서 재앙이 일어나서 사람과 집이 탁류에 휩쓸려가는 것을 그냥 보고만 있어야 하는 참담한 기분이라고나 할까.

그러니까 딜러들이 비명을 지르는 듯한 표정으로 모니터를 바라보는 저런 영상은 어제 것이 되는 거야. 오늘의 딜러는 아마도 한숨을 내쉬며 조용히 이 비극을 바라보고 있겠지."

6일 저녁, 엔화는 달러당 131엔까지 내려갔다. 일본 정부와 일본은행은 미국 재무부 증권을 담보로 달러 차입을 검토하고 있다는 정보가 흘러나왔다. 재무부 증권을 팔면 달러가 폭락하여 세계 경제가 파탄날지도 모른다고 미국 정부가 협박하고 있을 것이라고 호리이는 웃으며 말했다. 도쿄 증권시장에서는 닛케이 지수가 1만 5000엔 아래로 떨어졌다.

원고를 끝낸 다음 저녁이라도 함께 하자는 고토의 제안을 피곤하다는 이유로 거절했다. 사실은 나도 술이라도 마시고 싶었지만 그냥 아파트로 돌아가기로 했다. 엔화가 공격을 받았다고는 하지만 전쟁과는 상황이 다르다. 바에서 마시고 있는 동안 미사일이 날아올 것도 아니다. 피곤하긴 했지만 고토와 큰 소리로 떠들어대며 술이라도 마시면 골치 아픈 일들을 모두 잊어버릴 것이다. 그러나 나는 혼자 전철을 타고 아파트로 돌아가기로 했다. 하지에 가까워지면서 해가 많이 길어졌다. 호리이에 따르면 외환시장은 24시간 움직인다. 이 시간에도 엔화는 팔리고 있을 것이다.

시부야 역 앞에 디지털 카메라를 든 중학생들이 모여 있었다. 인터뷰어와 카메라맨이 짝이 되어, 100명 정도의 무리가 역으로 나가는 회사원이나 여사무원을 인터뷰하고 있었다. 그들은 ASUNARO라고 프린트된 티셔츠를 입고 있었다. ASUNARO는 아시아 통화기금 구상이 시작되었을 때 1만 명을 대상으로 한 비디오 앙케트를 했다. 이미 ASUNARO라는 이름을 모르는 일본인은 없을 것이다. 또한 그 회사가 등교를 거부하는 학생들이 만들었다는 사실도 잘 알고 있을 것이다. 전국의 중학교는 서서히 빈집으로 변해갔다. 분명히 긴급 사태인데도 불구하고 아무런 구체적인 대책도 나오지 않았다.

역으로 향하는 도중에, 엔화에 대한 공격을 어떻게 생각하십니까? 하는 중학생의 질문을 받았다. 손바닥보다 작은 디지털 카메라 렌즈가 내 얼굴을 비추었다. 머리를 뒤로 묶은 여중생이었다. 카메라를 든 것도 여학생이었다. 청바지에 티셔츠 그리고 스니커. 내가 아무 대답을 하지 않자, 시부야 19번 침묵 하고 녹음한 다음 협력해주셔서 감사합니다 하고 가볍게 고개를 숙였다.

전차에서 내려 상점가를 걸었다. 도쿄의 서쪽 끝 다마가와 강가의 거리에서는 통화위기의 영향을 전혀 느낄 수 없었다. 파친코 가게에서는 여전히 소음이 새어나오고, 채소 가게 주인은 올해 첫 콩이 나왔으니 이걸 안주로 맥주를 마시라고 큰 소리로 외쳐댔다. 프랑스어 간판을 단 빵집 쇼윈도에는 예쁘장한 케이크가 진열되었고, 엄마 손을 잡은 한 아이가 그 케이크 중 하나를 손가락으로 가리킨다. 스포츠용품점 벽에는 월드컵에 출전한 일본 대표를 응원하자는 포스터가 걸렸다. 샐러리맨들은 닭구이 집에 앉아 맥주를 마시고, 게임 센터 앞에는 고교생이 쭈그리고 앉아 담배를 피운다.

유고슬라비아 내전을 비추는 영상에서 시민들이 너무도 태연자약하게 생활하는 것을 보고 놀랄 때가 있다. 외환 보유고가 거의 바닥이 나면 어떻게 될까 하고 생각해보았다. 수입품을 살 수 없을지도 모르고 외국 여행을 못 가게 될지 모른다. 은행과 기업은 외국 자본에게 넘어갈 것이고 실업자는 더 늘어날 것이다. 담뱃가게 앞에 진열된 석간신문 1면에는 엔화의 위기라는 큰 활자가 박혀 있었다. 아사히 신문 1면 톱은 아시아 통화기금의 7할이 유출되었다는 내용이었다. 요미우리 신문은 '국제 투기자본의 음모?'라는 제목이 1면 톱을 장식하고 있었다. 크고 검은 활자 주위를 장식하고 있는 지면을 보자니 묘한 불안감이 일었다. 이런 식으로 가다가는 어떤 결정적인 사태가 일어나 평화로운 일상 생활이 파괴되어버릴지도 모른다. 문득 상점가의 풍경이 평소와는 달라 보인다는 사실을 느꼈다.

퐁짱의 참고인 소환이 이틀 후로 다가왔다. 이런 상황에서 어른들은 과연 퐁짱의 이야기에 귀를 기울일 것인가. 불안했다. 타이밍이 좋지 않다. 호리이는 내일이면 상황이 더 악화될 것이라고 말했다. 아마도 내일은 한국이나 타이, 말레이시아 통화도 팔려나가기 시작할 것이다. 투기자본은 아시아 각국과 일본이 자진해서 자국 통화를 평가절하할 때까지 공격을 멈추지 않을 것이다. 이틀 후면 뭔가 심각한 일이 벌어지고 있다는 것을 일반인들도 느끼게 될 것이다. 이런 가운데 퐁짱이 국회에서 무슨 말을 하든 어른들은 눈 한 번 깜빡하지 않을지도 모른다는 생각이 들었다.

6월 7일 새벽, 유럽 중앙은행 총재가 아시아 통화와 엔화의 위기를 우려한다는 성명을 발표했다. 유미코에 따르면, 유럽은 유로를 일본의 금융 기관이 일제히 평가절상할 것을 두려워한다. 그 때문에 유럽이 엔화를 매수할지도 모른다는 기대감으로 엔화 시세가 조금이나마 회복될지도 모른다고 유미코는 말했다.

"반대로 유럽이 협력하지 않겠다고 결정하는 순간이 두려워. 현재 엔화 매도 추세가 어느 정도인지 독일이나 프랑스는 눈치를 보고 있을 거야."

아침 7시에 눈을 뜨자 유미코는 이미 일어나서 커피를 마시며 NHK 위성 제2텔레비전을 보고 있었다. 어젯밤, 유미코가 돌아오기 전에 나는 잠이 들었다. 새벽 1시까지 깨어 있었으니 유미코는 거의 잠을 자지 않았을 것이다.

"내가 깨웠어?"

유미코는 이미 옷을 갈아입고 화장도 한 상태였다. 통화위기가 일어나고부터 우리는 거의 대화다운 대화도 나누지 못하고 있다. 뭘 좀 먹었어? 하고 묻자 유미코는 고개를 가로저었다. 냉장고에 피자가 들어 있다고 했지만, 회사에서 먹으면 된다고 하면서 테이블 위의 노트북을 정리하기 시작했다. 회사에 갈 생각인 모양이었다. 같은 프리랜서 기자지만 유미코는 경제인의 조

찬 모임 같은 데서 취재해야 하기 때문에 아침이 이르다. 급히 원고를 써야 할 때도 있어 늘 귀가 시간도 늦긴 하지만 요즘처럼 바쁜 유미코를 본 적이 없다.

앞으로 어떻게 될 것 같아? 하고 나는 전자레인지에 피자를 넣으면서 구두를 신고 있는 유미코에게 물어보았다. 일본에서 전세계의 자금이 빠져나가려 하고 있어 하고 유미코는 대답했다. 전자레인지에서 '찡' 하는 소리가 들려왔다. 현관에 서서 유미코의 머리카락을 부드럽게 매만지며 볼에 키스를 하면서, 결론이 어떻게 날 것 같아? 하고 나는 다시 물었다.

"나라가 파산하는 거지 뭐."

유미코는 그렇게 말했다.

7일 오전 중에 아시아 통화기금은 거의 사라져버렸다. 엔화는 계속 팔려나갔다. 7일 아침, 정부와 일본은행은 기자회견을 열었다. 회견장에는 내외신 기자가 200명이나 모여들었다. 텔레비전 카메라는 외국인 기자의 표정을 오랜 시간 비추었다.

일본 시간 새벽 3시까지 전세계의 외환시장에서 20조 엔 정도가 팔렸다고 하는데 사실이냐는 일본인 기자의 질문으로 회견은 시작되었다.

"그 정도 수치라고 생각합니다" 하고 일본은행 총재가 대답했다.

총재는 피로에 절어 있는 얼굴로 끊임없이 눈을 깜빡였다.

조지 소로스 씨는 비공식적으로 엔화에 대한 이번의 공격은 결코 헤지펀드의 소행이 아님을 표명했는데, 그 언급에 대해 어떻게 생각하느냐고 한 아시아계 기자가 물었다.

"투기 주체가 누구인지는 우리도 모릅니다."

계속 질문이 쏟아졌다.

미국의 재무성 증권을 팔 생각은 없습니까?

"매각할 생각은 없습니다. 그러나 미국 채권을 담보로 자금 조달은 가능할 것입니다."

그것은 미국 정부의 요청에 따른 겁니까?

"미국 정부로부터 그런 요청을 받은 적은 없습니다. 정부와 재무성의 결정사항입니다. 미국 국채를 팔지 않는 것은 세계 금융 시스템을 지키기 위한 것입니다. 엔화에 이어 달러도 타격을 받으면 세계는 대공황에 빠지고 말 것입니다."

그렇다면 엔화를 세계 공황을 막는 방파제로 삼겠다는 생각이신지?

"그렇게 판단해도 좋습니다."

한국과 말레이시아, 타이의 통화가 하락하고 있는데, 기금이 소멸된 현 상황에서도 아시아 통화를 방어할 수 있다고 생각합니까?

"아시아 통화권 방어는 일본의 의무라고 생각합니다. 아시아 통화기금을 설립할 때의 신의를 일본 정부는 반드시 지킬 것입니다."

홍콩과 중국은 외환 보유고에 아무런 타격도 없는 것 같은데?

"두 나라에 지원을 요청할 경우도 있을 수 있을 것입니다."

그건 언제?

"현 시점에서는 대답할 수 없습니다."

두 나라가 과연 지원해주리라 생각하시는지?

"아시아의 신의를 믿습니다."

시중 금리가 상승하고 있는데?

"긴급 사태이므로 민간 금융기관에 협조를 요청할 생각입니다."

단기금리의 상승으로 금융기관의 도산이 일어날 수도 있는데?

"그런 사태는 일어나지 않을 것으로 믿습니다."

도쿄 증권거래소를 일시적으로 폐쇄할 가능성은?

"상식을 넘어선 가격이 형성되면 거래를 정지할 수도 있을 것입니다."

엔권과 아시아 통화기금을 해소하고 홍콩과 중국에 적절한 평가절하를 요구해야 하지 않는가?

"엔권 및 아시아 통화기금을 해소할 생각은 없습니다. 엔화는 아직도 130엔대를 유지하고 있고, 우리나라의 외환 보유고와 대외 자산은 어떤 투기자본의 공격을 받는다 해도 충분히 견뎌낼 힘을 가지고 있습니다."

대장성 대신의 그 대답을 듣고 기자회견장에서 약간의 소란이 일었다. 대장성 대신은 이어서 다음과 같이 말했다.

"아시아의 신의라는 것은 서구의, 이른바 계약에 의한 약속과는 다른 가치관으로 서로 강제하지도 않고 위협하지도 않고, 또한 버리지도 않고 존경과 신뢰를 가지는 것을 말합니다."

대장성 대신의 얼굴은 약간 홍조를 띠고 있었다. 일본인 기자 가운데서 대장성 대신의 발언에 대해 박수가 일어났다. 나는 그 모습을 편집부의 텔레비전을 통해 바라보았다. 아시아인의 신의, 그 말은 아시아 통화기금 구상을 실현해가는 과정에서 반드시 등장했다. 그것은 아시아 통화기금과 엔권의 키워드였다. 보수 개혁을 막론하고 거의 모든 일본인 귀에 기분 좋게 들리는 말이었다. 우익들에게는 아시아의 신의를 관철하는 일본만이 아시아의 맹주라는 프라이드를 주었고, 혁신적 양식과 지식인들에게는 과거의 잘못을 극복할 수 있는 기분 좋은 뉘앙스를 가진 말이기도 했다. 아시아의 신의라는 말에는 불가사의한 해방감과 안도감이 깃들어 있었다. 물론 진정한 의미의 신의란 타자와 상호 의존적인 것이며 오랜 시간에 걸쳐 형성되는 것이다. 아시아의 신의라고 백만 번 떠들어도 상대가 그렇게 생각하지 않으면 무용지물이다. 무슨 이유에서인지 일본인에게는 자신들이 신의를 보이면 상대도 거기에 응해줄 것이라는 이상한 믿음이 있었다.

"우리 일본은 경제 규모에서나 문화 성숙도에서 여타 나라와는 다르다. 아시아 통화기금은 소멸한 것이 아니다. 엔화가 견 뎌낼 수 있으면 아시아 각국의 통화도 회복될 것이다. 일본의 자본력을 믿는다."

아시아 통화기금의 이사장인 홍콩의 중앙은행 총재는 7일 아침에 그런 코멘트를 발표했다. 홍콩 정부도 중국 정부도 엔화 에 대한 공격에 대해서는 여전히 침묵으로 일관했다. 우리의 문 제가 아니라는 태도였다. 양국이 엔화 지원에 나설 것인지가 이 통화 전쟁의 포인트라고 《뉴욕타임스》는 보도하고 있었다. 투 기자본의 준비가 주도면밀하므로 단기간에 결론이 날 것이라고 CNN은 보도했다.

6월 7일 오후, 일본은행이 시장에서 자금을 흡수한 탓에 단 기금리가 40퍼센트로 치솟았다. 도쿄 증권거래소에서는 단기 자금이 끊어지면서 은행과 그 거래 기업의 주가가 땅바닥으로 곤두박질쳤다.

정부와 일본은행은 미국 재무성 증권을 담보로 하여 500억 달러의 유로를 조달한다고 발표했다. 그 뉴스를 듣고, 이미 끝 났어 하고 호리이가 말했다.

"우리 정부는 왜 이리 소극적인지 모르겠어. 이럴 때는 1조 정도 끌어모으지 않으면 의미가 없어. 왜 어중간한 수치로 문제 를 복잡하게 만드는지 몰라."

몇 년 전의 금융위기 때도 마찬가지였지 하고 편집부의 누군가가 말했다. 처음에는 6800억 엔, 다음에는 3조 엔, 그리고 야마이치 증권과 다쿠쇼쿠 은행이 무너지자 그제야 60조 엔을 준비했단 말이야. 똑같은 일을 반복하고 있어 하고 고토가 중얼거렸다.

"알고 있어요, 세키구치 씨? 과달카날에 미국이 상륙했을 때, 4만의 적에 대해 일본은 3000의 병력으로 맞섰다고 합니다. 적에게는 대포가 500문이나 있었는데, 일본군에게는 2문밖에 없었어요. 그래서 상륙한 해군 육전대는 전멸하게 되는데, 그 다음에도 또 그 다음에도 3000 정도의 병력으로 공격하는 겁니다. 조금씩 깔짝깔짝 긁는 걸 좋아하는 것 같아요 일본이란 나라는."

일본이 시장에서 조달한 유로 액수가 발표된 직후였다. 영국 정부는 일본과 협조 정책을 취하는 것은 위험하며 EU의 이상에 반한다는 코멘트를 발표하고, 프랑스가 그 발표를 지지하고 나섰다. 이어서 독일 중앙은행 총재가 EU는 엔화의 위기를 지켜볼 것이라고 발언해서 일본을 궁지로 몰아넣었다.

"엔화는 어디까지 내려갈 것인가?"

그 앙케트 결과가 《워싱턴포스트》에 실렸다. 최저치를 예상한 사람은 메릴린치 증권의 전문가로 360엔이었다. 중국과 홍콩은 침묵을 지켰고, 엔화는 눈사태처럼 아래로 밀려 내려와 7일 밤에는 145엔까지 내려갔다. 일본 정부의 포기는 시간 문제라는 기사가 《뉴욕타임스》의 조간 톱을 장식했다.

6월 8일 오전 10시, 이런 상황 아래서 퐁짱이 국회에 등장했다.

2002년 6월 8일 새벽, 야마가타에게서 전화가 왔다. 아침 6시였다. 내 휴대폰 착신 멜로디는 먼 옛날의 영화 음악이었다. 그 곡의 가사는, 언젠가 무지개 저 너머에서 행복이 찾아오리라였다. 그러나 이른 아침의 전화와 함께 행복이 찾아오는 경우는 거의 없다. 잠이 덜 깬 목소리로 전화를 받는데, 유미코는 이미 자리에서 일어나 있었다. 막 샤워를 끝내고 머리에 타월을 두른 채 엷은 녹색 가운을 입고 있었고, 거실에서는 커피 냄새가 피어났다.

"이른 시간에 죄송합니다. 문부성의 야마가타입니다."

분명 야마가타의 목소리였지만 평소의 거만한 울림이 없었다.

"조간 봤습니까?"

야마가타의 그 말에, 조간은? 하고 유미코에게 물었다. 유미코는 고개를 가로저으면서 현관으로 나갔다. 아사히 신문 국제 면에, '중국 인터넷으로 확인?'이라는 기사가 눈에 들어왔다. 요미우리는 1면 오른쪽 구석에 같은 기사를 싣고 있고, 닛케이는 국제 면에서 다른 두 신문보다 더 크게 다루고 있었다.

"일본 시간 8일 새벽, 미국의 CNN과 《워싱턴포스트》 등의 주요 미디어는 인터넷 영상 뉴스 배급 회사의 중국 인구에 관한 리포트를 신뢰할 수 있는 정보로 소개했다. 거기에 따르면, 중국 인구의 추정치는 14억에서 14억 7000만 사이로, 지난 2일에 샌프란시스코의 세계적인 메일 매거진 배급 회사인 '스카이 트리뷴'이 발표한 중국 인구 20억 돌파라는 기사 내용은 사실에 반하는 것이다."

그런 기사로, 마지막에 ASUNARO에 대해 적고 있었다.

"벨기에의 인터넷 영상 뉴스 배급 회사 블타바는 중국의 연안, 내륙의 도시 약 4000개소의 보고를 정리하고 집세한 것은 일본의 중학생 뉴스 배급 회사 ASUNARO와 그 동아시아 네트워크라고 전했다. 이 뉴스는 현재 진행 중인 아시아 통화기금 위기와 엔화 위기에도 영향을 끼칠 것으로 예상된다."

닛케이에 따르면, 이미 중국 위안화와 홍콩 달러를 되사는 움직임이 미국 시장에서 일어나고 있었다. 유미코는 그 기사를 읽자마자 어느 딜링 룸으로 전화를 걸었다. 새벽까지 남아 있는 딜러에 따르면, 시장에서는 위안화와 홍콩 달러의 매수가 눈에 띄지 않았다. 내 가슴에서는 묘한 설렘이 일기 시작했다.

"세키구치 씨는 퐁짱에게서 들은 이야기 없습니까?"

없다고 대답했다. 그러세요 하고 야마가타는 잠시 침묵했다. 야마가타의 심장 소리가 들려오는 것 같았다. 나는 입 안이 마짝 말라왔다. 유미코가 따라놓은 테이블 위의 오렌지 주스를 단숨에 들이켰다. 오늘 참고인 소환인데, 예정대로 하겠지요 하고 나는 침묵을 깨뜨렸다.

"그렇습니다."

한숨과 함께 야마가타가 대답했다.

"엔화가 이 지경이 되어서 말이죠. 중학생이 인터넷 중계로 국회 예산위원회에 등장한다고 해도 아무도 주목하지 않을 거라고, 어젯밤 민주당 의원들이 걱정스러워합디다."

그렇군요 하고 나는 무덤덤하게 반응했다. 나도 야마가타와 똑같은 생각을 하고 있었지만 왠지 그 말을 하기가 힘들었다. ASUNARO가 이 엔화 위기에 어떤 중대한 역할을 하고 있는 건 아닐까 하는 의구심이었다. 그럴 리가 없다는 생각과 퐁짱 그룹이라면 충분히 그럴 수도 있다는 생각이 바쁘게 교차하고 있었다. 지금까지 수도 없이 맛보았던 혼란스런 감각이었다.

"국회는 정말 어려움에 빠져 있습니다."

야마가타의 목소리에는 힘이 없었다. 이런 뉴스가 나왔기 때문이다. 미디어는 오늘의 예산위원회를 취재하기 위해 벌떼처럼 밀려올 것이다.

"그렇습니다. 그러나 잘 아시다시피 NHK의 예산위원회 중계는 국내에 한정되고, 정부는 퐁짱이 무슨 말을 할 것인지 무척 불안해하고 있어요. 심지어 예산위원회를 중지하라는 목소리가 나올 정도인데, 그랬다가는 오히려 국제 사회의 불신을 살 염려가 있으니 일단 퐁짱의 참고인 소환은 예정대로 실시하기로 중의원 의장이 정식으로 결정했습니다."

중학생 그룹은? 오늘 중계 준비도 해야 될 텐데요?

"준비는 어제 끝났습니다. 대단한 작업이었지요. 예산위원회실은 비디오 카메라와 라이트, 컴퓨터, 케이블로 뒤범벅이 되어 있어요. 커다란 모니터도 설치되었고 말입니다. 아마 다다미보다 더 클 겁니다. 퐁짱 그룹이 지정한 기재를 업자에게 요청하여 세팅해두었습니다. 테스트도 이미 끝난 상태입니다. 1분 정도 퐁짱이 화면에 나와서 안녕 하고 V 사인을 하더군요. 오늘 질문을 하게 될 의원이 테스트하는 뜻에서, 참 날씨 좋습니다, 잘 들려요? 하고 묻자 퐁짱은 그냥 웃기만 하더군요. 우정성의 체신위원회 의원과 통산성 관리들이 정말 대단하다고 하면서 작업하는 모습을 견학하고 갔습니다."

뭔가가 번개처럼 나의 뇌리를 스쳤다. 뭔가 중대한 문제였다. 목젖까지 말이 올라왔다가 불현듯 사라져버렸다. 가슴이 심하게 고동치기 시작했다.

"관계없는 이야기일지 모르겠지만, 인터넷 중계 경비는 모두 중의원 부담으로 했습니다."

마지막으로 야마가타는 이렇게 말하며 웃었다. 결국 그 중대한 무엇은 뚜렷이 정체를 드러내지 않았다.

전형적인 6월 장마 날씨였다. 가느다란 비가 내리다 그치기를 끊임없이 거듭하면서 가만 있어도 땀이 배어 나올 정도로 습도가 높았다.

나는 유미코와 함께 아파트를 나섰다. 아직 아침 7시 반의

이른 시간이었지만 나는 편집부로 나가기로 했다. 이상한 불안
감 때문에 아파트에 그냥 있을 수 없었다. 덴엔도시 선에 접한
잡화점 3층으로 가볼까도 했지만, 그 아지트에 퐁짱 그룹이 있
으리라는 보장도 없었다. 설령 퐁짱과 나카무라 군이 있다 하더
라도 아무 할 말도 없었다.

"무슨 생각 해?"

유미코는 겨자색 레인코트를 입고, 엷은 녹색 우산을 쓰고
있었다. 수면 부족으로 멍한 머리를 끌며 나는 말없이 역까지
걸었다. 중국 인구 뉴스 말이야, 엔화 위기에 무슨 영향이 있었
을까? 하고 유미코에게 물어보았다.

"그건 모르겠어. 투기자본이라고 해서 시장을 지배하고 있는
건 아니니까. 결국 시상의 분위기가 어디도 기울어지는지에 달
렸다고 봐야 할 거야."

위안화와 홍콩 달러가 매수세로 돌아섰다는 게 정말이야?

"아마 사실일 거야. 아직 눈에 띄는 움직임은 없지만. 그러나
그런 소문만 나와도 시장은 민감하게 반응해. 앞으로 위안화와
홍콩 달러가 눈에 띄는 회복세를 보이면 눈사태 같은 일이 벌어
질지도 몰라."

눈사태?

"아시아 통화기금으로 달러가 돌아온다는 거지. 요컨대 한
발 늦으면 돈을 벌 수 없으니까. 미친 듯이 엔화가 팔려나가고,
일본은 필사적으로 엔화를 방어하려고 전세계를 적으로 돌릴

기세를 보였어. 언젠가는 일본이 두 손을 들 것이라고들 예상하고 있는데, 그 기대가 역전되어 일부 자금이 아시아 통화기금 매수로 돌아서면 그 다음은 눈사태처럼 모든 상황이 바뀌어버리는 거야."

그렇게 되면 ASUNARO가 일본을 구원한 셈이 되지 않을까?

"그리 간단한 문제는 아니겠지만, 그런 말을 하는 사람도 나올 거야. 내 생각은 그게 아냐 지난번에 얘기했던 대만의 노인 생각나?"

응, 기억하고 있어.

"그가 엔화가 공격 목표가 되고 있다고 한 다음, 그것을 회피하는 방법은 하나뿐이라고 했던 말 기억나?"

응 하고 나는 대답했다. 그 노 테크노크라트는 엔화에 대한 공격을 막는 유일한 방법은 새로운 비전을 제시할 수 있는 거대한 집단이 일본에서 나타나는 것이라고 했다.

"퐁짱이 무슨 말을 하는지가 중요하지 않을까 싶어."

마지막으로 유미코는 그렇게 말했다.

NHK 위성 제2텔레비전으로 국회 예산위원회를 중계할 예정이었다. 오전 10시, 나는 고토와 호리이와 함께 편집부의 텔레비전 앞에 앉았다. 우리는 모두 긴장했다. 누군가가 월드컵 개최가 1주일 앞당겨진 듯한 기분이 든다고 말했다.

'국회 중계'라는 고색창연한 활자체의 로고가 화면에 비치

더니 무거운 색감의 의자가 나란히 정돈되어 있는 중의원 예산
위원회실이 화면에 비쳤다. 2002년도 특별회계추경예산을 심
의하는 예산위원회실에서 중계하고 있습니다 하는 아나운서의
중성적인 목소리가 들려왔다.

"본 위원회에서는 등교거부를 계속하고 있는 중학생 대표를
참고인으로 소환할 예정입니다."

위원장이 질문자를 소개했다. 사이토라는 이름의 자민신당
의원, 곤도라는 민주당 의원, 시라사키라는 공산당 의원이었다.
위원실의 거의 한가운데에 놓인 텔레비전 모니터에 퐁짱이 나
왔다. 퐁짱은 머리카락을 짧게 깎고, 하얀 폴로 셔츠를 입었다.
간편한 의자에 앉아 있고, 그 앞에도 역시 간소한 책상이 있으
며, 등 뒤에는 ASUNARO라는 로고가 든 포스터가 붙어 있었
다. ASUNARO 요코하마 대표 구스다 조이치 군이라는 자막이
화면 아래 비쳤다.

한 의원이 질문하기 위해 모니터 앞에 섰다. 자민신당의 의
원으로 NHK 텔레비전 카메라는 그 의원과 퐁짱이 비치고 있는
모니터 양쪽을 한꺼번에 카메라로 잡고 있었다.

"자민신당의 사이토입니다. 지금부터 몇 가지 질문을 하겠습
니다."

텔레비전 화면에는 사이토 의원과 퐁짱이 번갈아 비쳐 나오
고 있었다.

"우선, 왜 학교에 가지 않게 되었는지에 대해 말해주겠습니

까?"

사이토 의원은 50대로 감색 슈트를 입고 오렌지색 넥타이를 맸다. 왼손에 질문할 내용을 적은 종이를 들고 오른손으로 머리카락을 쓸어올리며 말했다. 구스다 조이치 군 하고 위원장이 퐁짱의 대답을 재촉했다.

"우리가 왜 학교에 가지 않게 되었느냐는 질문입니까?"

퐁짱은 그렇게 되물었다. 그렇습니다 하고 사이토가 말했다. 모니터에 비치는 퐁짱의 얼굴은 사이토의 상반신보다 커서, 마치 SF영화를 보고 있는 듯한 느낌을 주었다.

"그럼 왜 이 나라에 중학교라는 곳이 존재하는지에 대해 좀 가르쳐주시지요."

퐁짱은 오히려 그렇게 물었다. 제법인데 하고 고토가 중얼거렸다.

"그건 법률로 정한 교육위원회라는 것이 있어서 해당 연령이되면 누구든 중학교에 가게 되어 있기 때문입니다."

사이토라는 의원은 전 대학교수답게 말했다. 자신의 질문에 퐁짱이 대답하지 않자 화가 난 듯했다. 퐁짱은 그 대답을 듣고 잠시 침묵한 다음, 질문자를 바꿔주세요 하고 말했다. 왜? 하고 위원장이 퐁짱에게 물었다.

"대화가 안 됩니다."

퐁짱은 얼굴색 하나 바꾸지 않고 그렇게 말했고, 사이토 의원의 얼굴은 점점 새파랗게 질려갔다. 아래로 축 늘어진 목 근육이 눈에 띄게 푸들거렸다. 저 친구 좀 화가 났어 하고 호리이가 즐거운 듯 말했다.

"죄송스런 말씀입니다만, 앞으로 40분밖에 시간이 없습니다. 지금 경찰이 제가 있는 장소를 추적하고 있습니다. 위대한 도청법 덕분이지요."

풍짱은 이렇게 말하고 테이블 곁에 놓아둔 노트북 모니터를 손가락으로 가리켰다. 모니터에는 애니메이션이 비쳐 나와 있었다. 붉은 하트가 그려진 한 사람의 엉덩이를 향하여 화살 하나가 천천히 날아가는 애니메이션이었다. 남은 시간이라고 영어로 쓴 디지털 시간 표시가 나 있고, 엉덩이가 그려진 하트가 1초 단위로 깜빡이고 있었다. 현재 39분 24초였다.

"대화가 안 된다니, 도대체 무슨 뜻인가?"

사이토가 큰 소리로 따졌다.

"의원은 처음에 왜 우리가 학교에 가지 않느냐고 물었는데, 지금 80만 중학생이 등교를 거부하고 있습니다. 그 등교거부의 이유인데, 약 80만 종류의 이유가 있을 겁니다. 하는 일은 모두 똑같지만, 그 이유는 제각기 다른 것입니다. 그리고 대부분의 중학생은 지금의 학교 따위는 없어도 된다고 생각합니다. 그런데 의원께서는 필요하다고 생각하는 것 같아서, 왜 그렇게 생각하는지 물은 것입니다. 의무교육이기 때문에라는 식의 대답은 다들 알고 있는 내용이 아닙니까."

풍짱의 이 말에 대해서 사이토가 뭐라고 말하려는 순간 중계

영상이 끊어졌다.

'국회 중계 도중입니다만 일단 스튜디오로 카메라를 옮기도록 하겠습니다' 라는 자막이 나오고 NHK 스튜디오가 비쳤다. 아나운서가 나타나더니 자막과 같은 내용의 말을 했다.

"국회 중계 도중입니다만, 일단 스튜디오로 카메라를 옮기도록 하겠습니다."

아나운서는 당혹스런 표정으로 이어폰으로 지시를 듣고 있었다. NHK의 방송 전체에 어떤 위화감이 떠돌고 있었다.

편집부의 누군가가 바깥에서 전화를 받고 BBC가 국회 중계를 방송한다고 외쳤다. 호리이가 다른 사람들의 양해를 구하고 케이블 텔레비전인 BBC로 채널을 돌렸다. BBC에서는 금발의 뉴스 캐스터가 NHK의 영상이 끊어졌다고 말했다. 다른 민방의 임시 뉴스를 보고 있던 누군가가 CNN에서도 중계되고 있다고 말했다. 호리이가 채널을 텔레비전 아사히로 돌렸다. 아침 와이드 쇼의 뉴스 특별 프로그램에서 아나운서가 NHK의 영상이 전세계로 방송되고 있다고 흥분된 목소리로 말하고 있었다.

나는 아직도 무슨 일이 일어나고 있는지 알 수 없었다. 왜 그래요 하고 고토가 내 곁에서 속삭였다.

"NHK는 현재로서는 코멘트할 내용이 없다고, 아까 각 보도 기관에 대해 발표했습니다."

후지 텔레비전의 뉴스 아나운서는 이렇게 말했다.

"그러나 후지 텔레비전의 조사에 따르면, 정확한 수는 모르지만 BBC나 CNN을 비롯하여 프랑스의 TF1과 이탈리아의 RAI, 그리고 아시아 각국의 주요 텔레비전 방송국에서도 중의원의 예산위원회 중학생 참고인 질문이 방송되고 있다고 합니다. 이 중학생 대표 구스다 조이치 군은 ASUNARO라는 뉴스 영상 배급 회사를 운영하고 있습니다. 그 ASUNARO는 어제 국제적인 인터넷 뉴스 배급 회사를 경유하여 CNN 등에 중국 인구에 관한 리포트를 제공했다고 합니다. 이번 NHK 국회 중계의 전세계 방송도 그것과 관련이 있는 것으로 보입니다. 거듭 알려드립니다. NHK의 현 사태에 대한 코멘트는 전혀 발표되지 않고 있습니다. 그러나 국내 방영이라는 NHK의 당초 중계 계획과는 달리 거의 전세계에 국회 예산위원회의 참고인 질문 영상이 나가고 있는 것 같습니다. 현재 NHK는 국회 중계를 중단하고 있지만 그 이유는 아직 알려지지 않고 있습니다."

NHK는 거의 공황 상태에 빠져 있겠군 하고 호리이가 다시 채널을 NHK로 돌렸다. 국회의사당을 멀리서 비추며, 지금 국회 중계를 중단하고 있습니다라는 자막만 비쳐 나올 뿐이었다. 나는 가슴이 부글부글 끓어올라 견딜 수가 없었다. 뭔가가 내 가슴속에서 점점 부풀어오르고 있었다. 나는 기억을 떠올리려 애썼다. 갑자기 화면이 흔들리더니 퐁짱의 얼굴이 화면 가득 비쳐 나왔다. 퐁짱은 위원장에게 발언을 요구하고 있었다. 위원장 주위에는 몇 명의 의원이 모여서 뭔가를 의논하는 듯했으나, 퐁짱은 허락도 없이 말하기 시작했다.

"빨리 시작합시다. 이제 중계가 중단되는 일은 없을 것입니다. NHK의 기술 스태프에게 이것만은 알려드리겠습니다. 당신들의 오퍼레이션 센터 시스템에는 아무 이상이 없습니다. 선의 울트라스도, 솔라리스도 좋아요. 키보드는 타이프 파이버의 영어판으로 하는 게 좋다고 우리 쪽 프로그래머가 전해달라는군요."

BBC와 CNN이 퐁짱의 말을 해설하고 있어 하고 편집부의 누군가가 외쳤다.

"선이라는 것은 선마이크로시스템이고, 울트라스란 방송국에서 사용하는 컴퓨터, 솔라리스란 프로를 위한 운영 체제, 타이프 파이버의 영어판 키보드는 프로그래머라면 누구나 사용하는 기종이래. NHK 오퍼레이션 센터의 시스템은 꽤 괜찮긴 하지만 키보드 자판이 일본어판으로 되어 있는데, 그것을 영어판으로 하는 게 좋다고 퐁짱 그룹의 프로그래머가 말했다는 것은, 즉 퐁짱 그룹이 NHK의 오퍼레이션 센터의 시스템을 잘 알고 있고, 지금도 시스템 외부에서 액세스하고 있다는 거야. 컴퓨터를 잘 알면 의외로 간단한 일이라고 해."

그것은 나카무라와 오랜만에 만난 다음 날의 일이었다. ASUNARO의 치바 지구 대표가 NHK를 방문했다는 기사가 신문에 실렸다. 하이비전에만 잔뜩 힘을 넣다가 디지털 시스템의 지각생이 되어버린 NHK는 ASUNARO와 어떤 형태로 손을 잡으려 하고 있으며, 앞으로 뉴스 영상 배급 계약을 체결할지도 모른다는, 그런 기사였다.

BBC나 CNN에서는 중학생들에 의한 NHK 회선 도용을 재미있어하는 것 같았지만, 편집부 사람들의 분위기는 무거웠다. BBC의 해설을 전해주었던 기자도 그 분위기를 감지하고 이야기를 도중에 끊었다. 평소의 고토였다면 퐁짱이 좀 심하다고 한마디 할 법도 한데, 그는 예산위원회 중계에서 눈길을 떼고 입을 꾹 다물고 말았다.

내가 평소에 퐁짱이나 나카무라에 대해 가지고 있던 감정이 편집부 사람들에게 전염되어 있었던 것 같다. 이윽고 나는 어떤 것을 깨달아야 했다. 그것은 일종의 공포심이었다. 그러나 단순히 퐁짱 그룹의 기술에 대한 두려움은 아니다. 확실히 그들의 지식과 정보와 기술은 우리의 상상을 넘어선 것이지만, 그것 때문에 공포를 느끼는 것은 아니다. 첨단 지식이나 정보와 기술이나 자신과 무관하다는 것은 분명히 불안을 유발하는 요소가 된다. 사회적으로 유용한 그 지식을 내가 가지지 못했다는 것을 인정하지 않을 수 없을 때, 그것 때문에 타인에게 착취당하지는 않을까 하는 불안과 공포가 일어나는 것이다. 우리는 정보와 지식과 기술이 서바이벌을 위해 무엇보다 중요한 요소라는 사실을 처음으로 깨달은 세대일지도 모른다.

그러나 퐁짱 그룹에 대해 내가 품고 있는 공포는 그런 것만이 아니다. 그들에게는 자제라는 것이 없다. 어떤 물질이 열이나 전기를 전도하듯이 그들 사이에 뭔가가 무기질적으로 흐르고, 그들은 그것을 바깥으로 흘려 보낸다. PC나 인터넷은 그들에게는 너무도 자연스러운 도구며, 그 도구를 사용하여 가능한 현실을 아무 저항 없이 선택해버린다. 퐁짱 그룹은 때로 자제라는 것이 필요함을 누구에게서도 배우지 못했다. 옛날에 신인류라는 말이 유행했다. 신인류는 사실 우리가 속한 세대였다. 그 말에는, 지금은 아니지만 언젠가는 우리들의 가치관을 받아들일 것이라는 어른들의 낙관적인 전망이 배어 있었다. 어떤 세대나 그룹에 대해 정말로 미지의 공포를 느낄 때는 그런 낙관적인 말을 쓸 수 없다. 히틀러의 친위대나 홍위병은 그런 낙관적이고 평화로운 느낌의 호칭이 아니었다.

예산위원회실도 편집부도 비슷한 상황에 처해 있었다. NHK 방송이 해외로 흘러나가고 있다는 사실이 예산위원회에도 알려진 것 같았다. 사이토라는 자민신당 위원은 어느새 자신의 자리로 돌아가 있었다. 아무도 질문하려 하지 않았다. 위원장 이하 모든 사람이 멍하니 침묵을 지키고 있을 따름이었다. 어떻게 하면 좋을지 사태에 맞게 대응책을 내세우는 사람은 아무도 없었다. 예산위원회 전체가 얼어붙고 말았던 것이다.

그런 분위기 속에서 그런 사태를 벌써 예상이라도 하고 있었다는 듯이, 퐁짱은 조용히 이야기를 시작했다.

"이 나라에는 모든 것이 있습니다. 정말 많은 것이 있습니다. 그러나 희망만은 없습니다."

그 목소리를 듣는 순간 내 피부에는 소름이 돋았다. 예산위원회 전체의 얼음 같은 공기가 깨지는 듯한 느낌이었다.

"그러나 역사적으로 볼 때 그것은 너무도 당연한 일이며, 전쟁이 끝난 후의 폐허처럼 희망만이 있는 시대보다는 낫다고 생각합니다. 우리가 자란 1990년대는 거품경제에 대한 반성만 있었고, 모두 자신감을 잃었을 뿐 아무것도 변한 게 없었습니다. 지금 생각해보면 우리는 그런 우유부단한 어른들의 희생양이었습니다.

애정이라든지 욕망, 종교라든지 또는 식량, 물, 의약품, 자동차, 비행기, 전기제품, 또 도로, 다리, 공항, 항만 시설, 상하수도 시설 등 살아가는 데 필요한 모든 것이 갖추어져 있었지만 희망만이 없는 나라에서, 희망만을 가지고 있었던 시대와 똑같은 교육을 받고 있다는 사실을 어떻게 생각하면 좋은지, 어지간한 바보가 아닌 다음에야 중학생으로서 그런 회의를 품지 않는 사람은 없었을 것입니다.

중학생뿐만이 아니라 고교생도 초등학생도 반란을 일으키고 있으므로 언젠가 이 나라의 교육도 변하게 되겠지만, 과도기에 태어난 우리들은 그냥 조용히 기다리고만 있을 수 없었습니다. 아직 어리다보니 어른들의 행동을 흉내내거나 참고하면서 살아갈 수밖에 없긴 하겠지만, 요컨대 그것을 어떻게 흉내내면 좋은지 전혀 알 수가 없다는 것입니다. 정치가는 또 어떨까요. 어쨌든 우리를 본받으며 살라고 말하는 정치가가 있을까요? 어떻습니까? 여러분."

스피커를 통해 울려나오는 퐁짱의 목소리만이 예산위원회실로 퍼져나가고, 모니터 속의 퐁짱만이 움직이고 있었다. 예산위원회의 의원들은 숨소리 하나 크게 내지 않고 얼어붙어 있었다.

"위원장, 어떻게 생각하십니까?"

퐁짱이 갑자기 자신을 지목하자 위원장의 몸은 앉은 자리에서 뻣뻣하게 굳어버렸다. 같은 방 건너편에 실제로 퐁짱이 앉아 있었다면 의원들의 반응은 또 달랐을 것이다. 퐁짱의 모습은 모니터에 비쳐 나올 뿐이었다. 또한 그 모습은 거대했다. 위원장과 다른 의원들은 모니터를 통해 이야기를 걸어오는 상대에게 어떻게 대응하면 좋을지 몰라 당혹스러워했다. 위원장은 입만 우물거리며 대답도 못하고 있었다.

"지금의 정치가를 흉내내면 돼, 정치가처럼 살아라 하고 왜 큰 소리로 말하지 못합니까? 사이토 선생님, 어떻게 생각하십니까?"

첫머리에서 퐁짱에게 질문한 사이토라는 의원은 갑작스런 질문 공세에 가련해 보일 정도로 새파랗게 질려갔다. 딱히 퐁짱이 큰 소리로 따지고 든 것도 아니지만, 마이크를 통해 나오다 보니 목소리는 너무도 크고 선명했다. 위압적인 느낌마저 들었다. 내 곁에서 텔레비전을 보고 있는 고토는 목젖이 크게 움직일 정도로 마른침을 꿀걱 삼켰다. 편집부의 공기도 무겁게 깔린 채였다. 사이토는 본의 아닌 주목을 받고 얼굴에 홍조를 띤 채 우물쭈물하고 있었다. 지금의 정치가의 삶을 본받으라고 왜 말하지 못하는가 하는 퐁짱의 질문은 너무도 직설적이었다. 국회 중계에서 늘 대하는 질의응답처럼 모호하고 소극적인 물음이 아니었다. 사이토라는 사람이 그런 질문에 곧바로 답변한다는 것은 불가능한 일이었다. 자칫 한마디라도 잘못했다가는 전세계의 웃음거리가 되고 말 것이다. 자신들이 늘 해오던 그런 방식이 아니면 남과 대화도 변변히 나눌 수 없었던 것이다.

"아무도 대답하지 못하는군요. 그밖에도 선생이라는 직업이 있습니다. 지금 일본의 화이트 칼라 직종 가운데 밑에서 몇 번째에 속하는 직업이지요. 선생들은 우리를 직접 가르치는 입장에 있지만, 선생이 도대체 무얼 위해 살아가는지 알 수 없습니다. 학교에서는 어떤 인간이 되면 좋은지 가르쳐주지 않습니다. 다만 공부해라, 좋은 고등학교에, 좋은 대학에, 좋은 회사에, 좋은 직업을, 그런 말도 안 되는 말만 합니다. 유치원, 초등학교, 중학교로 올라가다보면 좋은 학교에 가도, 좋은 회사에 가도, 세상에 어떤 바보라도 별로 좋은 일이 없다는 것을 알 수 있습니다. 그렇다면 우리에게 어떤 선택지가 있는지 아무것도 가르쳐주지 않습니다.

물론 어른들에게 동정이 가지 않는 것은 아닙니다. 분명히 그런 점이 있습니다. 죽을 힘을 다해 일하다가 문득 정신을 차려보니 죽을 나이가 가까워졌는데 아무것도 이룬 게 없는 겁니다. 우리는 플라자 합의가 이루어지던 시절에 태어나, 세상이 눈에 들어올 때쯤 되고 보니 거품경제가 파탄을 일으켰습니다.

거품경제를 반성하는 것도 좋습니다. 그러나 절대로 용서할 수 없는 것은 의기소침하여 옛날을 그리워하며 불평을 늘어놓는 일입니다. 옛날이 좋았다. 가난했지만 마음이 따스했던 옛날이 좋았다. 그렇게 옛날이 좋았다면 왜 옛날 그대로 가만두지 않았습니까?"

풍짱은 책상 위의 모니터를 내려다보았다. 남은 시간은 13분 54초를 가리키고 있었다.

"별로 시간도 없고 비판만 하는 것은 건설적이지 못하므로 현재와 미래에 대해 간단히 이야기하고 끝내기로 하겠습니다. 현재의 인터넷 중계는 NHK의 오퍼레이션 센터를 통해 이하의 방송국으로 전송되고 있습니다. 미국의 ABC, CBS, NBC, CNN, 영국의 BBC, 프랑스의 TF1, 독일의 ARD, 이탈리아의 RAI, 한국의 KBS, 노르웨이의 NRK, 스웨덴의 SVT, 덴마크의 DR, 아일랜드의 RTE, 네덜란드의 NOS, 벨기에의 VRT, 핀란드의 YLE, 캐나다의 CBC, 체코슬로바키아의 CTV, 스페인의 TVE, 케냐의 KTN, 멕시코의 Televisa, 브라질의 TV · Globo, 아르헨티나의 ATC, 베네수엘라의 VTV, 중국의 CCTV, 홍콩의 TVB, 대만의 TTV, 인도네시아의 TVRI, 싱가포르의 TCS, 타이의 UBC, 오스트레일리아의 ABC, 뉴질랜드의 TVNZ, 사우디아라비아의 ART, 이스라엘의 IBA, 그리스의 ERT, 말레이시아의 RTM, 필리핀의 PTN, 볼리비아의 ENTV, 남아프리카의 SABC, 나이지리아의 NTA, 러시아의 ORT, 인도의 DDI, 아프가니스탄의 RTA, 터키의 TRT.

여러분, 안녕하세요. 나는 ASUNARO의 대표 구스다 퐁짱 조
이치입니다."

퐁짱은 준비한 원고를 읽기 시작했고, 모니터에는 영어 자막
이 흘러나왔다.

"ASUNARO는 중국에서 3892명의 네트워크를 확보하여 인
구 정태 통계와 생명표 분석, 정지 인구 이론에 기초하여 연안
및 내륙 2148구역의 취학자 수, 보험 가입자 수, 국영 텔레비전
의 가입자 수, 자전거 생산·보유 대수를 계산하고, 나아가 765
개에 달하는 인민공사 구성원의 생존과 탄생과 사망의 확률을
나이를 함수로 하여 새롭게 계산했습니다. 그 자세한 조사 방법
과 조사 결과는 넷 뉴스 영상 배급 회사 블타바의 웹 페이지에
이미 발표했습니다.

중국의 인구는 여러 기관에서 발표되었듯이 14억에서 14억
7000만 명 사이로 추정됩니다. ASUNARO와 협력 관계에 있는
블타바는 이미 샌프란시스코의 전자 메일 매거진 《스카이 트리
뷴》에 국제적인 곡물 상사인 레이맵의 자본이 참여하고 있다는
사실을 전자 결재 복사물과 패스워드를 입수하여 확인했습니
다. 이상, 현재 상황에 대한 보고를 마칩니다."

남은 시간은 8분 22초를 가리키고 있었다.

"마지막으로 앞으로 ASUNARO의 활동 전략을 잠시 설명드
리겠습니다. 전부는 말할 수 없습니다. ASUNARO는 2002년 4

월부터 이미 열세 개의 기술훈련 센터를 개설했는데, 그 자세한 내용은 여기서 밝힐 수 없습니다. ASUNARO는 몇 개의 기업과 제휴를 생각하고 있지만 그 자세한 내용은 기업 쪽에서 발표할 것입니다.

나는 이 나라에 희망만 없다고 했습니다. 과연 희망이 인간에게 왜 필요한 것인지 나는 아직 잘 모르겠습니다. 그러나 이 나라의 시스템에 종속되어 있는 한 그것을 검증한다는 것은 불가능한 일입니다. 희망이 없다는 것만이 명확할 뿐인 이 나라에서 희망이 인간에게 반드시 필요한 것인지 아닌지를 생각해본다는 것은 무리라는 것이 우리의 판단입니다.

희망이 어느 정도 생산성을 올리는지는 아직 검증되어 있지 않지만, 외국의 입장에서 보면 희망을 잃어버린 나라에 대한 가장 합리적인 자세는 약탈이 될 것입니다. 역사적으로 그런 약탈은 수도 없이 실현되어왔습니다. 유럽과 미국의 지도자들이 아직도 그런 사실에 눈 뜨지 못했기 때문에 이 나라는 살아남았습니다. 그러나 국제 금융자본은 이미 눈치를 챘고, 그 첫 단계가 일주일 전의 엔화 위기로 나타난 것입니다. 이번 엔화 공략은 아마도 실패하겠지만 앞으로 틈만 나면 공격을 해올 것입니다.

간단히 말하면, 이런 시대의 정치가는 모두 멍청이라서 약한 사냥감을 덮칠 자세가 아직 되어 있지 않지만, 금융자본은 그렇지 않다는 것입니다. 금융자본은 육식 맹수처럼 힘이 빠진 사냥감을 덮쳐 연한 살부터 야금야금 먹어치웁니다. 국제 금융자본은 예를 들면, 이슬람 원리주의자처럼 강한 저항 세력에는 절대로 눈을 주지 않습니다. 그들이 노리는 것은 맹수가 노린다는 것도 모르는 어린양과 같은 나라입니다.

그들이 모든 것을 약탈하기 전에 ASUNARO는 이 나라의 재화를 먼저 약탈하여 이곳을 떠날 생각입니다. 만일 우리의 계획이 늦어지면 이 나라 전체는 양계장으로 변하고 말 것입니다. 매일 소량의 먹이만 받아먹으면서 좁은 곳에 갇혀 지내는 닭 같은 인간이 되어 약탈되는 줄도 모르고 모든 것을 약탈당하고 말 것입니다. 양계장은 미디어의 힘을 빌려 이미 이 나라의 구석구석까지 퍼져 나갑니다. 양계장의 닭들은 아무 불편이 없다고 생각할 것입니다. 명백한 것은 지금 이 나라처럼 양계장에는 희망만이 없다는 것입니다. 그럼 이것으로 숭계를 마지기도 하셨습니다."

퐁쨍이 화면에서 사라지자마자 휴대폰이 울렸다. 야마가타였다. 거의 꼭지가 돈 목소리였다. 이게 무슨 일이오! 하고 버럭 고함을 쳤다. 목소리로 야마가타인줄 알았지만 누구시죠? 하고 휴대폰을 귀에서 멀찌감치 떼면서 물었다. 문부성의 야마가타입니다 하고 야마가타는 큰 소리로 외쳤다. 문부성이라는 말이 야마가타입니다보다 더 컸다.

"당신은 알고 있었던 게 아니오?"

야마가타는 그렇게 말했다. 퐁짱의 연설에 대한 평으로 편집부는 소란스러웠다.

"퐁짱 일당이 전세계로 영상을 보낸다는 사실을 알고 있었느냐고 묻는 겁니다."

몰랐어요 하고 나는 대답했다. 그러나 실제로 전세계로 영상을 내보낸 것은 퐁짱 그룹이 아니라 NHK였다. 영상은 NHK의 기재와 케이블 위성을 사용하여 전세계로 발신되었다. 지금 나는 민주당 의원과 우정성, 예산위원회 사람들에게 어떤 수모를 당할지 모른다고 하고는, 야마가타는 일방적으로 전화를 끊어버렸다.

편집부의 텔레비전에는 ASUNARO가 전국에 설치한 기술훈련 센터가 하나씩 비쳐 나왔다. 민방의 특별 프로그램 뉴스에서 요코하마 센터의 소장이 텔레비전 카메라에 둘러싸여, 나는 이 센터의 운영을 맡고 있을 뿐으로 ASUNARO에 대해서는 아무것도 모른다고 말했다.

NHK는 오퍼레이션 센터의 기능이 정상으로 돌아왔다고 발표했다. BBC와 CNN은 퐁짱의 연설과 ASUNARO의 영상을 밤 뉴스에서 흘려보냈다. 중국의 인구에 관한 리포트와 통계 결과 그리고 ASUNARO가 앞으로 어떤 기업과 손을 잡을 것인지를 예측하는 뉴스가 흘러나왔다. 그것은 일본의 가전 회사, 약품 회사, 시스템 소프트웨어 개발 회사, 전자 결재를 실험 중인 신용판매 회사, 홋카이도를 커버하는 케이블 텔레비전, 게임 소프트웨어 회사 등이었다. 퐁짱은 연설의 마지막 부분에서 몇 군데 기업이라고 말했지만, BBC와 CNN은 40개 사 이상의 일본 기업과 금융기관을 소개했다.

그런 기업의 일부는 분명히 ASUNARO에 출자하고 있는 듯했고, ASUNARO의 직업훈련 센터에 강사를 파견하기도 하고, 모니터링 계약을 체결한 회사도 있었다. CNN의 캐스터는 ASUNARO가 주식회사로서 장외 공개를 하면 어느 정도 자산이 형성될지 시산하기도 했다. ASUNARO가 BBC와 CNN에 제공한 영상은 지상파, 위성, 유료 텔레비전을 포함하여 일본의 텔레비전에는 비치지 않았다. 계약이 체결되어 있지 않았던 것이다. NHK나 민방은 ASUNARO의 인터넷 홈페이지의 인트랜스만을 거듭 비추고 있었다. ASUNARO는 그 이외의 어떤 방영권도 주지 않았던 것이다.

"정말 대단해."

어딘가에 전화를 걸던 호리이가 말했다.

"도쿄 주식거래소의 주가가 폭등하고 있어."

BBC와 CNN에서 소개된 기업이나 금융기관의 주가가 가파른 상승 곡선을 그리고 있었다.

오후가 되자 홍콩 달러와 위안화가 회복되기 시작했다는 뉴스가 흘러나왔다. 호리이에 따르면 엔화 매도세가 멈추었다는 것이다.

"세키구치 씨, 우리 괜찮을까요?"

삼치 구이를 먹으면서 고토가 말했다. 회사 바로 옆의 자그만 일식집이었다. 나는 음식을 시켰지만 별로 식욕이 일지 않았다.

"우리는 퐁짱 그룹과 접촉할 수 있는 극소수의 어른이 아닙니까?"

아까 가게의 주인도 비슷한 이야기를 했다. 세키구치 씨, 그 중학생들과 잘 아신다면서요, 40년 가까이 간다에서 이 작은 일식집을 운영해왔다는 일흔 가까운 그 주인은, 가게로 들어서는 나를 향해 그렇게 제일성을 터뜨렸다. 아주 골치 아픈 애들인 것 같은데 괜찮느냐는 뉘앙스의 말이었다.

"체포되지는 않을까요?"

고토는 심각한 표정으로 이렇게 말했다. 왜 고토는 그런 생각을 하는 것일까. 우리는 법을 어기지 않았다. 게다가 퐁짱이나 나카무라 그룹과 접촉한 것은 우리들뿐만이 아니다. 기업이나 금융기관의 경영자들도 그들을 만났음에 틀림없다. 그리고 ASUNARO에는 퐁짱 그룹만 있는 것이 아니다. 63만 명의 네트워크가 있다고 퐁짱은 말했다. 그들의 커뮤니케이션 방식은 잘 모르겠지만 분명 우리와는 다르다. 퐁짱은 대표자일 뿐 아마도 지도자는 아닌 것 같다.

그러나 고토의 불안도 이해가 간다. 퐁짱이 예산위원회에 등장한 다음, 나는 현실감을 잃어버릴 지경에 빠졌다. 아마도 고토는 처음 만났을 즈음의 퐁짱과 나카무라 군을 생각하고 있을 것이다. 요코하마 근교의 메이와 제일 중학에 가서 교장 이하 교사를 인질로 잡고 있는 퐁짱 그룹과 만났다. 그 후에 콜라를 얻어 마시면서 몽골의 소년병 이야기를 하기도 했다. 그 당시 그들에게는 실체가 있었다. 방콕에서 만났을 즈음의 나카무라 군을 떠올려보면, 나도 묘한 불안감을 느끼게 된다. 방콕 공항 에서 어머니에게 전화를 걸면서 그는 눈물을 흘렸다. 어깨와 팔 을 강하게 잡으면 뼈가 그냥 부러져버릴 것 같던 나약한 느낌을 주는 소년이었다. 그로부터 1년도 지나지 않았다 모든 것이 급 격히 변화하여 의식이 현실을 따라잡을 수 없다. 버림받은 듯한 느낌마저 드는 것이다.

"그건 그래요. 우리뿐만이 아닙니다. 혹시 정부 사람들노 만 났을지 모르지요."

고토는 구운 삼치 살을 발라내면서 중얼거렸다. 퐁짱 그룹을 머릿속으로 그린다는 것은 불가능했다. 몇 년 전 빌 게이츠의 자산은 10조 엔을 넘었는데, 그 액수는 중남미 몇 개국의 GNP 를 합한 것보다 많은 것이라고 한다. 빌 게이츠가 어떻게 그 정 도의 자산을 손에 넣었는지 상상할 수 있는 사람은 극소수일 것 이다. 퐁짱 그룹도 그와 비슷한 경우다. 그들은 철도를 매수하 거나, 초고층 빌딩을 건설하거나, 거대한 객선을 만든 것도 아 니다. 인간의 커뮤니케이션 방식에 약간 손을 댔을 뿐이다.

중학생들이 지금까지 손에 넣었고 앞으로 넣을 것을 우리들은 눈으로 볼 수 없다. 덴엔도시 선의 잡종 빌딩에 모여 있던 애들이 BBC와 CNN에 소개되었고, 주가와 환율을 마구 움직이는 인물이 되었다. 벌써 일본 정부도 미디어도 그들을 무시할 수 없게 되었지만, 그들의 실체를 과연 누가 파악할 수 있단 말인가.

유로 시장이 열리고 통화 공격의 종말이 보이기 시작했다. 아시아 기업과 은행의 주가는 하향을 멈췄고, 홍콩 달러와 위안화를 매수하는 개인 투자가의 수가 늘어나면서 아시아 통화기금에도 달러가 돌아오고 있었다.

나는 아파트로 돌아와 텔레비전에서 그런 뉴스를 보면서 혼자 술을 마셨다. 신경이 피로해지자 술이 당겼다. 나는 누군가 해외여행 선물로 준 위스키를 따서 마셨다. 텔레비전 뉴스에서는 퐁짱의 영상이 반복해서 비쳐 나오고 있었다. 퐁짱은 해외 미디어에서도 화제의 인물로 집중 조명을 받았다. 《뉴욕타임스》와 《워싱턴포스트》는 조간 국제 면 톱으로 퐁짱을 소개했다. 표제는 '중학생이 일본을 구하다' '우리가 일본의 희망이다'였다.

해외 미디어는 예산위원회의 의원들이 당혹스러워하는 모습을 재미있어 했다. 퐁짱의 질문에 60세 의원이 침묵을 지켰다고 캐스터끼리 숙덕거리는 모습이었다. 예산위원회에서 퐁짱의 발언은 여태 일본인에게서 찾아볼 수 없는 위트와 유머가 가득했다고《뉴욕타임스》는 평했다.

저녁 7시 NHK 뉴스는 전세계에 방송된 경위에 대해 설명했다. 국회 중계의 영상 신호가 도표로 그려지고, NHK 오퍼레이션 센터의 컴퓨터가 제어 불능 상태에 빠지면서 외부에서 컨트롤당하고 말았다는 사실을 과학 담당 기자가 상세히 설명했다. 그와 동시에 경찰이 퐁짱 그룹의 전송 장소를 포착할 수 없었다고 발표했다. 그 설명에 사용된 도표에 따르면 퐁짱을 비추는 비디오 카메라가 있고, 그 영상은 중학생이 개발한 독자적인 프로그램으로 압축되어 위성과 전세계에 있는 다수의 서버를 경유하여 국회에 설치된 PC에 접속되어 있었다. 경찰은 상세한 발표는 하지 않았으나 40분이라는 시간으로 추적할 수 있는 서버는 소수에 불과하다고 했나.

중학생들의 기술이 어느 정도라고 생각하느냐고 NHK의 아나운서가 과학 담당 기자에게 물었다. 최신 기술을 사용한 것은 아니지만 주도면밀한 준비, 위성 회선 렌탈과 서버 등의 경비를 부담할 수 있는 경제력, 거기에다 잘 조직된 네트워크가 필요한데, 종합적으로 판단하건대 ASUNARO는 중간 규모의 정보통신 회사에 필적하는 것 같다고 기자는 대답했다. 어쨌든 놀라지 않을 수 없는 이야기였다.

아사히 텔레비전의 뉴스 쇼가 시작될 즈음, 유미코는 수화기 건너편에서 피로한 목소리로 늦을 것 같다고 했다. 유미코에 따르면, 외환시장에서는 조용히 아시아 통화 매수세가 늘어났다.

아시아 통화기금으로 달러가 돌아오면 엔화에 대한 공격은 의미를 잃고 만다. 이윽고 투기자본은 아시아 통화를 대량으로 사지 않을 수 없게 될 것이다. 허수로 매도한 홍콩 달러나 위안화가 급격히 회복되었기 때문이다. 이윽고 눈사태처럼 아시아 통화와 엔화 매수가 시작될 것이라고 유미코는 말했다.

"퐁짱 덕분이야."

퐁짱은 정말 괜찮은 애야 하는 유미코의 말에, 응 그런 것 같아 하고 나는 맞장구를 쳤다. 그러나 유미코나 나나, 또는 일본 국민들 대부분은 퐁짱이 무엇을 했는지 정확히 파악하지 못했다.

아사히 텔레비전 뉴스 쇼에서는 ASUNARO 도치기의 대표가 스튜디오에 나와 있었다. 한눈에 보기에도 귀하게 자랐고 공부도 잘할 것 같은 남학생 둘은 새하얀 폴로 셔츠와 재킷을 입었다. 머리카락도 물들이지 않았고 피어스도 하지 않았다. 퐁짱이나 나카무라 그룹과 비슷하게 보였다. 그러나 아직 15세이고 어른의 입장에서 보면 다 똑같아 보일 것이다.

"오늘 예산위원회를 봤어요?"

남자 캐스터가 먼저 이렇게 묻자, 예 하고 청재킷을 입은 남학생이 대답했다.

"보니 어때요?"

어때요? 하는 질문에 체크 무늬 재킷을 입은 남학생이, 어떻다니요? 하고 되물었다. 캐스터는 오히려 질문을 받고 멍한 눈으로 여자 캐스터 쪽을 바라보았다.

"오늘 방송을 보고 어떤 느낌을 받았어요?"

여자 캐스터는 마치 자신의 동생을 대하는 듯한 태도로 이렇게 물었다. 대표로 나온 두 학생은 서로의 얼굴을 마주 보더니, 그쪽은 어떻게 생각하세요? 하고 오히려 여자 캐스터에게 질문을 던졌다. 퐁짱이 예산위원회에서 질문자인 의원에게 되물은 것과 똑같은 반응이었다. 여자 캐스터는 당혹스러워했다. 예상하지 않은 질문이 되돌아왔기 때문이었다. 개인적인 감상을 말할 수도 없었다. 퐁짱에 대한 일반적인 평가도 아직 형성되지 않은 상태였기 때문이다. 결과적으로 아시아 통화기금을 구원한 셈인데, 전파 하이재크라는 범죄를 범했다고도 할 수 있었다. 민방의 한 캐스터가 긍정하거나 부정할 수 있는 일이 아니었다. 그쪽은 어떻게 생각하느냐는 질문을 받고 침묵을 지키는 여자 캐스터는 무심하게 자신의 얼굴을 비추고 있는 화면 속에서 멍하니 입을 다물고 있었다. 전 중학생 두 사람은 서로 얼굴을 바라보면서 묵묵히 앉아 있을 따름이었다.

"오늘 예산위원회에 참고인으로 출석한 구스다 조이치 군과는 친구 사이?"

어색한 침묵을 견디지 못한 남자 캐스터가 물었다. 아니에요 하고 체크 무늬 재킷의 남자애가 간단히 대답했다.

"그렇지만 당신들의 대표로서 국회에 불려나간 걸로 아는데?"

여자 캐스터가 물었다. 여자는 긴장하고 있었다. 대표이기는 하지만 친구는 아닙니다 하고 체크 무늬가 말하자, 그는 요코하마고 우리는 도치기예요 하고 청재킷이 덧붙였다.

"오늘 구스다 군은 일본에는 희망이 없다고 말했는데, 그것이 무슨 뜻일까요?"

두 사람은 다시 서로 얼굴을 바라보았다. 그리고 또 무슨 뜻이라뇨? 하고 되물었다.

남자 캐스터는 조금 화가 난 것이 분명했다. 어떻게든 위엄을 유지하려 애쓰고 있었다. 아까 이곳으로 오기 전에 하고 청재킷이 말했다. BBC의 취재를 받았는데, 모든 것이 갖추어져 있는데 희망만이 없다는 일본 중학생의 주장은 아주 명쾌하게 일본의 현 상황을 전해주는 말인 것 같아서 아주 좋았다고 말했습니다. 영국의 국영 방송이 잘 알겠다고 하는데 왜 이상하다는 듯이 묻는지 모르겠는데요? 일본에는 희망이 없다는 말뜻을 모르겠습니까? 15세 중학생의 그 말에 남자 캐스터는 얼굴을 붉혔다. 잡지에 연재 칼럼을 쓰고 있고 주부들에게 인기도 있는 그런 사람이었다.

대화가 안 돼요 하고 예산위원회에서 퐁짱은 말했다. 질문자인 의원에 대한 악의 때문이 아니라, 정말로 그렇게 생각했기 때문일 것이다. 지금 기분을 한마디, 예를 들면 시합에서 이긴 스포츠 선수의 인터뷰는 늘 그런 말로 시작된다. 기뻐할 게 분명한데도 그 이상의 한마디를 하라고 강요하는 셈이다. 어머니의 제삿날이라서 더욱 기쁘다든지, 감독님의 조언에 감사드린다든지, 격려해준 동료들에게 감사한다든지, 뭔가 하나를 보태지 않으면 안 되는 것이다. 그것은 일종의 확인 의식 같은 것이다. 텔레비전을 보고 있는 사람을 포함하여 모두 어떤 공통의 바탕에 있고 싶어하는 의식인 것이다. 잘 생각해보면, 일본에 희망이 없다는 것이 무슨 뜻이냐는 그 질문이 이상하다. 일본에는 희망이 없다라는 것 이외에는 아무 의미도 없고, 그 이상 설명할 방법도 없다. 그러나 뉴스 쇼의 캐스터는 그런 식으로 묻는다. 그것이 확인 의식이다. 등교를 거부한 15세 소년은 그런 의식에서 자유롭지만, 뉴스 캐스터들은 그 예산위원회에서 질문한 의원과 마찬가지로 그 틀에서 벗어나지 못하고 있다.

"지금 몇 살이죠?"

질문이 바뀌었다. 여자 캐스터의 질문이었다. 열다섯 살입니다 하고 두 학생은 대답했다.

"지금 어디서 사나요?"

우쓰노미야 교외에 있는 기술훈련 센터 부속 기숙사에서 삽니다 하고 청재킷이 대답하고, 나는 방을 하나 빌려 혼자 살고 있습니다 하고 체크 재킷이 말했다.

"어머니, 아버지가 걱정하지 않으세요?"

왜요?

"보통이라면 학교에서 열심히 공부해 좋은 고등학교에 갈 나이가 아닌가요?"

여자 캐스터가 이렇게 말하자 남자 캐스터가 옳은 말씀 하는 식으로 몇 번이나 고개를 끄덕였다.

ASUNARO 도치기는 2002년 1/4분기 매상고가 12억 엔이었습니다. 우리는 이 돈으로 기술훈련 센터를 확충하기도 하고 생화학 연구소를 매수하기도 하고, 그 밖의 새로운 업무를 시작했고, 남은 자산으로 펀드를 운용합니다.

그런데 왜 부모님이 걱정해야 하느냐는 느낌으로 체크 소년이 말하자, 캐스터 두 사람은 도대체 말이 안 되는 아이들이라는 느낌으로 쓴웃음을 지을 따름이었다.

"일본의 중학교는 재미없다, 요컨대 그런 말이겠지?"

쓴웃음을 지으면서 남자 캐스터가 말했다. 알았어, 알고말고, 이 아저씨는 너희들을 도저히 못 당하겠어. 그런 뉘앙스의 질문이었다. 도저히 상대할 수 없는 존재라고 배제함으로써 어른의 위엄을 유지하려 했다.

아니, 그뿐만이 아닙니다 하고 청재킷이 조용히 반론을 펼쳤다.

지금의 일본 사회에는 리스크를 특정지을 수 없는 치명적인 결함이 있습니다.

"리스크?"

예. 리스크 관리가 중요하다는 사실은 잘 알고 계시겠지만, 리스크라는 것은 그것이 무엇인지 특정할 수 없으면 관리가 불가능합니다. 이 나라에는 원자력이라든지 환경호르몬이라든지,

또는 그런 것을 포함한 환경 전반으로 확대해도 상관이 없지만, 또는 안전보장이라든지 치안이라든지 금융 시스템 같은 매크로 모델이라도 좋은데, 요컨대 2~3퍼센트 확률로 일어나는 중소 규모의 사고나 위기에 대한 리스크는 특정할 수 있으나 0.000001퍼센트의 확률로 일어나는 거대 규모의 사고나 위기에 대해서는 처음부터 리스크 산출을 하지 않습니다. 그런 경향은 가정에서 국가에 이르기까지 모든 단위의 공동체에서 찾아볼 수 있는데, 결국 리스크 매니지먼트가 불가능합니다. 그것은 정말 위험한 일이에요. 우리로서는 그런 공동체에서, 즉 우리가 속한 학교라든지 가정에서 자유로워지는 길밖에 없는 겁니다. 신흥 종교나 원리주의자들의 테러라든지, 핵연료 시설의 사고라든지, 또는 미래에 우리가 사회에 잠가할 때 어떻게 살아남을 것인지를 포함하여, 보통 학교라는 곳은 리스크를 특정하여 그 리스크를 관리하기 위한 훈련이라든지 공부를 하는 곳은 아닐까요. 그게 없는 이상 그런 공동체를 벗어나서 자신들의 힘으로 리스크를 특정하면서 그것을 관리하지 않으면 살아가는 게 너무 위험한 게 아닐까요?

두 캐스터는 청재킷의 무덤덤한 이야기를 마치 외국어를 듣는 듯한 표정으로 듣고 있었다. 신중하게 말을 가리면서 되도록 알기 쉽게 이야기하려는 청재킷의 자세가 화면으로 전해져왔다. 그리고 그 이야기는 무척 알기 쉬웠다. 전 중학생은 중학교에 그냥 다닌다는 것은 자신들에게 치명적일 정도로 위험한 일이라는 의사를 분명히 밝혔다. 그러나 캐스터 두 사람에게는 무척 이해하기 힘든 이야기인 것 같았다. 애당초 이야기 내용을 이해하지 못했으니 어떻게 반응하면 좋을지도 알 수 없었다. 무슨 말을 해도 자신들이 멍청이가 될 수밖에 없다는 것을 느낀 남자 캐스터는, 그럼 여기서 광고로 하고 냉정을 잃지 않으려고 애써 입가에 미소를 띠며 말했지만 화면은 금방 바뀌지 않았다. 핸드폰 CF가 시작될 때까지 10여 초 동안 천천히 사라져가는 캐스터의 억지 웃음이 비쳐지고 있었다.

그 다음에도 비슷한 대화가 계속되었다. 남자 캐스터가, 리스크를 특정할 수 없다고 했는데 어떤 근거를 가지고 그런 생각을 하는 겁니까? 하고 거의 시비를 걸듯이 말했다. 그러자 청재킷은 카오스 이론을 전개했다. 포지티브 피드백, 비선형 시스템의 자기유사 현상, 파이겐바움 트리, 부동점 애트랙터, 나비 효과, 노아 효과 등의 난해한 용어를 늘어놓으면서, 카오스 이론은 좀 구태의연하긴 하지만 리스크 특정에 충분히 활용될 수 있을 것입니다 하고 덧붙였다.

"그쪽 그룹 사람들은 모두 그런 어려운 이론을 공부하고 있나요?"

여자 캐스터가 물었다. 그 여자는 처음으로 질문다운 질문을 한 셈이었다. 상대에게 실례가 되지 않도록 조심하면서 모르는 것을 솔직하게 묻는 것이 바로 인터뷰의 기본이다. 물론 좋아서 하는 사람도 있고, 싫지만 필요해서 하는 사람도 있고, 공부를

좋아하지 않는 사람은 안 하고 그래요 하고 체크 무늬 재킷이
대답했다.

　"전문적인 것에만 관심을 가져서 균형 잡힌 인격을 가질 수
있을까요?"

　균형 잡힌 인격이 뭔지 잘 모르겠는데요 하고 체크 무늬 재
킷이 되묻자, 좀 모호한 것 같긴 해요 하고 여자 캐스터가 웃으
며 말했다. 그리고 끝났다.

　TBS의 뉴스 쇼에도 전 중학생 두 사람이 출연했다. 하나는
ASUNARO 사이타마 대표로 여자애였다. 숏 커트에 평범한 오
렌지색 블라우스를 입고, 안경을 썼다. 또 하나는 ASUNARO
우라와 대표로, 하얀 폴로 셔츠 위에 베이지색 재킷을 걸쳤다.
역시 염색도 하지 않았고 매니큐어 같은 것도 칠하지 않았다.
물론 둘 다 피어스도 하지 않았다.

　TBS의 캐스터 두 사람은 아사히 텔레비전을 보고 미리 예습
을 한 것 같았다. 15세라는 연령을 의식하지 않고 대등한 입장
에서 이야기하겠다는 자세를 보였다.

　"나마무기 통신과 ASUNARO는 어떤 관계입니까?"

　남자 캐스터의 질문으로 인터뷰는 시작되었다. 나마무기 통
신은 네트워크고 ASUNARO는 뉴스 배급 회사였는데, 작년에
명칭을 통일했습니다. 머리카락을 손가락으로 쓸면서 여자애가
말했다. 발랄하고 자신감에 찬 목소리였다.

"당신들은 ASUNARO라는 조직 또는 회사 네트워크의 대표로 있는데, 그 대표라는 말을 리더라고 해석해도 될까요?"

네트워크이므로 리더는 없고 피라미드형의 회사 조직도 아닙니다, 남자애가 대답했다. 몇십 번이나 설명한 것을 다시 반복해서 말하는 듯한 인상을 주었다. 아사히 텔레비전에 나온 두 사람이나 지금 인터뷰하는 두 사람 모두 광고 파트에 속해 있지 않을까 하는 생각이 들었다. 예상되는 모든 질문에 대응할 수 있는 매뉴얼이 이미 작성되어 있을 것이다.

"네트워크라고 해도 관리자나 운영자가 필요하지 않을까요? 그런 사람은 있어요?"

있습니다 하고 여자애가 대답했다.

"그리고 방대한 데이터를 정리할 사람도 필요하지 않은가요?"

물론입니다 하고 남자애가 말했다.

"그런 역할 분담은 어떻게 하고 있나요? 역시 리더격의 인물이 있어야 하지 않을까요?"

조직적이고 설계적으로 만들어진 것이 아닙니다. 즉, 이런 조직을 만들자고 톱다운 형태로 의사를 결정하여 설계에 따라 부서를 배치하거나 인재를 배치하지 않기 때문에 리더는 필요 없습니다.

"NPO나 NGO처럼 비교적 소규모의 네트워크 집합체라고 생각하면 될까요?"

비슷하다고 생각합니다 하고 여자애가 손가락으로 안경테를 밀어올리면서 말했다. TBS 캐스터의 질문 방식은 무척 신사적이었다. 보기에 따라서는 15세의 두 청소년을 두려워하는 것 같기도 했다. 되도록 마찰을 피하고 우호적으로 행동하려 하고 있었다.

"뉴스 배급을 하나의 예로 들어봅시다. 뉴스란 원래 수도 없이 많지 않습니까? 어느 마을의 참새가 알을 깠다는 뉴스에서 살인사건까지 여러 종류가 있는데, 그 가운데서 배급할 뉴스를 누가 어떻게 선택하는지요?"

우리는 사이타마 현 우라와 시를 중심으로 가와구치, 가스가베, 가와고에, 이노, 도코로자와 그리고 지지부나 군마의 남쪽 지역까지 커버하는데, 촬영한 영상은 각 지무에서 1차로 편집하여 시설이 갖춰져 있는 요코하마나 도쿄의 ASUNARO에 보내고, 거기서 계약을 체결한 해외의 뉴스 배급 회사에 직접 보냅니다. 처음에는 회선이 확보되지 않아 비디오 테이프를 보내는 방식을 취했지만, 최근에는 유선 케이블이 확보되어 디지털화하여 보내고 있습니다. 그러므로 기본적으로는 모든 뉴스 영상이 데이터로 보내지는 것입니다. 웹 뉴스 사이트가 무수히 많기 때문에 공급이 딸릴 정도입니다.

"그럼 학교에 가지 않는 모든 학생이 ASUNARO에 참가하고 있는 건가요?"

아닙니다, 보통의 아르바이트를 하는 사람, 자유학교에 다니는 사람, ASUNARO에 참가하지 않지만 기술훈련 센터에 다니는 사람도 있습니다.

남자애가 이렇게 대답하자 NPO나 NGO, 그 밖의 환경 자원봉사자로 일하는 사람도 있고, 심리치료사 자격증을 따기 위해 공부하는 사람도 있어요 하고 여자애가 대답했다.

전 중학생의 이야기를 남녀 두 명의 캐스터는 고개를 끄덕이며 듣고 있었다. 남자애는 오른팔을 의자 팔걸이에 올려놓고 여유 있는 표정에 또렷한 목소리로 말했다. 미디어에 친숙하다는 사실을 알 수 있었다. 연출된 쇼를 보고 있는 듯한 느낌이 들었다. 시청자 여러분, 그들은 대단한 기술을 가진 대단한 청소년들이라는 사실을 잘 아셨을 줄 믿습니다 하고 캐스터가 말했다. 그 캐스터의 의식이 잘 전해져오는 그런 인터뷰였다. 아사히 텔레비전의 캐스터는 15세 소년 두 명을 어린 아이로 취급하여 인터뷰에 실패하고 말았다. TBS의 캐스터는 그것을 교훈으로 삼아 긍정적인 자세로 이해한다는 것을 전제로 하고 접했다. 마치 성난 종기를 건드리는 듯한 조심스런 태도였다.

ASUNARO에 대해서 많은 소문이 퍼졌다. 관서지방의 산부인과 의원에 24시간 감시 카메라를 설치하고 몇 사람에게 공갈과 협박을 했다는 혐의가 걸리기도 했다. 산업폐기물 처리 시설 취재 중에 ASUNARO의 실력부대인 태스크 포스가 한 업자를 살해했다는 소문도 있었다. 여고생과 여대생 기숙사에 비디오 카메라를 설치하고 자살을 중계하기도 하고, 어떤 거리를 모델로 하여 거기서 연쇄살인을 저지르는 넷 게임을 개발했다는 소문도 있었다. 실제로 명예훼손으로 고소를 당한 ASUNARO도 있었다. 홋카이도에서는 ASUNARO에서 파생된 조직인 UBASUTE가 세력을 키워갔다. UBASUTE는 노골적으로 고령자를 선별하여 그 일부를 유기하자는 주장을 폈다. 오늘도 NHK의 오퍼레이션 센터 시스템에 무단으로 액세스하고 있다. TBS의 캐스터는 그런 ASUNARO의 부정적인 부분을 무시했다. 그렇고 그런 평범한 화제만 다루는 데 그쳤던 것이다.

BBC, CNN, 뉴스위크 등 외국의 유력한 미디어는 퐁짱 그룹을 흥미로운 시선으로 바라보았다. 퐁짱 그룹에서는 일본적인 폐쇄성을 찾아보기 힘들다. 일본의 정치가나 관료, 경영자에 대해 도대체 무슨 말을 하는지 도무지 알아들을 수 없다고 불평을 늘어놓던 외국 미디어의 눈에는 퐁짱 그룹이 너무도 신선하게 비쳤던 것이다. 자신들이 지도해온 서구의 현대적 커뮤니케이션 방법을 일본의 중학생이 확실히 몸에 익히고 있음을 국회에서 보여주었기 때문이다. 아마도 그들은 그렇게 생각했을 것이다. 그러나 그것은 퐁짱 그룹의 전략일지도 모른다. NHK의 오퍼레이션 시스템을 조작하여 영상을 외국으로 흘려 보낸 것은 퐁짱 그룹이 외국의 미디어가 가지고 있는 영향력을 잘 알고 있었기 때문이다. 외국의 미디어를 인정하는 일본인이나 일본의 조직은 일본의 미디어에 대한 평가 기준에서 자연스럽게 벗어나버린다. 세계적으로 알려진 구로자와 같은 이름을 가타가나로 표기하여 일본의 틀 바깥에서 스타로 만들건 완전히 무시하건, 평가와 비판의 기준이 없는 것이다. 그러나 이제 그런 기준이 필요없게 되고 말았다.

앞으로 일본 사회에 기대하는 것은? 하는 질문에 대해 15세 소녀가, 특별히 기대하는 건 없습니다 하고 대답하자, 남자 캐스터는 만족스러운 듯 얼굴 가득 웃음을 띠었다. 일본의 어른 사회는 죽었다, 앞으로 일본을 지탱할 사람은 너희들 같은 젊은 이가 아니겠는가, 그리고 나는 너희들 편이야 하는 느낌의 웃음이었다. 나는 속이 메슥거렸다. 혹시 내가 질투하는 건 아닐까 생각해보기도 했다. 퐁짱과 나카무라 그룹과 멀리 떨어져버린 듯한 느낌이 들었다. 고토가 말했듯이, 바로 얼마 전까지만 해도 퐁짱과 나카무라 그룹과 접촉할 수 있는 어른은 우리 둘뿐이었다. ASUNARO가 어린 아이 취급당하면 화가 치밀었고, 그들을 무조건 받아들이며 칭찬하는 어른을 보면 기분이 나빴다.

중학생들은 도대체 무슨 생각을 하고 있을까. 앞으로 무엇을 하려 하는가. 그들의 어두운 부분은 앞으로도 더 확대될 것이다. 더욱 큰 문제는 그들은 그것이 어두운 부분이라는 사실을 모른다는 것이다. 퐁짱과 나카무라 그룹은 분명히 힘을 얻었다. 그러나 그들에게는 지켜야 할 규범 같은 것이 없다. 그들은 아직 15년밖에 살지 못했다.

퐁짱이 국회에서 연설을 하고 1주일이 지난 후, 한·일 공동 개최의 월드컵 축구가 시작되었다. 젊은 선수로 구성된 일본 대표는 예선 리그를 겨우 통과하고, 결승 라운드 1회전에서 강호 칠레를 PK전에서 이겼다. 그 다음 독일에 패해 결국 8강을 끝으로 물러나야 했지만, 예선전에서 패해버린 한국에 비해 개최국의 체면을 세우기에 충분했다. 일본 대표는 해외 리그에서 활약하는 선수가 중심이 되었다.

그들은 당연히 국민적인 영웅이 되었지만, 그들은 일본 국내의 미디어에 대해서 냉담했다. 영어, 이탈리아어, 스페인어로 해외 미디어의 인터뷰에는 응했으나, 몇 선수는 아예 일본의 미디어를 피해버렸다. 앞으로 해외에 진출하려는 젊은 선수들 가운데는 일본을 위해서가 아니라 자기 자신을 위해 싸웠다고 선언하는 선수도 있었다. 실제로 월드컵이 끝난 후 몇 명의 젊은 선수가 해외로 이적했고, 매력을 잃어버린 J리그는 점점 쇠퇴해 갔다. 스폰서는 J리그 팀을 떠나 해외로 이적한 선수를 따랐다. 아이로니컬하게도 일본 대표의 월드컵 대활약이 J리그의 인기를 빼앗았다. 그후 J리그는 팀 수도 반으로 줄어들고, 많은 선수와 코치를 비롯한 관계자들도 해고되었다.

해외에서 활약하는 일본인 축구 선수는 무언가를 상징했고, 많은 일본인이 그것을 알아버리고 말았다. 그때까지 미디어가 필사적으로 은폐해온 격차가 명백히 드러나고 만 것이다. 앞으로 일본인으로서 성공한 사람이라 해도 그 부를 고국으로 환원

하지 않을 것이라는 사실이 명백해진 것이다. 언젠가부터 미디어는 이긴 편과 진 편이라는 편리한 말을 사용하지 않게 되었다. 그런 말은 승자와 패자가 모호한 시대에는 유효했다. 위기감을 부추길 수 있었고, 또한 진 편이 적었을 때는 전체적인 카타르시스 기능도 했다. 그러나 실제로 패자가 많아진 상황에서 쓸데없는 반감만 불러일으키는 말이 되어버린 것이다.

월드컵이 끝나고 일본의 분위기는 침울하게 아래로 가라앉았다. 2002년도 1/4분기 GDP가 지난해에 비해 0.7퍼센트 상승했다는 발표가 있었으나, 거의 모든 국민이 나라의 GDP와 자신의 생활은 아무 관계도 없다고 생각했다. 실업률은 감소될 징후도 없고, 15~24세의 젊은 층 실업률은 20퍼센트를 넘어섰다.

많은 사건이 일어났다. 성실한 21세의 젊은이가 연쇄살인범으로 8월에 체포되었다. 그는 작년 말에 기계부품 회사에서 해고되어 반 년 동안 가부키 초의 중국인 호스티스와 도장 회사의 필리핀인, 콜롬비아인 청소부 등 해외에서 온 노동자를 8명이나 연속으로 살해했다. 범인 청년은 병약한 부모를 모셨고, 실업보험이 끊어지면 부모가 죽을지도 모른다는 공포에 떨었다. 아마도 재취직이 안 되는 것도 외국인 노동자 탓이라고 생각했을 것이다. 그의 수기가 종합 주간지에 게재되고, 그것을 계기로 여기저기서 외국인 노동자 배척 운동이 일어났다.

그 여름에는 사람의 피부를 불법으로 매매하는 집단이 발각되었다. 인가도 없는 단체가 인공배양 골격에 사용하기 위해 10대 청소년의 피부를 모아 매매했다는 것이었다. 폭력단도 아닌 20대 퇴직 사원의 범행이었다. 일상적으로 피부를 매매하던 한 젊은이는 장기가 매매되는 시대에 피부 매매가 무슨 문제가 되느냐고, 텔레비전 인터뷰에서 피부가 벗겨진 팔다리를 보여주며 당당히 말했다. 피부를 판 돈으로 무엇을 했느냐는 질문에, 한창 유행하는 미국제 프린트 셔츠를 샀다고 대답했다.

같은 시기에 초등학생의 알몸 사진을 인터넷에 판매한 업자도 체포되었고, 어느 비평가는 몸이 시장에서 판매되는 시대라는 긴 에세이를 발표했다. 경제력도 없고 상품이 될 만한 것을 소유하지 못한 사람들은 자신의 신체를 시장에 내놓게 된다는 내용이었는데, 젊은이들의 피부를 사들인 곳이 미국의 제약 회사였다는 사실이 밝혀지면서, 수십 년 전에는 먹을 것을 구하기 위해 미군에게 몸을 팔았던 것처럼 지금 시대의 젊은이들은 셔츠를 사기 위해 미국에 피부를 팔았다고, 한 보수 진영의 신문이 사설에서 탄식했다.

2002년 가을, 올바르고 아름다운 자살을 제창하는 종교 단체가 나타나 군마 현과 나가노 현에서 실제로 집단자살 사건을 일으켰다. 자살자 가운데는 퇴직당한 후 자살한 아버지를 둔 사람이 많이 있었다. 1990년대부터 중년 자살자는 12만 명을 넘었지만, 남은 아이들은 아무도 돌봐주지 않았다. 약자를 가차없이 배제하는 부패한 사회에서 자살이란 숭고하고 중요한 의미를 지닌다는 교의가 그들 사이에 깊이 침투되었던 것이다.

2002년 말, 어떤 기사가 영국의 《파이낸셜 타임스》에 실렸다. 반년 전의 아시아 통화기금과 엔화에 대한 투기를 연출한 세력은 ASUNARO일 수도 있다는 내용이었다.

샌프란시스코의 메일 매거진 《스카이 트리뷴》이 국제적인 곡물 상사인 레이맵의 자본으로 움직인다는 것을 증명하는 전자 결재 복사물과 패스워드를 입수했다고 예산위원회의 마지막 부분에서 퐁짱이 말했었다. 즉, 중국의 인구가 20억을 넘었다는 거짓 정보를 흘려 보냄으로써 곡물 상사인 레이맵이 곡물 가격을 올렸을 수도 있다는 것이었다.

퐁짱의 발언을 레이맵은 부정하지 않았다. 《스카이 트리뷴》이라는 메일 매거진의 모기업은 샌프란시스코의 대형 인터넷 프로바이더인 텔레코스믹 그룹이었다. 따라서 《파이낸셜 타임스》에 따르면, 퐁짱의 발언은 사실이었고 레이맵은 ASUNARO를 명예훼손 혐의로 기소하지 못했다.

즉, 퐁짱은 레이맵이 거짓 정보를 흘려 보냈다고 하지 않고 중국 인구를 재조사하여 14억에서 14억 7000만 사이라는 사실과 레이맵이 《스카이 트리뷴》에 투자하고 있다는 증거를 가지고 있다는 사실을 알렸을 뿐이었고, 그 모든 것은 사실이었다.

퐁짱은 교묘한 표현을 써서 레이맵이 소송을 일으키지 못하게 함과 동시에 시장에 큰 영향을 주었다. 나아가 《파이낸셜 타임스》는 당시의 《스카이 트리뷴》이 수백에 달하는 웹사이트와 계약을 체결했고, 그 가운데에서 추출한 뉴스 기사를 그냥 인용했을 따름이라고 지적했다. 《스카이 트리뷴》은 사실상 두 사람에 의해 편집, 발행되었다. 두 사람은 샌프란시스코의 해안에 사는 30대의 신문기자 출신으로 계약을 맺고 있던 웹사이트의 뉴스 기사 가운데서 흥미로운 것을 정리하여 주 2회 《스카이 트리뷴》을 발행했다.

두 사람은 이미 텔레코스믹의 의향에 따라 《스카이 트리뷴》의 발행을 중지한 상태였다. 악질적인 날조 기사를 게재했다는 혐의를 받고 전미 넷 감시위원회로부터 발행 정지 권고를 받았던 것이다. 《스카이 트리뷴》의 편집사 한 사람은 《파이낸셜 타임스》와의 인터뷰에서 다음과 같이 말했다.

"중국의 인구가 20억을 넘어섰다는 기사는 그게 처음이 아니었습니다. 그 기사는 홍콩의 영어판 뉴스 사이트에서 인용한 것입니다. 무슨 이유인지는 모르겠지만, 그 일본 중학생의 의회 발언 이후 그 사이트는 폐쇄되었습니다. 폐쇄된 사이트의 서버를 추적할 수 없으므로 그 기사의 발신원도 알 수 없습니다. 우리가 그 기사를 채용한 책임을 면할 수야 없겠지만, 이런 일은 넷상에서 그리 드문 일이 아닙니다. 상호 뉴스 기사를 게재하는 사이트나 메일 매거진은 전세계에 몇만이 넘습니다."

《파이낸셜 타임스》는 ASUNARO가 그 홍콩의 영어판 뉴스 사이트를 매수했을 가능성이 있다고 했다. 개인적인 뉴스 사이트는 전세계에 무수히 많다. 그 가운데서 블타바나 ASUNARO는 자본력을 갖춘 메이저라 할 수 있다. 블타바나 ASUNARO가 어떤 목적을 가지고 힘없는 개인 사이트를 매수하는 것은 연금 생활을 하는 노인이 경영하는 메이페어의 골동품상을 GE 캐피털이 매수하는 것보다 더 간단한 일이다.

기사의 마지막 부분에서 《파이낸셜 타임스》는 하나의 시산을 했다. ASUNARO가 《스카이 트리뷴》에 그 기사를 싣게 하고 아시아 통화기금과 엔화에 대한 공격을 연출했다고 보았을 때, 마구 팔려나가던 홍콩 달러, 중국 위안화, 한국 원화, 일본 엔화를 싼 가격으로 사들였다면 어떻게 될까. 또한 어떤 헤지펀드와 손을 잡고 아시아 통화기금과 엔화에 대한 공격을 연출한 것이 ASUNARO라고 한다면, 그들은 이 연극을 통해 얼마나 벌어들였을까?

《파이낸셜 타임스》의 그 기사를 인터넷에서 발견한 것은 유미코였다. 어느 추운 날 밤, 유미코는 프린트한 그 기사를 내게 보여주었다.

"어떻게 생각해?"

유미코는 우울한 표정을 짓고 있었다. 이런 일이 가능할까? 하고 나는 되물었다.

"무슨 말?"

그러니까 중학생이 이런 일을 꾸밀 수 있느냐는 거지.

"중학생이니까 그럴 수 있다고 생각할 수도 있지 않겠어?"

유미코는 파자마 위에 가운을 걸치고 적포도주를 마시고 있었다. 친구에게서 선물받았다는 루마니아산 포도주였다. 차우셰스쿠 시대에 제조되었다는 그 포도주는 맛도 꽤 괜찮고, 애절한 느낌을 주는 향기를 뿜어냈다. 아마도 나의 기분이 그래서일 것이라는 생각이 들었다.

2002년 연말은 너무 슬펐다. 1990년대 중반에 근대화의 종언이라는 말이 유행했는데, 한 저명한 심리학자는 그것을 민족의 슬픔에서 개인의 외로움으로의 변화를 의미한다고 했다. 분명 1980년대 중반부터 뽕짝 유행가는 서서히 시장에서 모습을 감추어가고, 노래방에서 같이 부를 수 있는 중성적인 팝 뮤직이 대량 소비되는 시대로 접어들었다.

그러나 21세기를 맞이하면서 근대화 시대와는 또 다른 슬픔이 생겨나고 있었다. 처음에 그것은 명퇴당한 중년의 자살과 취직을 못한 젊은이들의 비행이라는 형태로 나타났지만, 사태가 진행되면서 그 정체가 선명히 드러났다. 그것은 경제적 격차였다. 닛케이 지수가 상승하여 모든 우량 기업이 인기를 끄는 그런 시대는 사라졌고, 급격히 상승한 일부 정보통신 관련 기업과 수출산업이 인기를 끌 따름이었다. 실업자가 늘어나는 가운데 스톡 옵션으로 몇 억, 몇십 억이라는 거금을 손에 쥔 사람이 나타나고, 미디어도 처음에는 그런 사람들을 즐겨 소개했으나 일

반 국민의 반발이 두드러지면서 여성잡지 등을 비롯하여 최근
에는 거의 그런 기사를 찾아볼 수 없게 되었다.

초호화 여행이나 최고급 레스토랑을 소개하는 텔레비전 프
로그램도 사라지고 말았다. 그런 사치스런 생활과는 아무 관계
도 없는 계층이 생겨나고 있었기 때문이다. 중류라는 계급이 소
멸되고 있었다. 빈부의 격차에 길들여지지 못한 일본인에게 그
것은 견딜 수 없는 재난이었다. 국민의 90퍼센트 정도가 심한
상실감에 사로잡혀 선망과 질투의 심리가 뭉개구름처럼 피어나
는 사회로 변해갔다.

"나도 잘 믿기지 않지만, 전혀 불가능한 이야기는 아니라고
봐. 아시아 통화기금이란 원래 일본이 제 흥에 겨워 시작한 것
에 지나지 않으니까. 국제 통화로서 엔화의 기초 체력도 부족했
고, 무엇보다도 아시아 각국의 합의도 없었으니 투기자본이 조
준 사격을 가한다고 해서 조금도 이상하지 않지만, 누구도 일본
의 중학생이 그 일을 연출하리라 생각지는 못할 거야. 누구나
금방 생각해낼 수 있는 그런 시나리오였다면 프로는 절대로 움
직이지 않았을 거야. 투기자본의 시나리오와는 달리 돌발적인
사건처럼 보였으니까. 퐁짱 그룹이 거기까지 읽고 일련의 정보
조작을 획책했는지는 알 수 없는 노릇이야. 단, 정보 조작을 할
경우는 조작하는 주체가 절대로 노출되어서는 안 되는 거야. 그
림자가 보이면 프로는 절대로 손을 대지 않아. 퐁짱 그룹의 획
책은 아주 단순명쾌하고 신선했어. 물론 정말로 퐁짱 그룹이 시

나리오를 썼다고 가정했을 때의 이야기지만."

2002년 3월이 슬프게 느껴졌던 것은 단순히 경제 정체가 오래 지속되었기 때문은 아니었다. 전 세기까지만 해도 뚜렷이 드러나지 않았던 일본의 진로가 보이기 시작했고, 거기에는 앞으로 일본 국민의 생활이 일률적으로 좋아질 수 없다는 일체감의 상실이 있었다. 일체감의 상실을 국민들이 알아버린 것이다.

그런 나라에서는 국민적 영웅이 태어나지 않는다. 20년 전이었다면 퐁짱 그룹은 미디어의 영웅이 되었을 것이다. 무서운 아이들, 그런 이름으로 널리 알려졌을 것이다. 보수적인 미디어는 비판적인 눈길을 보냈을 것이고, 젊은 층을 겨냥한 미디어는 박수 갈채를 보냈을 것이다. 어느 경우든 미디어는 ASUNARO를 화제의 중심으로 삼았을 테지만, 일체감을 잃은 국민은 성공한 사람의 에피소드를 즐거워하지 않는다. 《파이낸셜 타임스》의 기사는 일본 국내의 미디어에서 무시되었다.

이 기사가 사실이라면 ASUNARO는 과연 얼마나 벌어들였을까. 나는 유미코에게 물어보았다. 5000억에서 10조 엔 사이일 거야 하고 유미코는 대답했다.

2003년이 시작되었지만 새로운 일은 없었다. 똑같은 사태가 한층 더 심화되었을 뿐이었다. 신우익 정당이나 단체는 맥이 빠졌고, 많은 신자를 끌어모으는 신흥 종교도 없었다. 민족주의가 활개를 칠 수 있는 것은 정보가 차단되었을 때다. 그리고 민족주의는 외국의 적을 설정해야만 한다. 그러나 미국에 적대함으로써 자존심을 회복할 수 있을 것이라고 생각하는 국민은 거의 없었다. 인터넷과 같은 정보통신 혁명에 기반을 둔 미국의 새로운 생활 스타일이 널리 침투된 결과 우익 단체나 정당이 작년의 아시아 통화기금 위기를 들어 보수주의의 필요성을 강하게 호소했으나 아무런 설득력도 얻지 못했다. 신우익 또한 아무런 비전도 제시하지 못했다.

신흥 종교는 무수히 탄생하고 수많은 사건을 일으켰다. 2003년 4월에는 군마 현의 다테바야 시에서 사립 유치원생 24명이 행방불명되었다. 범인은 그 유치원 학부모였는데, 그녀는 '새로운 마을'이라는 신흥 종교단체에 속해 있었다. 그녀는 아이들을 구원하고 싶었다고 경찰에서 진술했다고 한다. 야외 생활을 권하는 정신운동 단체가 야마나 시의 한 호반에서 집단 동사하는 사건도 있었다. 제약 회사 사장이 갑자기 이슬람계의 신흥 종교로 개종하여 가족과 사원을 데리고 팔레스타나로 이주했다는 뉴스도 있었다. 그러나 어떤 신흥 종교도 널리 지지받지 못했다. 설득력 있는 규범을 제시하지 못했기 때문이다.

젊은이들 사이에서는 팀 댄스 이벤트가 유행했다. 지금까지 각지에서 개최되어왔던 팀 댄스 이벤트가 작년의 월드컵 전야제 행사로 도쿄에서 열렸다. 팀 댄스 콘테스트가 널리 알려지게 된 것은 삿포로의 소란 축제 때였는데, 그와 비슷한 이벤트가 전국으로 퍼져 나갔고, 작년 월드컵을 계기로 하여 그 붐은 더욱 가열되었다. 2003년 여름에는 전국에서 100개에 가까운 팀 댄스 콘테스트 예선이 개최되었고, 오사카에서 전국 대회가 열렸다. 스폰서는 외국 통신 회사였다. 콘테스트 실황은 후지 텔레비전으로 방영되었고, 외국 통신 회사의 로고가 장식된 스테이지에서 일본의 젊은이들이 땀을 흘리며 춤을 추는 모습은 너무도 이상했다.

그들의 춤은 전부 똑같아 보였다. 프로 안무가가 지도하는 것도 아니어서 모든 팀이 한결같은 춤을 추었다. 일도 하지 않고 학교에도 가지 않고 오로지 이 팀 댄스에 모든 것을 걸었습니다 하고 얼굴에 독특한 마크를 그린 젊은이 하나가 외쳤다. 우리에게는 이것밖에 없어요 하고 젊은 여자애가 눈물을 흘리며 인터뷰에 응하고, 중계하던 아나운서는, 이것이 21세기를 짊어지고 갈 젊은이들의 힘입니다 하고 외쳤다. 일본의 대다수 젊은이들은 외국 통신 회사가 준비한 스테이지에서 창의성 없는 춤을 추어야 했다. 달리 할 일이라고는 아무것도 없었다.

2003년 가을에 ASUNARO는 새로운 회사를 설립했다. ASUNARO의 19번째 회사인 셜록 탐정사는 주로 기업 내의 범죄 적발과 분쟁을 해결하는 일종의 흥신소였다. 주로 사내 LAN에서 벌어지는 배임 행위, 범죄, 적대 행위를 조사하는데, 넷 스토킹과 같은 인터넷 분쟁 전반을 다뤘고, 전국에 200개가 넘는 지사를 두었다.

넷 배임 행위 등 온라인상의 범죄 조사가 어려웠던 것은 최첨단 디지털 기술을 갖춤과 동시에 다수의 조사원을 거느리는 조직을 아무도 만들 수 없었기 때문이었다. 인터넷 그 자체는 효율을 극대화하고 인건비를 줄여주었다. 그러나 넷에서 폭력을 가하는 인물이 어디에 살고 어느 회사를 다니는지를 밝히려면 방대한 인원이 필요했다. 단 하나의 메일 어드레스로 그 사람의 본명, 전화번호, 주소, 본적지, 근무처까지 24시간 안에 조사해내는 셜록 탐정사는 ASUNARO의 기술력과 전국적인 수만 명의 동원력으로 눈 깜짝할 사이에 업계를 제패해버렸다.

2003년 말, ASUNARO는 전국 23개 도시의 케이블 텔레비전 망을 매수했다고 발표했다. 2004년 봄에는 ASUNARO가 창업한 3개의 회사가 나스닥에 등록되어 거액의 자금이 모여들었다.

ASUNARO의 기술훈련 시설은 D스쿨이라는 이름을 달고 그 수와 규모는 비약적으로 확대되었다. D는 discipline(훈련)의 첫 글자로, 어학 훈련은 젊은 외국인들이 맡았다. 그들 대부분은 워킹 홀리데이라는 비자로 일본에 온 외국인들이었다. 국·공립 대학 개혁으로 직업을 잃은 젊은 조교수와 강사, 기업에서 퇴직당한 변호사나 회계사, 프로그래머 등도 D스쿨로 모여들었다. 2004년에는 학교교육법이 개정되어 기술학교의 인정 기준이 확대되면서, D스쿨은 학교로 인정되었다. 드디어 퐁짱 그룹은 일본의 교육을 바꾸어버린 것이다.

퐁짱과 나카무라 그룹은 이제 17세가 되었다. 나는 한 번 그들과 만났다. ASUNARO가 홋카이도로 이주하기 전의 일이었다.

2004년 여름, 거의 3년 만에 나카무라에게서 전화가 걸려왔다. 오랜만입니다, 나카무라입니다 하는 목소리가 들려왔다. 나카무라의 목소리는 옛날과 똑같았지만 너무 갑작스러워서 나카무라라는 말을 듣고도 처음에는 누구인지 몰랐다. 용건은 D스쿨의 나이 제한에 대해 나의 의견을 듣고 싶다는 것이었다. 20세 정도에서 50세 가까운 사람에 이르기까지 D스쿨에 입학을 원한다는 것이었다.

"현재로는 전 중학생 또는 ASUNARO 멤버에 한해서 입학을 허용하고 있지만 우리도 벌써 열일곱 살이 되었고, 앞으로도 D스쿨에 남아 공부를 계속하고 싶어하는 사람도 있어서 이제는 나이 제한을 두어야 할 것 같은 생각이 듭니다. 이 문제에 대해 세키구치 씨의 의견을 듣고 싶습니다."

놀랍게도 퐁짱과 나카무라 그룹은 아직도 그 에다 역 곁의 보잘것없는 잡종 빌딩에서 살고 있었다. 어디로 가면 돼? 하고 묻자 나카무라 군은, 옛날 거깁니다 하고 말했다.

"3년 전에 세키구치 씨와 만났던 잡종 빌딩 3층입니다."

다음 날, 나카무라 군 그룹과 만났다. D스쿨의 나이 제한에 대한 의견을 듣기 위해 일부러 나를 부를 필요가 있을까 하고 전차 안에서 생각해보았다. 그들 주위에는 지금 많은 어른들이 있을 것이다. 그러나 나카무라 군 그룹은 아직도 그 잡종 빌딩 3층에 살고 있다는 것이 내 기분을 위로해주었다. 나를 부른 또다른 목적이 있다 한들 어때 하는 생각이 들었다.

마다가와 강을 건널 때 중학교 교정이 눈에 들어왔다. 강한 햇살 속에서 학생들이 달리고 있었다. 작년부터 신입생이 들어오기 시작해서 올해는 모집 인원의 90퍼센트가 입학했다. 결론적으로 전국 중학생들의 등교거부라는 사회 현상은 거의 2년 만에 끝난 셈이다. ASUNARO는 퐁짱 세대, 즉 2001년부터 중학교 2학년이 되는 세대를 중심으로 구성되어, 그후 그 수가 그리 늘지 않았던 것이다.

ASUNARO가 폐쇄적이었기 때문은 아니었다. 초등학생의 지적 수준으로는 ASUNARO의 존재 이유를 이해할 수 없었기 때문이다. 그리고 ASUNARO는 아래 세대에게 절대로 중학교에 가서는 안 된다고 주장하지도 않았다. 초등학교 졸업자를 매년 흡수한다는 것이 무리라고 판단했을 것이다. 그래도 2003년에는 약 3할, 2004년에는 약 1할의 초등학생이 기존의 중학교를 거부하고 D스쿨에 입학하기를 원했다.

덴엔도시 선의 전차 벽에는 '백야단이 고함, 외국인 노동자는 물러가라'라는 적색과 흑색 스프레이의 낙서가 보였다. 백야단이란 말이 낯설었다. 아마도 신흥 우익 단체일 것이다. 전차의 광고 스페이스에도 빈 자리가 눈에 띄었다. 덴엔도시 선의 전차 안에는 현재의 일본을 상징하는 듯한 승객이 눈에 띄었다. 주름투성이 슈트를 입고 신문의 구직란을 읽고 있는 초로의 실업자와 값비싼 옷을 입고 세계일주 이야기를 하고 있는 부인들이었다.

에다 역 주변은 3년 전과 거의 변함이 없었다. 나는 퐁짱이 국회 예산위원회에서 연설한 다음, 중학생들이 이 부근의 토지와 건물을 모두 사지 않았을까 하고 제멋대로 상상했었다. 그때의 기억을 떠올리고 실소하고 말았다. 그 이미지 속에서 퐁짱이나 나카무라 군 그룹은 초고층 빌딩의 꼭대기 층에서 수십 명의 어른들에게 지시를 내린다. 그리고 리부진을 타고 키 큰 여비서를 데리고 전자 기계에 둘러싸여 있었다.

잡종 빌딩 건너편에 있는 케이크 가게에서 나카무라 군에게 줄 선물을 사려 했다. 쇼트케이크와 슈크림을 골랐지만 몇 개를 사야 할지 알 수 없어 무작정 10개를 집어들었다. 4층 빌딩의 간판은 모두 사라지고 없었다. 개축한 흔적은 없었지만 아마도 그들은 이 빌딩을 모두 사들였을 것이다.

빌딩 1층에 안내가 있었다. 대기업 본사 빌딩에서 볼 수 있는 대리석 카운터와 부자연스러울 정도로 화사한 여자는 없었다. 좁은 관리인실에 감색 제복을 입은 안경 쓴 중년 여자가 앉아 있었다. 이름을 대자 의자에 앉아 잠깐 기다리라고 했다. 복도에는 파이프 의자와 테이블이 놓여 있고, 잠시 후 나카무라 군이 나타났다. 정말 오랜만입니다 하고 인사하는 나카무라 군은 키가 많이 자랐다.

계단을 오르며, 같이 계신 분은 건강하신가요 하고 나카무라 군이 물었다. 고토를 두고 하는 말이었다. 그는 남미로 갔어 하고 나는 말했다. 고토는 작년 가을에 회사 계약이 끊어지자 페루로 갔다. 송별회를 마치고 우리는 새벽까지 마셨다. 술에 취한 고토는, 이런 나라에 아무리 있어봐야 별볼일 없어요 하고 떠들어댔다. 페루에 가면 좀 달라질까 하고 나는 물었다. 고토는 페루의 공기에 대해 집요하게 이야기했다. 세키구치 씨, 페루의 가난한 리마는 불결하고 군인들이 뻐기고 교육 수준도 낮고 생활도 정말 힘들지만, 그 공기 말입니다 공기, 쩽하게 맑은 그 공기에 감싸여 있으면 아침이라는 시간과 추위를 그냥 몸으로 느낄 수 있어요. 내 몸과 세계의 경계가 뚜렷이 그려지는 듯한 느낌이 들지요. 내가 여기 있고, 내 몸의 윤곽을 감싸며 세계가 그 주위에 있다는 건 당연한 일이지만, 정말 경계가 뚜렷이 드러나지요. 일본에 있으면 정말 편리합니다. 날씨는 따스하고 나와 세계의 경계가 희미해서 편하긴 해요. 열두 살짜리 게릴라가 총을 쏘지도 않고요. 그렇지만 때로 내가 정말 여기에 있는지 모호할 때가 있어요. 내 몸과 외부 세계의 경계가 선명하지 않아요. 내 몸이 녹아버려서 내 몸을 확인할 수 없는 듯한 느낌이 들어요. 외부라고나 할까요. 내 몸 이외의 것과 내가 어디서

맞닿아 있는지 느낄 수 없으면, 나를 확인할 수 없지 않습니까.

"안녕하세요."

검은 책상 위에 놓인 얇은 노트북 컴퓨터 화면을 바라보고 있던 퐁짱이 일어서서 웃는 얼굴로 나에게 악수를 청해왔다. 동작이 어색하다는 생각이 들었다. 안녕하세요 하고 말하고, 일어서서 웃음을 띠고, 악수를 한다. 퐁짱의 그런 동작은 어딘지 모르게 부자연스러웠다. 지금까지 수많은 어른들과 그런 식으로 인사를 나누었을 텐데도 어색했다. 누군가를 흉내내고 있는 듯한 느낌이 들었다. 그러나 그리 불쾌한 느낌은 들지 않았다. 도쿄 시내가 내려다보이는 초고층 빌딩의 꼭대기 층에서 가죽 의자에 느긋하게 앉아 있는 퐁짱을 상상했기 때문이다.

퐁짱은 흰색 폴로 셔츠와 베이시색 먼바시를 입고 있었다. 가을에는 거친 재킷, 겨울에는 더플 코트, 그런 식으로 ASUNARO 전체의 패션이 정해져 있는지도 모른다. 퐁짱의 키는 별로 자라지 않은 것 같았다. 160센티미터 정도일 것이다. 늘 어깨에 걸치고 있던 포셰트(작은 가방의 일종)도, 피어스도 반지도 보이지 않았다.

"오랜만입니다. 좀 앉으세요."

퐁짱은 내게 의자를 권했다. 편집부에서 아르바이트하는 여대생이 앉는 그런 간소한 회전의자였다. 방에는 책상이 두 개, 책꽂이와 텔레비전이 있었다. 텔레비전에는 게임용 컨트롤러가 붙어 있고, 게임 소프트웨어가 캐비닛 주위에 흩어져 있었다.

리놀륨 바닥에는 포테이토 칩 찌꺼기가 떨어져 있고, 창가에는 플라스틱 가짜 화분이 놓여 있었다. ASUNARO의 자산은 5조 엔에서 10조 엔은 될 것이라고들 했다. 그 대표의 오피스는 네 평 정도의 넓이이고, 때가 잔뜩 낀 플라스틱으로 만든 고무나무가 놓여 있고, 벽에는 '세계의 미녀'라는 일본항공의 캘린더가 걸려 있었다.

"건강하셨습니까?"

퐁짱의 인사말에, 여전히 건강하게 잘 지내고 있어 하고 대답하면서 케이크를 건네주었다. 아, 고맙습니다 하고 퐁짱은 고개를 숙였다. 퐁짱의 말투가 바뀌어 있었다. 목소리는 이전과 전혀 변함이 없었지만 어딘지 모르게 가시가 돋쳤다.

"나카무라 군에게 이야기 들었을 겁니다. 지금 우리가 하는 D스쿨의 나이 제한에 대해 의견을 묻고 싶었습니다."

퐁짱의 인상도 조금 바뀌었다. 환하게 밝고 볼이 통통한 그런 분위기가 없어진 것 같았다. 여위어서가 아니라, 어린 아이에서 소년의 얼굴로 변화한 것이었다. 나는 나 자신이 믿기 힘들 정도로 침착했다. 2년 전 퐁짱이 국회에서 연설할 당시였다면 긴장하여 무릎을 덜덜 떨었을 것이다. 내가 아는 사람이 초유명 인사가 되었다는 실감이 들었다. 퐁짱이나 나카무라 군 그룹이 어디 먼 곳으로 가버리고 나만 홀로 남겨졌다는 듯한 느낌이 들었다. 그로부터 오랜 시간이 지났고, 무엇보다 내 눈앞에 있는 퐁짱과 나카무라 군은 어린 아이가 아니었다.

왜 내 의견을 들으려 하는지 모르겠어 하고 말했다. 처음 만났을 때와 달리 자네들 주위에는 대단한 어른들이 있을 텐데, 그런 뉘앙스를 포함한 나의 의문을 먼저 이야기했다. 그런 나의 뜻이 잘 전해진 듯, 퐁짱과 나카무라 군은 서로 얼굴을 마주 보았다. 나카무라 군이, 말할게 하고 말하자 퐁짱은 고개를 끄덕였다.

"우리는 지금 어떤 새로운 계획을 세웠는데, 거기에 대해 의논하고 싶습니다. D스쿨의 나이 제한 문제를 포함해서요. 좀 무모한 계획인 것 같아서 달리 의논할 상대가 없어서 말입니다. 그래서 퐁짱과 의논한 끝에 세키구치 씨를 부르기로 한 것입니다."

나는 고개를 끄덕이긴 했지만 도무지 현실감을 느낄 수 없었다.

"변호사나 회계사 또는 경영자, 투자고문, 여러 사람들을 만나봤습니다. 다들 대단한 사람들이었어요. 우리는 그들이 우리를 속이려 해도 속일 수 없는 시스템을 만들어 여태 별문제 없이 잘 해오고 있습니다."

어떤 시스템?

"그리 대단한 건 아닙니다. 보통의 리스크 매니지먼트입니다. 결정이나 결제를 투명하게 하기 위해서 감사 시스템을 많이 만들었습니다. 우리가 고용하고 있는 변호사나 회계사, 경영자 모두 인센티브를 가지고 있기 때문에 개인적인 이익을 추구할 수 없고, 회계를 속일 가능성도 없지만, 그런 반면에 이익이 확실하지 않은 비합리적인 계획에 대해서는 그들의 의견을 구하기가 힘듭니다."

무슨 계획인데? 하고 내가 묻자, 홋카이도 좋아하세요? 하고 퐁짱이 물었다. 싫지는 않아 하고 대답하자, ASUNARO를 홋카이도로 옮길 생각입니다 하고 나카무라 군이 말했다.

옮긴다고?

"ASUNARO는 현재 45만 정도의 조직원을 거느리고 전국에 흩어져 있습니다. 그 반 정도, 즉 30만 명 정도를 데리고 홋카이도로 집단 이주할 생각입니다."

왜?

"딱히 이유는 없지만 땅이 넓어서 기분이 좋을 것 같아서요. 퐁짱과 몇 번이나 땅을 보러 갔는데, 삿포로와 치토세 사이에 위치한 곳입니다. 도청도 치토세 북 개발공사도 토지를 싸게 제공해주겠다고 합니다. 거의 공짜로 말입니다. 세키구치 씨는 어떻게 생각하십니까?"

그 땅에서 뭘 할 생각인데?

"우선 풍력 발전소를 세울 겁니다. 그리고 바이오 연구소와 농장과 목장도 만들 겁니다. 그런 다음에는 25만 호 정도의 주택, 5000동의 집단주택, 8개의 D스쿨, 21개의 공원, 스포츠 시설을 지을 겁니다. 모든 주택과 시설에는 광섬유 케이블을 깔고, 위성도 365일 사용할 수 있는 ASUNARO의 정보 발신 기지로 만들 생각입니다."

그렇다면 아무것도 없는 땅 위에 그런 시설을 만든다는 거니?

"아닙니다. 우리가 사려는 토지에는 이미 열세 개의 마을이 있습니다. 그들과 협력하여 새로운 도시를 만드는 겁니다."

나는 소년들이 무인도에 표류하여 새로운 생활을 시작하는 이야기를 떠올렸다. 사회의 반응은 과연 어떨까 하는 생각이 들었다. 그렇게 하면 불순분자들을 격리시킬 수 있어 좋다고 생각하는 사람도 있을 것이고, 하나의 도시가 전 중학생에게 점거될지도 모른다고 불안해하는 사람도 있을 것이다. 그러나 퐁짱 그룹이 한 장소에 집단으로 거주하면 별 재미가 없을 것 같다는 생각도 들었다. 이 소년들은 현재의 어른 사회에 뒤섞여 암세포처럼 네트워크를 넓혀서 이런 힘을 가진 세력으로 부상하지 않았던가. 늘 어른 사회의 대극에 섬으로써 자신들의 입장을 공고히 할 수 있지 않았던가. 나는 이들이 어른 사회를 더 흔들어주기를 바랐고, 이상향 건설이라는 플랜은 어딘지 모르게 퐁짱 그룹에 잘 어울리지 않는 것 같이 느껴졌다.

너무도 거대한 계획이었다. 17세 소년들이 새로운 도시를 만드는 것이다.

"그렇지만 퐁짱은 다른 생각을 가지고 있는 것 같습니다."

나카무라 군은 이렇게 말하며 퐁짱을 바라보았다.

"통화를 발행할 생각입니다."

퐁짱은 말했다.

통화?

"세키구치 씨, 지역 통화에 대해 잘 아십니까?"

잘 몰라 하고 나는 말했다.

"지역 통화는 크게 두 종류가 있습니다. 하나는 오래 전 영국의 스윈든이라는 지방 도시에서 실험된 몬덱스 같은 것입니다. 유통성을 가지는 전자화폐지요. 또 하나는 LETS, 즉 로컬 익스체인지 트레이딩 시스템이란 것으로, 이건 한정된 지역에서 재화와 서비스를 교환하는 쿠폰 같은 것입니다. 나는 그 두 가지 특성을 겸비한 통화를 만들 생각입니다. LETS의 특징은 무이자, 다시 말해 저금을 해도 이익이 생기지 않는다는 것이 가장 중요한 점이라 하겠습니다."

새로운 통화를 만든다는 말에, 언젠가 퐁짱이 한 말을 떠올렸다. 퐁짱은 3년 전에 바로 이 방에서 예쁘장한 포셰트에서 1000엔짜리 지폐를 꺼내 손가락으로 집더니, 이 종잇조각은 신용이 있기 때문에 돈이 될 수 있는 겁니다 하고 말했었다. 그리고 이 일본은행권을 신용하고 싶지 않다, 신용이 있는 돈을 제 손으로 만들 수 있다면, 엔화보다 더 신뢰받을 수 있을지도 모른다고 말했었다.

"지역 통화란 것은 결국 신뢰가 기반이 되어야 하기 때문에, 그 지역의 구성원이 어느 정도 한정되지 않으면 안 됩니다. 그것이 바로 우리가 홋카이도로 이주하려는 가장 큰 이유입니다.

지역 통화는 세계 시장에 대한 유일한 방어 수단으로, 인플레이션에도 디플레이션에도 대응할 수 있습니다. 즉, 중앙은행에 의한 독점적인 과잉 발권에도 대항할 수 있고, 불황 때 지방의 통화량이 극감되는 데에도 대응할 수 있습니다.

신용이 아니라 신뢰에 기반을 두고 있으므로 그 통화권에 한정되어야 합니다. 통화권을 한정한다고는 하지만 우리는 전자화폐를 생각하고 있기 때문에 그 통화권은 홋카이도 ASUNARO뿐만 아니라 일본 전국의 ASUNARO, 동아시아에 걸친 네트워크, 블타바를 중심으로 한 유럽이나 북미로 확대될 것입니다.

우리는 그 통화를 EX라고 쓰고, 익스라고 부를 생각입니다. Examined, Example, Except, Exchange, Express, Extra, Exodus와 같은 여러 가지 의미를 나타내는데, 바깥으로라는 의미도 있습니다. 일단은 홋카이도에 한정되었지만 우리도 외부로도 진출할 것이기 때문에, 그것을 나타내기 위해 EX라는 이름을 택한 것입니다.

익스는 환경 문제에 관련된 활동에서도 결재성이 있는 통화로 위력을 발휘할 것입니다. ASUNARO와 거래를 하는 내외의 기업은 결재 일부를 반드시 익스로 지불해야 하고, 그것은 ASUNARO가 관리하는 환경보전 기금에 들어가서 다양한 용도로 사용될 것입니다. 그리고 어떤 가치관을 공유하고 있으면 익스 통화권에 들어올 수 있게 할 생각입니다. 예를 들면, 블타바는 처음부터 협력하겠다는 뜻을 밝혔는데, 나아가서는 여러 종류의 NPO와도 협력하여, 난민 캠프나 분쟁 지역에서 유통시킬 수 있도록 할 생각입니다.

익스가 가장 위력을 발휘하는 분야는 지역 내의 다양한 서비스에서입니다. 우선 의료를 봅시다. 물론 D스쿨의 수업료라든지 레스토랑이나 커피숍 등의 서비스, 이발소나 미용실, 헬스 일반, 세라피에서 제설 작업에 이르기까지, 정원 손질에서 공원 청소까지, 보육원에서 컴퓨터 수리에 이르기까지 홋카이도 ASUNARO의 지역 내에서는 자급자족의 대인 서비스가 익스로 해결될 것입니다. 그러나 이 계획은 아직 우리 쪽 변호사나 경영자, 투자 고문들에게 알리지 않고 있습니다. 그들이 생각하는 것은 오로지 이윤뿐이기 때문에 어떤 반응을 보일지 알 수 없습니다."

나는 뭐가 뭔지 도무지 알 수 없었다. 홋카이도에서 지역 통화를 전자화폐로 만들겠다는 이야기인 것 같았다. 뭐가 뭔지 잘은 모르겠지만 현실감이 있었다. 퐁짱이 너무도 덤덤하게 이야기했기 때문이다. 흥분하지도 않았고 자신의 계획에 도취해 있는 것 같지도 않았다. 오히려 퐁짱은 우울한 표정을 지었다. 그 계획은 이미 결정되어 있지만 그 전에 수많은 장애물을 넘어서지 않으면 안 되는 현실이 귀찮아 죽겠다는 그런 표정이었다.

세키구치 씨는 어떻게 생각하세요 하고 나카무라 군이 물었다. 솔직히 말해 잘 모르겠어 하고 나는 대답했다. 한 번도 들어 본 적이 없는 이야기라서 구체적으로 이미지가 떠오르지 않았던 것이다. 그러나 홋카이도에 이주하여 이상향을 만든다는 어린애 꿈 같은 이야기는 아니라서 좋았다.

"세키구치 씨의 의견을 들어보자고 생각한 것은 3년 동안 우리와 손을 잡고 일해온 어른들이 한결같이 이익과 효율만을 주장한 사람들이라서요, 그건 또 그런 대로 좋았지만, 그것만으로는 홋카이도 ASUNARO와 익스 계획을 이해할 수 없을 것 같아서입니다. 세키구치 씨는 우리가 무일푼일 때 여러 가지를 의논했기 때문에 이번에 한 번 의논해보자고 한 것입니다."

현실과 너무 동떨어져 구체적인 이미지가 떠오르지 않아. 무슨 말을 해야 할지 모르겠어. 하지만 뭐라 할까? 가슴이 설렌다고나 할까? 어쨌든 가슴이 두근거리는 이야기야. 정말 가슴이 두근거려. 나는 그렇게 말했다.

"세키구치 씨가 그렇게 말씀해주시니 정말 기분 좋습니다."

퐁짱의 말에 나는 깜짝 놀랐다. 퐁짱은 5조 엔 또는 10조 엔에 달하는 자금을 가진 거부가 아닌가. 그런데 왜 나 같은 별볼일 없는 인간의 의견을 들어야 하고, 또 그런 나의 의견에 기뻐해야 할까.

"세키구치 씨, 우리는 지금 좀 지쳤습니다. 시장이 어떤 것인지 이제 좀 알 것 같습니다. 시장이란 욕망을 거래하는 장소로, 마치 공기처럼 또는 바이러스처럼 어디든 파고들어서 사정없이 공동체를 파괴해버립니다. 공동체가 가지고 있는 모럴이나 규범을 무의미하게 만들어버립니다. 단, 우리는 그런 시장을 이용하여 자금을 만들고 어른 사회와 싸워왔는데, 그런 룰에 언제까지고 따른다는 것은 정말 어리석은 일이라 생각합니다. 물론 시장은 중립적이기 때문에 시장 그 자체가 나쁜 건 아니지만, 시장이 만들어내는 불균형이 문제입니다. 자유주의 경제는 반드시 패배자를 생산하므로 승자는 패자의 복수를 두려워하며 살지 않으면 안 됩니다. 그건 정말 어리석은 일이 아닐까요? DVD 플레이어를 사주지 않는다고 어머니를 야구 방망이로 때려 죽인 중학생이 있지 않습니까? 게다가 매춘을 하는 여중생도 있지 않습니까? 장기를 파는 홈리스도 있고, 피부를 파는 대학생도 있지 않습니까? 그건 시장이 우리의 생활 구석구석까지 침투해 장기나 몸 같은 개인에 속한 것도 매매의 대상으로 만들어버렸기 때문입니다. 이대로 가다가는 우리가 그렇게 미워하던 어른들과 별다를 바 없는 어른이 되고 말 것입니다."

물어볼 게 있는데 하고 나는 말을 가로막았다.

"예?"

그 지역에 살고 있는 사람들과는 어떤 식으로 관계를 맺을 생각이지? 내가 이렇게 묻자 두 사람은 서로 얼굴을 바라보며 왜 그런 걸 물어보느냐는 표정을 지었다. 보통으로 하는 거지요 하고 나카무라 군이 말했다. 그리고 자신들이 얼마나 공평하게 이익을 나누는지를 설명해주었다. 이익을 어떻게 모든 사람에게 분배하느냐, 그건 정말 어려운 문제였다.

ASUNARO의 구성원, 즉 전 중학생들은 공헌도에 따라 포인트제로 이익을 분배받고 있었다. 그 포인트제 시스템이 그대로 지역 통화 익스에 적용된다는 것이다. 그 이익은 언제라도 받을 수 있는 체제가 갖추어져 있고, 이미 몇천 명의 ASUNARO 구성원이 수십만에서 수천 만 엔의 보수를 받으며, 그 가운데는 부모에게 집을 마련해주거나 그 자금으로 유학을 간 사람도 있다고 했다. ASUNARO는 결코 개인을 구속하지 않는다고 나카무라 군은 말했다.

"그만두고 싶어지면 언제든지 그만둘 수 있습니다. 그리고 ASUNARO를 탈퇴해도 포인트는 없어지지 않습니다."

그밖에 어른 협력자, 예를 들면 경영고문 등은 고정급과 스톡 옵션을 받고 있다. 회계사나 변호사, 기술자나 D스쿨 강사 등은 기본적으로 파견 사원으로 계약에 따라 파견 회사에 보수를 지불한다. 그러나 ASUNARO 자체도 인재 파견 회사를 경영하고 있었다.

"우리는 ASUNARO의 파견 회사에서 인재를 채용합니다. D스쿨 졸업생을 ASUNARO 이외의 기업에서 연수시키는 것이 우리 파견 회사의 주된 업무입니다."

ASUNARO가 경영권을 가진 사업체는 모두 UNIT라는 지주 회사 산하에 있고 모든 기업체, 부문, 부서의 틈새에 복수의 회계 회사로 구성된 감사기관을 두었다.

"공평하게 하면 문제가 없을 것입니다."

나카무라 군은 이렇게 말했다. 홋카이도의 지역 주민들과도 보통으로, 즉 공평하게 해나갈 생각이라고 했다.

UBASUTE에 대해서도 물어보았다.

홋카이도에는 예전의 나마무기 통신 삿포로 지부가 만든 UBASUTE라는 조직 또는 운동이 있었던 걸로 아는데? 퐁짱과 나카무라는 그 조직에 대해 어떻게 생각해?

"UBASUTE는 오해받고 있습니다. UBASUTE는 고령자를 공격하려는 것이 아닙니다. 세키구치 씨는 현재 UBASUTE가 어떤 활동을 하는지 알고 계십니까?"

주간지나 텔레비전에 보도되고 있는 범위 안에서 하고 나는 대답했다. ASUNARO가 거대한 조직이 되고, 당당히 사회의 표면에 등장하고부터 UBASUTE는 자주 미디어의 취재 대상이 되었다. 그들은 인터넷상에서 빈번히 고령화 사회에 관한 앙케트를 행하고, 그 결과를 일반 미디어에 보내고 있었다.

· 정말로 노인을 좋아합니까?

· 노인과 늘 같이 있으면 우울해지지 않습니까?

· 정말로 노인을 존경해야 한다고 생각합니까?

이런 항목이 세세하게 적힌 앙케트인데, 젊은 층의 대답은 노인에 대해 상당히 잔혹했다. 작년에 홋카이도 ASUNARO는 도지 호가 내려다보이는 산 위의 유명한 호텔을 사들였다. 그 호텔은 1990년대 초 거품경제의 상징물이었다. UBASUTE가 그 호텔을 현대의 고려장 산으로 삼는 게 아닐까 하고 미디어는 수상쩍은 눈으로 바라보고 있었다.

"UBASUTE는 현대 일본에서 가장 심각한 노인 문제를 생각하는 그룹입니다."

퐁짱은 그렇게 말했다. 히틀러 유겐트가, 나치스는 유대인 문제를 심각하게 생각하는 정당입니다 하고 말하는 듯한 느낌이 들었다.

"세키구치 씨, 노인 보장보험이 파탄난 사실을 알고 계십니까?"

나는 고개를 끄덕였다. 4년 전에 시작된 노인 간호보험인데, 처음에는 보험료가 동결되어 있었다. 그 동결이 풀어지자 저소득층을 중심으로 보험료가 납입되지 않는 사태가 계속되었다. 작년 가을에 장기금리가 폭등해 적자국채의 발행이 정지된 다음, 나라에서 보조를 받지 못하자 보험료 부담을 견디지 못하는 시·군이 생겨나면서 간호 마켓에 참가한 민간 회사도 반수 이상이 도산하고 말았다.

"앞으로 몇 년만 지나면, 아니 내년쯤부터 지방 공무원의 대량 퇴직이 시작됩니다. 무슨 세대라고 하던데요?"

단카이 세대라고 내가 지적하자, 맞아요 하고 퐁짱은 웃었다.

"우선 지금의 재정 상황을 보면, 지방자치단체는 그들에게 퇴직금도 지불할 수 없습니다. 그와 동시에 국가는 불량 자산을 지방에 양도하기 시작할 것입니다. 내년부터 스톡 순환에 들어가기 때문입니다."

나는 스톡 순환이란 말을 알아들을 수 없었다.

"도로나 다리, 댐이 재투자를 필요로 하는 시기라는 겁니다. 여기저기 도로가 함몰하고 다리가 흔들리고, 댐 바닥에 토사가 쌓여 기능성이 떨어지는 그런 시기가 왔다는 거지요. 즉, 지방 자치단체는 대량으로 인원을 줄이고 그 퇴직금을 지불할 수 없는 상황에서 엎친 데 덮친 격으로 재투자가 필요한 불량 스톡을 국가에서 양도받아야 한다는 것입니다. 그러나 현실적인 문제로서 이미 몇 년 전부터 지방채를 기채起債할 수 없게 되었습니다. 재정투자법의 개정으로 이전처럼 직접 나라가 지방채를 살 수 없게 되었습니다. 요컨대 아무도 사지 않으니까 팔 수 없다는 것입니다. 고베 시는 외국의 금융기관에 팔려고 했는데, 신용 등급이 너무 낮아서 팔 수도 없었습니다. 고베 시의 신용 등급은 러시아가 최악의 상황일 때와 같습니다. 투자 부적격이란 놈이지요. 지방 재정은 대체로 그런 지경에 빠져 있습니다. 그래서 말입니다. 지방의 시·군이 운영하는 특별양호 노인 홈에서 노인들이 어떤 식사를 하고 있는지 아십니까?"

나는 전혀 모르고 있었다. 죽으로 끼니를 때울지도 모른다고 생각했다.

"보통식이란 것이 있습니다. 이건 오이 절임, 시금치 나물, 방어 구이, 삶은 톳나물이 반찬으로 나오는 식사입니다. 그밖에 절식이란 것이 있습니다. 턱과 이의 기능이 떨어져 잘 씹지 못하는 노인도 맛있게 먹을 수 있도록 단순히 믹서에 넣어 가는 것이 아니라 전용 기계에 넣어 쓰는 겁니다. 거기에는 보통의 절식과 거친 절식, 가는 절식이 마련되어 있습니다. 거친 절식은 3밀리미터, 가는 절식은 한 조각을 1밀리미터 이하로 썰도록 되어 있습니다.

가는 절식조차 먹지 못하는 노인에게만 유동식을 줍니다. 중요한 것은 각 음식마다 모두 절식도 있고 유동식도 있다는 사실입니다. 다시 말해 오이 절임이면, 오이 절임만을 잘게 썰거나 액체로 만듭니다. 그러니까 유동식이라도 오이 절임은 황록색을 띨 것이고, 시금치 나물은 녹색, 방어 구이는 방어 구이 색, 톳나물은 톳나물 색깔을 띠고 있습니다. 따라서 절식이건 유동식이건 음식 모양이 제대로 나질 않습니다. 사방 1밀리미터 이하로 잘게 썬 방어 구이가 생선 모양을 띨 수 없지 않겠습니까. 믹서로 갈아버렸으니 오이고 시금치고 제 모습을 띨 리 없지만, 그래도 어떻게든 생선은 생선 모양을 띠게 하려고 애를 씁니다. 방어나 오이 형태가 보이도록 일부러 잘게 썬 음식을 진흙으로 조형을 하듯이 모양을 만들어보는 거지요. 그밖에 병든 노인에게는 당뇨식, 감염식, 신장식, 투석식, 경관식 등이 준비됩니다. 조리가 끝난 음식을 냉장도 하고 온장도 하는 선반에 각 개인의 데이터가 붙어 있습니다. 오이는 오이, 톳나물은 톳나물, 모두 개별적으로 잘게 썰거나 믹서로 갈면 비용이 얼마나 들 것 같습니까?"

풍짱은 어떻게 이런 정보를 입수하는 것일까. ASUNARO는 치매에 걸려 배회하는 노인을 24시간 감시하는 시스템을 팔고 있기 때문이라고 나카무라 군이 말했다.

"믿을 수 없을 정도로 세심한 배려와는 달리 치매에 걸려 배회벽을 가진 노인은 밤이 되면 침대에 묶어둘 수밖에 없습니다. 믹서에 갈아서 액체로 만든 방어를 방어 모양으로 쌓아올린 음식을 서비스 받은 다음, 그 노인은 침대에 묶여야 히는 겁니다. 풀어달라고 밤새도록 울부짖는 노인도 있습니다."

나는 보지 못했지만 그렇게 침대에 묶인 노인의 영상과 음성이 인터넷으로 중계되었고, 텔레비전 뉴스에도 소개되어 화제가 된 적이 있었다.

"그런 노인들은 괴상한 목소리로 웁니다. 정말 이상한 목소리로 말입니다. 어딘가 좀 뒤틀린 듯한 느낌이 들지 않습니까? 식사에는 아주 세심한 배려를 하면서, 밤만 되면 노인을 침대에 붙들어 매다니 말입니다. UBASUTE는 그런 방식이 어딘가 좀 이상하지 않으냐고 지적하고 있을 뿐입니다. 노인들을 공격하는 것이 아닌 겁니다."

노인들의 우는 소리를 괴이쩍고 이상한 소리라고 풍짱은 말했다. 침대에 묶여 밤만 되면 괴이한 목소리로 울부짖어야 하는 노인에 대해 불쌍하다는 생각도 들지 않는 걸까? 몸이 묶인 채 울부짖는 사람의 목소리를 들으면 누구든 불쾌한 기분이 들 것이다. 그런 목소리를 듣고 싶지 않다고 생각할 것이다. 자신이 그런 상황에 처한 경우를 상상하거나 그런 상황에 대해 무기력한 자신에 대한 절망감을 느끼고 불쾌해질 것이다.

삐, 하는 소리와 함께 텔레비전 모니터가 갑자기 밝아졌다. 나카무라 군이 다가와서 모니터 곁의 키보드를 조작하자 모니터에 화면이 떠올랐다. 오늘은 빠르군 하고 퐁쨩이 손목시계를 보았다.

"샌프란시스코에 살고 있는 애니메이션 작가인데, 하루에 한 번 애니메이션을 보내옵니다. 그렇게 계약했으니까요. 짧은 만화인데, 세키구치 씨도 한번 보시지요."

ASUNARO 사이트에 연재되는 만화인 것 같았다.

"이것은 일종의 데먼스트레이션입니다. 우리가 보고 닌 다음에 웹에 올립니다."

화면에 소년이 나타났다. 그와 동시에 음악이 울렸다. 백인인 것 같기도 하고 동양인 같기도 한 소년이 가까운 미래의 배경 속을 걸어간다. 일본풍의 신사 같은 건물도 보이고, 초고층 빌딩도 늘어서 있고, 이슬람의 모스크도 있다. 꽤 손이 간 컴퓨터 그래픽 애니메이션이었다. 소년은 후두부로 손을 뻗으며 슬픈 표정을 짓고 있었다. 요컨대 나에게는 프라이버시가 없어 하고 영어로 대사를 읊었다.

"얘는 머리에 컴퓨터 칩이 내장된 불쌍한 아이입니다."

나카무라가 설명해주었다.

"가벼운 성추행만 해도 머리에 칩을 심어둡니다. 위성으로 그 칩을 추적해서 경찰이 금방 위치를 파악할 수 있도록 말입니다."

소년은 모스크 곁으로 다가왔다. 나는 이슬람교도가 되어야 하지 않을까 하는 대사가 흘러나왔다. 모스크 내부에서는 코란을 읽는 독경 소리가 흘러나오고, 사람들이 기도를 올리고 있다. 화면 오른쪽 끝에 1부터 5까지 번호가 나타났다.

"세키구치 씨, 번호 하나를 클릭해보세요."

나카무라 군의 말에 따라 나는 1을 클릭했다. 모스크에서 구두를 벗지 않았다는 이유로 소년은 기도를 드리던 사람들에게 몰매를 맞는다. 2를 클릭하자 뭣 하러 왔느냐고 사람들은 소년을 닦달한다. 어느 번호를 눌러도 소년은 모스크 안에서 낭패를 당하고 만다.

"이것은 CATV의 디지털 회선으로 방영되는데, 통신 속도가 빠르다는 느낌이 들지 않습니까?"

분명히 통신 속도는 빨랐다. 디지털 CATV에서 인터넷은 전화 회선보다 100배나 빠르다고 한다. 그러고 보면 퐁짱 그룹은 이미 다큐 CATV를 매수하지 않았던가. 그러나 그것보다는 애니메이션을 바라보는 퐁짱과 나카무라의 표정이 무척 인상적이었다. 이 애니메이션은 아주 인기가 있습니다 하고 말하면서 두 사람은 덤덤한 표정으로 화면을 보고 있었다.

이 애니메이션 작품을 퐁짱 그룹이 사들인 것일까. 단편 애니메이션뿐만 아니라 장편 극영화나 게임 소프트웨어 등에도 ASUNARO는 막대한 자본을 투자하고 있다. 그러나 두 사람이 애니메이션을 바라보는 표정은 자신들이 출자한 작품이므로 감정의 동요 없이 냉정한 눈으로 지켜보아야 한다는 그런 자세가 아니었다. 두 사람의 얼굴 피부는 애니메이션을 보는 동안 미동도 하지 않았다. 지겹다거나 넌더리가 난다는 그런 표정도 아니었다. 무슨 일이 있어도 놀라지 않는, 대상이나 타인에 대해 반응을 보일 필요가 없다는 비인간적인 자세라는 말이 아니다. 17세 나이에 벌써 애늙은이가 되어버린 듯한 그런 것도 아니었다.

옛날 일본 뉴스 화면을 보면, 사람들은 가난하지만 정말 해맑게 웃었다는 것을 알 수 있다. 전전이나 고도경제성장 시절의 흑백 영상 속에서 사람들은 카메라 앞에 선다는 이유만으로 부끄러운 웃음을 떠올렸다. 옛날 사람들은 표정이 풍성했던 것일까. 나는 그렇게 생각하지 않는다. 그들에게 주어지는 정보가 너무 적었기 때문이 아니었을까. 그들은 요컨대 무지하여, 무슨 일에도 놀랄 수 있었던 것이다.

퐁짱 그룹은 믿을 수 없을 정도의 정보와 지식을 가지고 있지만, 그것은 박식하다는 말과는 거리가 멀다. 그들에게 정보가 머물러 있는 것이 아니다. 그들은 거대한 정보 소스와 늘 연결되어 있어 어떤 정보도 끄집어낼 수 있다. 그들은 마음만 먹으면 국가 기밀 속으로 침투할 수도 있고, 위성에서 영상을 받을 수도 있다. 그들에게는 본 적도 없는 풍경이라는 말이 통용될 수 없을지도 모른다.

왜 홋카이도로 정했지? 마지막으로 내가 그렇게 물었다.

"장마가 없으니까요" 하고 퐁짱이 말했다.

"나를 비롯해 나카무라 군도 그렇고, ASUNARO에는 장마를 싫어하는 애들이 많습니다. 눅눅한 공기가 피부에 진득거리며 달라붙는 그런 느낌을 도저히 견뎌낼 수 없는 애들이 많은 거죠. 홋카이도에는 그런 장마가 없습니다."

돌아오는 길에 나카무라 군이 빌딩 현관까지 나와 전송해주었다. 부모와는 정기적으로 만나고 있는 것 같았다. 그렇지만 말이 통하지 않아요 하고 말했다.

"어쩌다 한 번씩 집에 가는 것도 부모님을 만나기 위해서가 아닌 것 같은 느낌이 들어요. 우리 집 바로 옆에 중국집이 있는데, 정말 맛있거든요. 어릴 적부터 가족들과 자주 식사를 하던 집이에요. 우리 집은 신흥 주택지라 주변에 그럴듯한 식당이 별로 없어서 외식이라면 그 중국집 정도였습니다. 지금이야 집에 가도 별로 즐거울 일이 없으니까, 그 중국집 때문에 간다는 생각이 들 때도 있습니다."

그 중국집에서 뭘 먹는데? 하고 나는 물어보았다.

"먹는 건 대체로 정해져 있습니다. 나는 닭튀김과 밀전병 튀김하고 새우 볶음밥을 먹어요. 어릴 적부터 줄곧 같은 메뉴입니다. 부모님과 여동생도 먹는 게 대체로 정해져 있어요. 별다른 이야기도 없이 넷이서 묵묵히 음식을 먹을 뿐이에요."

악수를 하면서 나카무라 군은, 홋카이도에 놀러오세요 하고 말했다.

에다 역 건너편에 초등학교가 보였다. 하교 시간인 듯 차임 벨이 울리더니 드보르작의 〈집으로 가는 길〉이 울려 퍼졌다. 하교 때의 음악이 시대가 바뀌어도 똑같다는 생각을 하는 순간, 문득 〈집으로 가는 길〉의 멜로디가 내 몸 안으로 파고드는 듯한 기묘한 느낌에 사로잡혔다. 가슴이 찡한 감상이었다. 뭐야 이런 느낌이라니. 나는 당혹스러웠다. 초등학교 시절은 거의 기억에 없다. 중학교도 그냥 그렇다. 꼴도 보기 싫은 선생들뿐이었고, 좋은 친구가 많았던 것도 아니다. 즐거웠던 추억을 떠올려보라고 한다면 별로 할 말이 없을 것이다. 드보르작의 〈집으로 가는 길〉을 매일 들으며 하교한 것이 초등학교인지 중학교인지조차 기억이 확실치 않다. 혹시 초등학교도 중학교도 같은 음악을 사용했는지 모른다.

그거야 아무래도 좋은 일이지만, 아마도 이 곡과 함께 내 가슴에 새겨진 뭔가가 문제인 것이다. 아마도 그것은 인생에 반드시 필요한 무엇은 아닐 것이다. 차라리 있어도 없어도 좋은 쓸모없는 것임에 분명하다. 거의 기억에 남지 않을 쓸데없는 짓만 거듭해왔다. 선생들은 한결같이 어깨에 힘을 넣고 있었고, 특별한 일은 하나도 없었다. 그러나 이 드보르작의 곡으로 뭔가가 되살아나고 있었다. 나카무라 군의 중국집 이야기를 떠올렸다. 아마도 나카무라 군은 어릴 적 추억이 담긴 음식을 먹으며 마음의 푸근함을 느꼈을 것이다.

나는 서글픈 기분이 들었다. 젊은 나이라고 해서 쓸데없는 일도 좀 해야 한다고는 생각하지 않는다. 푸근한 환경에 둘러싸여 평범하지만 행복한 것이 좋다고도 생각하지 않는다. 분명하게 드러나는 사실이 한 가지 있었다. 그것은 쓸데없는 반복이 우리를 안심시킨다는 것이며, 그게 내 마음을 슬프게 했던 것이다.

"좀 피로합니다."

퐁짱은 그렇게 말했다. 그들은 3년 동안 쓸데없는 반복을 거부해왔다. 그들에게서 쓸데없는 일을 반복한 생활의 흔적은 찾아볼 수 없다.

2005년 4월, ASUNARO의 이주 계획이 실행되었다.

ASUNARO를 받아들인 13개 시·군과 도청은 풍력 발전소나 주택, D스쿨 등의 시설 건설에 전면적으로 협조했다. 토지는 거의 무상으로 제공되었다.

삿포로와 치토세 사이의 벨트 지역에 2005년 가을이면 제1진으로 약 10만 명의 ASUNARO가 이주한다. 도청은 13개의 시·군을 병합할 방침을 세웠고 ASUNARO도 그에 동의했으나 새로운 시 이름을 정하는 문제에서 양자의 의견이 갈렸다. 도청은 '히덴飛天 시'라는 이름을 내세웠지만, ASUNARO는 이주 구의 거의 중앙에 위치한 '노호로野幌'라는 지명을 택했다.

이주 구의 정비와 건설이 본격적으로 시작되었을 때, 퐁짱을 비롯한 ASUNARO의 대표가 홋카이도 도청을 방문했고, 그 광경이 텔레비전에 보도되었다. 메이와 제일의 교장이 형사 고소를 취하한 다음, 퐁짱은 가끔 국내외의 텔레비전이나 잡지에 등장하게 되었다. 외국 통신 회사의 일본 지사장과 대담하기도 하고, 젊은 정치가와 의견을 나누거나 세제 개혁안을 제안하기도 했다. 17세가 되면서 퐁짱은 거대한 벤처 기업의 기수로서 사회의 인정을 받게 되었다. 그 이후로 빌 게이츠가 마이크로소프트 사를 일으킨 것도 10대였다는 사실을 일본의 미디어도 즐겨 보도하기에 이르렀다.

ASUNARO 대표단은 도청이 마련한 마이크로 버스로 도착하여 직원들의 환영을 받았다. 그들은 코르덴이나 울 바지에 갈색 또는 감색 재킷을 입었고, 그 가운데는 넥타이를 맨 사람도 있었으며, 더플 코트나 다운 재킷을 팔에 감고 있기도 했다. 여자 대표도 한 사람 있었는데, 그녀는 베이지색 원피스에 검은 다운 코트를 걸치고 있었다. 지금까지 ASUNARO가 패션으로 뭔가를 주장한 적은 단 한 번도 없었다. 좋은 환경에서 자랐고 공부도 잘하는 중학생이라는 느낌을 주는 평범한 차림새로 일관해왔다. 그들은 패션으로 어른 사회 속에서 자신들을 주장할 아무런 필요성이 없었다.

ASUNARO 대표단이 지사실의 응접실로 들어서자 천장에서 색종이가 쏟아져 내리면서 '히덴 시'라고 쓴 현수막이 아래로 축 늘어졌다. 퐁짱과 나카무라 군 그리고 다른 지역에서 온 ASUNARO 대표들은 어깨와 머리카락에 떨어지는 색종이를 덤덤하게 바라보더니 현수막을 손가락으로 가리키며, 이건 뭡니까? 하고 지사에게 물었다. 새로운 시 이름이라고 지사는 설명했다.

"하늘을 향해 비상하듯이 21세기를 주도하는 힘차고 새로운 거리라는 뜻을 담은 겁니다."

고마우신 말씀입니다 하고 퐁짱은 일단 가볍게 고개를 숙인 다음, 우리는 평범한 이름으로 했으면 합니다 하고 그 자리에서 시 이름의 변경을 요청했다. 노호로라는 거리가 실제로 이주 구의 중심 부분에 있으니 그것을 시 이름으로 할 생각입니다. ASUNARO의 홍보 담당 여자애가 그렇게 말했다. 지사실에 모여 있던 간부들의 얼굴에 긴장감이 흐르고, 지사의 안색도 바뀌었다. 퐁짱 일행이 어조가 너무도 평온하고 덤덤하여 처음에는 그 심각성을 느끼지 못했다. 히덴이라는 이름은 도의회 및 합병 시·군의 협의회에서 승인된 것이었다. ASUNARO는 거기에 이의를 제기하고 나섰다.

합병하는 시·군의 재정 상태는 그다지 좋지 않은 것으로 알려졌다. ASUNARO라는 브랜드는 해외에도 널리 알려져 있고, 10만에 달하는 인구의 전입과 사업은 세수의 증가와 고용의 창출로 이어질 것이다. 13개의 시·군 인구를 합해도 8만에 불과하며, 해를 거듭할수록 감소하는 추세다. 그러나 ASUNARO는 전입해 오는 입장이 아닌가. 따지고 보면 개척 이민과 별다를 바 없다. 그 구역의 행정 책임자가 일부러 마련해둔 새로운 시 이름에 이의를 제기할 권리가 어디 있는가.

"노호로 시로 하면 좋을 것 같은데, 어떠신지요?"

ASUNARO의 홍보를 담당하는 17세의 소녀가 그렇게 말하고 나서자 지사는 아연실색하지 않을 수 없었다.

며칠 후, 결국 시 이름은 노호로로 결정되었다.

ASUNARO가 이주를 개시했을 즈음, 즉 2005년 초가을에 나는 아버지가 되었다. 우연히 만들어진 아이가 아니라 계획하여 만들었다. 유미코와 의논하여 출산 전에 혼인신고도 했다. 여자 애였다. 아이를 만들고 싶다는 뜻을 유미코에게 전한 것은 나카무라 군을 만나 ASUNARO의 홋카이도 이주 계획을 들었을 즈음이었는데, 그것과 관계가 있는지는 나도 잘 모르겠다.

그러나 병원에서 아기의 얼굴을 보는 순간, 되도록 멋지고 충실하게 이 아이와 함께 시간을 보내고 싶다는 생각이 들었다. 퐁짱이나 나카무라 군을 만나, 그들이 현실적으로 사회의 일부를 바꾸어버리는 것을 목격하게 된 셈인데, 한 가지 확인해보고 싶은 것이 있었다. 일단 작은 공동체의 커뮤니케이션이 중요하다는 것이다. 퐁짱과 나카무라 군이 가정적인 불만 때문에 반란을 일으켰다고 생각해서가 아니었다.

절대로 붕괴하지 않는 제도란 없다는 것을 퐁짱 그룹은 잘 알고 있었다. 또한 공동체나 커뮤니케이션의 질이 변화할 수밖에 없다는 것도 알고 있었다. 즉, 미래와 인간의 관계성은 늘 불확실하다는 것이다. 그런 것을 확인한 이상 아이를 만들지 않겠다고 생각하는 사람도 있으리란 것을 부정하지는 않겠다. 단, 나는 부모와 자식, 부부와 같은 최소의 공동체에서 개별적인 커뮤니케이션이, 그 가운데서 살아가는 어린 아이에게 어떻게 새겨져가는지를 확인해보고 싶었던 것이다.

그러나 내가 아이를 만들고 싶다고 말했을 때, 유미코는 이렇게 말했다.

"그런 복잡한 이유가 아닐 것 같은데. 요컨대 당신은 퐁짱이나 나카무라를 보고 아이를 갖고 싶어진 게 아닐까. 좋건 나쁘건 아이의 가능성을 느꼈기 때문일 거야."

나는 반론할 수 없었다.

노호로 시의 지방채 신용 등급이 AAA가 된 모양이야 하고 유미코는 아기를 안고 들어섰다. 병원에 갔다 오는 길이었다.

아이가 분유를 배불리 먹고 새록새록 잠든 후에 유미코는 회사에 전화를 걸어 노호로 시의 지방채에 대해 상세한 이야기를 들었다. 유미코가 병원에서 돌아오기를 기다리는 동안, 나는 줄곧 아이의 이름을 생각하고 있었다. 한 가지 후보가 떠올라 의논하고 싶었지만, 유미코는 전화를 끊자마자 노트북 컴퓨터 앞에 앉아 노호로 시의 지방채를 더 자세히 조사하기 시작했다. 장모가 만든 옥수수 수프에 샌드위치를 먹으며, 아기가 잠에서 깨지 않게 조심하면서 작은 목소리로, 노호로 시의 지방채가 뭔데? 하고 나는 물었다.

"노호로 시가 지방채권을 발행했는데 그것을 무디스와 S&P 같은 신용평가 기관이 트리플 A 등급을 준 거야. ASUNARO계의 넷 은행이 채권을 인수한다는 정보가 있었는데, 그게 트리플 A 등급의 원인이 됐어."

나는 무슨 뜻인지 도무지 알아들을 수 없었다.

"홋카이도의 작은 시에서 발행한 채권이 갑자기 금화로 변한 거야. 재정 상태에 관계없이. 이상한 현상이라고 생각 안 해?"

ASUNARO가 채권을 샀나는 말인가?

"ASUNARO계의 인터넷 은행이 채권을 보장했다는 거야. 노호로 시가 자금을 차입하기 위해 발행한 증서를 ASUNARO의 은행이 증권화했다는 말이지. 노호로 시는 도로나 발전소를 만들기 위해 지방채를 발행하는데, 보통 그런 증권은 증서건 증권이건 나라가 전부 사들이는 거야. 생각해봐, 일본의 평범한 시·군에서 발행한 채권을 외국 투자가가 어떻게 구입하겠어? 그런데 노호로의 경우는 시가 국가의 매입 요청을 거절한 거야."

그런 일이 가능해?

"가능하게 되었어. 지방재정법의 개정으로 말이야. 그렇지만

이건 처음 보는 케이스야. 물론 국가의 재정도 형편없는 지경이니 정부로서도 환영했을 거야."

내가 하는 말은 국가의 위신이랄까, 그런 것에 문제는 없느냐는 거지.

"ASUNARO가 노호로에 이주한 시점에서 어느 정도 예상은 한 일이지만 이 정도로 노골적으로 하리라고는 생각지 못했을 거야. 갑자기 지방채를 발행하리라고는 생각지 못했겠지. 어쨌든 노호로 시는 국고 부담금도 보조금도, 지방교부세 교부금도 전부 필요없다고 거절했으니까."

ASUNARO는 왜 그렇게 했을까?

"퐁짱 그룹은 또 돈을 벌었어. 기채한 500억 엔 이상의 채권이 트리플 A 등급을 받았으니까. 그러나 목적은 그게 아닐 거야. 상환은 5년 후가 되지만, 노호로 시가 독자적으로 돈을 빌릴 수 없으니까, ASUNARO는 시에 대해 막강한 영향력을 행사할 수 있게 되지 않겠어? 5년 후에 ASUNARO가 그냥 채권 상환을 요구하면 노호로 시는 액면으로 사야 하니까 ASUNARO는 막대한 이익을 보게 될 테지만, 노호로 시가 그 돈을 상환할 능력이 없으니까 다시 채권을 발행해서 메울 수밖에 없게 되고, 그 상대는 ASUNARO밖에 없는 거야. 그런 상황이 발생한다는 거지."

그렇다면 ASUNARO가 노호로 시를 지배하게 되는 걸까? 그런 배경이 있었기 때문에 히덴 시라는 이름을 가차없이 거부한 것일까?

"시 이름을 자신들이 정하는 것 정도는 간단하다고 생각해. 재정을 한손에 쥐고 있으니까 말이야. 봉건 시대가 아니니까, 지배라고는 하지만 노호로의 시민을 노예로 부려먹을 수야 없지 않을까. 지배라기보다는 좀더 본질적인 변화를 노리고 있다고 봐."

아기가 울음을 터뜨렸다. 유미코가 아기를 안아 올리고 얼렀다. 안아주자 아기는 울음을 그쳤다.

본질적인 것?

"일본에서 실질적으로 독립하는 것 말이야."

독립?

"퐁짱 그룹은 지역 통화를 발행한다고 했잖아? 익스라고. 아무리 보잘것없는 지역 통화라도 중앙은행의 기능을 가진 기관이 필요한 거야. 지역 통화의 공급을 컨트롤하는 중앙은행이 만들어지고 그것을 ASUNARO가 관리하니까 아마 그걸 통해서 신용을 창출하게 되겠지. 다시 말해 그들이 통화 발행권을 가진다는 것은 국가 기능을 손에 넣게 된다는 말과 같아."

그런 일을 국가가 허용할까?

"허용하느냐 않느냐의 문제가 아니라, ASUNARO가 하고자 하는 일이 바로 그거라는 거야. 퐁짱 그룹은 아직 선거권도 피선거권도 없으니까 일단 시의 재정을 장악할 필요성이 있었던 거지. 문제는 에너지라고 생각해. 에너지를 확보해야 해."

나는 자리에서 일어서서 아기의 얼굴을 들여다보았다. 장모는 나와 닮았다고 말하지만, 어디가 닮았는지 알 수 없었다. 이름은 생각해봤나? 하고 장모가 물었다. 한자 없이, 아스나라고 하면 어떨까요? 하고 내가 말하자, ASUNARO의 아스나 하고 유미코가 웃었다. 아스나 짱 하고 장모는 이름을 불러보더니, 괜찮은 것 같아 하고 고개를 끄덕였다.

텔레비전 화면에 풍차가 비친다. 노호로 시 시쪽에 있는 대지에 발전용 풍차 1호기가 세워졌다. 시에서는 제막식을 열고 싶어했지만 ASUNARO가 거부했다고 뉴스 캐스터는 말한다. 풍차가 세워진 대지는 연간 평균 풍속이 8미터고 10여 킬로미터로 사방이 거의 평지였다.

노호로 시 홍보과와 ASUNARO는 2006년에 그 대지에 지름 150미터가 넘는 8메가와트급 풍차를 200기 건설할 것이라고 발표했다. 건설비용은 약 1000억 엔, 결국 전액을 ASUNARO가 출자했다. 계획이 완성되면, 일본의 총 에너지 생산의 3퍼센트쯤에 해당하는 15만 킬로와트의 전기를 공급할 수 있게 된다고 한다. 노호로 시가 사용하는 전기의 20배 정도에 달하는 생산량이었다.

당연히 ASUNARO는 전력 회사를 만들어 주식을 발행했다. 그밖에 노호로 에코펀드라는 풍력 발전 펀드를 만들었다. 에코펀드의 시스템은 홋카이도 전역에서 회원을 모집하고, 회원은 매달 전기 요금의 2퍼센트에 해당하는 에코펀드를 지불하는 것이다. 에코펀드의 수입은 풍력 발전소 건설과 유지를 위한 기금으로 사용한다. 노호로 에코펀드가 홋카이도 전력을 대신하여 홋카이도 전력에 전기 요금을 지불하게 된다. 나아가, 노호로 에코펀드는 홋카이도 전력에 전기를 팔아 요금을 상쇄하는 시스템을 만들고, 차액이 발생했을 때 처음으로 지역 통화 익스를 유통시켰다.

　노호로 시민은 거의 전원이 에코펀드 회원이 되었다. 풍차 수가 30대가 넘으면 전기료가 거의 무료가 된다는 계산이었다.

　"실질적으로 풍력 발전은 거의 이익을 낳지 않습니다. 전기 요금은 화석연료에 비해 비쌉니다. 바람은 안정된 발전원이 될 수 없고, 낙뢰 때문에 고장도 잦아서 유지 비용이 많이 듭니다. 날개가 돌아갈 때 나는 소음 문제도 심각하지만, 현재 우리는 날개가 바람을 가르는 소리를 음향적으로 처리할 수 없는지 음악가 사카모토 류이치 씨에게 의뢰한 상태입니다. 사카모토 씨는 날개 표면에 섬세한 돌기를 붙여 200대의 풍차가 회전하면서 하모니를 이룰 수 있는 실험을 하고 있습니다. 현재, 국제 표준 환경세가 일본에 도입되면 홋카이도 내의 기업은 노호로 에코펀드에 가입하는 편이 훨씬 유리해집니다. 또한 화석연료는 언젠가는 없어질 것입니다. 물론 그때 풍력 발전이 주력이 되리라고는 생각지 않지만, 태양열 발전과 함께 중요한 선택지의 하나임에는 틀림없습니다. 우리는 그때가 되면 일본에서 유일하게 노하우를 가진 전력 회사로서 사회에 공헌할 수 있을 것입니다."

월드베이스라는 풍력 발전 회사의 홍보 담당자는 그렇게 발표했다. ASUNARO는 에너지를 확보한 것이다.

ASUNARO의 제1차 집단 이주 이후, 노호로 시는 급성장하기 시작했다. NOHORO라는 알파벳은 해외의 많은 미디어의 관심을 끌었다. 먼저 NPO와 NGO의 각종 조직과 단체의 홈페이지에서 NOHORO는 늘 관심의 대상이 되고 있었다.

그것은 노호로 시가 전국에서 처음으로 환경과 자원, 교육과 국제 공헌에 대한 펀드와 연계한 세제를 실시했기 때문이었다. 노호로 시가 인정한 NGO와 NPO에 대한 펀드를 설정하고, 투자한 기업은 그 액수에 비례하여 법인세를 공제해주었다. 펀드에 투자한 개인 투자가도 똑같이 주민세를 공제해주었다. 공제 환부금은 지역 통화 익스로 지불되었다.

예를 들면, 노호로 시내에 있는 낙농업자 조합이 유전자 조작 기술을 감시하는 덴마크의 NPO에 매상고에 비례하여 투자를 하면, 그 전액이 법인세에서 공제되었다. 그런 세제는 국가가 생각하는 지방자치의 틀을 넘어서는 위험성을 안고 있었다.

현실적으로 노호로 시는 2008년 2월의 정례 시의회에서 국세의 일부를 대납하자는 안을 제출했다. 2007년 9월, 무첨가 비누와 세제 메이커 그리고 허브를 원료로 하는 외국 자본의 화장품 판매 회사가 노호로 시로 본사를 옮겨왔다. 한결같이 네트워크로 판매 실적을 신장시키고 있는 회사였는데, 영업소가 전국으로 퍼져 있고, 수백 명의 세일즈맨이 방문판매를 했다. 노호로 시가 실현하려는 세제는 그 세일즈맨의 방문판매액의 1퍼센트를 개발도상국 지원, 환경 NPO에 대한 펀드에 투자하게 되면 소득세 공제의 대상으로 하는 것이었다.

그러나 소득세는 국세이다. 따라서 노호로 시는 국세를 시가 대납한다는 묘한 조례를 의회에 제출했다. 그 조례는 전세계 환경단체의 지지를 받았고, 노호로 시는 그린피스를 비롯한 기업이나 자치단체의 환경보호에 대한 공헌도 등급에서 일본 처음으로 AAA를 받았다. 또한 2007년 크리스마스에 캐나다의 오타와에서 개최된 환경평가 세계대회에서 아일랜드의 몽포드 시나 스웨덴의 울리세하문 시와 함께 모델 시·군으로 표창을 받았다.

ASUNARO의 제2차 이주 계획이 실시된 2007년 가을부터 전국에서 각종 기업이 노호로 시로 옮겨오게 되었다. 노호로 시의회가 환경세를 도입한 법인세 개혁에 들어갔다고 발표했기 때문이었다. 전자부품 검사 장치나 클린 룸을 제조하는 회사, 빗물의 이용과 침투 시스템과 하천 정화 시스템 개발 회사, 욕탕용 여과 장치를 생산하는 기업, 또한 세 개의 게임 소프트웨어 회사 등은 노호로로 본사를 옮긴다는 발표만으로 주가가 올라갔다.

2006년에는 34살의 ASUNARO 고문 변호사가 노호로 시장에 당선되었다. 또한 시의회 의원의 정수 40명 가운데 29명이 ASUNARO와 관련된 기업의 젊은 임원이나 D스쿨 강사 그리고 NPO의 직원으로 구성되었다.

이상한 일들은 그런 것들이 거의 미디어에서 다루어지지 않았다는 사실이다.

2006년, 2007년에 일본의 GDP는 각각 2.3퍼센트, 2.2퍼센트 성장했다. 정부는 이미 2002년에 경기 회복을 선언했으나 대다수의 국민은 그것을 체감할 수 없었다. 실업률은 7퍼센트대에서 내려갈 징후를 보이지 않았고 빈부 격차는 현실적인 문제로 드러났다. 치명적이었던 것은 21세기에 들어도 여전히 국가는 비전을 제시하지 못했다는 것이었다.

IT 혁명이나 인터넷으로 사람들의 생활이 크게 변하고, 일본이 부가가치가 높은 새로운 산업을 창조할 것이라는 환상이 깨어지고 말았다. 몇 가지 정보통신법이 생기긴 했다. 그러나 새로운 고용은 창출되지 않았다. 인터넷 보급률은 2005년에 60퍼센트를 넘어섰지만, 비즈니스로 성공한 것은 극소수에 지나지 않았다.

일본의 빌 게이츠를 외치며 벤처 지원을 위한 세제 개혁이 실행된 2000년 봄, 아이로니컬하게도 마이크로소프트 사의 업적은 창업 이래 처음으로 후퇴하기 시작했다. 인터넷 비즈니스는 기초 인프라 정비가 완료되었고, 서비스 콘텐츠 개발 시대를 맞이했다. 즉, 서적이나 자동차, 화장품 판매, 각종 데이터의 관리 업무, 뉴스 영상이나 금융 정보, 음악 소프트웨어의 배급, 생산에서 유통, 경리, 사무, 인사, 영업의 넷 관리 시스템, 세계적으로 그런 비즈니스가 주류를 이루게 되었지만 일본은 뒤처지고 말았다. 2005년이 되자 프로그래머나 시스템 엔지니어의 파견 회사가 도산하기 시작했다.

금융 시스템도 안정되지 않았다. 몇 개의 은행을 제외하고는 투입된 세금이 돌아오지 않았다. 또한 초저금리 정책이 해제되면서 반 이상의 은행에 저팬 프리미엄이 부활되었다. 땅값이 내려가면서 은행의 신용 등급도 내려가고 주가도 폭락했다. 병합을 거듭하던 일본의 은행들은 결국 국세 경쟁에서 이길 수 없었다.

내각은 반년마다 바뀌었고, 몇 번이나 재정 개혁을 시도했으나 그때마다 좌절되었다. 2007년이 되자 재정 재건 단체로 지정된 시·군이 급증하고, 퐁짱 그룹이 예견한 대로 스톡 순환이 시작되었다. 각지에서 도로가 함몰하고 신칸센 터널이 붕괴하는 사고가 일어났다. 특히 2005년도에 기후의 오가키 터널 사고로 차량이 탈선하여 300명이 넘는 사망자가 나왔고, 복구하는 데 2주일이나 걸렸다.

실업자는 줄어들지 않았고, 그와 동시에 심각한 인재 부족 현상이 일어났다. 변화에 대응하여 개별적인 아이디어를 내는 사람의 절대수가 부족해졌다. 전체를 이끄는 엘리트가 국민의 5퍼센트를 넘어야 그 국가는 망하지 않는다고 2005년 당시 영국의 한 저명한 정치학자는 주장했다. 일본은 그 수를 확보하지 못했던 것이다.

그러나 일본 정부의 경제 재생 청사진을 실현하고 있는 그룹이 있었다. ASUNARO였다. ASUNARO의 관련 사업은 이제 100개를 넘어섰고, 그 반수 이상이 믿기 힘들 정도의 고수익을 올렸다. 이익률이 높은 분야는 넷상의 스토커, 협박, 혐오 행위를 수사하고 적발하는 사이버 탐정사나 위장 침투를 방지하는 ID 시스템의 개발, 넷 비즈니스 전문 변호사 사무실, 방범 소프트웨어를 개발하여 하드웨어와 일체화해 민간 경비 회사 등에 판매하는 업무, 유전자 조작 시뮬레이션 데이터 처리, 산업폐기물 처리 시설용의 유해물질 검출 소프트웨어와 하드웨어의 개발 판매, 게임 소프트웨어의 개발과 컴퓨터 그래픽 제작 등 ASUNARO가 D스쿨의 창설 당시부터 추진해오던 비즈니스였다.

나머지 반수의 사업 가운데는 적자 회사도 있었다. 그러나 그런 기업들은 부가가치를 낳았다. 예를 들면 대만, 중국 등의 동아시아 국가들의 저작권 비즈니스 대행, 개발도상국에 기증하기 위한 중고 컴퓨터 시장의 정비, 풍력과 지열 발전의 개발, 토양과 지하수에 관한 조사, 초고온 플라즈마 장치에 의한 오염

토양의 개량, 환경 관련 분석 장치, 측정기의 심사와 등급, NPO와 NGO, 거기에 각종 환경단체의 데이터 관리, 넷 광고의 에이전트, 넷상의 프리웨어와 검색 로봇의 심사와 신용 평가, 또한 지역 통화 익스를 관리하는 은행 업무 등이다.

인터넷 비즈니스의 원초적인 특징은 처음에는 가치를 낳고, 그러다 그 중 어떤 부분이 이익을 낳는 것이다. 재미도 있고 사람들이 즐거워하니까 한번 해볼까 하는 생각에서 생겨난 것이 인터넷이고, 그런 성격은 여전히 지속되었다. 그러므로 장외 공개를 노리고 눈앞의 이익만을 좇는 회사들은 자연히 도태되어 갔다. 스톡 옵션으로 호화 저택을 사들이고 기존의 저작권이나 기득권에 집착하는 사람들은 결국 인터넷 세계에서 사라져갔다.

퐁짱이나 나카무라 군 그룹은 보통의 시민 주택에서 살고 있었다. 그 사진이 한 번 메일로 온 적이 있다. 깨끗하고 쾌적한 최신 설비를 갖춘 집이었지만 호화스럽지는 않았다. 그들에게는 그런 욕망이 없었다. 사회에서 열등감을 맛보기 전에 동료들과 함께 사업에 성공했기 때문에 타인보다 호화롭게 살고 싶다는 일반적인 욕망이 없었다. ASUNARO는 무료로 제공할 수 있는 것은 모두 제공한다는 자세를 버리지 않았고, 그것은 전세계 넷 세대의 공통 부분이었다.

그런 새로운 가치관을 전하는 말을 일본의 미디어는 가지지 못했던 것이다. 최근 수년, 가장 극적으로 몰락한 것이 바로 일본의 미디어인지도 모른다. 등산이나 낚시, 원예와 같은 일부의 취미를 충족시키는 분야를 제외하고, 잡지는 거의 팔리지 않았다. 다음으로 서적의 판매가 극도로 위축되었고, 출판사나 유통 그리고 서점의 존속도 위험에 빠져들었다. 신문 발행 부수도 몇 년 사이에 격감했다. 2006년이 되자 광고비의 감소로 도산하는 지방의 FM 방송국들이 속출했다. 지방의 FM 방송국은 지역 신문사나 텔레비전 방송국이나 대리점이 공동으로 출자한 경우가 많았으므로, 그 사업의 파탄은 전통적인 미디어의 도태라는 파도가 밀려온다는 것을 의미했으나, 그래도 그들은 시대의 거대한 조류를 깨닫지 못했다. 텔레비전은 일본의 대량 실업자들의 불안을 해소하기 위한 도구로 활용되는 오락 기능으로 위상이 떨어졌다.

그런 일본의 미디어는 노호로 시에서 실제로 일어나고 있는 일에 대해 아무런 흥미를 느끼지 않았고, 전통적인 대부분의 일본인은 ASUNARO를 결코 인정하려 하지 않았다. ASUNARO와 노호로 시가 뉴스에 등장하는 것은 대체로 어떤 분쟁이 일어났을 때뿐이었다.

최초의 집단 이주로부터 3년이 지난 후, 노호로는 급격한 인구 증가로 몸살을 앓기 시작했다. ASUNARO의 집단 이주는 제3기로 접어들어, 총 16만 명이 노호로로 이주했다. ASUNARO 통신의 가입자는 누구든 이주할 수 있었는데, 그 밖의 일반

NGO나 NPO 스태프의 이주에는 심사가 필요했다.

노호로 시는 인구의 급격한 증가를 위한 건축 조례를 만들었다. 살 곳이 없으면 사람들이 무작정 이주해 올 수 없을 것이라는 판단에서였다. 주택이나 아파트 건설이 무제한 행해질 수 없게 하는 조례가 만들어졌다. 예를 들면 토지의 취득이나 건설비의 35퍼센트 이상이 지역 통화 익스로 결재되어야 한다는 규제가 있다. 익스의 발행량은 익스 뱅크에 의해 조절되기 때문에 외부의 기업이나 개인이 대량으로 익스를 소유할 수 없게 되어 있었다.

즉, 익스를 엔화나 달러로는 교환할 수 있지만 그 반대는 제한된다는 것이다. 처음에는 1익스에 100엔으로 정해진 레이트가 불과 반년 만에 204엔까지 올라갔다. 익스가 가치 있는 통화라는 인식이 생긴 탓인데, 그것은 당연히 발행량이 제한되었기 때문이기도 하다.

노호로에 살고 싶어하는 사람은 많았다. 특히 많은 젊은이들이 ASUNARO를 동경했다. 노호로로 이주하기 위해서 NPO를 만드는 젊은이들이 늘어갔다.

2008년 9월, 노호로 시는 시내에 이주해서 살고 싶어하는 자원봉사자 단체 하나와 충돌을 일으켰다. 러브에너지라는 이름의 자원봉사자 단체는 관동 일원에서 버스 석 대를 타고 노호로로 찾아왔다. 풍력 발전의 풍차 유지와 보수를 무료로 하겠다고 발표하고, 교외의 구릉 지대에 자리를 잡았다. 140명의 단체는 버스 속에서 잠을 자고, 목재와 비닐 시트로 비닐 하우스 같은 집을 지었다.

발전용 풍차는 월드베이스라는 회사가 관리하고 있었고, 일부는 관광객들에게 개방되었다. 러브에너지는 그 한쪽에 자리를 잡고 시의 퇴거 권고를 무시했다. 미디어는 연일 그 뉴스를 내보냈다. 노호로 시가 경찰의 도움을 요청하도록 일부러 도발했다.

러브에너지는 도호쿠 신칸센 터널 붕괴 때 암석을 옮겨내고 사람을 구한 실적이 있는데, 각 텔레비전은 그때의 영상을 지칠 줄 모르고 흘려보냈다. 미디어는 노호로와 ASUNARO가 당혹스러워하는 모습을 보고 싶어했다.

"우리는 풍력 발전이 미래의 지구를 살릴 에너지라고 생각합니다. 그래서 풍력 발전의 최첨단을 걷고 있는 노호로에서 우선 시설 유지 경험을 쌓아 그 노하우를 미래를 위해 사용할 생각입니다. 노호로 시가 우리의 그런 충정을 이해하지 못한다는 것이 정말 애석합니다. 노호로는 우리의 선의를 짓밟고 힘으로 쫓아내려 합니다. 환경 보호를 외치면서, 폭력적으로 배제하려는 것은 정말 이상하지 않습니까."

러브에너지의 리더는 30대 후반으로 센다이 시에서 살고 있는 시민운동가인데, 매일 텔레비전에 등장해서 노호로와 ASUNARO에 대한 반감을 부추기고 있었다.

"노호로 시는 그들의 도움이 필요없습니다."

시장은 이런 코멘트를 발표했다.

　나는 가족과 함께 노호로로 가기로 했다. 유미코와 나의 휴가가 겹쳤기 때문이다. 유미코는 노호로를 보고 싶어했다. 아스나도 데리고 가기로 했다. 내가 다니던 잡지는 2년 전에 폐간되었고, 나는 같은 출판사의 다른 부서로 이동했다. 위성 디지털 방송의 프로그램 소개 잡지의 편집부였다. 생활은 그리 풍족하지 않았지만 나보다 비참한 프리랜서는 수도 없이 많았다. 경영이 어려워지면 출판사는 맨 먼저 비상근 필자와 카메라맨, 하청 편집 프로덕션을 자르기 때문이다.

　세 살 난 아스나는 처음으로 비행기를 탔다. 그러고 보면 나도 5년 동안 비행기를 타보지 못했다. 유미코는 프리랜서 경제부 기자를 계속하여 한 해에 한두 번 해외로 취재를 갔다. 그럴 때면 내가 아스나를 돌봐야 했다. 금융과 경제에 대한 유미코의 지식이 기자 생활을 계속할 수 있게 해주었다. 내게는 그런 지식이 없었다. 이번 노호로행에서도 유미코는 취재를 하고 싶어했다. 노호로 시와 ASUNARO에 대해 순수하게 경제학적 견지에서 자세히 보고한 기사는 아직 한 번도 보도된 적이 없었기 때문이다. 집단 이주가 시작될 즈음에 여러 미디어가 취재를 했지만, 노호로가 전혀 새로운 타입으로 발전을 계속하자 미디어는 약속이나 한 듯이 그들을 무시해버렸다. 그러나 해외의 미디어는 노호로와 ASUNARO를 자주 소개하고 있었다.

유미코는 퐁짱을 소개해달라는 말은 절대로 하지 않았다. 나는 아직도 나카무라 군과 메일을 주고받는다. 나카무라 군은 21살이 되었고 애인도 있었다. 그녀도 물론 ASUNARO의 핵심 멤버로 게임 소프트웨어 개발 기술자이며, 머리를 짧게 자른 미인이었다. 유미코는 아직도 내가 퐁짱과 나카무라 군에 대해 특별한 감정을 품고 있다는 것을 알고 있었다. 그러나 내게 퐁짱 그룹을 소개해달라고 말하지 않는 것은 그런 이유 때문은 아니었다. 아무리 부부라 해도 일과 개인적인 친분 관계는 다르다는 것을 잘 알고 있기 때문이었다.

오후 1시에 치토세 공항에 도착했다. 활주로에는 해외 기업가들이 사용하는 소형 제트기가 몇 대 대기하고 있었다.

치토세 공항에서 노호로까지는 택시로 20분 거리였다. 노호로에는 호텔이 네 개 있었는데, 일반 관광객이 예약하기는 무척어려웠다. 호텔 경영도 물론 ASUNARO 관련 회사가 맡고 있었고, 익스 지불자를 우선 예약 대상으로 삼고 있었다. 나는 나카무라 군에게 부탁하여 예약해 두었다.

"노호로에 가시나요?"

택시 운전사가 말을 걸어왔다. 그렇다고 하자, 정말 희한한시대가 되었습니다 하고 운전사는 웃었다. 운전사는 40대 후반으로 2년 전에 후쿠시마의 아이즈 와카마쓰 시에서 일을 구하러 삿포로 근교로 옮겨왔다고 했다. 말투에는 도호쿠 지방의 사투리가 섞여 있었다. 홋카이도로 오고부터 말이 많아졌다고 하면서 또 웃었다. 왜 그렇게 되었느냐고 묻자, 홋카이도 사람들은 모두 순진하고 온순하기 때문이라고 대답했다.

"난 원래 무뚝뚝한 편이었습니다. 전형적인 도호쿠 사람이었지요. 그런데 이곳에 오고부터 말이 술술 나오는 게 아닙니까."

택시 창 밖으로 자작나무 숲이 보였다. 아스나는 처음 하는 여행이라서 그런지 좀 흥분한 것 같았다. 홋카이도야 하고 유미코가 가르쳐주자, 홋카이를 빼고 도, 도 하고 따라하며 즐거워했다. 유미코는 창을 열면서, 공기가 참 맑아 하며 숨을 크게 들이쉬었다.

기사 아저씨, 아까 참 희한한 시대가 되었다고 했는데 무슨 뜻이지요? 하고 물어보았다.

"거기 노호로에 있는 젊은 사람들 말입니다."

ASUNARO 말이군요, 이곳 사람들은 어떻게 평가하고 있습니까?

"나쁘지 않아요. 노호로뿐만 아니라 다른 지역의 경제도 살리고 있으니까 말입니다. 새로운 장사를 시작하는 사람이 늘어났습니다. 오비히로나 아사히가와 같은 지역은 물론이고, 삿포로에도 새로운 장사를 시작하는 사람이 늘어나고 있습니다."

어떤 장사요?

"그걸 잘 모르겠단 말입니다. 내가 아는 사람 아들이 동 이온 이라고 하던가? 그걸 이용해서 뭔가를 살균해 악취를 없애는 기계를 만들고 있답니다. 별로 돈은 안 되는 것 같은데 먹고 사는 데는 지장이 없다고 합니다."

경기는 어때요?

"그게 좀 묘해요. 경기가 좋다는 것과는 좀 다른 것 같아요. 현금이 마구 돌아서 여자가 있는 술집이 잘 되는 것도 아니고, 그렇다고 해서 먹고 살기 힘든 것도 아니고…… 뭔가 옛날과는 다른 것 같아요."

그럼 ASUNARO에 대한 평판이 좋다는 거군요 하고 유미코가 말했다.

"나쁘게 말하는 사람도 있어요. 개중에는 말입니다. 노호로 주변의 토목업자는 할 일이 없어져버렸으니까요."

없어졌어요?

"아무것도 짓지 않아요. 아무것도, 도로도 터널도 함부로 뚫을 수 없게 되었으니 말입니다. 이제 곧 노호로 시내는 전부 전기 자동차가 다닌다고 하니, 나도 이제 그 안으로는 들어갈 수 없을 겁니다."

그런 기사가 난 적 있는 것 같아 하고 유미코가 말했다. 내년 봄에 ASUNARO는 도요타 자동차와 제휴하여 전기 자동차를 3만 대 구입할 것이라는 기사였다. 시가 전기 자동차를 소유하고, 사람들은 익스 카드로 그것을 빌려 사용하게 된다.

자작나무 숲을 지나자 구릉 지대에 조성된 노호로 시의 전경이 눈에 들어왔다. 고층 빌딩은 거의 없고 구획 정리도 잘 되어 있었다. 건물과 건물 사이의 공간이 충분히 확보되어 있었다. 거리라기보다는 넓은 대학 캠퍼스 같아 보였다.

지금부터 노호로 시라는 간판이 나왔다. 간소한 고딕체 로고로, 간판은 그냥 지나쳐버리기 쉬울 정도로 작았다. 눈으로 그 간판을 따라가던 유미코가 10년 전에 경제부 기자를 막 시작했을 때, 월스트리트에서 J. P. 모건 빌딩을 찾느라 고생했던 이야기를 했다.

"J. P. 모건의 간판이 너무 작아서 보이지 않았던 거야."

시 외곽에 위치한 호텔은 3층 벽돌 건물이었다. 자작나무 숲에 감싸여 있고 앞 화단에는 장미가 가득 피어 있었다. 스키 리조트의 오두막 같았다.

현관 앞에 나카무라가 서 있었다. 옛날과 거의 다름없는 하얀 폴로 셔츠와 베이지색 재킷 차림이었으나 키가 많이 컸다. 173센티미터인 나보다 10센티미터는 더 커 보였다. 얼굴도 이제 어른스러워져 있었다. 둥그렇던 얼굴에도 각이 졌다. 악수를 하면서, 이제야 오셨군요 하고 말했다. 최고의 환영사였다. 유미코와 아스나를 소개하고, 아스나라는 이름의 유래를 간단히 설명하자 나카무라 군은 활짝 웃었다. 유미코를 향해 정중하게 인사를 한 다음, 나카무라 군은 아스나를 안아 올리고 그대로 호텔 안으로 들어섰다.

"세키구치 씨, 이게 익스 카드입니다. 지불할 때는 이 카드와 함께 크레디트 카드를 내면 엔화로 정산이 됩니다."

이렇게 말하고 나카무라 군은 크레디트 카드만한 ID 카드를 주었다. 표면에는 엷은 녹색의 EX라는 알파벳이 그려져 있고, 내 이름이 로마자로 새겨져 있었다. 뒷면에는 주의사항이 적혀 있었다. 이 카드의 소유권은 익스 뱅크입니다. 요구하면 반환해 주세요. 이 카드는 타인에게 양도할 수 없습니다. 분실했을 때 는 즉시 익스 뱅크로 연락해주십시오.

"내 친구 세키야입니다. 나는 일이 있어 가야 합니다. 나 대 신 안내해줄 겁니다."

나카무라 군은 로비에 서 있는 여자를 소개해주었다. 안녕하 세요 하고 그 여자는 맑은 목소리로 인사했다. 회색 원피스와 오렌지색 스니커, 같은 오렌지색 카디건을 입고, 짧은 머리카락 에 화장은 거의 하지 않았다. 나이는 20대 후반 정도. 안내인까 지, 정말 고맙네 하고 말하자 별말씀을요 하고 세키야라는 여자 가 말했다. 그렇게 도와주면 익스 포인트가 적립된다는 것이다. 나카무라 군의 포인트가 세키야의 포인트로 옮겨가는 것이다.

"세키구치 씨, 오늘 저녁 식사 어떠세요? 같이 할 수 있겠습 니까?"

물론이라고 나는 대답했다.

"오늘 일 때문에 내가 사귀는 여자친구는 올 수 없습니다. 요리 솜씨가 좋은데 말입니다. 그래서 식당으로 안내할 생각인데, 어떤 요리가 좋을까요?"

나는 몇 년 전에 햄버거 스탠드에서 나카무라 군과 만나 이야기를 나누었던 일을 떠올렸다. 어떤 식당이 있는지 알 수 없었다. 홋카이도니까 역시 생선이나 조개 요리가 좋지 않을까? 하고 유미코가 말했다. 아, 그게 좋겠네요 하고 나카무라 군은 작은 단말기에 펜으로 메모를 하고, 저녁 7시에 모시러 오지요 하고 말했다.

체크인을 끝내고 세키야를 잠시 로비에서 기다리게 한 다음에 방으로 올라갔다. 벨보이가 짐을 들고 방까지 안내해주었다. 체크인 카운터의 여자도 벨보이도 친절했다. 방까지 안내해준 벨보이에게, 자네는 ASUNARO와 같은 세대인가? 하고 물어보았다. 아닙니다 하고 대답했다. 나카무라 군이나 퐁짱보다 2년 아래라고 했다.

"ASUNARO가 좋아서 호텔 보이로 응모했더니 채용해주었습니다. 그리고 D스쿨의 호텔경영과에 넣어주었고요."

19세의 벨보이는 그렇게 말했다. 도어맨, 벨보이, 방 담당, 프런트맨, 레스토랑 보이 모두 실무를 경험하면서 호텔 경영을 배운다고 한다. 노동 시간에 따라 익스를 보수로 지불하고, D스쿨은 물론 무료다. D스쿨에 입학하려면 시험을 쳐야 해? 하고 유미코가 묻자 벨보이는, 작문 시험이 있습니다 하고 대답했다.

방은 2층, 싱글 베드가 둘 있는 트윈 룸이었다. 보통의 시티 호텔보다도 넓었다. 벨보이는 외국에서 오는 손님을 고려해서 좀 넓게 설계한 것 같다고 말했다. 아스나를 위한 아기 침대도 마련해주었다. 창 밖에는 세 평 정도 넓이의 테라스가 있고, 사이드 테이블과 의자가 배치되어 있었다. 내일 아침은 여기서 들면 되겠네 하고 유미코가 말했다. 테라스 앞으로는 낙엽송과 자작나무 숲이 펼쳐져 있었다. 깨끗한 공기와 경치 때문에 가슴이 탁 트이는 기분이 들었다. 아스나는 테라스와 방 사이를 즐겁게 뛰어다녔다.

크림색 벽에는 홋카이도의 자연을 그린 에칭 그림이 세 점 걸려 있고, 창가에는 황록색 소파가 놓여 있었다. 그리고 널찍한 데스크에는 액정 모니터와 키보드가 놓여 있었다. 스위치를 켜자 패스워드를 넣으라는 지시가 나오고, 안전 시스템이 완전하게 갖춰져 있다는 안내와 함께 항상 넷에 연결되어 있다는 표시가 나타났다. 욕실에는 무첨가 허브 비누와 샴푸가 보충 가능한 용기에 들어 있었다. 욕조는 넓었고, 샤워 룸은 따로 마련되어 있었다.

하루에 얼마래? 하고 유미코가 물었다. 200익스라고 나는 대답했다.

"완벽해."

이렇게 말하고 유미코는 감탄했다는 듯이 고개를 갸웃했다.

점심 시간이었다. 세키야는 자신도 동석해야 할지 말아야 할지 망설이는 것 같았다. 물론 함께하기로 했다. 호텔 안에는 메인 다이닝과 카페가 있었다. 메인 다이닝에서 직접 구워 파는 피자가 있어 그걸 먹기로 했다.

천장이 높은 다이닝에는 외국인의 모습이 눈에 많이 띄었다. 웨이터와 웨이트리스의 제복이 정말 예쁘다고 유미코가 말했다. 모로코인 디자이너가 만든 것이라고 세키야가 말했다. 웹으로 모집하여 채용했다고 한다. 우리는 가마에서 직접 구운 얇은 피자를 먹었다. 맛있었다. 아스나도 쟁반을 깨끗이 비웠다. 유미코와 나는 이탈리아산 와인을 마셨다.

"나카무라 씨하고 오래전부터 아는 사이세요" 하고 세키야가 물었다. 중학교 2학년 때라고 밀하자, 요코하마의 나마무기 통신 말씀이군요 하고 세키야가 고개를 끄덕였다. 세키야 씨는 어떤 경위로 ASUNARO의 멤버가 되었어요? 하고 유미코가 물었다.

"ASUNARO는 사실 멤버가 없는 네트워크입니다. 나는 사이타마 지방 은행에서 일을 하고 있었는데, 금융 공부를 하고 싶어 D스쿨에 응모했습니다. ASUNARO란 회사 이름도 아니고 조직도 아닙니다. 그래서 멤버가 존재할 수 없어요."

응모했다고 하지 않았습니까? ASUNARO가 조직이 아니면 사람을 모집할 수도 없지 않을까요?

"아닙니다. D스쿨의 응모는 D스쿨의 사무국에서 담당하고 있습니다."

어떤 심사를 하느냐고 묻자 세키야도 그 벨보이와 마찬가지로 작문이라고 대답했다. 유미코는 금융 공부를 하고 싶었다는 세키야에게 관심을 나타냈다.

전기 자동차 타보실래요? 하고 세키야가 말했다. 수십 대가 시험 운행하는 중이었다. 호텔에서 버스로 전기 자동차 렌탈 사무실로 가서 익스 카드와 아메리칸 익스프레스를 같이 내밀고 승용차를 빌렸다. 렌탈 오피스의 기계에 익스 카드를 넣자, 호텔 NOHORO Ⅱ. 2203이라는 호실이 화면에 표시되었다. 아마도 유미코와 나의 이름과 나이, 주소, 은행 계좌, 근무처, 전화번호, 전자 메일 주소까지 모두 입력되어 있을 것이다.

전기 자동차, 전기 자동차 하고 아스나가 노래하듯이 외었다. 차는 보통의 승용차와 똑같았다. 아스나는 장난감 같은 차를 연상했던 것 같았다. 처음에는 다른 차를 타자며 떼를 썼다. 전기 자동차는 소리도 거의 나지 않았고, 스피드도 꽤 나는 편이었다.

노호로 시는 생각보다 넓었다. 나는 어딘지 모르게 인공적인 분위기를 풍기는 테마파크 같은 공간을 연상했다. 도로 폭도 넓고 건물 사이의 간격도 충분했다. 삿포로 시의 여섯 배 넓이라고 했다. 렌탈 오피스에서 15분 정도 달리자 목장이 나났다. 이렇게 토지가 넓은데 왜 전입자를 제한할까.

"현재로서는 인구의 급증이나 급감을 피하자는 방침을 세워두었습니다."

그건 누가 정했어요? 아스나에게 풀을 뜯는 소를 손가락으로 가리키며 유미코가 물었다.

"문제에 따라 정하는 방법도 여러 가지입니다. 웹으로 투표하는 경우도 있고, 시의회에서 정하는 경우도 있고, 기업의 경영 방침 등은 기업 책임자가 결정권을 가지고 있습니다. 인구 문제는 영향을 받는 층이 많기 때문에 웹으로 투표를 실시합니다. 어떤 방법으로 결정할 것인지를 투표로 결정하는 겁니다."

ASUNARO에서 나카무라 군 세대와 세키야 씨 같은 어른 세대의 구성 비율은 어떻게 되어 있습니까?

"그건 나도 잘 모르겠어요. 정확한 숫자가 나와 있지 않은 것 같아요. 내 생각으로는 최근 몇 년 사이에 그런 구별에 대한 의미가 없어진 것 같아요. 내가 배우는 D스쿨의 담당 교사도 처음에는 중학생에게 고용당한다는 의식을 가진 어른들이 많았지만, 함께 일을 하는 사이에 자연스럽게 그런 의식이 사라져버렸다고 하더군요."

아스나를 안은 유미코가 조수석에 앉고, 세키야는 뒷좌석에 앉아 있다. 아스나가 뒤로 가고 싶어하자 세키야는 손을 벌리고, 이리 와 하고 말했다. 세키야는 똘망똘망한 얼굴에 몸집이 자그마한 여자였다. 금융에 관심을 가지지 않았다 하더라도 유미코는 세키야에게 호감을 가졌을 것이다.

나는 같은 편집부에서 일하는 또래의 여자와 세키야가 전혀 다른 분위기를 풍긴다는 사실을 느꼈다. 적당한 말을 찾기는 힘들지만 그녀의 태도는 무척 자연스러웠다. 우리와 같이 있을 때나 방금 전에 나카무라 군과 같이 있을 때나 그녀의 태도는 아주 자연스러웠다. 아스나는 낯을 가리는 편이지만 세키야의 품에 안겨서는 방긋방긋 웃고 있다.

ASUNARO의 네트워크에 들어간 후로 변한 것이 있어요? 하고 내가 물었다.

"D스쿨에 들어가고부터 내가 바뀐 것 같은 느낌이 들었어요."

세키야는 대답했다.

처음 만나서 질문만 계속해 미안하지만, 어떻게 바뀐 것 같습니까?

"D스쿨은 무료이기 때문에 공부하지 않는 사람은 바로 퇴학시켜버립니다. 시험을 치긴 하지만 그건 결코 순위를 정하기 위한 것이 아닙니다. 가령 금융 시험의 경우라도 경쟁을 위한 것이 아닙니다. 자신이 공부한 것을 확인하기 위한 것이에요. OX식 시험이 아니라 대체로 교사와 대화를 나누거나 토론으로 확인해요. 너무 편해요. 지금까지 근무하던 은행에서도 경쟁이 심했는데, 기준이 모호해서 너무 피곤했어요. 어디서 누가 어떤 기준으로 평가하는지 모르는 그런 경쟁이니까요. 거기서 지면 끝장이거든요. 극단적으로 말하면 윗사람 눈에 들면 이기는 거예요. 한번 마음에 들었다 하면 그 평가가 늘 따라다니는 거죠. 정말 사람 피곤하게 하는 시스템이었지만, D스쿨에 들어오고 부터 너무 마음이 편해졌어요."

목장 저편에 발전용 풍차가 보였다.

"정말 넓어. 이렇게 넓으면 괜히 불안해지기도 해."

유미코는 도쿄에서 태어나 자랐기 때문에 지평선이 보이는 넓은 대지 위에 서면 불안을 느낀다고 했다. 홋카이도니까요 하고 세키야가 웃었다. 아스나는 세키야의 가슴에 매달려 도, 도 하고 외치고 있다. 아스나가 처음 보는 사람에게 이렇게 매달리는 일은 여태 없었다.

자동차를 운전하면서 불쾌한 풍경은 하나도 볼 수 없었다. 무엇보다 일본의 시골길에서 늘 보는 파친코 가게와 중고차 센터가 없다. 네온사인도 보이지 않는다. 패스트푸드점이나 라면집도 없다. 경관을 보호하는 어떤 규약이라도 있느냐고 유미코가 묻자, 딱히 특별한 것은 없다고 세키야는 대답했다. 노호로 시에는 몇 개의 쇼핑몰이 있고, 라면집이나 햄버거 스탠드, 소프트 아이스크림 가게가 있는 정도라고 한다.

"나는 이 지방 사람이 아니라서 자세한 것은 모르지만 ASUN-ARO와 홋카이도 사람들은 농협을 제외하고는 별다른 가치관의 혼선이나 차이가 없는 것 같아요."

나도 그런 이야기를 들어본 적이 있다. 홋카이도 다쿠쇼쿠 은행이 도산하면서 홋카이도는 일본에서도 가장 큰 불황을 겪어야 했다. 2000년도의 실업률은 일본에서 가장 높았다. 특히 지역 산업은 거의 파멸 상태에 빠져들었다. 예를 들면 아사히가와의 가구 산업은 4할에서 5할 정도가 문을 닫았고, 종업원 수도 반으로 줄어들었다고 한다. 자유화의 영향으로 농업이나 낙농도 위기에 빠졌다. 농업의 대규모화를 추진하느라 홋카이도의 농가는 평균 1000만 엔의 빚을 지게 되었다고 한다. 2000년 가을에 제로 금리가 없어지자 도산하는 농가가 급증했다.

다쿠쇼쿠 은행은 금융 시스템의 안정화와 공적 자금의 도입을 위해 시범 케이스로 정부가 도산시켰다고 홋카이도 사람들은 말하고 있다. 공적 자금을 도입하지 않으면 홋카이도처럼 될 거라고 위협하기 위한 시범 케이스로 도산시켰다는 것이다. 다른 대형 은행에는 총액 70조 엔에 달하는 공적 자금이 준비되고, 막대한 금액의 채무 변제를 받은 대기업도 많았다. 그러나 홋카이도의 지역 산업은 전혀 구제받지 못했다. 누가 봐도 공평하지 못했다. 너무 커서 도산시킬 수 없다는 이유 하나만으로 대기업에는 구제 조치가 행해졌다. 홋카이도의 중소기업이나 농가는 정부의 관료에 대해 깊은 불신감을 가지게 되었다. 그 불신감은 예를 들면, 낙농가 가운데 독자적인 방법으로 무첨가 치즈나 버터를 만들려는 사람들을 만들어냈다. 홋카이도의 낙농가가 젖소를 생산하지만 그것을 우유나 유제품으로 가공하는 것은 홋카이도가 아닌 다른 지역에 위치한 대기업이었다. 홋카이도 사람들은 불황을 겪으면서 그런 구조 자체가 이상하다는 사실을 깨닫기 시작했던 것이다.

노호로로 이주해 온 ASUNARO는 네트워크를 최대한 활용하여 아사히가와의 가구를 전세계로 판매하는 판로를 확보하고, 유전자 조작 농업에 반대하는 캠페인을 지원하기도 했다. 아사히가와에서는 재료가 되는 나무가 자라기까지 100년이 걸린다는 것을 내세워, 100년을 견디는 가구를 만든다는 새로운 콘셉트로 비싸지만 양질의 가구를 만들기 시작했다. ASUNARO는 그들을 지원했다. 북유럽의 디자이너에게 가구 디자인을 의뢰하기도 하고, 넷상에 견본시見本市를 열기도 했다. 아사히가와의 가구 부가가치는 무척 높았다.

"저거, 엄마, 저거!"

아스나가 뭔가를 손가락으로 가리키며 외쳤다. 점점이 늘어선 풍차가 보이기 시작한 것이다. 소와 말이 방목되어 있는 평탄한 풍경에서 풍력 발전기가 늘어선 풍경으로 바뀌었다. 널찍한 능선을 따라 일정한 간격으로 풍차가 늘어서 있다. 지금 전기 자동차로 달리는 이 도로는 2차로이긴 하지만 무척 넓게 느껴진다. 송전선은 통신용 광케이블과 함께 땅 속에 묻혀 있는 것 같았다. 도로 양쪽에 전신주가 보이지 않아서 더 넓어 보였다. 오른쪽에 보이던 낙엽송과 자작나무 숲도 끊어지고, 길은 큰 구릉 지대의 한복판을 가로지르고 있었다.

이윽고 이상한 소리가 들려오기 시작했다. 그와 동시에 길

양쪽의 모든 풍경이 풍차로 가득 찼다. 풍차는 지평선 저편까지 이어져 있다. 마치 질서정연하게 나무를 심은 인공림 같았다. 금속 숲이었다. 굉장해 하고 유미코가 탄성을 발했다. 이 일대에서만 노호로 시 전력 소모량의 20배에 달하는 전기를 생산한다고 세키야가 설명했다.

"납을 사용하지 않는 무정전 전원장치가 개발되고부터 정전이 없어졌습니다."

납 배터리를 대신하는 전력 지장 시스템 제작에 처음으로 성공한 회사는 나고야에 본사를 둔 벤처 기업이었다. ASUNARO는 그 판매권을 확보하는 대신 개발 자금을 제공했다. 비접촉형 프라이호일이라는 그 장치는 납 폐기물을 생산하지 않는 새로운 전력 저장 무정전 전원장치로서 전세계의 방송국이나 이동통신 회사, 은행, 경찰, 소방서, 연구소, 병원, 군대에서 사용된다고 한다.

시야의 끝에서 끝까지 은색으로 빛나는 풍차가 가득했고, 그 하나하나의 날개가 같은 리듬으로 회전하고 있다. 시속 50킬로미터로 달리고 있지만 그 풍경은 결코 단절되지 않았다. 간단한 목책이 도로와 풍차를 나누고 있지만 마치 다른 행성으로 들어선 듯한 현기증이 일었다. 세키야에게 양해를 구하고 차를 도로 곁에 세우고 밖으로 나왔다. 불가사의한 음향이 온몸을 감쌌다. 유명한 음악가의 작품이라고 세키야는 설명했다. 그것은 하모니를 가진 귀울음 같았다. 음악가는 조금씩 위치를 비틀어 풍차의 날개에 간단한 돌기를 붙였다. 바람을 가르는 격한 소리였지만 결코 불쾌하지 않았다.

아스나는 마치 오즈의 마법사가 사는 나라에 도착한 도로시 같은 표정을 하고 있다. 몸이 흔들리는 격한 소리 때문에 놀라고는 있지만 기분은 좋아 보였다. 기묘한 이미지가 떠올랐다. 방송이 끝나고 노이즈만 내는 텔레비전 화면이 머릿속에 떠올랐다. 그 노이즈에 질서가 있다. 당연히 화면에는 아무것도 비치지 않지만, 한순간 노이즈가 어떤 형태로 바뀌고 전체가 아름답게 채색되는 듯한 느낌이 들었다. 풍차가 돌아가는 소리는 그런 아름다운 노이즈를 내는 화면 같았다.

풍차는 지평선 저 멀리까지 죽 이어져 있었다. 완만한 곡선을 그리는 구릉과 그 표면에서 흔들리고 있는 짧은 풀과 기하학적인 금속의 인공물로 구성되어 있는 풍경에 모순을 느낄 수 없었다. 서정적인 인상파의 풍경화와 마그리트와 달리의 그림이 원근법을 충실히 지키며 섞여 있는 것 같았다. 일본의 모든 시골에 있는 파친코 가게나 중고차 센터, 패스트푸드점의 간판이 교차하는 풍경의 대극에 있는 그런 풍경이었다. 자연스럽게 모든 것을 긍정하고 싶은 기분이 일고 마음이 안정되며 묘한 흥분이 일었다. 강한 바람은 그칠 줄 모르고, 초가을의 냉기가 볼을 스쳤지만 유미코는 두 팔을 활짝 벌리고 구릉에 선 채 자동차 쪽으로 돌아올 생각도 하지 않았다.

좀더 달리자 관광버스가 서는 주차장과 관광 시설이 나왔다. 시설은 빨간 지붕과 크림색 벽으로 된 건물로, 구릉 지대가 환히 보이는 레스토랑과 휴게실과 매점이었다. 매점에는 노호로의 그림 엽서와 포스터, 에코펀드의 입회 카드와 미니어처 풍차, 풍차 소리를 재현한 CD 등을 팔았다.

아마도 보통 때였다면 이 장소에 서면 지평선까지 늘어선 풍차를 볼 수 있고 풍차의 날개 소리가 들려올 것이다. 그러나 지금은 달랐다. 주차장과 휴게소 일대에 확성기 소리가 시끄럽게 울려 퍼졌다. 그 소리는 확성기 볼륨을 너무 크게 올려 찢어졌고, 불온한 느낌을 주었다. 차에서 내리자 그 소리가 갑자기 귀를 때렸다. 아스나는 소리에 놀라 울상을 지었다. 유미코는 재빨리 아스나를 안아 올렸다. 엄마는 아이의 불안이나 공포를 본능적으로 감지한다. 주차장 뒤편 풀밭에 러브에너지라는 자원봉사자 단체가 홈리스처럼 오막살이를 짓고 모여 있었다. 보도진 그리고 관광객으로 보이는 사람도 있었다. 확성기는 끊임없이 소리를 토해내고 있었다.

"시는 우리를 쫓아내려 하고 있지만, 우리는 자원봉사 활동을 하러 왔으므로 노호로 시에 대해서는 어떤 피해도 끼치지 않을 것입니다. 우리는 보수를 요구하지도 않고, 어떤 지위도 보장도 요구하지 않습니다. 노호로 시는 허락하지 않았다는 이유만으로 자발적인 봉사 활동을 물리치려 하고 있습니다. 이것은 풍력 발전의 독점적인 이권을 지키려는 독선적이며 폭력적인 행위입니다. 파쇼가 아니고 무엇입니까?"

왜 저들을 쫓아내지 않는 거죠? 하고 유미코가 물었다.

"그들에게 마지막 통고를 했습니다. 기한은 내일 아침까지입니다."

자원봉사자로서 자발적으로 참가하고 싶어하는 단체를 실력으로 배제하는 것이 올바른 일인지 아닌지, 텔레비전 뉴스만 보아서는 도무지 알 수 없었다. 단, 내 개인적인 생각으로는 싫다는 사람에게 억지로 봉사하겠다는 것은 별로 좋지 않은 것 같다. 노호로 시는 풍차의 유지 관리를 자신들의 손으로 하기 때문에 협력은 필요없다고 명확히 선언했다.

러브에너지라는 단체는 주차장에 세 대의 버스를 대고, 풍차에 접근하지 못하게 막고 있는 철조망 바로 앞에 라면 박스와 판자와 비닐로 오두막을 만들어두었다. 주차장과 그 풀밭 사이에는 목책이 쳐졌다. 그들은 확성기로 외치는 중년 남자를 중심으로 집회를 열고 있는데, 그 수는 수백 명 정도였다. 그 집회의 참가자를 둘러싸듯이 취재진들이 모여 있었다. 그밖에 눈에 들어온 것은 철조망과 목책을 따라 정렬해 있는 짙은 청색 제복을 입은 경비부대였다. 그들은 ASUNARO 내의 태스크 포스라 불리는 조직인데, 노호로로 옮겨온 이후로는 경찰에 흡수되었다. 노호로 시의 경찰관은 전부 830명이며, 그 가운데 680명이 태스크 포스 출신이라고 한다.

초창기의 ASUNARO는 산업폐기물 처리 시설의 감시 시스템을 만들었다. 통보가 있으면 어디든 ASUNARO의 취재반이 디지털 카메라를 들고 달려가서 24시간 태세로 감시를 계속했는데, 태스크 포스는 산업폐기물 처리업자로부터 물리적인 방해를 받는 경우에 무기를 들고 달려가는 기동부대였다. 당시 집단 등교거부 학생 가운데는 컴퓨터나 인터넷과는 인연이 없는 불량 학생도 많았다.

우라와에 란마루라는 전설적인 학생이 하나 있었는데, 그가 태스크 포스를 조직했다고 한다. 란마루는 ASUNARO 사이타마의 기술훈련 시설 속에 태스크 포스의 양성 코스를 만들었다. 태스크 포스는 산업폐기물 처리업자와 충돌을 일으킬 때 호신용 고무 방망이와 스턴 건, 케미컬 메스 외에 이스라엘제 섬광탄을 사용하여 몇 번이나 문제를 일으켰다. 굉음과 섬광을 터뜨려 일시적으로 감각을 마비시키는 무기였다.

내일 아침, 러브에너지는 쫓겨나갈 것이다. 노호로 시의 경찰은 태스크 포스의 세력 아래 있다. 전 태스크 포스들은 지금도 섬광탄을 사용할까. 확성기 소리 때문에 아스나는 내내 불안한 표정을 짓고 있다가 이윽고 울음을 터뜨리고 말았다. 유미코는 아스나를 안고 자동차로 돌아가려 하고 있다. 나는 폭력에는 익숙하지 못했다. 약자가 강제적으로 쫓겨나는 장면을 단 한 번도 본 적이 없다. 1960년대의 학생운동을 찍은 오래된 기록 영상을 보았지만 흑백이건 컬러건 색이 바래 현실감이 느껴지지 않았다. 고작 40년 전에 이 일본에서 일어난 사건이라는 실감을 가질 수 없었다. 러브에너지가 쫓겨나가는 모습을 텔레비전으로 보면 아마도 불쾌해질 것이다.

눈앞의 오두막에서는 악취가 풍겨나왔다. 쓰레기와 인간의 배설물이 뒤섞인 냄새, 즉 홈리스에게서 맡을 수 있는 역겨운 냄새였다. 러브에너지가 풀밭을 점거한 지도 열흘이 지났다. 경비부대는 불법 점거자가 주차장 안의 수도만을 사용할 수 있게 한 것 같았다. 그들은 쓰레기를 버릴 수도 없었고, 휴게소 안에서 화장실을 사용할 수도 없었다. 200명이 넘는 경비부대가 감시하면서 그런 행위를 금지시켰기 때문이다. 백수십 명의 인간들이 열흘 이상 야외에서 생활하면 악취가 발생하게 마련이다. 그들은 오두막 하나를 화장실 대신으로 사용하고 쓰레기는 비닐봉지에 넣어누었지만, 비닐이 뜯어져서 주위로 오물이 새어나왔다. 보도진 가운데는 손수건이나 마스크로 얼굴을 가리고 있는 사람이 많았다. 이곳은 악취로 가득하고 쓰레기가 넘쳐난다고 중계하는 아나운서도 있었다.

유미코는 싫어하겠지만 나는 전 태스크 포스로 구성된 경비부대가 러브에너지를 쫓아내는 모습을 직접 보고 싶었다. 풍차 날개 소리만이 울려 퍼지는 조용한 이 구릉 지대를 러브에너지는 소음과 악취로 가득 채워버렸다. 전 태스크 포스 출신의 경비부대는 어떤 방식으로 이 불결한 자원봉사 단체를 물리칠 것인가. 피가 흐를 것인가. 섬광탄이나 최루탄이 사용될 것인가. 그러나 어떤 과정을 거치든 이 장소는 곧 깨끗해질 것이라는 생각이 들었다. 물론 불결하다는 이유만으로 차별하는 것은 옳지 못하다. 악취를 풍기는 사람이 정의를 대변하는 경우도 얼마든지 있다. 불법 점거자에게 화장실과 쓰레기 처리장 사용을 금지시키는 것이 ASUNARO의 고등 전술이었다. 그러나 나는 이 장소가 깨끗해지는 것을 두 눈으로 보고 싶었다.

"풍차 구경을 하셨다더군요."

나카무라 군은 나와 유미코의 얼굴을 번갈아 보면서 말했다. 노호로의 중심에 위치한 쇼핑센터 안의 일식집이었다. 하얀 나무로 만든 카운터와 테이블이 일곱 개 정도 마련되어 있는 식당이었다. 세키야도 동석했다. 성게알 초밥은 믿기 힘들 정도로 맛있었다. 보통 성게알은 나무상자에 평평하게 깔려 있는데, 이 일식집에서는 터퍼웨어(tupperware: 폴리에틸렌으로 만든 식품 보존 용기)의 물 위에 떠 있었다. 색깔도 거의 흰색에 가까웠다. 아스나는 해산물을 별로 좋아하지 않아서 달걀과 박고지만 먹고 있었다. 유미코는 그 성게알을 5개 먹고 눈을 화들짝 떴다.

"풍차 말인데, 참 이상한 느낌이 들더군."

나카무라 군을 향해 내가 말했다. 우리는 테이블에 앉아 있었다. 카운터 건너편에는 세 명의 요리사가 서 있고, 오렌지색 제복을 입은 아가씨가 초밥과 맥주를 날라주었다. 아이누의 전통 의상을 바탕으로 벨기에의 디자이너가 디자인한 제복이라고 한다. ASUNARO가 넷에서 모집한 디자이너인데, 디자인 보수는 지불하지 않았다고 한다. 그 대신 그 디자이너의 이름을 웹 상에 크게 공개한다고 세키야가 설명해주었다.

"그런 풍경은 처음 보았고, 그 소리가 아직도 귀에 쟁쟁 울리는 것 같아."

나는 맥주를 마시고, 맛있는 성게알과 연어알을 먹고, 조금 흥분한 상태였다. 말이 많아지는 것 같아 자제하지 않으면 안 될 정도였다. 유미코와 세키야는 백포도주, 나카무라 군은 콜라를 마시고 있다. 술을 싫어해서가 아니라 오늘밤에 해야 할 일이 있어서요 하고 나카무라는 덧붙였다.

"그 풍차 소리는 바람이 강한 날이면 노호로 전지역에서 들을 수 있습니다. 오늘밤은 어떨지 모르겠어요. 호텔 베란다에 한번 나가보세요. 혹시 들릴지도 모르니까요."

우리 외에도 다섯 팀의 손님이 더 있어 카운터 자리를 꽉 메웠다. 외국인 두 사람을 데리고 온 슈트 차림의 중년 남자 팀, 나카무라 군과 동년배인 듯한 남녀 커플, 노부부 등이었다. 오늘 낮은 호텔, 풍차가 있는 구릉 지대, 자작나무와 호수가 있는 넓은 공원 그리고 쇼핑센터를 둘러보았지만 노인을 거의 볼 수 없었다. ASUNARO는 일을 할 수 없는 노인을 시설에 강제 수용하고 있다는 기사가 주간지에 실린 적이 있었다.

노호로에는 거대한 호텔을 개조한 노인 시설이 있다. 이른바 특별양호 노인 홈인데, 노인들이 강제로 그 시설에 수용된 것은 아닌 것 같았다. 오늘 세키야에게서 들은 바로는, 우선 노호로에는 노인의 절대수가 적다. ASUNARO의 이주와 함께 13개 시·군이 병합하여 노호로 시가 탄생했지만, 이 지역의 인구는 모두 8만으로 감소하는 추세였다. 기존의 인구는 대부분 농가 또는 낙농가였고, 그들 대부분이 가입한 농협 조직은 그 당시에 벌써 붕괴한 상태였다. 신용과 공제 사업이 파탄되어 조직의 재편을 시도했으나 금융계와 마찬가지로 옛날 체질이 갑자기 변할 리가 없어 대부분 실패하고 말았다.

이주해 온 ASUNARO는 쌀을 포함한 농산물과 낙농제품의 심사 기관을 만들어, 집하와 배송을 위한 시스템을 새로 정비하고, 넷상에서 판매를 시작했다. 그와 동시에 비료와 종자, 농기구를 제공하고, 심사 기준을 만족시키지 못하는 농가와 낙농가에 대해서는 자금을 원조했다. 이윽고 노호로 시의 농협은 해체되고 말았다. 농협 조직을 유지하고 싶어하는 사람들과 직원들은 노호로 시를 떠나지 않을 수 없었다. 그 과정에서 고령자가 감소한 것이다.

그러나 예전의 UBASUTE라는 그룹이 주장한 내용이 완전히 사라진 것은 아니었다. 노호로에서는 아무리 나이가 많아도 원한다면 일을 할 수 있고, 은퇴한 후에도 다른 일을 할 수 있다. 특별양호 노인 홈에서는 일을 하기 위한 재활치료가 이루어진다. 다시 말해 나이가 많다는 이유로 빈둥거리며 놀 수 없었다. 동기부여가 없는 노인은 노호로에 살 수가 없게 되어 있었다. 낮에 노인의 모습을 보지 못한 것은 그들 대부분이 일을 하고 있기 때문이었다.

"퐁짱은 잘 지내고 있니?"

내가 묻자, 지금 미국에 있어요 하고 나카무라가 말했다.

"미국? 그럼 원조 팝콘을 마음껏 먹을 수 있겠군."

내가 이렇게 말하자 나카무라는 웃었다. 팝콘이 뭔데? 하는 유미코의 물음에, 처음 퐁짱 그룹과 만났던 이야기를 해주었다. 세키야도 처음 듣는 이야기로 무척 즐거워했다. 퐁짱은 팝콘, 포테이토 칩, 과자 같은 것을 무척 좋아했다.

"퐁짱은 외국을 그다지 좋아하지 않는 모양입니다. 내 여자 친구도 프로그래머 자격으로 같이 갔는데, 퐁짱은 하루라도 빨리 돌아오고 싶어한답니다."

성세알뿐만 아니라 연어일, 칭어일, 꿩이, 새우도 맛있었다. 아스나는 보통 때의 배 이상 먹었고, 배탈나면 큰일난다고 말리는 유미코의 성화에 울상을 지었다. 공기가 너무 깨끗해서 그럴 겁니다 하고 나카무라 군이 말했다.

"나도 요코하마에 살 때는 별로 먹지 않았는데 여기 오고부터 왜 그리 자주 배가 고픈지 모르겠어요. 작년 설날에 집에 갔더니 공기가 너무 탁해서 깜짝 놀랐습니다. 호흡을 할 때마다 몸 속에 쓰레기가 쌓이는 것 같은 기분이 들었습니다."

노호로에는 바나 카바레 같은 것이 있을까. 바와 노래방과 게임센터는 있지만 카바레는 없어요 하고 나카무라 군은 말했다.

"클럽은 있지요" 하고 세키야가 말했다.

"난 별로 가지 않지만 옛날 목장의 커다란 사일로를 개조한 것도 있고, 탄광 지하에 있는 클럽도 있습니다. 한 번 갔더니 음악이 너무 시끄러워서 별로였어요."

유미코와 세키야는 익스 이야기를 시작했다. 미래의 익스는 어떻게 변할까? 하고 유미코가 묻자, 약간 위험스런 부분도 있는 것 같아요 하고 세키야가 대답했다. 세키야는 포도주 때문에 볼이 빨갛게 달아올라 있었다.

"익스의 발행량은 익스 뱅크가 결정하지만, 발행량을 컨트롤하는 일이 정말 어려워요."

그럴 거예요 하고 유미코는 고개를 끄덕였다. 아스나가 유미코의 팔에 안긴 채 졸기 시작했다. 세키야와 유미코는 아스나가 깨지 않도록 목소리를 낮추었다.

"필요할 때 자유롭게 사용할 수 있는 것이 양질의 통화가 갖추어야 할 조건이지만, 수요는 많은데 발행량은 엄격하게 제한하고 있으니 좀……."

"익스로 결재하는 거래가 줄어들지도 모르겠군요."

"그렇습니다. 그렇지만 발행량을 그냥 늘리다가는 투기 대상이 될지도 모릅니다. 내년에 오키나와의 태양열 발전 때문에 ASUNARO가 이주하게 되는데, 그렇게 되면 익스 카드의 결산 단말기가 대량으로 필요하게 됩니다. 홋카이도에서도 특히 삿포로에서는 익스 카드 결산 단말기가 늘어나고 있고, 오키나와에서도 구니카시라의 ASUNARO 이주 지구에서만 사용할 수는 없을 거예요. 그렇게 되면 자연히 발행량이 늘어날 텐데, 과연 엔화나 달러를 익스로 교환하는 것 자체를 제한할 수 있을지 문제라고 생각해요."

"일부 지역의 통화 영역을 벗어난다는 말이죠. 익스 채권은 생각지 않고 있나요?"

"현재로서는 익스 카드와 넷 뱅킹에만 한정한다는 기본 방침에는 변함이 없으나, 잘 아시겠지만 전자화폐는 어디서 어떻게 변신할지 모를 부분이 있잖아요? 그래서 꽤 트러블이 일어나고 있습니다. 높은 레이트로 익스를 받아들이는 언더그라운드 벤처 몰이 끊이지 않고 있어요. 어쨌든 지금은 기관투자가에서 개인까지 익스를 손에 넣으려는 분위기가 있어서 익스에서 엔화나 달러로 바꿀 때 높은 차액을 요구하는 사람도 있어요. 이른바 암 익스라고나 할까요. 그것을 감시하는 시스템 유지에 많은 비용을 들이고 있습니다. 오키나와 다음으로 나가노에 ASUNARO 이주 계획이 있는데, 국내의 ASUNARO 시설은, 예를 들어 기술훈련 시설이나 집하와 배송 센터 등인데, 지금도 노호로 이외에도 많이 있습니다. 게다가 ASUNARO는 현실적으로 전세계에서 넷 사업을 전개하고 있기 때문에 앞으로는 말씀하신 대로 익스 채권을 발행하여 외환시장의 수요에 응하게 될지도 몰라요. 그때 과연 어떤 사태가 벌어질지 우리도 알 수 없는 노릇입니다."

누구도 알 수 없을 거예요 하고 유미코가 말하자 세키야는 고개를 끄덕였다. 아스나는 이미 깊은 잠에 빠져 있었다. 만족스러운 표정으로 유미코의 팔에 안겨 있다.

우리는 나흘 동안 노호로 시에 머물렀다. 첫날밤을 포함하여 세 번 나카무라 군과 식사를 같이 했다. 세키야는 마지막 날까지 우리를 안내해주었다. 이 아르바이트로 나카무라 군의 익스포인트가 얼마나 세키야에게 옮겨가는지 물어보았다. 나흘에 약 300익스라고 했다. 나카무라 군은 익스를 많이 소유하고 있으므로 별 부담이 안 될 것이다.

이틀째, 러브에너지를 쫓아내는 모습이 텔레비전에 비쳤다. 새벽에 이루어진 그 작전에서는 섬광탄도 터지지 않았고 피도 흐르지 않았다. 강제 철수는 오래전에 제정된 스토커법에 근거한 것이었다. 검은 제복을 입고 얼굴을 완전히 가린 헬멧을 쓴 노호로 시경의 기동대가 나타나서 강제 철수시키겠다고 선언하자 러브에너지는 자진해서 철수를 시작했다. 그들은 쓰레기와 함께 버스에 올랐다. 일반 미디어는 눈물을 흘리며 버스에 올라타는 러브에너지의 여자애를 클로즈업했다. 그러나 ASUNARO의 넷 뉴스에서는 원하지도 않는데 봉사 활동을 하겠다는 것은 넌센스라는 코멘트를 흘려 보냈다.

사흘째, 유미코와 아스나가 세키야의 안내로 목장에 조랑말을 타러 갔을 때 나는 호텔 카페에서 두 시간 정도 나카무라 군과 이야기를 나누었다. 몇 가지 인상적인 이야기가 있다. 왜 홋카이도 다음으로 오키나와를 선택했는지를 물어보았다. 홋카이도를 선택한 것은 장마가 없다는 이유 때문이었다. 오키나와에는 장마가 있다. 홋카이도와 오키나와 사람은 무슨 이유인지는 모르겠지만 다들 인정이 많다고 나카무라 군은 말했다. 나카무라 군은 21년 동안 살아오면서 홋카이도와 오키나와 사람 가운데 나쁜 사람은 하나도 보지 못했다고 했다. 그러고 보니 나도 그런 생각이 들었다. 왜 그럴까요? 하는 나카무라 군의 질문에 나는 대답할 수 없었다. 홋카이도나 오키나와 사람들에게 특별한 무엇이 있어서 그런 건 아니라고 생각합니다 하고 나카무라 군은 말했다.

"그 반대로 보통 일본인인 가시고 있는 의식 구조가 없다는 생각이 들었습니다. 그게 뭔지 딱 집어서 말할 수는 없지만, 요컨대 윗사람에게는 머리를 조아리고 아랫사람에게는 거들먹거리는 의식 구조가 없다는 것입니다. 무엇 때문인지 홋카이도 사람과 오키나와 사람에게는 그런 추악한 의식 구조가 아예 없는 것 같습니다."

서글픈 이야기였다. 아라이 군이 작년에 죽었다고 했다. 스무 살의 꽃다운 청춘인데. 아라이 군은 노호로에 이주하고부터 알코올 중독이 되어 시설에 수용돼 치료를 받았지만 퇴원한 후 원인 모를 병에 걸리고 말았다고 한다. 장 질환의 일종인데, 영양분을 흡수하지 않고 먹은 것을 그냥 배설해버리는 기이한 병으로 의사는 바이러스, 유전 질환, 면역 이상 중 하나라고 진단했다. 원인이 밝혀지지 않은 병은 대체로 그 세 가지 중 하나로 정리해버리는 모양이다. ASUNARO의 초창기 멤버 가운데는 그밖에도 비슷한 증상으로 사망한 사람이 있다고 한다. 아라이 군이 죽은 지 한 달 후에, 홋카이도의 개척 역사를 전시하는 자료관이 노호로에 개관되었다. 그 개관식에 갔을 때 퐁짱은 나카무라 군에게 어떤 사진을 손가락으로 가리켰다. 쇼와 초기의 아마시리 감옥의 수인 사진이었다. 수인들은 야외에서 작업을 하고 있었다. 남루한 차림에 곡괭이와 삽을 들고 거대한 나무 곁에 서 있는 사진이었다. 지금까지 살아오면서 이런 눈을 가진 사람을 본 적이 없다고 퐁짱은 나카무라 군에게 말했다고 한다.

"빛을 발하고 있어. 강렬한 욕망을 가진 눈이라고 생각지 않니? 이 사람들은 확실한 무엇이 필요했던 거야. 예를 들면 고깃국, 털 스웨터, 살아가는 데 직접 필요한 그런 것을 손에 넣을 수 있다면 사람이라도 죽이겠다는 그런 눈매야. 그런 욕망이 살아가는 힘이 되지 않을까. 옛날에 등교거부를 하는 학생들 가운데 뇌 속을 순환하는 피가 60퍼센트나 줄어든 아이, 기억해? 그 애는 학교가 너무 싫어서 몸이 거기에 응해 정상적인 활동을 거부했던 거야. 아침에 일어날 수 없는 몸 상태로 변해버린 거지. 아라이의 몸에도 비슷한 현상이 일어났는지도 몰라. 우리에게는 이 사진 속의 사람과 같은 욕망이 없어. 아라이는 알코올 중독 치료 과정에서 몸 속의 욕망이 제로가 되어버렸고, 그래서 몸의 한 부분이, 대체로 뇌가 그런데, 영양 섭취를 거부했을지도 몰라."

놀랍게도 나카무라 군 그룹은 나마무기와 연락이 닿았다고 한다. 나마무기의 이름은 야마구치였고, 2년 전부터 파키스탄 북서 변경주에 있는 적십자 난민센터에서 일한다고 했다. ASUNARO의 사이토에게 메일을 보냈는데, 자기 때문에 50만에 달하는 중학생이 등교를 거부했다는 말을 듣고 놀라서 연락을 취하게 되었다고 했다. 나카무라 군은 그와 메일을 주고받기 시작했다. 내년 정월에 일본으로 돌아올 예정이고, 그때 노호로를 방문하겠다는 뜻을 밝혔다고 했다.

도쿄로 돌아온 후 밤에 노호로의 호텔 발코니에서 들었던 풍차 소리를 되새겨보았다. 유미코와 아스나가 잠든 뒤 혼자서 듣기도 했고, 유미코와 둘이서 듣거나 아스나도 함께 듣기도 했다. 요컨대 노호로에 있을 때 매일 밤 발코니로 나가 그 소리를 들었던 것이다. 높이가 다른 여러 소리가 저편에서 끊임없이 이쪽으로 다가왔다. 어둠 깊은 곳에 거대한 생물이 숨을 쉬고 있는 듯한 느낌이 들었다.

결코 싫증나지 않는 소리였다. 파도처럼 일정한 리듬이 있는 것도 아니고, 시냇물처럼 평면적인 소리도 아니었다. 가장 비슷한 소리를 들라면 아마도 범종의 여운일 것이다. 제각기 다른 돌기를 단 200대의 풍차 날개가 공기를 가르고 공명하여 금속의 여운을 울리면서 풍경 전체를 감싼다.

나는 그 소리를 들으면서 2002년 6월에 퐁짱이 국회의 넷 중계에서 한 말을 떠올렸다.

"이 나라에는 없는 게 없습니다. 정말 모든 게 갖추어져 있습니다. 그러나 희망만은 없습니다."

퐁짱은 그렇게 말했다. 이 쾌적하고 인공적인 도시에는 희망이 있는 것일까. 만일 희망이 있다고 하더라도 그것을 실현하기 위해 인간을 움직이게 하는 것은 욕망일 것이다. 그들에게 욕망이 희박하다는 것은 퐁짱 자신도 인정했다. 괜찮으시다면 노호로에 사는 게 어떻습니까? 하고 헤어질 때 나카무라 군은 말했다. 우리가 원하기만 하면 주거지를 확보해주겠다고 했다. 공기도 좋고 컴퓨터만 있으면 어디서든 일을 할 수 있다고. 유미코는 심각하게 노호로 이주를 고려하기 시작했다. 아스나는 그 거리에서 어떻게 성장해갈까. 그 풍차 소리를 매일 들으며 생활하면 어떻게 될까. 나는 아직도 결론을 내리지 못하고 있다.

저자 후기

나의 독자가 만든 인터넷 사이트 '용성감모龍聲感冒'의 게시
판에, "지금 당장 할 수 있는 교육 개혁 방법은?"이라는 질문을
던져보았다. 벌써 4년 전의 일이다. 정답자에게는 경품을 준다
는 카피도 넣어서 독자의 흥미를 끌어보았지만, 애석하게도 정
답자는 없었다.

내가 준비한 대답은, 지금 당장 수십만 명이 집단 등교거부
를 일으키는 것이었다. 그러나 그런 대답이 어디 있느냐는 항의
가 게시판을 가득 채워 수습이 불가능할 지경에 이르렀다.

비단 교육이 아니라 하더라도 개혁을 행하기 위해서는 기본
적으로 법률을 바꾸지 않으면 안 된다. 법률은 국회에서 제정된
다. 최근에는 의원입법도 늘어나고 있지만 대부분의 경우는 관

료가 준비하여 국회의원의 찬성을 얻어 법으로 효력을 발휘하게 된다.

그 번잡한 절차가 이른바 민주주의라는 것인데, 나는 절대로 그것을 무시할 생각은 없다. 단, 나는 교육뿐만 아니라 법률 개정이라는 번잡한 절차를 무시한 공허한 논의가 너무 많은 것을 보고 울화통이 치밀었다.

그러나 '수십만 명을 넘는 집단 등교거부'라는 나의 대답은 나의 독자 게시판에서 받아들여지지 않았다. "그게 뭐야. 세상에 그런 대답이 어디 있어"라고 사람들은 비판했다. 그래서 나는 중학생의 집단 등교거부를 모티프로 소설을 쓰기로 했다.

교정을 보면서, 내가 쓴 소설이지만 참 재미있다는 생각이 들었다. 그런 느낌은 처음이었다. 왜 재미있다고 생각했는지 지금도 그 이유를 모르겠다. 내가 가진 정보와 이야기가 잘 조화되었기 때문인지도 모르겠다.

가까운 미래가 무대이기 때문에 많은 전문가의 의견을 듣고, 많은 사람들을 취재했다. 취재 노트 일부는 단행본으로 발표할 생각이다.

이 자리를 빌려 UN 난민고등변무관 사무실에 근무하는 야마모토 요시유키(파키스탄의 이슬라마바드에 거주) 씨에게 감사드리고 싶다. 야마모토 씨는 나의 독자 홈페이지 게시판에서 알게 되었다. 이 소설의 발단이 된 파키스탄 북서 변경주의 취재는 야마모토 씨의 협력이 없었더라면 불가능했을 것이다.

월간《문예춘추》에 연재할 때, 당시의 편집장 히라오 다카히로 씨와 담당 편집자 야마다 노리카즈 씨의 성의 있는 조언과 협력에 많은 도움을 받았다. 또한 출판국의 무라카미 가즈히로 씨와 담당자 모리 마사아키 씨에게도 감사드린다.

멋진 장정은 항상 그랬듯이, 스즈키 세이치 씨에게 신세를 졌다.

감사드린다.

2000년 7월 요코하마에서

무라카미 류

*스기야마 마사아키,《몽골 제국의 흥망》^(고단샤)을 참조했다.

*이 작품은《문예춘추》에 1999년 10월에서 2000년 5월에 걸쳐 연재된 것이다.

중학생들이 만든 가장 희망적인 유토피아

 무라카미 류의 《희망의 나라로 엑소더스》를 짧게 요약하자
면, '일본에는 희망이 없다'고 여기는 열네 살짜리 중학생들이
집단 등교거부를 거쳐, 홋카이도에 노호로라는 자신들만의 나
라를 만드는 이야기이다. 이런 설정은 류의 작품들을 애독해왔
던 독자들에게뿐만 아니라, 이와 비슷한 일련의 소설을 떠올릴
수 있는 독자들에게 흥미를 유발한다.
 먼저 '일본에 희망이 없으므로, 새로운 일본을 건설해야 한
다'는 주제는 류의 소설적 장식(Cliché)이라고 해도 무방하다. 그
의 등단작인 《한없이 투명에 가까운 블루》(예하, 1990년)에서, 소
설의 무대인 큐슈는 일본 땅이 아닌 것으로 규정되어 있다. 현
재 우리나라 간행물윤리위원회가 '청소년유해간행물'로 선정

해서 19금으로 묶어놓은 이 소설 속의 광기 어린 난교 파티에는, 미국 병사들에게 자국의 여성을 빼앗겼다는 일본인의 박탈감이 녹아 있다. 그의 평판작이랄 수 있는 《코인로커 베이비스》(삼문, 1994년), 《사랑과 환상의 파시즘》(지양사, 1989년), 《69》(작가정신, 2004년), 《오분 후의 세계》(웅진, 1995년) 같은 작품들은 모두 '지금 우리는 어디에 있는가?' 라는 전후 일본의 정체성을 아프게 물으면서, 새로운 일본의 가능성들을 타진하고 있다.

작가의 무의식적 지향이라고 해도 좋을 류의 이런 성향에는, 미군기지 도시인 요코하마에서 자랐던 '트라우마' 가 배어 있다. 또 새로운 나라 만들기에 대한 간헐적인 관심은, 그가 고등학교 시절에 살짝 맛보았던 전공투 세대의 '감각' 이기도 하다. 방금 홑따옴표로 강조했듯이, 그의 나라 만들기는 '트라우마와 감각 차원' 의 것이다. 그는 좀체 정치경제학을 말하거나 이념을 말하지 않으며, 반대로 스스로 미국 문화에 침윤되어 있다는 것을 부정하지 않는다. 그럴 때, 그의 작품 곳곳에서 찾아볼 수 있는 도착적인 사도마조히즘에 대한 탐닉은 물론이고, 아예 《너를 비틀어 나를 채운다》(이가서, 2003년)에서처럼 사도마조히즘을 주제로 했던 작품 또한, 같은 자장에서 해석할 필요가 있다. 내상적이고 감각적인 그것들은 나라國를 뛰어넘거나, '나라 만들기' 이전에 있다.

말했던 것처럼 《희망의 나라로 엑소더스》는 열네 살 중학생들이 주인공이다. 그래서 이 작품에는 류의 전매특허인 성적 기상(wit)이 말끔히 제거되어 있다. 군이 찾자면, 중학생들의 나라 만들기를 지척에서 기록하는 주간지 기자 세키구치와 그의 애인인 유미코가 아이를 낳지 않고 낙태하기로 결정했던 것. 그런데 이 삽화마저도 두 사람의 자유분방한 성생활을 드러내고자 나온 게 아니다. 유미코의 낙태는 1990년대 초부터 본격화되기 시작해서, 이 소설의 중학생 주인공들이 반란을 시작하는 2001년에도 여전히 지속되고 있는, 일본의 장기불황을 드러내는 장치다. "국가 재정의 파탄과 낙태를 비교한다는 것은 무리일 것이다. 그러나 공통점도 있다"(267쪽)는 설명을 보면 안다.

류가《문예춘추》에 연재 중이던 이 작품을 탈고한 것은 2000년이다. 작중에도 나오듯, 이때 그는 거품경제에서 헤어나지 못하는 데다 달러나 유로화에 취약할 뿐너러, 국세 금융사본의 공격에 무력한 일본의 처지를 흑선黑船이 출몰하던 에도 시대 말기와 비교하고 있다. 하므로 2001~2008년이 시간적 무대가 되는《희망의 나라로 엑소더스》는 일종의 '미래 소설'로, '일본 갱생'이라는 작가의 소망적 사고가 투영된 작품이라고 볼 수 있다.

희망이 없는 나라의 갱생을 떠맡는 것은 언제나 청년이다. 그런데 이 작품에서는 아직 청년이라고 할 수 없는 14~15세의 소년들이 그 역할을 차지하고 있다. 류가 20대 청년을 나라 만들기의 주력에서 삭제한 이유가 작중에는 직접 언급되지 않지만, "고용불안이 높아지고 실업률이 4퍼센트를 넘어설 즈음, 스킬이라는 말이 유행했다. (…) 미국의 대학에서 경영관리학 석사 학위를 취득한 딜러, 트레이더, 펀드매니저의 성공 사례가 미디어에 소개되고, 유학에 대한 필요성이 강조되었다"(280쪽) 거나 "또한 IROE라는 말도 유행했다. Individual Return of Equity, 개인의 자기자본이익률이란 의미의 신조어인데, 자신의 재능, 기술, 학력, 용모 등을 자본으로 보고, 그것을 어떻게 활용하면 최대의 이익을 올릴 수 있는가 하는 개념이다. 개인으로 살아가는 방법이라는 부제가 붙은 책들이 베스트셀러가 되고, 실제로 고등학생이나 대학생은 10년 전에 비해 공부도 더 열심히 하는 편"(176쪽)이었다는 말이 암시하듯이, 류는 청년세대를 기성세대에 오염된 세대로 간주하는 듯하다.

이렇듯 《희망의 나라로 엑소더스》는 청년 세대를 경원(겉으로는 공경하는 체하면서 실제로는 꺼리어 멀리함)하지만, 그보다 나이가 많은 기성세대에는 더 가차없다. "노인들을 테스트해서 교양과 기술이 없는 사람은 아무리 돈이 많아도 산 위의 시설에 넣어버리는 겁니다. 돈은 전부 몰수해서 노인들이 지금까지 망쳐놓은 환경 복구를 위해 사용합니다. 왜 그 노인들이 더럽힌 자연을 우리가 피땀을 흘려 복구해야 합니까? 테스트에는 작문도 있습니다. '자신의 일생이란 무엇이었던가?'라는 제목으로, 우리를 감동시키지 못한 사람은 전부 산 위의 시설로 보냅니다. (…) 그런 노인과 함께 살기 싫습니다. 그런 노인들을 우리의 노동으로 먹여 살려야 한다니 말도 안 됩니다. 여러분은 그렇게 생각지

않습니까? 우리 힘을 합하여 현대의 고려장 산을 만들어봅시다." (222쪽)

그렇다면 14~15세 소년들은 과연 자신들의 희망을 완수할 수 있을까? 질문에 답하기 전에, 이와 유사한 나이의 주인공들이 나라 만들기에 나섰던 사례를 검토해 보자. 그 작품들은 발표된 차례대로, 윌리엄 골딩의 《파리대왕》(1954년), O. T. 넬슨의 《내일은 도시를 하나 세울까 해》(1975년), 샘 테일러의 《나무공화국》(2005년) 등이다.

《파리대왕》(민음사, 1999년)은 이들 작품 가운데 가장 유명한 작품으로, 다섯 살에서 열두 살에 이르는 소년들이 주인공이다. 핵전쟁이 벌어지려는 순간 영국 정부는 한 무리의 아이들을 비행기에 태워 안전한 장소로 후송한다. 그 가운데 한 비행기가 명확하지 않은 원인으로 태평양 한가운데의 무인도에 불시착하고, 조종사가 모두 죽은 상태에서 아이들만 살아남는다. 그들은 문명의 세례를 받은 아이들답게 선거를 통해 지도자를 뽑는 한편, 거친 자연에 적응하는 지혜를 짠다. 하지만 그들은 점차 문명의 두 갈래인 정주(농경)와 유목(사냥) 집단으로 나뉘고, 서로를 살육하는 전쟁에 돌입한다. 역설적이게도 그 두 집단 가운데 유목 집단으로 분화하는 게 잭을 두목으로 하는 성가대 소년들이라는 것은 무척 예시적이다. 희랍 비극과 고고학에 심취했던 골딩은 그런 설정을 통해, 유일신의 탄생과 폭력을 조합하고 그위에 국가가 건설되는 인류학적 모델을 제시한다. 미국과 소련이 양대 진영의 대표로 나선 동·서 냉전과 핵전쟁의 두려움 속에서 탄생한 이 작품은, 폭력은 학습되지 않은 "인간 본성"(303쪽)이라고 말한다.

작중의 무대가 시카고 근처의 소도시로 나오는《내일은 도시를 하나 세울까 해》(뜨인돌, 2007년) 또한, 동·서 냉전과 핵이나 화학 무기 같은 대량 살상 무기에 대한 당시의 공포를 우회적으로 반영하고 있다. 여기서는 세계 전역에 13세 이상의 사람은 살아남을 수 없는 바이러스가 퍼져, 12세 이하의 어린이들만 살아남는다. 열 살 난 주인공 리사와 남동생 토드가 활약하는 이 작품은, 생존을 위해 필사적으로 먹거리와 생필품을 구해야 하는 아이들과 그들의 자원을 빼앗는 어린 갱단의 싸움을 갈등 구조로 삼는다. 갱단으로부터 자기 재산을 지키기 위해 리사는 아이들을 모아 의용군을 만든다. "자유를 지키려면 군대를 조직해야 한다"(77쪽)는 리사의 주장에 따라, 다섯 살 이상의 아이들은 누구나 사격 연습을 해야 한다. 리사가 만든 새 도시의 규칙은, '자유인은 총기를 소유할 수 있어야 한다'는 미국의 건국 정신을 상기시킨다. 각자가 좋아하는 무기를 골라 "가상의 적을 향해 사용하는 연습"을 매일 거듭한 끝에 "길어야 4분이면 모두 집합"하게 된 상태를 일컬어, "아이들은 진정한 공동체를 만들어가고 있었다"(이상 120~121쪽)고 정의하는 이 소설의 마지막은 암울하다. 수백 명 규모도 되지 않는 글렌바드 의용군은 오천 명도 넘는 시카고 갱단과의 회전을 피할 수 없다.

《나무공화국》(김영사, 2006년)의 주인공들 역시 이제 막 10대 중반에 도달한 세 명의 소년과 한 명의 소녀다. 집에서 가출한 그들은 숲 속에 들어가, '나무공화국' 이라는 자신들만의 공화국을 만든다. 장 자크 루소를 신으로 추앙하며 《사회계약론》에 성경의 지위를 부여한 그들은 서로를 시민이라고 부른다. 하지만 한 쌍의 형제와 남매로 이루어진 공화국에 균열을 낸 것은, 한 명의 소녀를 사이에 놓고 벌어진 두 형제의 '감정' 이었다. 거기에 스스로 입법자임을 자처하는 조이라는 또 다른 소녀가 합세하면서, 숲은 폭력으로 물든다. 루소는 이성으로 작동하는 공화국만 설계했지만, 이성을 오작동하게 하는 "낭만적 사랑이라는 암 덩어리"(315쪽)를 계산에 넣지 못했다.

샘 테일러의 작품에 루소가 직접 호명되고 있거니와, 세 작품은 루소의 교의와 직·간접적으로 연계되어 있다. 루소는 인간의 죄악이 문명과 소유로부터 비롯되었다고 말하면서, 이제 와서 자연으로 되돌아갈 수 없다면, '사회적 계약' 에 의지해야 한다고 주장했다. 좀더 부연하자면 개인은 '자연' 속에서 살 수 있지만, 인간 집단은 '사회적 존재' 를 떠나서는 살 수 없다는 게 루소의 복잡성이다. 하지만 일별해 보았던 세 작품에서, 인간은 양쪽 모두에서 실패했다. 사회적 인간으로서의 집단은 광기와 독재에 노출되었고, 자연에 내던져진 소년·소녀들은 더 이상 '고귀한 야만인' 이 아니었다. 그런 뜻에서 아이들의 "양심은 세상 물정에 물들어 있지 않"(380쪽)기 때문에, "어쩌면 우리에겐 어린이 경찰대가 필요할지도 몰라"(297쪽)라고 말하던 하 퍼 리의 《앵무새 죽이기》(문예출판사, 2008년)는 동심에 대한 너무 낙관적인 기대인지도 모른다.

모두 보기 좋게 실패했다. 그렇다면 《희망의 나라로 엑소더 스》는 어떻게 성공할 수 있을까? 우선 이 작품에서 눈에 띄는 것 은, 인터넷 시대의 나라 만들기와 혁명의 간소성이다. 올해(2011 년) 있었던 중동의 재스민 혁명이 새삼 증명해 주었듯이, 인터넷 과 이동전화는 혁명의 필수품이 되었다. 이 작품에서는 그보다 일찍, 인터넷이 중학생들의 나라 만들기를 구상에 옮길 수 있도 록 해주었다. 인터넷은 기성의 권력과 싸우는 효과적인 무기일 뿐 아니라, 큰 자본과 경험이 없는 10대들에게 창업을 가능하게 만들었다.

전통 사회에서는 자본, 기술, 경험, 육체적 근력이 필수였으 나, 인터넷은 그런 조건 없이도 창업의 문을 두드릴 수 있게 해 준다. "컴퓨터 지식을 가장 잘 활용할 수 있는 나이는 13세 정 도"며 "열여덟 살은 이미 늦다"(이상 157쪽)고 말하는 자신만만한 주인공들은, 그들의 세대 안에 "아마도 14~15세 아이들에게 월급을 받는 일본 최초의 어른"(277쪽)들이 출현하게 될 것이라 고 예언한다. 인터넷을 근거지로 벌인 사업으로 재화를 마련한 다음, 그들만의 '지역 통화'를 만들어 일본 중앙은행의 독점적 인 과잉 발권으로부터 자유롭고, 궁극적으로는 초국적 금융자 본의 농간으로부터도 독립하겠다는 게 ASUNARO의 경제적 구

상이다. 길게 설명할 수는 없지만, 이 작품에 나오는 지역 통화
는 자본주의 이후를 생각하는 사람들의 귀중한 영감이다.

류는 이 작품 안에서 "혁명이라고 해서 반드시 이데올로기나
사상이 필요한 것은 아"(163쪽)니라고 천명하고 있는데, 그렇다
면 ASUNARO의 의사결정은 어떻게 이루어지고 있을까? 소설
말미는 30만 명의 등교거부 학생들이 홋카이도에 자신들만의
도시를 만드는 것으로 드러나지만, 애초에 그들의 나라는 느슨
하고 쌍방향 소통적이며, 위계적이지 않은 인터넷 커뮤니티로
만들어졌다. ASUNARO의 탄생에서부터 홋카이도 이주까지를
직접 관찰했던 주간지 기자 세키구치는 그들의 모임에서 지도
자와 부하들의 "역학 관계를 느낄 수 없었다"면서, "사이좋게
일치단결되어 있는 듯한 느낌도 들지 않았다. 모래알처럼 흩어
져 있는 것 같은 그 분위기가 너무도 신선해 보였다. 이 애들은
아마도 틀림없이 쓸데없는 회의라든지 훈시나 아침 라디오 체
조라든지 만세삼창 같은 것은 죽어도 못할 것이란 생각이 들었
다"(이상 138쪽)고 기록한다.

《희망의 나라로 엑소더스》의 성공은 인간의 어두운 본성(윌리
엄 골딩), 국가의 초석에 깔려 있는 폭력(O. T. 넬슨), 국가의 이성을
흔드는 여하한 감정(샘 테일러) 등에 틈입하지 않고, 또한 고려되
지 않은 상태에 빚진 바가 크다. 이 작품에서 인간 본성은 '경제
적 동물'의 그것으로 축소되었고, 국가는 아무런 강제도 행사
하지 않고 100만 명이 넘는 아이들의 등교거부를 받아들이며,

소년들의 비중에 걸맞는 소녀는 아예 등장하지 않는다. 이런 걸 보면 류는 마치 이 소설을 쓰면서 '이번엔 밝고 긍정적인 이야기만 쓸 거야'라고 잔뜩 결심한 것 같다. 홋카이도에 정착하려는 ASUNARO의 야심찬 계획을 지켜보면서, 세키구치와 그의 애인 유미코가 혼인신고를 하고 아이도 낳게 되는 '착한' 결말은, 《희망의 나라로 엑소더스》의 새로운 일본 만들기가 완료되었음을 선언한다.

2011년 6월
장정일